大汉卫青

从骑奴到将军

华黎明 ◎ 著

中国文史出版社

CHINA CULTURAL AND HISTORICAL PRESS

图书在版编目（ＣＩＰ）数据

大汉卫青：从骑奴到将军 / 华黎明著 . -- 北京：
中国文史出版社 , 2022.3
ISBN 978-7-5205-3503-8

Ⅰ . ①大… Ⅱ . ①华… Ⅲ . ①传记小说－中国－当代
Ⅳ . ① I247.5

中国版本图书馆 CIP 数据核字 (2022) 第 048210 号

责任编辑：梁玉梅

出版发行：中国文史出版社
社　　址：北京市海淀区西八里庄路 69 号院　邮编：100142
电　　话：010-81136606　81136602　81136603（发行部）
传　　真：010-81136655
印　　装：北京新华印刷有限公司
经　　销：全国新华书店
开　　本：16 开
印　　张：19.75
字　　数：293 千字
版　　次：2023 年 3 月北京第 1 版
印　　次：2023 年 3 月第 1 次印刷
定　　价：58.00 元

目录

人
奴
之
子

1. 平阳侯府中死生相替

刘邦建立西汉帝国后，定都长安。京兆长安与左冯（píng）翊、右扶风两郡合称京辅之地；东边的河东、河内、河南三郡为"三河"，乃京辅之佐助、屏障。汉文帝刘恒曾于召见河东郡太守季布时说过："京辅乃腹心，三河乃股肱。"

"三河"之一的河东郡位于京辅东北，辖二十四个县，二十三万余户，近百万人口，为大郡。河东郡的平阳县（今山西省临汾市西南），是个特别的县，此县有一万零六百户封给了开国大功臣、平阳侯曹参，全县仅有两三千户不是平阳侯的封户。曹参原为沛县豪吏，秦末天下大乱，跟随同县的刘邦起事，攻城略地，身经百余战，体遭七十创，战功显赫，被封为平阳侯。开国元勋韩信、英布、彭越被诛后，朝中论及功臣列侯位次，众臣一致认为曹参功劳最多，宜列第一。唯关内侯、谒者鄂千秋提出，萧何镇守关中，源源不断地补充兵员与给养，方才确保了刘邦大军立于不败之地并最终取得胜利，萧何应列第一，曹参可列第二。刘邦赞成鄂千秋意见，诏示陈平就一百四十多位列侯中排定前十八位功臣位次，萧何第一，曹参第二，其后才是张敖、周勃、樊哙、郦商，等等。平阳侯曹参虽然位列第二，但封户最多，有一万零六百户，超过了酂侯萧何封户八千户。萧何任相国去世后，曹参又继任为相国。

功臣们被封为列侯后，于京师长安自然有一侯府，在封地亦有一侯府。平阳县的平阳侯府，坐落于县城正南面，紧临平水，占地广大，差不多占了县城的一半左右。侯府大门前，左右各卧着一只硕大威猛的石狮。朱红色大门门楣上方，悬挂着一面朱红色大匾，上面用隶书写有六个金色大字：御封平阳侯府。大门两边粗壮门柱上刻有篆书：

　　　　曹敬伯身经百余战体遭七十创攻城略地功盖世
　　　　平阳侯先历齐相国再为汉相国勤劳国家勋无比

　　此语乃当今平阳侯、曹参之孙曹奇所撰，请著名书家所书。曹参字敬伯。这是曹奇炫耀爷爷曹参盖世功勋，亦有引以为豪、激励后辈之意。曹奇自是继承爷爷的英豪之气，然腹中诗书有限，所撰联语显得直白无华。

　　整个侯府则是在曹奇的父亲、第二代平阳侯曹窋（zhú）的手上建造而成。曹窋曾任御史大夫，并参与陈平、周勃、陆贾、灌婴策划的讨伐诸吕的重大行动，为维护刘氏江山立有功勋。后辞去御史大夫一职回到封地，亲自主持建造了平阳县的侯府。府邸规模宏大，第室、楼观错落有致，高廊、阁道连属弥望，土山、渐台掩映于修竹茂树之中，更是将府外平水引入府中，曲折流淌，汇入偌大后花园一大陂池，池中尚有三两游船，供府中大小主人楫擢嬉戏。

　　而平阳县衙则偏于县城一隅，仅有十几间房屋。县令与衙中诸吏的首要职责即是侍奉好侯府，还时常专门派遣好几位县吏直接驻于侯府之中，帮助打理府中一应大小事项。故远近皆曰：小小平阳县，大大曹侯府。

　　这天是西汉景帝前元四年（前153年）三月初一。上午辰时，平阳侯曹奇卧于榻上，脸色蜡黄且时而抽搐，眉头紧锁显得痛苦不堪，身上三处大的刀箭创伤，复发已多日，虽经景帝刘启派来的太医精心诊治，仍旧不见好转，且渐次加重，今日凌晨起疼痛突然加剧，看来难以挨过今日了。

　　去年一月，吴王刘濞、楚王刘戊领头，联合赵王刘遂、胶西王刘卬、胶东王刘雄渠、济南王刘辟光、菑川王刘贤发动叛乱，武力抗拒朝廷削藩。吴、楚等七国叛军有六十多万，号称百万，声势浩大，气焰炽盛。景帝刘启急令其亲弟、梁王刘武依据梁国之坚，先行阻挡，同时任命条侯、中尉周亚夫为太尉，统率天下所有兵马，东进征讨叛军。周亚夫迅速调集了百万大军，分别由三十六位将军统领，有三分之一的将军是继承侯爵的开国功臣子孙，平阳侯曹奇即是其中之一，与汝阴侯夏侯赐（夏侯婴之孙）一同领兵在齐地作战。先是奉周亚夫将令，率军堵住赵国叛军，不使其与齐地四国叛军会合，然后又大战齐地叛军。每战曹奇皆身先士卒，跃马挥戟，冲杀在最前面，被刀箭伤了七处，其中大创三处，幸亏军中有万金良药及时敷裹，方保住性命。到三月朝廷大军大获全胜，曹奇不及参与对叛军的清算，即在夏侯赐的护送下，提前回到封地平阳县诊治、养伤。没想到刚刚一年，旧伤大发，奄奄一息。

汉景帝刘启获报后，速派太医赶来诊治，后又专遣太尉周亚夫前来探视、慰问。周亚夫坐于榻边，拉着曹奇的手，动情地说："陛下专门派我来问候将军，望将军早日康复！"

曹奇两眼满含热泪："微臣叩谢陛下！末将亦拜谢大帅！"

"去年平息吴楚七国叛乱，将军每战皆为士卒先，竟身遭七创，于全军传为美谈，陛下嘉奖诏书中亦特别提及。将军不愧是老平阳侯曹相国的嫡传子孙！"周亚夫夸道。

曹奇脸上突然泛出红光，露出兴奋神情："大帅莫夸，比起祖父，我只是他老人家的十分之一；祖父曾被七十创，吾仅七创。不过有了这十分之一，孙子也就敢去见他老人家了！曹氏忠义，勇武传家，我没有辱没门风。"

曹奇说完唤儿子曹寿，用尽最后的气力边喘息边说："寿儿，为父怕是要去了。今后朝廷有事、国家有难，我再不能为陛下分忧，在大帅的麾下效力矣，你要代为父去！高帝说过：刘氏与功臣共享天下。作为功臣之后，你的责任不轻啊！"

十三岁的曹寿跪叩于地，痛哭失声。

曹奇大口喘气后追问："寿儿，你听到为父的话了吗？"

曹寿停止哭泣，大声答道："诺！"

曹奇又看着立于周亚夫身后的汝阴侯夏侯赐，用发颤的声调断断续续地说道："夏侯将军，你我两家世交，你我情同手足，寿儿尚小，你要一手托两府，多多照应，拜托了！"

夏侯赐早几天就来了，听曹奇说话，眼含热泪，说不出话来，只是一个劲地频频点头。

曹奇最后竟一字一顿地说："万勿让曹府丢了英雄气！"

这才闭上了眼睛。

驻于侯府的县吏郑季，先前已受命为丧礼执事，此时即上前以几缕丝棉置于曹奇鼻孔前，丝棉纹丝不动，气息全无，于是郑季宣布："平阳侯去矣！"接着说："踊三。"

踊者，跳脚地哭。一踊三跳。

曹奇夫人、子女等亲属立刻捶胸顿足、哀痛至极地痛哭。

亲属们哭着跳九次后，郑季说："节哀！"诸人停止跳跃、哭泣。

周亚夫、夏侯赐等来宾则说："节哀顺变！"随后退了出去。县令、侯府家令陪着他们到县里馆舍歇息。

郑季接着安排饭含（hàn），让人用矮脚几桌拢直了曹奇的双腿，用牛角勺撑开牙齿，放入小贝壳和生米。

手下人问："郑大人，放几只贝壳？"

正在此时，有一小婢女匆匆赶来，附在郑季耳边说："郑大人，请您快去看看，卫媪（ǎo）要生了，正痛得不行。"

郑季呵斥道："你看我正忙得不可开交，哪有工夫管卫媪？"

小婢女说："卫媪说，您不去不行的……"

郑季怒喝："滚！"

小婢女这才吓跑了。

郑季接着说："按规矩，天子九贝，诸侯七贝，平阳侯应放五贝。放完贝壳后放生米，填满为止。"

做完了饭含，郑季吩咐将后面大殓时用的被子盖好曹奇遗体。接着招呼众人随他来到侯府正厅前的庭院中，指挥仆人将梯子搭在正厅东面的飞檐上，让曹奇长子曹寿从梯子登上屋脊，走到屋脊正中，用苴（jū）杖挑着曹奇的衣服，面朝北方招魂，直呼其名，高声喊道："曹奇回矣！曹奇回矣！曹奇回矣！"然后曹寿从西北角屋檐下来。

此时正值中午，不想那小婢女又气喘吁吁地跑来了，对着郑季的耳朵说："卫媪刚刚生了，是个男孩！您快去看看！"

郑季斥道："我忙侯爷丧事，哪得有空？去！去！去！"不再像上次那样发怒。

小婢女嘟哝道："生了儿子都不去看。"走了。

卫媪生的男孩的确是郑季的儿子，府中不少人都知道他与卫媪私通的事。郑季脑中突然一闪念：侯府几千人，为何只有我的儿子在侯爷去世后出生？难道这是平阳侯转世不成？曹奇招回的魂魄难道附着于这小子身上？这小子将来难道是个战将？

郑季这会儿似乎想尽快看到自己的儿子。

"郑大人，庭中火炬要置放多少支？"监奴方田的问话打断了郑季短暂的思绪。

郑季赶快回过神来，答道："先在正厅堂上置放一支火炬，堂下两支。依礼，列侯丧事庭中共置放三十支火炬，其余二十七支分别置于庭中各处。"

郑季又吩咐府中一宾客："赶快将挽幛、招魂幡布置出去，按照事先的安排，府内外都要置挂。"

那宾客诺诺连声，转身去办了。

郑季匆匆来到正厅堂上，对曹奇夫人拜揖道："夫人，请您和公子小姐们、亲属们，皆立即换上丧服，按照与侯爷关系之近远，分别着斩衰（cuī）、齐（zī）衰、大功、小功、缌麻。"

夫人仍在流泪，低声说："由你安排。"

"还有……"郑季又说。

"还有什么?"夫人问。

郑季道:"据礼,头三日近亲属不进餐,三日小殓、大殓而殡后,可食粥,直至下葬后方可正常用膳。夫人允准,在下即去知会有关人等。"

夫人抽泣起来,答道:"甚好。哪能吃得下啊!"

"谢夫人!"郑季说。

夫人说:"你是执事,尽管吩咐、安排,不必一一问我。"

郑季道:"诺。"

从正厅出来后,郑季来到正厅外东侧,抓紧组织人力在东侧山墙下搭盖倚庐:将一排木材倚靠着山墙置放、固定,上面以茅草覆盖,不涂泥。简陋的倚庐内于泥地上铺一草垫为榻,草垫上置一土块为枕。这是为曹奇长子曹寿准备的,要一直住到亡父下葬。直到天黑,倚庐才搭盖完毕,郑季亲自去请来曹寿,让他住进去。这曹寿自小锦衣玉食,被人服侍惯了,这会儿单独一人睡到极其简陋的倚庐里的草垫上,头枕着土块,十分难受,很不情愿。他对守在外面的郑季说:"非得让我住在倚庐里吗?"

郑季答道:"这是规矩,丧礼的规矩。父亲过世,其嫡长子必须住在倚庐里,直至下葬。别人还没有资格住进去呢。"

曹寿苦笑:"真是不胜荣幸!那为何要搞得如此简陋?以木、草简易地搭个棚子,还要卧草垫、枕土块。"

"公子,住在倚庐里,卧于草垫之上,且枕着土块,是孝子对亡父的思念、感恩,亡父将要葬于地下,孝子极为不忍,所以要睡在地上、枕着土块,以此报答亡父养育之恩。这就是礼的含义。"郑季开导道。

"哦,这是孝子必须做的。"曹寿似乎懂了。

郑季继续安慰道:"曹公子是聪明人,亦是大孝子,一定会住在倚庐里。"他期待着曹寿早点安静下来,他好去看刚出生的儿子。

哪知曹寿就是不想让郑季离开,不停地向郑季发问,问第三日的小殓、大殓如何进行;问父亲的灵柩将殡于何处;问葬礼何时进行,要做些什么准备；问随葬的明器有哪些，在哪里置办；等等。直至子时，曹寿累了困了，入睡了，郑季这才吩咐随侍的家奴好生待在倚庐外，不得离开，自己赶紧去看卫媪及儿子。

郑季急急穿过几进院落，来到府中西北角的一间厢房，推开虚掩的房门进到房内，看到昏暗的灯光下，卫媪在榻上已睡着了，旁边躺着一个用襁褓包裹着的婴儿。榻旁席地而坐的卫媪的三个女儿，七岁的卫君孺、五岁的卫少儿和三岁的卫子夫看到郑季进来，即起身拜揖，小声呼道："郑大人！"

郑季挥挥手，没说话，以食指搭在唇上，意思是不要作声，别吵醒了卫媪和婴儿。

郑季移步榻前，弯腰看了看卫媪，看到卫媪平和、安静地睡着，放下了心。又去仔细看熟睡的新生婴儿，果然天庭饱满，五官端正，相貌不输他那三个如花似玉的姐姐。

郑季很高兴，嘴上没说，心里却一个劲地叫好。

卫媪醒了，睁眼看见郑季在注视婴儿，嘴角浮出微笑，说道："郑大人来了。"

郑季微笑着答："来了。还好吧？"

"好，好。"卫媪说，"郑大人是有学问的人，给这个孩子起个名吧。"

郑季略一思索后说道："今日刚入季春，大地复苏，百草泛青，就叫'青'吧，卫青。"

"卫青？好名。"卫媪道，"谢郑大人赐名！府中在忙侯爷丧礼，您为执事，有太多的事要办，您去忙吧。"

郑季稍稍待了一会儿就离开了。

他到侯府院中内外检查了挽幛、招魂幡是否置挂妥当，又到正厅周围的庭院中察看火炬是否安放确切，然后才回到自己的住处歇息。

郑季草草洗漱后卧于榻上，虽然疲惫，却怎么也睡不着。他将头一日丧礼中已办的事逐一回顾，确定没有什么不妥当的，又将第二日及近期要办的事项细细想了一遍。然后，更多想的是自己儿子的降生。

郑季出身于平阳县的大户人家，父亲郑继尧乃饱学之士，心志极高，一心要继承尧帝伟业，然仕途并不顺遂，仅任河东郡郡丞，秩级六百石，刚刚达到上中级官吏台阶。当时社会上广泛流传有"仕不至二千石，贾（gǔ）不至千万，安可比人乎"的说法，意思是做官达不到秩禄二千石，做生意赚不到上千万钱，都不算成功。郑继尧觉得自己不成功，便将希望放在四个儿子身上。

长子郑伯、次子郑仲、三子郑叔虽则好学上进，也只跻身中下级官吏，唯最为聪颖、最有学问的四子郑季，曾经是郑继尧最大的希望。不期这郑季虽则生得相貌堂堂、英俊潇洒，到了平阳县衙担任掾吏后，恃才傲物，与前后两任县令龃龉，屡受挫折，之后便不思进取，得过且过。三年前，遇有县衙派往平阳侯府的掾吏轮换，郑季自请赴侯府公干，县令亦乐得将郑季遣走，图个清静。不料这郑季入得侯府后，因学识颇高、才能颇强甚得平阳侯曹奇赏识、信任，曹奇要侯府家令在处置府中重要事项尤其是重大矛盾时，事先务必听取郑季意见，而涉及迎来送往及府中重要礼事活动则直接交郑季办理。

县衙在侯府办事的有五位掾吏，郑季成了为首的那位。不计在领地作坊中劳作者，侯府中有千余僮仆、上百宾客、二百多位家眷亲属，大小事务多如牛毛，全由家令统管，而家令遵平阳侯嘱，常常请教郑季，于是府中一些宾客和僮仆竟戏称郑季是府中的"监军"。

一年前，府中统领众奴仆的监奴卫大突发重病并致瘫痪，家令请示曹奇后宣布由方田接任监奴，不久方田之妻方媪找到家令，称原先卫大任监奴，其妻卫媪是平阳侯夫人的大婢，如今监奴换由方田做，那侯爷夫人的大婢也应由她方媪做。家令不答应，方媪便三番五次地去纠缠。家令告诉了郑季，郑季着人叫来方媪，劈头盖脸地一通痛斥，说卫大已遭不幸，卧榻不起，为何还要夺卫媪的位子？卫媪尚有一子三女共四个孩子需要抚养，是多么的不易，怎能落井下石？方媪被斥，虽然表面不敢顶撞，但内心极为不满：你郑季就是个风流鬼，定是看上了那妖精别怪、风骚撩人的卫媪了！

后来卫媪知道郑季为护着她而痛斥方媪，心存感激，便当面向郑季致谢。郑季也去看望过卫大及孩子们，嘱咐卫媪有困难可找他，他定会尽力帮忙。一来二去，郑季风流倜傥，卫媪风情万种，郎有情，妾有意，二人有了私情，且结出果实，有了儿子。

郑季与卫媪早就商量好，孩子出世后当然说是卫大的孩子，当然姓卫。虽然卫大在半年前已病逝，那就说是他的遗腹子。

郑季卧于榻上，想着与卫媪的种种交往，想着已出世的儿子，心中五味杂陈：觉得荒唐，也觉得愉悦；觉得对不起已经结婚多年且有了孩子的妻子，也觉得实在不能拒绝有求于己的卫媪；觉得羞愧，也觉得此乃当今多少男人的平常事，上自皇亲国戚，下至芸芸众生；觉得卫青这孩子在特别的日子里出世，又长得相貌不凡，将来可能不一般，也觉得这孩子可能会让自己蒙羞，这孩子的身世，将来也会给孩子自己带来诸多屈辱、不幸。郑季翻来覆去地想着，喜悦、懊恼、担心、焦虑，各种情绪搅得他无法入眠。到了五更时分，瞌睡真的来了，又不敢睡，天亮后还有许多丧礼中的事要做，且又十分重要，马虎不得。郑季干脆起来披衣坐着，等待天明。

第三日，郑季忙完了平阳侯曹奇的小殓、大殓、殡柩，又向府中有关人员布置了采买陪葬的各类明器以及三月后葬礼的各项准备之后，当晚亥时，一人悄悄来到府中西北角僮仆们居住的大杂院，刚进院门，拐角处就传出方媪哈哈两声干笑，说道："郑大人来看儿子？"

郑季起先吃惊为何有人躲在此处等待自己，看清是方媪，正色道："不得妄言！"

"妄言？"方媪仍然嬉皮笑脸，"您郑大人要去看卫媪的儿子，不是吗？那不也是您的儿子？"

"胡说！"郑季斥道，"明明是卫大之子嘛。"

"卫大都死了半年了，还卫大之子。"方媪反驳。

郑季辩解道："是卫大的遗腹子。"

"哈哈！"方媪嘲讽道，"那卫大一年前即病重卧榻不起，半死不活、朝不保夕的，还有那能耐？郑大人您糊弄谁呢？"

郑季语塞。

方媪见郑季无语，得寸进尺道："府中谁人不知，谁人不晓？"

郑季发怒呵斥："都是你这长舌妇成天嚼舌头！"说完越过方媪离开。

那方媪还在后面说："我会让您郑大人的儿子永远抬不起头！"

郑季被方媪搅得心烦意乱，走到卫媪门口，犹豫再三，并未进去，便转身返回了。

卫青就这样来到世上。屈辱与生俱来。

2. 郑季市肆求卜

曹奇去世后，汉景帝刘启不久下达诏令，由曹奇长子曹寿继嗣平阳侯。景帝中元三年（公元前147年），刘启将自己和王皇后所生的长女阳信公主下嫁平阳侯曹寿，称平阳公主。

平阳公主自小活泼、热情，喜好歌舞，十六岁嫁入侯府后，闲来无事，便募求了十几位年方十来岁的良家女孩入府，延师教习文章、礼仪、歌舞。一次在婆婆太夫人那里，平阳公主说起此事，太夫人说："公主这事办得好哇，给府中增添了诸多生气，老身哪回也去瞅瞅。"

平阳公主说："刚刚有了开端，尚在教习文字，不识字何能学好歌舞？"

"那是，那是。"太夫人赞道，"公主这也是在做善事。平常人家的女孩，在各自家中哪有如此的机会？"

"只是目前尚有缺憾。"平阳公主说。

"什么缺憾？说来听听。"太夫人问。

平阳公主叹道："选了十几个女孩，相貌、身段都不错，但没有一个适合唱歌的，嗓音条件都不好。"

"啊，是这样。"太夫人似乎突然想起什么，用手指着侍立于侧的大婢卫媪说道，"卫媪有三个女儿，个个美艳非常，而且有一日我无意中听到卫媪在教三个女儿唱歌，唱得好听着呢。"

"啊，有这样的事？"平阳公主眼睛一亮，"卫媪，你赶快将她们三个叫来，让我看看。"

"太夫人谬赞，那是奴婢忙里偷闲时教她们三个唱我们家乡的野曲呢。"卫媪既兴奋，又犹豫，手足无措，两眼望着太夫人："公主选的都是良家女，而她们三人可都是奴婢之女啊！"

太夫人未答，两眼看着平阳公主。

平阳公主倒爽快："奴婢所生何妨，只要如太夫人所言，真的够条件就行。卫媪快去找来。"

不一会儿，卫媪叫来了三个女儿：十三岁的卫君孺，十一岁的卫少儿，九岁的卫子夫。一个比一个漂亮，一个比一个可爱。

平阳公主两眼放光，直呼："何言奴生子，皆是小仙女也！"转而对卫媪说："都像你，但更动人。"

卫媪低声道："公主谬赞。公主才是雍容华贵，美艳惊世，光彩照人！"

平阳公主得意地笑了，笑得很开心，然后说："让她们唱给我听听。"

"唱什么？"卫媪小心翼翼地问。

平阳公主说："就唱你教的野曲呗。"

卫媪会心一笑："诺。"

三个女孩站成一排，唱道：

> 淇水有梁，
>
> 梁在水中央。
>
> 渡人兮行行（háng háng），
>
> 过水兮汤汤（shāng shāng）。
>
> 妹于水梁旁候郎，
>
> 郎却径上山梁。
>
> 水梁，山梁，
>
> 妹皆称"梁上"，
>
> 谬导吾之郎。

太夫人听完击掌："好，好，正是此曲！"

平阳公主大笑："唱得好，词亦编得好，有卫风格调，甚有趣。谁人编的词？"

卫媪答："回公主话，此曲原本是家乡卫地山野流传的小曲，词是经过家母修改的。我小时候家母教我唱，后来我就教三个女儿唱。"

"哦？"平阳公主有些诧异，"你的母亲颇有文采啊。"

太夫人插言道："卫媪家乃官奴婢，是她父亲仕途遇挫，因罪而全家没入官府为奴的，后来朝廷将她们赐予平阳侯府。"

"原来如此！万事皆有缘由，一般的奴婢家庭，哪能生出如此出众的女子？"平阳公主感叹不已，"此曲美，应有名。我意，就以第一句为名：《淇水有梁》。"

太夫人首先赞成："《淇水有梁》？好极！公主果然高明。"

卫媪及其三个女儿频频点头，喜形于色。

"那就让卫媪的三个女儿跟随学习歌舞？"太夫人提醒。

"当然，当然，那还用说。明日即去，我马上跟师傅交代。"平阳公主满口答应。

次日，卫君孺、卫少儿、卫子夫要去学习，卫青一百个不愿意。平日里母亲卫媪要去侍奉太夫人，兄长卫长君作为平阳侯随从小奴要去侍奉曹寿，卫青只能跟着三个姐姐，因为大杂院里所有奴婢家的孩子都不与卫青玩，且看到卫青就骂他是"小杂种"。这都是方媪撺掇的。母亲、兄长和姐姐们都心疼卫青，时时护着他，尽力不让别的孩子欺负他。现在三个姐姐要去学习，卫青要姐姐们也带他去，君孺、少儿一个劲地摇头，说那怎么行，师傅还有公主会责怪的。子夫与卫青在一起玩的时间最多，感情最深，最疼卫青，说那就让卫青跟着，在室外等候，不然我们不在，别的孩子可能会来欺负他。君孺、少儿看卫青可怜，勉强同意了。

卫青跟着三个姐姐来到府中一处厅堂，姐姐们进去上课，卫青就在廊庑中候着。卫青听到里面有先生正在教授《孝经》，讲得津津有味。卫媪小时家道尚未衰落，读过书，粗通文字，现如今有空时也教教自己的孩子，所以卫青也从母亲处初步学过《孝经》，现在听先生讲《孝经》，就有了兴趣，趴到窗台上听讲。先生是个忠厚长者，见一虎头虎脑的小男孩每天趴在窗台上听讲，并未干预，随他去。就这样，卫青每天跟着姐姐们，趴在窗台上蹭了一个多月的课。

后有一日，方媪的儿子方让胡乱转悠来到院里，看到卫青趴在窗台上听课，顿生怒气，上去就抓住卫青的衣服，将他拉到一边，嘴里还骂道："你这小杂种，也配听课？"

卫青没有理睬，继续趴到窗台听课。先生与众小女子听到吵闹，出来看。方让竟恼羞成怒，从背后一下将卫青推倒在地。卫青跌破了脸，这下确确实实被激怒了，爬起来，三拳两脚就将方让打趴下，然后骑在方让身上，想起多年来受到方让的欺侮，将方让打得鼻青脸肿方才罢手。

方让哭着跑开，一会儿叫来了方媪。方媪指着卫青大骂："你个小杂种，仗着郑季、卫媪的势欺负我儿子，老娘就来教训你！"说着举起拳头就要打卫青。

正在此时，平阳公主恰巧前来探视，喝道："方媪住手！"

方媪一见是公主，扑通跪地："公主为奴婢做主，卫青欺负我儿子。"

平阳公主问早已看在眼里的先生："谁先动的手？"

先生答："回公主话，是后来的小子先打趴在窗台上听讲的卫家小子。"

平阳公主又问跪于地上的方媪："你家小子几岁？"

方媪答："九岁。"

平阳公主问卫青："你几岁？"

卫青低着头，不敢看公主，小声答道："七岁。"

平阳公主笑了："方媪，你听到了吗？你家小子先动手打人，后来却被小两岁的卫家小子打了，你说是何道理？你还要打人？"

方媪大哭："天啦！"

平阳公主朝身后随行的大婢说道："你去将方媪掌嘴十下。"

大婢听公主言，心中大喜，方媪太招人恨了，前段时日还要与自己争当公主的大婢。于是走上前，狠劲地朝跪于地上的方媪抽了十个耳光，方媪的嘴脸都被打肿了。

方媪爬起来，带着儿子方让灰溜溜地走了。

事后，平阳公主又命侯府家令将方田、方媪逐出侯府，到田庄去从事重体力活。

两日后，平阳公主与丈夫平阳侯曹寿赴京师，参加汝阴侯夏侯赐长子夏侯颇的婚礼，郑季随侍而行。途中于驿传歇息时，平阳公主单独对郑季说："前两日我第一次看到你与卫媪的儿子卫青。你不要误会，我不是听方媪那贱婢说的，而是太夫人告诉我，卫青是你的儿子。这小子长得比一般孩子壮实、高大，那大两岁的孩子还矮他半个头呢，虎头虎脑，虎虎生气，挺惹人喜欢的。趴在窗台上偷听先生讲课，好学！被人欺侮先忍着，实在不能忍则坚决反击，够种！把一个年长自己两岁的孩子打得鼻青脸肿，有力！你得好好培养。子不教，父之过。"

郑季脸一红，低着头，嗫嚅道："小人造孽，罪过！小人唯公主之命。"

平阳公主和气地说道："你造了孽，给孩子带来了屈辱，你要补救。"

"如何补救，但凭公主吩咐。"郑季仍旧诚惶诚恐。

"好，我给你指条路：我将告知平阳县令，调你回县衙，提任县丞。你给事侯府也有十年了，颇多贡献。你将卫青带回你家，换姓郑，让他脱离侯府奴婢大杂院的屈辱环境，带回家后教他读书。我看这孩子将来必有大出息，不好好培养太可惜了！"平阳公主看来早有考虑。

郑季既喜又忧，跪叩道："叩谢公主大恩大德！只是，只是……"

"只是什么？"平阳公主嗔怒道，"你怕县令不听我的？有过平阳县令不听从平阳侯府的事出现吗？至于怕你的家人不接纳卫青，就说是本公主的旨意。亏你还是个大男人！起来吧，别跪着了。"

郑季起来，又揖拜道："公主是我郑季的大贵人，亦是卫青的大贵人！小人没齿不忘，也教育卫青永远铭记！小人必定好好培养卫青！"

平阳公主正色道："郑季你记住今天对我说的话，如果做不到，本公主必惩罚于你！"

"诺。"郑季答道。郑季不敢当面违忤公主，但内心尚存犹豫。

京师的平阳侯府并不在长安城内。西汉帝国建都长安以后，朝廷给达官贵族赏赐大邸或赐地自建，汝阴侯夏侯婴的侯府即是吕后所赐，紧邻长乐宫。当时平阳侯曹参在齐国任相国，辅佐刘邦长子、齐王刘肥九年，故未在长安城内置有侯府，而是在高帝刘邦的寝陵长陵旁的长陵县（今陕西咸阳市东北）建造了平阳侯府。长陵县地处长安城以北三十五里，是当时诸帝陵县中最大、最繁华的，有万户规模。初始即迁徙齐、楚等地大族及诸功臣家至长陵，后来又陆续迁来二千石以上高官及豪富之家，全县达官贵族与豪强巨富云集，楼观比比皆是，豪门鳞次栉比，成为京师长安的重要组成部分。

郑季到达长陵县后，抽空去看望居住于此的表兄。表兄很热情，专门设宴接风，席间说起近几年长陵卜筮之风盛行，郑季不解，极擅言谈的表兄侃侃说道："咱大汉朝卜筮之风起自文帝刘恒。刘恒乃高帝第四子，初被高帝封为代王。高帝驾崩后，吕后专权，吕氏势力大盛，把持国柄。待吕后意外被苍犬咬伤而不治去世后，陈平、周勃等果断夺取京师北军军权，一举铲除吕氏势力，然后大臣们决定，将迎代王刘恒入京为帝。代王与母亲薄太后、舅舅薄昭商议，觉得尚不明京师形势和各位同姓诸侯王态度，为慎重计，薄昭自请赴长安探虚实，同时让代国卜者以龟卜得大吉，还专门派人到天下最有名的卜筮老妪（yù）许负处亦卜得大吉，刘恒这才放心入京，登上皇帝大位。而薄太后多年以前尚未入汉宫时也曾找许负卜相，许负说她今后会生天子。刘恒果然当上天子。因此，文帝刘恒和薄太后对卜筮极为相信，引得天下人皆深信不疑。皇帝、太后都信，谁会不信？谁敢不信？"

郑季听了问道："自文帝时起，天下人皆信卜筮，为何近几年长陵县卜筮之风尤盛呢？"

"这与你所侍奉的平阳公主家有关。"表兄说。

"与公主家有关?"郑季一脸狐疑,"表兄说来听听。"

表兄呷了一口酒,继续慢慢说道:"平阳公主的母亲王皇后讳名娡,那王娡的母亲叫臧儿,是故燕王臧荼的孙女,也算是贵族之后。臧荼乃战国时燕国将军,秦末参加起义后被项羽立为燕王,后投高帝。大汉帝国建立后,臧荼反叛,被高帝俘杀,臧荼孙女臧儿流落民间,先嫁槐里县王仲为妻,生子王信和女王娡、王儿姁(xǔ),王仲病死,臧儿更嫁咱长陵县之田氏,生子田蚡、田胜。臧儿先将长女王娡嫁给金王孙为妻,后臧儿到长陵县的市上卜筮,钱姓卜者告知两女皆当大贵。臧儿便要王娡离开金家,金王孙发怒,将王娡送入太子宫为婢。不料王娡因长相出众和聪慧多智而深得太子也即当今皇上宠爱,太子即位后先被立为夫人,后被立为皇后,生了三女一男,长女即平阳公主。平阳公主的母亲被立为皇后是三年前的事,王皇后被立不久,其子刘彻被立为太子,其妹王儿姁被立为夫人,姐妹俩果然大贵。于是就传出长陵县之市上那位钱姓卜筮者是如何精准、神奇,如此长陵卜筮之风一下子便大盛起来。钱家日日门庭若市,求卜者络绎不绝。"

"真有那么准?"郑季表示怀疑。

表兄笑道:"你若不信,可问平阳公主。"

郑季说:"我怎敢去问公主。"

"那你自己可去求卜啊,以后看看准不准。"表兄说,"你若没带钱我给你。"

表兄的话一下子提醒了郑季,他暗自决定明日去为卫青求卜,于是就推托说身体不适,不想再饮酒,想早点休息。表兄也未勉强。

次日一早,郑季带着表兄给的钱,来到长陵市上钱姓卜家,果然是求卜者众多,挨到中午,方才轮到郑季。钱姓卜筮者是位鹤发童颜的老先生,很有些仙风道骨的风度。郑季将卫青出生的年、月、日、时即生辰八字报上,又回答了一些问题,那老者闭上眼睛,思索了一会儿,便说:

"恭喜客家，此小子将来必定大贵！"

郑季问："如何大贵？"

老先生道："贵不可言！"

再问，答："周亚夫刚刚被免，天下再有事，会生新的大帅。"

郑季一听心里美滋滋的，奉上五千钱后立即离开了。

求卜让郑季坚定了将卫青带回家的决心。他想到：将来卫青大贵了，他这做父亲的岂不沾光?! 自己这辈子要发达看来不是不可能。

3. 双份之屈辱

　　平阳公主到了京师，除参加汝阴侯夏侯赐长子夏侯颇婚礼外，自然要进宫谒见父皇、母后。皇帝刘启见到平阳公主，很是高兴，但才说几句话，新任丞相刘舍进来称有紧急情况禀报，说匈奴骑兵又犯边境，平阳公主只好告辞到了母亲王皇后处。平阳公主自小聪明、乖巧，甚得母亲喜爱。平阳公主出嫁后，大半年不见，王皇后一下搂住平阳公主，嘴里不停地说："小乖乖，好久不见，想死为母的了！"

　　平阳公主跪叩道："母后，女儿亦日夜思念您啦！"

　　"快快起来，坐到我身边。"王皇后说。

　　母女俩有说不完的话。说了好一会儿，王皇后问："去看你父皇了吗？"

　　"去了，去了，能不先去拜见父皇吗？"平阳公主说，"只可惜才说了两三句话，丞相刘舍就进来禀报匈奴骑兵犯边，我便退出来了。母后，丞相原来不是周亚夫吗，为何换成了刘舍？"

　　王皇后说："这是前天的事，你父皇免了周亚夫丞相，新任桃侯、御史大夫刘舍为丞相。周亚夫于前元三年吴楚七国之乱时被任为太尉，与你叔叔、梁王刘武一起平息了叛乱，后来到前元七年被你父皇任为丞相，你父皇又撤了太尉职位，由丞相兼领太尉职事。周亚夫兼领文武，位高权重，其自恃功高，多次违忤你父皇，公开反对废栗太子，反对封吾兄王信为侯。栗太子不废，你弟弟刘彻后来如何能立为太子，我又如何能成为皇后？你父皇罢免了周亚夫，亦是不得已。但刘舍虽为功臣之后，并不知兵，丞相要兼领太尉职事，就显得捉襟见肘。故你父皇现在有些忧虑，真要有事，难有人统兵啊！"

平阳公主听了，也不禁为父皇和朝廷担忧起来。家国，家国，皇家即是朝廷、即是国。家国情怀自然早就牢牢根植于平阳公主心中。

平阳公主又去太子宫看了弟弟刘彻。刘彻从小便对这位大姐很依赖，一见平阳公主就说："大姐，想煞小弟了！"

平阳公主笑道："才分别不到一年的时间，有那么想大姐吗？"

"那是当然。"刘彻埋怨道，"大姐出嫁后为何要住到平阳县那么远的地方，长陵县不也有侯府吗？你若住在长陵，我还能得空去看你，平阳县太远，父皇和母后是不允我去的。"

平阳公主劝说道："弟弟已是太子，为将来君临天下计，自然是要在宫中多学习本领，增长才干。我刚嫁过去，因为太夫人住在平阳县习惯了，我与平阳侯只能过去陪侍一段时间，以后有机会我还会回到长陵县，这样离父皇、母后和你这位太子弟弟皆近，时常可来看望你们。"

"那弟弟翘首以待了。"刘彻喜滋滋的。

"太子，你已十岁了，要懂得早日为父皇分忧啊！"平阳公主一本正经地说道。

刘彻笑道："大姐为何如此严肃？我懂。天下之忧，内则诸侯，外则匈奴；国之大事，在祀在戎，即敬天祭祖和确保战争胜利。我既为太子，当然要早作考虑。再过个三四年，我甚至可以请求父皇准许，让我到边境痛击匈奴入侵骑兵。"

平阳公主赞道："太子将来一定宏图大展，英雄气概令人佩服！"

在返回平阳县的途中，平阳公主一直想着父皇的忧虑和弟弟的豪言壮语，觉得自己有责任为他们留心，发掘将帅之才。当然，自己仅是已出嫁的公主，不在朝中任职，有很大的局限性，只能从身边留心。一想到此，自然而然地想到卫青，这小子或许是可造之才。

回到平阳县的侯府后，过了七八天仍不见郑季有动静，平阳公主便召见郑季，责问道："我已与县令招呼过，即将调你回县衙，你为何还未告知卫媪？这决心就那么难下吗？"

郑季吞吞吐吐："回公主话，小人已然下决心带卫青回家，但就是一见卫媪便开不了口。"

"早知今日，何必当初？"平阳公主板着脸，数落道，"说你你不懂，懂了又不听，听了又不做，做了又做不好。难怪你入仕十几年，仍为斗食小吏，一点男人的担当都没有。卫青是你的儿子，你能不为他的将来负责？就让他埋没在奴婢大杂院中，在受尽屈辱中沉沦，只能做一个奴仆，毁了一生？"

郑季低着头，不敢看公主，答道："公主教训得极是。小人今晚即与卫媪商定。"

当晚，郑季来到卫媪住处，犹豫再三后对她说："我要认卫青，并带他回郑家。"

卫媪大吃一惊："郑大人您今日是怎么了，发烧烧糊涂了还是饮酒醉了？如何说出此话？"

"我没发烧、没饮酒，卫青是我的儿子，我有责任。"郑季抓住卫媪的双手，两眼直盯着卫媪的脸，以极其肯定的口吻说道。

"您不忌讳了？您不害怕了？"卫媪问。

郑季将平阳公主两次对他说的话和盘托出。卫媪听了，沉默了好一会儿才说："公主乃陛下长公主，太子长姐，高贵无比，却如此关心吾等奴婢及奴生子，恩德齐天似海，就是上天派来拯救我们全家的神啊！但我要怎样告诉卫青呢？这些年大杂院里的人都喊他小杂种，而我和儿女们都帮他遮掩，编谎言安慰他，说他和兄姐们一样是卫大的孩子。现在要告诉他是您的儿子，即是确认了他真是一个私生子，他能受得住吗？"

郑季听言，羞愧不已，说道："如此说来，在卫青尚未知事时，我即将他领回家，就说是我的儿子，可能要让他少受屈辱。我始终想着自己不能受辱，却让孩子替我受辱，都是我的罪过！"

"过去的事不提了。"卫媪见郑季自责，安慰道，"错不在您一人，我也有错。不过卫青能跟您回家，受些教育，倒是好事。他是您的儿子，这事瞒不住，迟早得认，这坎他得迈过去。我来好好说服他。"

郑季走后，卫媪即唤来卫青，和颜悦色地说道："卫青，你想读书吗？"

卫青点头："当然想。我听先生讲《孝经》，讲得可好呢。"

卫媪说："先生那里你不能去了，你可以跟郑大人学，郑大人可有学问了。"

"郑大人？"卫青问道，"为什么要跟郑大人学？难道真如院里大人小孩所言，我是他的儿子？"

卫媪未想到卫青如此直截了当地发问，一下子懵了，不敢立即回答。

卫青见母亲不回答，追问："是不是，母亲？我真是一个杂种！"

卫媪没有回答。卫青则低着头，狠命咬嘴唇，嘴唇被咬出了血，鼻孔则呼哧呼哧地出大气。

卫媪一见，说："青儿，你要哭就哭出来吧，千万别憋坏了！"

卫青这才"哇"的一声大哭起来，撕心裂肺地哭。多年所受的委屈瞬间爆发了，且大声吼叫："我真是一个杂种！"

"你不是杂种，不是！不是！那是别人骂你的话。"卫媪赶紧安慰，"那不是你的错，是大人的错，却让你受屈辱。母亲对不起你啊，我的儿子！"卫青自小从来不哭，这下哭得如此伤心，使得卫媪心痛万分，也不禁搂着卫青痛哭起来。

母子俩的大声痛哭，将在隔壁房间的卫长君、卫君孺、卫少儿、卫子夫引了过来，四人既安慰卫媪，更安慰卫青。卫青听了哥哥姐姐们的话，慢慢停止了哭泣。

卫媪此时才告诉卫青："郑大人要带你回郑家。"

"不，我不跟他走，我要与母亲、哥哥、姐姐在一起。"卫青说。

"青儿，"卫媪慈爱地摸着卫青的头，说道，"郑大人很快就要回到县衙供职了。你跟着他，可以读些书，也可脱离我们这大杂院，将来还可能有机会免奴为庶人。这都是平阳公主的安排，是公主对你的怜爱。你可不能辜负公主啊！"

卫青听说是公主的安排，点点头表示同意，又说："如果郑家不好，我要回来，仍然和你们在一块。"

卫媪说："好，到时我去向公主求情，让你回来。"

郑季回到县衙就任县丞，秩禄由百石升至四百石，县令和众同僚都来祝贺，可他们背后却议论纷纷，说这郑季在侯府十来年，不仅服侍好了平阳侯，还让嫁入侯门的尊贵无比的公主另眼相看，甚至白白捡了一个儿子，真有本事！有位原本最有希望提任县丞的掾史因被郑季夺了位子，心中憎恨无以排解，便四处散布郑季在侯府私通卫媪一事，致使郑季名誉扫地，走到县城街上，亦被人指指点点。

郑季在上任次日即将卫青带回了家，他要妻子给卫青安排住处，妻子郑氏满脸的不高兴，冷言道："你一个百石小吏，家中也就一堂两厢，东厢房是我们夫妻俩居住，西厢房是三个儿子居住，你冷不丁带回来一个儿子，住哪？只有与三个儿子挤挤啰。"

"你这个妇人，怎样说话？是平阳公主让我将卫青带回来的，没地方住，难道要送回去不成？公主也不会答应。"郑季埋怨道。

"别拿公主压我。你与卫媪生儿子，难道也是公主让你做的？"郑氏说。

郑季被噎得说不出话来，就带卫青到西厢房，但三个儿子大吵大闹，说父亲带回来一个野种、奴生子，我们决不让他进房间。郑季没法，回过头来又求妻子，那郑氏嘴中嘟嘟哝哝，说儿子们不让住，我也没办法，要么就住在堂屋里？郑季说，那怎么行？郑氏说，那只有住到后院里，茅厕隔壁有个放杂物的小屋。

郑季带着卫青来到后院那堆放杂物的简陋小屋，稍稍整理了一下，搭了一块两尺余宽的木板权作是榻，郑氏接着送来一床旧被子。

吃饭时，三个儿子又坚决不与卫青同桌，说如果卫青上桌，他们就不吃了。没办法，卫青只能等全家人吃完，才能吃点残羹剩饭。

夜晚，卫青卧于茅厕隔壁小屋中临时拼搭的榻上，怎么也睡不着，闻着茅厕里传过来的臭气，想想进入郑家第一天的遭遇，七岁的他不仅在流泪，心里也在滴血！在侯府的大杂院里，他被称作杂种，但他作为奴生子的身份和大家是一样的。而在郑家，他不仅被称作野种，还被称作奴生子，是双份的屈辱！而且没有了母亲和兄姐们给予的关怀与温暖。

唯一让卫青高兴的，是郑季每晚在教习三个儿子读书后，来到后院，教他读书。郑季教卫青学习《孝经》，卫青虽然起先有涉猎，但都是零星的，郑季教他的才是系统的、比较深入的。白天里，郑氏要卫青清扫前院、后院，卫青在清扫完后，就用树枝在地上练习书写郑季教授的课程内容。

一天上午，郑氏看到卫青于后院用树枝在地上写字，气不打一处来，斥道："为何不清扫院子？"

卫青怯怯地答道："母亲大人，已经清扫过了。"

"谁是你的母亲？你的母亲是奴婢！"郑氏怒喝，"每天必须将前后院都清扫干净，不清扫而在地上瞎画什么？"

"是父亲大人要孩儿这样称呼您的。"卫青辩解道，"地已经清扫过了，不是很干净吗？"

郑氏更加怒了："你是奴婢所生，是奴生子，奴生子仍旧是奴，我怎能有奴做儿子？你又怎配读书？要你清扫前后院子，你不扫还强词夺理！"

"真的扫了。"卫青再解释。

不想这郑氏却突然抓起扫帚，狠命地打向卫青。卫青并不躲闪，笔直地站在那里不动，任由郑氏抽打。郑氏直到累了方停下，停下后突然觉得这卫青不同凡响，小小七岁年纪，身上却有着一股难以征服的倔劲和刚强，她甚至有点怕了。故之后她没有再笞（chi）詈（lì）卫青，甚至告诉自己的三个儿子，轻易不要去惹卫青。

就这样过了将近半年，到了次年初夏，情况发生了变化。郑季的父亲郑继尧年老致仕返回平阳，被郑氏宗族推举为族长。一次在族中长老会议上，有一长老提出，族长德高望重，又于郡衙供职多年，受到全体族人拥戴，完全胜任族长之位，然族长四子郑季，虽擢升县丞，却公然将私生子带回家中，亲自教授经书，有抹黑郑氏宗族、败坏风气之嫌，亟待改弦更张。其余长老皆附和，弄得郑继尧甚为难堪，连称："果有此事，定惩治犬子。"

之后郑继尧即令人喊来郑季，问及长老们所反映属实否，郑季答，果真如此。郑继尧大怒，要郑季立即将卫青送回卫家。

郑季恳求道："父亲大人，送不得，送不得！"

"为何？"郑继尧问。

"是平阳公主认为卫青是可造之才，要我带回来好好教育。"郑季诚恳地解释，"而且，我也发现这卫青可能真的不一般。"

郑继尧再问："此话怎讲？"

郑季说："父亲大人，平阳侯曹奇刚过世，卫青即诞生，这是否武将转世？上次我去长陵县，经表哥提醒，到长陵市中一位钱姓卜筮老者那里为卫青占卜，钱姓老者亦言卫青将来贵不可言，并暗示可为帅才。"

"啊，有这事？那卜者可能胡诌吧？"郑继尧不太信。

"父亲，那钱姓卜者正是当年王皇后的母亲臧儿去求卜时，说王皇后姐妹今后皆大贵的人，能不准？如今钱家门庭若市，求卜者络绎不绝。"郑季说，"再者，我如果将卫青送回侯府，平阳公主能答应？"

郑继尧有些犹豫了："那依你如何是好？"

郑季思索片刻，说道："父亲大人，我想，您老人家已致仕，我等兄弟四人又不争气，辜负了您的期望，说不定卫青将来可以光耀郑家门楣。现如今县城里议论纷纷，可先将卫青送走，当然不能送回侯府，而是送得远一些，待将来议论平息再接回来。"

郑继尧一心想着郑家发达，经郑季一番劝说似乎看到了些许希望，便说道："也好。送哪儿去呢？"

郑季说："父亲，我想到了一个去处。昨日遇见堂弟郑宽，他说是来看您的。就让卫青去他那里怎样？”

"跟着郑宽做羊倌？”郑继尧说。郑宽是郑继尧的侄儿、郑季的堂弟，在平山坡上牧羊。

"让卫青给他做个伴，甚好。”郑季说，“少则一年，多则两年，再将卫青接回来。届时宗族中无甚反应，可将他换姓郑，将来真的发达了，岂非郑氏的荣耀？”

郑继尧稍作考虑后说：“只好暂时如此了。”

4. 牧羊平山坡

休沐日，郑季领着卫青，驾着马车，出平阳县城，沿着平水一路向西。

平水发源于平阳县西边的吕梁山脉东麓的平山龙子祠泉，由西流向东，于平阳县附近入汾水，是汾水的一条小支流。山之南或水之北称阳，平阳县位于平水之北，故称平阳。平阳县四周环山，中间平川，为一盆地，南临平水，东接汾水，地理位置优越，乃膏腴之地，远古时期帝尧曾在此建都，故有"华夏第一都"之称。这也是郑继尧取名"继尧"的缘由。

这平水的源头龙子祠泉，群泉争涌，经四周纵横渠道，汇成平水，水量丰沛，水质清澈，两岸长满杨树、榆树还有槐树，生机勃勃，郁郁葱葱，广袤的原野上，粟、黍、菽等庄稼连成青纱帐，碧绿碧绿的。树木、庄稼还有远处的苍翠山峦连成一片，散发着浓烈的大自然的本真气息，沁人心脾。卫青自出世后均是蜗居于侯府西北角那个奴婢大杂院里，从未出过县城，现时坐在父亲驾驶的马车上，贪婪地将眼前的一切尽收眼底，心旷神怡，这些年积存于心中的屈辱和污垢，似乎一下子被荡涤干净。

走了三十余里便到达龙子祠泉，郑季停了马车，带着卫青看了群泉，并在泉水旁吃了干粮，喝了甜甜的泉水。然后马车折向北，沿着吕梁山东麓平山山坡，又走了将近二十里地，便到了郑宽牧羊处。

郑宽是个年近三十的魁梧大汉，浓眉大眼，虎背熊腰，还穿着当年从军的服饰，一看即是赳赳武夫。看见郑季到来，郑宽十分高兴，说道："县丞大人光临牧羊人寒舍，不胜荣幸！"

郑季笑道:"宽弟不要笑话愚兄,入仕十多年,混一县丞小吏,惭愧之至,还称何大人?我来看你是有求于贤弟。"

"求我?"郑宽狐疑,"我一牧羊人,也值得相求?"

郑季摸着卫青的脑袋,诚恳地说道:"此为吾外子卫青,年方八岁,是你的亲侄儿,我从侯府带回后,有些议论,不得已,我与父亲大人商议,先将他送到你这里,待个一年,最多两年,我再来接他回去,可否?"

郑宽仔细地打量卫青,见他长得虎头虎脑,生气勃勃,一看就喜欢上了,于是说:"甚好,甚好!你若放心,就搁我这里,我正愁着一个人寂寞无人说话呢。"

郑季高兴地说:"多谢贤弟帮了我大忙!请贤弟让他跟着你牧羊,有空时教他些骑射及拳脚功夫,我觉得这小子将来可能和你一样,是个不错的武夫。"

"甚好,甚好。"郑宽应道,"牧羊、习武乃吾每日必行之事,就跟着我一起做呗。"

郑季这才对卫青说:"青儿,你就暂时跟着宽叔,学些本事。你宽叔自幼习武,功夫了得,若非在平乱中伤了腿脚,也不会回到家乡,在军中会有大好前程的。你在宽叔这里待一年,最多两年,我必来接你回去,并请求宗族中同意,将你换姓郑。好否?"

卫青与父亲相处这半年,多多少少还是感受到一些父爱的,现在听了父亲一番诚恳之言,甚至有些感动,于是点了点头。

郑季又补充道:"有空看看书。我将《孝经》带来了,放这里给你温习。"

卫青又点点头。

次日一早,郑季辞别回城。在向父亲挥手告别的那一刻,卫青觉得两眼有些热、有些湿。

郑宽的父亲是郑继尧的同胞兄弟,郑宽母亲在郑宽五岁时去世了。其父母原本感情极笃,母亲去世后父亲一直未续弦,但成天酗酒,郑宽主要是由郑继尧夫妇照顾,过了几年,其父也病逝了,郑宽即完全由郑继尧夫妇抚养长大，与郑季兄弟四人犹如同胞兄弟。这郑宽自幼便调皮捣蛋，稍长后跟了一位师父学习武术，不好读书。景帝前元三年（公元前 154 年），吴楚七国反叛，周亚夫挂帅出征，平阳侯曹奇于封地平阳县招募士卒，郑宽应募从军，跟随曹奇出征齐地，不想在战斗中伤了腿脚，落下残疾，这才回到故乡。回来后，得郑继尧首肯，到郑家在平山坡的一片岗地上筑了一排羊舍，以牧羊为生，至今也未成家，图个一人自由快活。

郑季走后，郑宽领着卫青参观他的羊舍。羊舍建在山坡东面，坐西朝东，一排房屋全是夯土墙，茅草顶。羊圈中有二百来只羊，皆肥壮，卫青看了不禁赞叹："宽叔养的羊个个膘肥体壮，看来宽叔是把它们当成自己的孩子在养。"

郑宽大笑："青儿真会说话！不过说得也没错，我一人在此，所有的心思都花在这群羊上。起初只有三十几只，经过七八年，成了二百多只，还不包括每年陆续卖出去的。"

羊舍最北头有个马圈，里面拴着一匹马，枣红色的，毛色光亮，骨骼高大，四肢健硕有力。卫青看了更是啧啧称赞："这马是宽叔的坐骑？好威风啊！"

郑宽说："当年从军，吾叔即你爷爷花大价钱买了这匹马，还有服饰和武器送我，否则我还去不成呢。回乡时就将它带回来了，这么多年，一直与我为伴。"

卫青问："宽叔，今日不放牧羊群了？"

"天空有些阴沉，可能要降雨，就不出去放牧了。"郑宽说，"一会儿我去弄些饲料喂食羊群。"

"那我干什么呢？"卫青问道。

"你帮我一起去弄饲料喂羊。"郑宽见卫青颇为懂事，很高兴，便说道，"喂完了羊，我带你一起在附近遛一会儿马。不敢走远，怕下雨。"

"好啊！"卫青雀跃。

卫青拎着个小柳条筐，从饲料间装上饲料，一趟一趟地往羊舍中送，倒入木制的食槽中。郑宽看卫青满头大汗，要他歇会儿，卫青连说不累，干得很欢。

喂完了羊，郑宽牵出马，带着卫青，到坡下溜达。卫青似乎对马有一种本能的发自内心的喜爱，马儿走到哪，他就跟到哪，还不时地摸摸马的身体，而马与卫青初次相会，似乎也一见如故，任由卫青抚摸。

卫青问道："宽叔，这马有名字吗？"

"名字？"郑宽答道，"没有，从没有想到为它起个名字。"

卫青说："宽叔，它跟您已好多年了，是您的好朋友，好朋友难道能没有名字？"

郑宽笑了："说得也是，是应该有个名字。叫什么呢？"

"宽叔，我试试行吗？"卫青觉得郑宽和蔼可亲，这才斗胆说道。

"试什么？"郑宽问。

"给马起名字。"卫青答。

郑宽爽快地说："行，有何不行的？"

卫青说："那就叫它大枣。"

"为何是大枣？"郑宽笑问。

卫青解释道："它浑身都是枣红色，无一点杂毛，跟枣子的颜色完全一样，只不过比枣子大很多。"

"好！"郑宽很高兴，"就叫它大枣。"之后对着马儿喊："大枣！"那马竟点了两下头，似乎听懂了主人的称呼。

小孩子容易得寸进尺，见郑宽很高兴，卫青又提出了新要求："宽叔，您骑一下马让侄儿开开眼界好吗？"

郑宽也起了兴头："好。可惜没上马鞍。"

"我去取。"卫青道。郑宽点头，卫青已跑出去一箭之地。

卫青取来马鞍，郑宽安上后，一脚踩着马镫，一翻身即上了马背，完全不像一个腿脚有残疾的人。

郑宽一抖缰绳，大枣便放开四蹄，如离弦之箭，撒欢地奔跑起来。郑宽在马背上，或伏、或仰、或站、或挥舞双臂、或侧避于马腹。卫青看呆了、看痴了，使劲地拍着小手，使劲地呼喊助威。大枣绕着圈跑了好一会儿，郑宽一拉缰绳，那大枣两只前蹄腾空跃起，两只后蹄定住，长长地嘶鸣一声，在卫青的身旁停下，郑宽一个翻身即下了马背。卫青瞪圆了两眼，不知道说什么好，只是"啊、啊、啊"地赞叹。

郑宽看卫青如此痴迷，摸摸卫青的头说道："看得出你喜欢马，渴望骑马，但你还太小，先练马下功夫，待你稍长后再练骑马。"

卫青一听，突然在草地上朝郑宽跪下："师父在上，受徒儿一拜！"

郑宽呵呵一笑，拉起卫青，吩咐道："自明日开始，黎明即起，我教你打拳，然后吃饭，饭后与我一起将羊群赶到山坡上放牧，傍晚回来。好吗？"

"当然好，当然好！"卫青高兴地说，"宽叔您真好，和母亲、哥哥、姐姐一样好，和公主一样好！侄儿敬重您！侄儿感激您！"说着说着眼泪竟流出来了。

郑宽帮卫青拭去泪水，说道："何言感谢？你我乃一家人，我俩乃伙伴，有你跟着我、陪着我，我亦高兴。"

卫青听了，心里暖暖的，不再感到自己是受人歧视、欺负的野孩子、奴生子。

从此，卫青每天跟着郑宽练武、牧羊，得空时也温习《孝经》，觉得生活在这风景如画的环境和宽叔暖暖的亲情之中，美滋滋的。

郑宽先教拳，后教兵器，教箭术，倾其所会，教得甚为尽心。郑宽教卫青射箭，以树的节疤为靶，逐渐加大弓力，拉长距离，直至将树节疤射穿。卫青颇有天赋，又十分勤奋，有空就练。有时在山坡上牧羊，郑宽躺在草地上歇息，而卫青就在那练着。郑宽看在眼里，觉得这孩子确实是块练武的料。

郑宽带卫青牧羊，常常沿山坡向南走，靠近龙子祠泉，那里的山坡和田埂上，往往有很多野菜，郑宽不种蔬菜，就靠采撷野菜。他教卫青识野菜,如苦菜、荠菜、蒲公英、马兰头、蕨菜、蘑菇、地衣、芦笋、木耳、石耳、野芹菜、野蒜,等等。几次过后,卫青采撷的野菜有时比郑宽还多。卫青喜欢在山坡上和田畴间四处寻找野菜,蹦蹦跳跳,兴高采烈的,采得多,还觉得有点得意。

山上的冬天特别冷,下了大雪后封了路,当然不能牧羊,也不能外出,好在郑宽在入冬前即备下大量饲料。卫青与郑宽每日只能窝在羊舍南头的小屋中,生上了火,当然不觉得冷。但后来郑宽的腿伤犯了,不能下床,卫青就承担起喂羊、喂马、做饭和服侍郑宽的任务。他让郑宽教他如何烙饼,如何将羊肉和腌的咸苦菜放在一起煮。每天,卫青要给马和羊喂食,最为艰苦的,莫过于要冒着风雪,到山坡下的溪流中取水,戴着斗笠穿着蓑衣,挑着两个小桶,一趟一趟地将水运回来,供人和牲畜饮用。郑宽看卫青每天忙得不亦乐乎,很辛苦,甚为心疼,总说:"青儿,你辛苦了!"但卫青不觉得苦,觉得能为宽叔做点什么是快乐的事。

卫青问郑宽:"宽叔,您的腿是如何受伤的?"

郑宽说:"当年我跟随平阳侯曹奇上了平叛战场后,被编入骑兵队,我们骑兵队的军司马叫辛云,那人是个老资格,陇西郡人,最早周亚夫于陇西郡任郡都尉时,他是周亚夫招募的武卒,跟随周亚夫打过匈奴骑兵……"

"何为武卒?"卫青问,"对不起,宽叔,打断您了。"

"不要紧。"郑宽答,"听说是战国时兵家吴起在魏国革新军制,实行武卒制,周亚夫仿照着做。招募的武卒必须身穿三层铠甲,头戴铁盔,腰配利剑,操十二石弓,带箭五十支,肩扛长戟一杆,背三天干粮,能日行百里。经考核达到标准的,正式编入军队,并免去其一家人徭役,赏给田宅。此类武卒入伍后,再严格训练,假以时日,便成了精兵。"

"啊,武卒厉害!"卫青叹道。

郑宽继续说:"辛云先在周亚夫手下为武卒,跟随周亚夫与入侵的匈奴骑兵打过几仗,皆获大捷。后来辛云苦练骑射,转入骑兵。平叛时,受周亚夫派遣,辛云率一队骑兵支援平阳侯曹奇、汝阴侯夏侯赐,我当时在平阳侯的骑兵队里，与辛云的骑兵混编在一起，由辛云统一指挥。我们先是在赵地作战，阻击叛乱的赵国军队，不使他们与齐地、楚地的叛军会合，后来歼灭了一半以上的赵军，迫使其龟缩于邯郸城中不敢出来。我们又转与齐地的四国叛军作战，从一月份打到三月份，最后一战甚为激烈，双方厮杀多时，伤亡都很大，结果还是把叛军打败了。我骑着战马，就是大枣，在阵中往来冲杀，到战斗结束时才发现小腿中了一箭，箭还在上面插着，也不知是什么时候被射中的，就这样受的伤。"

"宽叔真乃勇猛之士！"卫青肃然起敬。

"非我一人，个个英勇。"郑宽露出自豪之情，"像曹奇、夏侯赐那样的君侯为将，每战都是冲在最前面，我等普通士卒，能不奋勇杀敌？"

卫青问："宽叔，当骑兵过瘾否？"

郑宽说："那是当然，每战皆是骑兵冲在最前面，将敌人的阵势冲个稀里哗啦，然后步兵再上。骑兵者，精锐也！"

卫青心中暗下决心，务必跟随宽叔好好学习骑射。

卫青在山上待了一年，郑季从未来过，一年半，还没来。母亲卫媪倒是让卫青兄长卫长君来看望过两次，带来些衣物。卫青已将《孝经》读了无数遍，都能背下来了，他盼望父亲能带新书教他。有次忍不住问起郑宽，郑宽说："是啊，都快两年了，你父亲为何没来接你？得空我去县城看看。"

郑宽骑马到了县城，见到叔父郑继尧，郑继尧告诉他，郑季这一年多总是生病，两个月前竟病重去世了。郑宽听了唏嘘不已。郑继尧说："郑季不幸去世，卫青那孩子只能由你继续照顾了，郑氏与卫青那三个兄弟并不认他，不可能接纳他，我年纪大了，何况……"

郑宽知道叔叔也不愿意接纳卫青，于是说："叔父放心，卫青就继续与我为伴吧。"

郑季回到山里告诉卫青后，卫青有半晌没有说话，对于父亲，有恨，也有不舍，毕竟是给予自己生命的父亲啊，况且还教自己读书。《孝经》

曰："身体发肤，受之父母，不敢毁伤，孝之始也。"自己得跟着胜过父亲的宽叔，好好活下去。

两个月后，郑宽专门去了不远的马场，买回来一匹矮马，开始教卫青骑马、射箭与马上格斗。

公
主
骑
从

1. 甘泉宫钳徒相面

景帝后元二年（前142年），卫青十二岁，在山中与郑宽牧羊已有四年。春天的一日，郑宽对卫青说："青儿，我想去甘泉看望我的老长官辛云，你愿意与我同去否？"

卫青高兴地说："宽叔，是骑马去吗？当然愿意。"

"骑马去。"郑宽说，"到甘泉路途遥远，在云阳县（今陕西淳化县）呢，得骑马去。"

"那家里的羊怎么办呢？"卫青早就把这里当成自己的家了。

郑宽说："好办。我已与附近马场的朋友说好，请他们来人帮我照顾一阵子羊群，我们回来后送他们十只羊作为报偿。"

卫青从心里佩服宽叔为人大方，上次为了给自己置办矮马，就用了三十只羊。

郑宽骑着大枣，卫青骑着小白（矮马，卫青起的名字），出发往甘泉探辛云。先是翻过吕梁山脉，从东麓上山梁有一段甚为陡峭，马不能骑，只能牵着走。差不多用了三天的时间，到了西麓山下，往西再走一小截便是河水（今黄河），河水乃北方第一大河，由无数大大小小的支流汇聚而成，关中八水、洛水（今洛河）和河东的汾水（今汾河）都是它的支流。河水河面宽阔，水深岸陡，奔腾不息。千里河水经由千尺河面竟逐步收束为不及百尺，到了壶口，滔滔水流汇聚成巨大的瀑布、激流，争先恐后、义无反顾地冲入巨型石壶中，致波涛翻滚，水雾蒸腾，咆哮声震耳欲聋。卫青第一次看到壶口瀑布，被其磅礴气势惊住了、震住了，他觉得那是一种上天赋予的不可阻挡的神奇力量。他喜欢这种力量，舍不得离开。郑宽一再催促，说再不走就赶不上渡船，天黑前过不了河水，他这才依依不舍地挪开脚步。

沿河向下游走了好长一段，到达滩平水缓的一个渡口，船工用羊皮筏子将人和马分别渡过去。上岸后天已黑了，找到渡口的驿站歇息。晚上在驿站，卫青无论如何亦不能入睡，眼前总是闪现壶口瀑布的翻滚，耳中总是那不停的咆哮，兴奋不已，辗转反侧。

郑宽似乎也看出卫青的兴奋劲，觉得这孩子可能真的不简单，真如上次回县城见叔父时，叔父告诉他的郑季曾为卫青占卜的事，自言自语道："说不准真是将星下凡呢！"

卫青听到郑宽说话，问道："宽叔说甚？"

郑宽答："没啥，没啥。"

二人渡过河水后，自是一路向西南方向，快马加鞭，四日后便到了云阳县。云阳县地处长安以北，离长安约二百里，仍属京辅之地。云阳县西北的甘泉山上，秦朝时建有林光宫，汉时改称甘泉宫。甘泉宫乃汉朝皇帝行宫，皇帝时常要来此避暑或祭天。

到达云阳县的次日，郑宽领着卫青，上了甘泉山，到达甘泉宫外面。卫青看甘泉宫，宫墙高筑，宫门威武，宫阙嵯峨，楼观耸峙，不禁啧啧称奇，对郑宽说道："宽叔，这甘泉宫如此雄壮，比平阳侯府大了许多，围着走一圈怕有好几里吧？"

郑宽笑了："这是天子的行宫，是皇帝陛下常来居住的所在，侯府怎能与之相比？听人说，周围要达到十几里呢。"

"啊！"卫青第一次见到皇宫，哪里想得到，天下竟有如此庞大的院落，继续问道："皇帝住的地方，里面肯定是金碧辉煌，比平阳侯住的地方更华丽吧？"

"那是当然。"郑宽并未进去过，只是想象而已。

"宽叔，您不是说要探视辛云老长官吗，为何要来甘泉宫？"卫青有些好奇。

郑宽说："辛云就在甘泉宫。"

卫青问："他在甘泉宫供职?"

"非也。在甘泉宫服刑，他是甘泉宫的囚徒。"郑宽解释道，"甘泉宫一侧有个去处叫甘泉居室，实际是个狱所，关着一些刑徒，这些刑徒原本都是朝廷大臣、将校军官或其家属，犯了罪，被关于此，服苦役。辛云就被关在这里。"

卫青沉默了。

郑宽带着卫青，寻到甘泉宫西侧的一个院落，高墙，戒备森严。郑宽向门口持械值守的卫士说明了来意后，和卫青一起走进小门，被一名卫士领着，经过一段长廊，到了一排坚固的监舍，一名看守打开其中一间，郑宽、卫青进去后，看到了被单独关押的辛云。辛云虽然不是十分高大，但很壮实，光溜溜的头颅，满脸的长长胡须，脖子上锁着铁圈，席地而坐，靠着墙壁。看见郑宽进来，一下子从地上站起来，抓住郑宽的手说道："宽老弟，你可来看我了! 自从我被关在这里，从来没人看我。"

郑宽两眼噙泪，颤颤地说："将军受苦了!"

"开始觉得苦，现在不觉得了。"辛云爽朗一笑，"习惯了就好。再说，这甘泉居室里钳徒又非吾一人。今天你来看我，我就更不觉得苦了。多谢!"

郑宽说道："老长官当年救过我的命。当年我腿受伤后，伤口腐烂了，见了骨头，要不是老长官严令军中医匠救治，别说这腿保不住，说不定命都保不住。要说谢，我要深谢老长官! 老长官在这里要待几年?"

辛云说："去年大帅（周亚夫）蒙冤而死，我当时在郡尉任上，说了几句可惜的话，被同僚的郡守告到朝廷，朝廷要以大不敬的罪名砍吾项上头颅。幸亏汝阴侯夏侯赐将军闻讯，在皇上面前为我说了好话，念我平叛有功而减刑为髡（kūn）钳，五年刑。虽则是最重的徒刑，命却保住了。已经过了一年，尚有四年。"

"在此需要服劳役、做苦工吗?"郑宽问。

"要的。此刑全称为'髡钳，城旦舂'，髡就是要剃光头发，钳即是以铁圈束颈，男子城旦即是筑城，女子舂即是舂米，当然要劳作。可筑城，亦可制作器物。不过劳作倒比完全关在这小屋中快活，若于室外，能吸点新鲜空气，即使于室内，亦能与狱友们说说话。"辛云答。

郑宽看辛云情绪尚好也就放心了，这才想起将卫青介绍给辛云："这是吾侄卫青，与我一起牧羊，这次跟随我出来，是想让他见见世面。"

卫青揖拜："见过辛将军！"

"何称将军，刑徒而已。"辛云对郑宽说，"你这侄儿，一进来我就注意到了，相貌不凡，且是相当的不凡。"

郑宽问："此话怎讲？"

辛云说："此儿虽则年纪尚小，我猜测，不过十二三岁，但看得出，骨骼粗大，如同十五六岁，成年后必然魁伟挺拔；天庭饱满，五官端正，浓眉大眼，隆鼻阔口，一副贵人之相。依我愚见，将来必定封侯！"

郑宽听了不住地点头，似乎他也是如此认为。

卫青却十分腼腆，苦笑着说："我仅是个人奴之子，能够有饭吃、有场所睡觉、不受笞骂即知足矣，焉能想到封侯之事？将军说笑了！"

辛云一本正经地说道："小子，我看人很准。当初我在陇西郡，在郡尉周亚夫手下做武卒，我当时即看出，周亚夫将来必为大帅，作为周勃老将军的次子，可能不会继嗣周老将军的绛侯，但一定会自己封侯。后来果不其然，因功被封为条侯，还统率天下兵马，平定了吴楚七国之乱，其功勋必将彪炳史册。吾大汉建立以来，真正称得上帅才的只有韩信和周亚夫。希望你小子努力，成为大汉第三位大帅。"

卫青听了，瞠目结舌，不知如何作答，觉得太不可思议了，心中七上八下地打着鼓。

辛云问卫青："在你宽叔这里放羊之前，你生活于何处？"

卫青答："之前在生父家，但过得很憋屈。再之前是在平阳侯府母亲处，母亲是奴婢，我也被人欺侮。"

"那平阳侯如何？"辛云问。

"平阳侯待人很好，平阳公主更好，对我的母亲、哥哥及三个姐姐都好，对我也好。"卫青说。

辛云思索了一会儿，诚恳地对卫青说："卫青小子你听着，你待在你宽叔这里，可能会是一个好羊倌，衣食无忧，但最终仅仅是一个羊倌。郑家亦不能回，郑家不仅拒绝你，即使容你，也离朝廷甚远。"

郑宽插言道："我还教了他拳脚及骑射，希望他将来有机会能从军，博个好的前程。"

辛云笑道："所学乃一人敌，而非万人敌也，非将才，更非帅才，难以封侯。"

"那依您的意见，如何是好？"郑宽问。

"依我？"辛云说，"尽快回到平阳侯府。平阳侯何人？乃天下数一数二的大功臣之后。平阳公主何人？乃陛下和皇后之长公主，太子之长姐。侯府离朝廷、离皇上最近，最有可能给你机会，给你学习万人敌的机会，给你为国效命疆场的机会，给你封侯的机会。"

郑宽听了，觉得自己虽然亦为卫青好，但眼界太窄了，便说道："惭愧，惭愧！我哪有老长官的见识！"

辛云听了安慰道："郑宽你已做得甚好，卫青有你这样的叔叔，是他的福气！"

卫青不住地点头赞同。

辛云又补充道："小子，你要建功立业，方能封侯。如今天下太平，经平定吴楚七国之乱，诸侯对朝廷已不是大的威胁，唯匈奴多年欺侮吾大汉，乃最大威胁，朝廷迟早要反击匈奴，而且不再是于边境一带小打小闹之反击，而是大规模出击征伐。欲封侯，必击胡；欲击胡，必身手胜胡。小子好自为之！"

卫青似乎被辛云说得有些血脉偾张。将来自己会不会有机会，有了机会能否做到，并没有什么把握，但听了辛云的一番话，卫青还是感受到了辛云的赤诚之心和殷殷期待，心中充满了感激。但不知如何表达这复杂而尚未理清的想法，于是只能向辛云深深地揖拜。

直到看守进屋催促，卫青、郑宽才依依不舍地与辛云告辞。

翌日，郑宽、卫青返程。途中郑宽又提及辛云为卫青相面的话题，卫青还是拼命摇头，说相面就是说好话，母亲曾经这样告诉过他。

郑宽说："青儿，并非如此。上次我回县城见到叔父，他老人家说你的父亲曾经到长陵县的市中找到当年为王皇后母亲占卜的那位老者，为你卜过一卦，依据你的生辰八字，并未见着你的面，亦说你将来会大贵。如今辛云老长官相你面，又说你会大贵，岂是偶然猜测？"

卫青仍旧将信将疑，但听说父亲曾为他卜筮，心里还是挺感动的。卫青虽然将信将疑，心中却起了波澜，原先他只想能过上不受笞骂、没有羞辱、衣食无忧的平常生活，就很满足了，现如今，似乎有一种轰轰烈烈的新的人生在向他招手。他怀疑这种新的人生会否到来，但又希望这种新的人生能够到来。

卫青恳求郑宽在返回的路上再去看一下壶口瀑布。当再次看到壶口瀑布的时候，卫青有了新的感受，那奔涌的激流如同广阔草原上千千万万骑兵疾风般的奔驰，那震天的咆哮如同千军万马冲锋时发出的呐喊！无比激烈的瀑布不停地冲击着巨型石壶的底部，卫青心中似乎也有波涛汹涌。

回到平山坡羊舍，卫青对郑宽说："宽叔，我想骑大枣，可否？"

郑宽高兴地说："青儿有了新的追求，宽叔高兴！你当然能骑大枣，我教你。"

卫青毕竟年纪尚小，骑上大枣后，多次从马背上摔下，有时甚至摔得鼻青脸肿的，但卫青在郑宽指导下，一直坚持练习。郑宽鼓励他："天下没有学不会的本领。神乎其技，娴熟而已，多练即成。"卫青原本就有在矮马上骑射的基础，加以苦练骑术、箭术，经两个多月，便可以在大枣马背上骑射自如了。之后，郑宽说必须以实战检验，带着卫青到吕梁山里打了两次猎，卫青确实显示了出色的骑射身手，收获颇丰。

2. 重返侯府

初秋时节，郑宽吩咐卫青一人进山打猎，为冬季储备食物。以前每年入冬之前，郑宽都要打几次猎，以储备一些肉食过冬。自己养的羊，郑宽舍不得杀，只有对羊群中恶性不改和羸弱不堪的才拣出来杀掉，那也是为使整个羊群健康。

卫青骑着大枣进入吕梁山山林之中，一直未曾遇见猎物，将近中午时分，他看见一只肥硕的野猪从一片树林中蹿出，立即催马上前，欲靠近再射杀。哪知野猪发现有人后，加速奔跑，卫青于后紧追不舍。野猪跑上了山梁上的一条大路，跑了一段后，只见前面路上左侧停有数辆马车，右侧则是悬崖峭壁，野猪一扭头，就要向左侧草地上歇息的人群冲去。

说时迟，那时快，卫青唯恐野猪伤了人群，迅即张弓搭箭，一箭射去，正中野猪头部，野猪轰然倒地，离人群仅两三尺距离，人群中发出"啊"的大声惊叫。

卫青策马到达野猪旁边，下马后仔细检查，发现野猪已然毙命，这才放下心来。此时，那群人也围拢过来观看。卫青定睛一瞧，为首的竟是平阳公主和平阳侯曹寿，不禁喜出望外，赶快上前跪叩道："小奴叩见公主和侯爷！小奴惊了公主和侯爷，请公主和侯爷治罪！"

曹寿说道："你认识我们？快快请起。要不是你神箭射杀了这畜生，这畜生差点伤了我等，应该谢你才是！"

平阳公主看到卫青站起来，抬起了头，十分高兴地说："这不是卫青小子吗？多年不见，长成大小伙子了！"

曹寿仔细瞧瞧卫青，也说："果然是卫青，几年不见，成了小大人，认不出了。"

卫青见公主和侯爷还能认出自己，非常激动，一直看着雍容华贵的公主和威重有派的侯爷，手足无措，嗫嚅着说不出话。

平阳公主和气地问道："卫青小子，本公主记得，你今年是十二岁对吗？"

"正是。多谢公主记得！"卫青不敢再看公主，低声答道。

"哈，看你长得挺快，模样上成了大小伙、棒后生，可还是个孩子。成年了才能叫大名，现在只能称青小子。"平阳公主笑道，"青小子，可否？"

卫青听了，觉得"青小子"这称呼甚为亲切，心中暖暖的，于是高兴地答道："公主所赐，小奴不胜荣幸！"

平阳公主招呼卫青随自己来，公主于铺好的垫上席地而坐，卫青一旁立着。公主问起这几年的境况，卫青将自己在生父家的遭遇和如今与堂叔快乐地生活在一起的情况全都告诉了公主。

公主听罢，对卫青说："你那生父，我说过他，说他他不懂，懂了又不听，听了又不做，做了又做不好，就是一个怯懦、无担当之人。然年纪不大即病逝矣，亦甚是可悲。你堂叔确是好人，把你当成了自己的孩子，还教会你许多本领，真好！当初我让你生父带你回郑家，看来不太合适，但后来遇到你堂叔，算是你的福气。此即塞翁失马，焉知非福。"

卫青听了不住地点头。

平阳公主看到卫青如今成了英俊少年，而且颇具身手，心中喜欢，于是说："青小子，你原本即为侯家人，愿回侯府否？"

"当然愿意！"卫青听公主称他为侯家人，还让他回侯府，心中不知有多喜悦。

公主又说："青小子你身手不错，回侯府后就当我的骑从吧。"

卫青跪叩于地："小人万谢公主大恩！"

平阳公主与平阳侯这些年一直居住于京师长陵县，此次回平阳县是应郡衙邀请参加河东郡一年一度的都试大会。以往回平阳皆是走驰道，这次是平阳公主想看壶口瀑布，这才翻越吕梁山，不期遇见了卫青。此即缘分，是卫青的好运。

平阳公主对卫青说："你回去后向你堂叔辞行，抓紧准备，早日回到侯府。"

"小人谨遵公主之命，一定尽早去侍奉公主！"卫青答道。

送平阳公主、平阳侯在众多侍从护卫、簇拥下离开后，卫青这才寻得粗壮树枝，用藤条扎成爬犁，将死的野猪捆上拖走，傍晚回到平山坡羊舍。

一进小屋，卫青即兴高采烈地对郑宽说："宽叔，侄儿又遇上大贵人了，大贵人！"

"遇见谁了？"郑宽问。

"公主，平阳公主，还有侯爷。"卫青满面笑容，"宽叔你说巧不巧，我打猎时碰见一头野猪，那畜生奔跑，竟将我引到山梁大路旁边的草场上，遇见了公主和侯爷。"

"野猪？"郑宽吃惊地问，"伤到公主、侯爷了没有？"

卫青颇有些自豪地答道："哪能啊？我一箭射杀了它，岂能让它伤了公主？"

郑宽问："那你见着公主了？公主还认识你吗？"

"当然。"卫青说，"公主不仅认识我，还记得我已经十二岁了。"

"那野猪呢？"郑宽问。

卫青答道："当然拖回来了。"

郑宽嗔怪道："你这孩子，怎么这样不懂事？你应该将野猪献给公主，请公主、侯爷他们尝尝山中的野味啊！你如此不懂事，公主会生气的。"

卫青一拍脑袋做后悔状："宽叔说的甚是，侄儿是不懂事。但公主并未生气，不仅不生气，还令我即回侯府，做她的骑从。"

郑宽大喜:"青儿,你的好运真的来了。确如辛云老长官所言,侯府才会给你机会。平阳公主真是你的大贵人!"

卫青望着郑宽说道:"宽叔,您也是我的大贵人、大恩人,侄儿真的舍不得离开您!"说着说着竟哽咽了。

郑宽摸摸卫青的头:"青儿,你一定要回侯府,好好侍奉平阳公主,去奔你的大好前程。叔叔也舍不得你走,但叔叔不能耽误你的前程。将来你发达了,不要忘了平山坡上还有一个瘸叔叔。"

卫青跪叩于地:"此生决不相忘,倘若有福,一定与宽叔同享!"

当晚,郑宽煮了羊肉,为卫青饯行。

次日,郑宽让卫青骑着大枣,自己骑着小白,将卫青一直送到平阳县平阳侯府门前,两人依依惜别。郑宽牵着两匹马,去看望他的叔父郑继尧。

卫青进了侯府,先去拜见平阳公主。卫青被人引进正厅,一进去即跪叩于地:"小奴跪拜公主!"

平阳公主说道:"起来吧。不必再称小奴,我上次已经说过,称你为青小子,你亦自称青小子,不必称奴。"

卫青再叩首:"谢公主,吾即斗胆自称青小子矣。"

"赶快起来。"待卫青站立之后,平阳公主笑道,"不仅于你,你的兄长及三个姐姐,吾皆直接称名,不再称奴婢。本公主均视你们为侯家人,将来遇有机会,恳请皇上准许变更尔等身份,免奴为庶人。"

卫青听了,又要叩首。平阳公主赶紧制止:"又要叩首?你青小子不嫌烦,本公主可嫌烦!"

卫青忍不住笑了,就没有再叩首。平阳公主问道:"青小子,尔父答应教尔读书,教了吗?"

"回公主话,教了。"卫青答道,"《孝经》十八章全教完了。我盼望他再教些别的,可他竟去世了。我在宽叔那里,只能时常温习《孝经》。"

"哦?没有新的学习,倒能时常温习旧的,孺子可教也。"平阳公主称赞后说,"你回到侯府,温故而知新,就与其他骑从一起学习《孟子》吧。

孟老夫子云，人不读书，不受教化，则近于禽兽。本公主不想让近于禽兽者做我和君侯的骑从。”

“诺。谢公主。”卫青渴望读书，听说要学习当然高兴。

平阳公主又问：“你回郑家后，你生父让你换姓郑否？”

“回公主话，没有。”卫青答，“吾父称要等一个时期，族中方能答应。”

“倒没什么，卫姓与郑姓皆以国为姓，皆出自周天子的姬姓，姓郑姓卫没多大区别。”平阳公主说。

卫青说：“青小子愿姓卫，不愿姓郑。”

平阳公主笑了：“好，仍姓卫。”

“谢公主。”卫青道。

平阳公主对卫青说：“你的母亲和兄长姐姐都去了长陵县的侯府，你就与其他骑从住一起，让侯府家令去安排。”

“诺。兄长曾去看过我，我知道他们都去了长陵那边的侯府。”卫青叩首后退出去见家令。

侯府骑从共十八人，从平阳公主者十人，从平阳侯曹寿者八人。其职责有二：随主人出行时充作仪仗及侍卫。其装备十分讲究：着铠甲、头盔，腰挂长剑，背弯弓箭篓，骑高头大马，执长戈。卫青领得全套装备后，在侍卫长指导下按规范穿戴整齐，引起众骑从啧啧称赞，都说青小子（听过公主对卫青之称呼）果然英俊、威武。待卫青于庭院中骑上高头大马、执长戈骑行时，众人又说胜过了皇上出行时的谒者。卫青问何为谒者？侍卫长说那是皇上的传令官，出行时的先导侍卫官，秩禄蛮高，比六百石呢。其实他们并未见过皇上出行，道听途说而已。

卫青笑了。大家都笑。

侍卫长又仔细告诉卫青，长剑务必挂在左边腰间；要先将箭篓斜背于右肩，后将弯弓斜背于左肩，以便于拿弓取箭；骑马时上身要直，左手握住缰绳，右手执戈，戈须垂直，显得有气势。侍卫长要卫青按他说的反复练习，直至完全熟练地掌握。

翌日下午，平阳公主欲往尧圣祠祭祀，骑从们早早就位等候，公主驷马车前面是六骑从，两人一排共三排，车左、右各一，车后两骑并列。卫青初次随公主出行，侍卫长怕他出错，便将他安排在马车后面，如此跟着行进，免得失误。哪知平阳公主一出府门便问侍卫长："青小子来了吗？"

侍卫长赶紧回答："回公主话，卫青来了。"

"哪儿呢？"公主问。

侍卫长用手一指："在您的马车后面。"

平阳公主转眼看见卫青，全身戎装，直直地骑在高头大马上，手执长戈，英姿勃发，叹道："青小子果然不同寻常，宫中谒者怕是亦比不过。"

"昨日我等即夸他是谒者。"侍卫长讨好地说。

"既为谒者，应先导，就让青小子到最前面去！"平阳公主道。

"诺。"侍卫长立即将卫青调到马车前的第一排。

平阳公主登车坐于车左后，侍卫长随即坐于车右参乘，并响亮地喊道："平阳公主出行！"

平阳公主一行行进在县城大街上，即是一道亮丽的风景。公主之驷马车镶金裹银，豪华气派，拉车的是四匹健壮有力的纯一色枣红马；前有六名骑从，后有两名骑从，左右各有一名骑从，十名骑从均着统一戎装，骑着纯一色的白马，威风凛凛；更不要说平阳公主了，作为当今皇上的长公主，端庄秀丽，雍容华贵，仪态万方。街面上的人，无论老少，皆驻足观瞻，称赞、羡慕不已。

卫青骑在马上，十分兴奋，觉得第一次如此的扬眉吐气，谁还能蔑视我这奴生子呢？但更多的是紧张，唯恐走错了道而误了公主的大事、损了公主的面子。他两眼紧盯着前面带路的县衙衙役，一步不落地跟着行进。走过一段后卫青慢慢不再那么紧张了，用眼角余光似乎看到生父郑季的妻子郑氏及其三个儿子，站在路边指指点点。卫青于是将腰板挺得更直些，头也昂得更高些，却也不知郑氏及其三子是否认出了自己。

平阳是上古尧帝建都之地，号称"华夏第一都"，建有尧圣祠，历代帝王将相均隆重祭祀。平阳公主每次见到父皇，父皇都提醒她，到平阳时万勿忘了祭祀尧帝。有几年未回平阳了，所以平阳公主与平阳侯曹寿商量，此次回平阳，定要到尧圣祠祭祀。没想到曹寿这两日偶染风寒，不能出门，故平阳公主只好一人来祭祀尧帝。到了尧圣祠大门前，早已等候多时的县令率县衙众吏及县里诸长老一齐跪叩迎接公主大驾，齐呼："恭迎平阳公主！"

平阳公主下车后笑容满面地说道："诸位快快请起！"

众人起立后，县令将县衙重要掾吏及县里长老一一介绍给公主。当介绍到郑继尧时，郑继尧说："老朽知卫青已回到侯府，敢请公主恩准，让卫青有空到郑氏族中，履行换姓程式，再返回侯府侍奉于您。"

平阳公主冷笑道："看来你是郑季的父亲了。不必麻烦，卫青选择姓卫，何须换姓郑？卫青乃侯家人，今已是本公主骑从，郑家除郑宽外，其余所有人皆与卫青无关。你何须费心？"

年近七十的郑继尧脸上红一阵白一阵，低头无语。

县令等陪着平阳公主，进了尧圣祠。平阳公主代表父皇，献上一牛一猪一羊，以太牢大礼隆重祭拜了尧帝后，才返回侯府。

3. 都试大会小试身手

河东与太原、上党这三郡在战国时乃属魏国，后魏为秦所灭。秦末天下大乱，项羽称西楚霸王，封魏豹为西魏王，都平阳，据有魏地。后刘邦派韩信、曹参率军击魏豹而虏之，尽定魏地五十二城。曹参封地亦在河东郡平阳县，故河东郡每年中秋举行都试大会，均无例外地特邀平阳侯与会，以表达对平定魏地的老平阳侯的崇高敬意。平阳侯已有几年因故未参加都试大会了，今年便说一定要来，再不能让郡衙失望了。

平阳侯曹寿患风寒仍未痊愈，而郡里的都试大会已经确定的日期不能更改，平阳公主只好让曹寿留在平阳县的侯府中继续养病，自己单独前往河东郡郡治安邑县（今山西夏县）。

两日后，平阳公主一行从平阳县出发。河东郡太守专派郡丞咸丹领着一小队骑士前来引导和护卫。平阳公主随行人员除侯府家令、侍卫长和骑从外，尚有众多侍奉的婢女、家奴。咸丹将带来的郡中骑士分成两拨，一拨在最前面做前导，一拨在最后面护卫，然后自己骑马跟在平阳公主驷马车一侧，以备公主问话。

队伍出了县城，咸丹说："启禀公主，此次行程安排了两日，今日将沿着汾水向南行进，约傍晚时分可至临汾县（今山西新绛县），由北向南的汾水在临汾县即转向西流，流过一段后入河水。今晚在临汾县歇息一夜，明日即跨过汾水再向南行，下午可抵达郡治安邑县。"

"在路上的时间挺长，郡丞可以多说话，介绍沿途山川地貌、风土人情，等等，本公主在平阳县待的时间不长，对整个河东郡情况知之甚少，你多说说，好吗？"平阳公主天性活泼，不想一路上闷着。

"好，好。"咸丹很高兴，"小的才疏学浅，然甚擅言谈，成天喋喋不休，同僚中或称我能说会道，或嫌我啰里啰唆，甚至说我成天讲些不咸不淡之废话。"

平阳公主笑道："因为你叫咸丹，故嫌你说话不咸不淡（丹）的？多说些有咸有淡有滋味的话岂非甚好？"

咸丹笑了，觉得公主亦甚幽默，于是说道："回公主话，小的努力说些有滋味的话。"

平阳公主与咸丹的嗓音都很响亮，周围的随从们皆听得到，均笑，卫青也笑。公主见大家高兴，自己则更高兴，她喜欢轻松的气氛。

平阳公主问道："咸丹你说，天下甚广，上古尧帝何以选择咱平阳建都？"

咸丹说："咱们这一带，乃天下之中，古代九州，此地属冀州，九州之中央，称中国。这里东有太岳山，西有吕梁山，南有中条山，是个大盆地，且有华夏母亲河——河水从此经过，又有汾水等众多大小支流，山水互为表里，盆地中遍为沃土，是最适合耕种的最富裕的地方。尧帝又出生于此地的绛县（今山西绛县），故而尧帝选择盆地中最富庶、离自己故乡又近的平阳建都，这是很自然的。"

"说得有道理。"平阳公主称赞道，"谁说你讲话不咸不淡的，还是很有见识的嘛。"

"哪里，哪里，公主谬赞矣。"咸丹受到鼓励，情绪更高，继续说道，"平阳建都后，不仅出了尧帝一个大圣人，后面还有舜帝、禹帝两位圣人。平阳的尧圣祠不仅供奉尧帝，亦同时供奉舜帝、禹帝，实际上是三圣祠。"

"是的。前两日，我刚去尧圣祠祭祀过。"平阳公主说。

咸丹说："只是到了禹帝建立夏朝后，才将都城迁至安邑，即此次公主将要巡视之河东郡郡治所在。咱河东郡这片土地上，曾出现过三位大圣人，曾有好几百年是华夏中心，真乃咱河东人之莫大荣光！不仅有圣人，且涌现出诸多名人、豪杰，诸如晋文公重耳、介子推、赵鞅、赵盾、荀子、张仪、廉颇、蔺相如，等等，还有三代平阳侯曹参、曹窋、曹奇，还有您平阳公主，均为咱河东增光添彩！江山代有英豪出，今后还会有大英雄出现。"

平阳公主笑道："还有绛侯周勃，不也是封在河东的绛县吗？你不必奉承于我，本公主何能称得上英豪？我倒是希望，咱侯府能再出英雄，将平阳侯府忠勇门风发扬光大，不仅是曹氏子孙，侯府中所有人，无论身份如何，皆为侯家人，皆可为朝廷建功立业，为咱侯府增光，为咱河东增光。"

咸丹感慨道："公主满心希望之言，让小人热血沸腾矣！若非已年近半百，真想辞去郡府之职，入侯府侍奉公主与侯爷。"

卫青觉得公主这番话是说给自己听的，颇受触动。他又想起上次与宽叔去甘泉时辛云讲的话，内心自问：吾青小子可否？

当晚抵临汾县，县令等极为热情和隆重地迎接与款待了平阳公主一行。次日一早，又将平阳公主一行送过汾水方回。出临汾不过一个时辰，到达绛县地界，绛县县令专门于大路边搭盖了凉棚，请平阳公主歇息。平阳公主望见东南方向不远处的山坡之上，有数不清的马儿正在悠闲地吃草，便问县令："那是何处？为何有如此多的马儿？"

县令赶紧回答："回公主话，小县东南方向紧靠中条山，其山坡上有一很大马场，有两千多匹马，此乃遵朝廷和郡衙之命，由县衙管着，均为军马。"

"哦，军马。"平阳公主吃惊地说，"我听说过，先帝为改变天下马匹严重不足之状况，增强武备，采纳朝臣晁错建议，颁布《马复令》，规定民户养马一匹，可复（免）三人兵役，致民户养马大增，不想官府更是养了如此多的军马。你们县衙做得实在是好。"

咸丹插言道："公主，一家一户养马当然好，但若有大规模战事，仍嫌不足。咱河东郡早就有官家养马传统，秦时大将蒙恬驻防雁门关抵御匈奴，即在关外围城养了大批的马，之后那里便叫马邑。后来养马逐渐向南发展至太原、河东。咱河东郡天然有养马的好条件，东面的太岳山、西面的吕梁山和南面的中条山，不仅山坡上有大量草场，山梁上亦有许多草甸，适合放牧。自先帝颁行《马复令》鼓励养马后，如今咱郡可以说是县县有马场，少则几百匹，多则一两千匹。绛县属于养得较多的。"

卫青刚刚看到山坡上有那么多的马，自然十分兴奋，在平山坡跟着宽叔养羊时，去过不远处的几个马场，但都只有十几匹、几十匹最多上百匹，从未见过这么多马。听了咸丹的介绍，心想能在这样的马场牧马该有多好，天天与如此多的马打交道，定是一大乐事。他没想到，河东郡竟然县县都养了许多军马。

平阳公主歇息了一会儿，便与绛县县令告辞，继续赶路。路上，她问咸丹："适才你介绍了县令姓孙，叫何名呢?"

咸丹答："公主，小的实在抱歉，刚才忘了介绍孙县令的名字，他叫继尧，孙继尧。"

"又是继尧?"平阳公主笑了，"河东郡是否有很多人都叫继尧? 因为尧帝出生于此，建都于此。"

"公主所言甚是。"咸丹也笑了，"叫继尧的的确不少，我在郡府的前任就叫郑继尧，是你们平阳的。"

平阳公主说："对，郑继尧，本公主还略知一二。你与他共事多年，认为此人如何?"

咸丹说："此人空有雄心，却无甚本事，对上逢迎，对下端着架子，从不敢担责。"

"从不敢担责，你说到要害了。"平阳公主转换话题，"不说他，懒得说他。你说说绛县为何叫'天下第一县'，是因为尧帝出生在绛县吗?"

"回公主话，不是。是因为绛县被认为建县最早，先秦典籍中第一次出现的'县'是绛县，《左传》中最早提及长寿'绛县老人'。后来人们就将绛县称作'天下第一县'。"咸丹答道。

"哦，是这么个来由。"平阳公主说，"起先我以为是因为尧帝定都在平阳，故称平阳为'天下第一都'，那么以此类推，尧帝出生在绛县，故称其为'天下第一县'。可见凡事不能想当然，必得真正搞清楚才是。"

卫青骑在马上，听平阳公主与咸丹说话，觉得受益匪浅。"凡事不能想当然，必得真正搞清楚。"说得太好了！跟着平阳公主，三生有幸啊！

平阳公主与咸丹不停地说着话，中途又歇下吃了午餐，时间过得很快。下午抵达郡治安邑县，郡守早已率众吏于城门外等候，见到平阳公主，全都跪叩于地。平阳公主让众人赶紧起来，称有劳诸位了。郡守的车在前面引导，到达郡里馆舍，郡守请平阳公主歇息半个多时辰，然后盛宴欢迎。

次日上午，河东郡都试大会于大校场举行。大校场内战旗猎猎，鼓角齐鸣。在郡尉的指挥调度下，全郡二十四个县的士卒在各自县令（长）、县丞和县尉的率领下，于指定位置整齐列队，骑兵、步兵与战车兵分列。郡守乘驷马兵车引导，平阳公主在十名骑从护卫下，乘豪华驷马车随后，进入大校场。郡守高举手中佩剑，全场将士齐声高呼："恭迎平阳公主！"平阳公主从驷马车中站立，扶轼挥手致意。到了射室阶前，郡守先下车，至平阳公主车前，候平阳公主下车后，引导着走上射室，阶陛两侧持戟站立的骑吏向平阳公主行注目礼，射室中二十余名歌者高声齐唱战歌。射室平时乃作射箭训练用，此时充作指挥台。平阳公主被引导至射室内正中坐下，郡守坐于一侧陪侍。卫青等骑从则骑马分列于射室两侧。

郡尉在射室台前挥动指挥旗，战鼓擂响二十四下，宣告全郡二十四个县的士卒全部到齐，参与校阅。

郡尉再挥旗，骑兵校阅先行开始。以县为单位，各县骑兵五骑为伍，排列着，沿着大校场内马道疾驰，展示骑术。然后，每县选一名骑士，展示马上箭术，在快速骑行中，向场边并排十个箭靶射箭，跑一圈射一靶。

卫青从未见过如此大场面，在射室一侧骑于马上观看，感到震撼与兴奋，想着何时也能展示一下自己的骑射。

正在此时，射室台上的郡尉转身向平阳公主揖拜："启禀公主，在下敢请公主允许，让您的骑从亦参与校阅，展示一下技艺。"

郡守正欲阻拦，不料平阳公主倒很爽快："好哇，让他们玩玩。"

平阳公主让身后的侍卫长下去告知骑从们，不料九人皆畏缩不前，唯卫青拍马上前。卫青骑马是在坡地、丘陵上学会和时常练习的，如今在大校场平坦的马道上，马跑得一溜烟、一阵风，如飞如闪电，一下子吸引住全场士卒的目光。像前面骑兵一样，卫青跑一圈射一靶，箭无虚发，十箭皆中靶心。他觉得这靶心比山中的树节疤好射多了。报靶者报出结果后，全场竟欢声雷动，纷纷称赞不已。射室中的郡守和郡尉立即向平阳公主致贺，平阳公主十分开心，连说："确实了不起，还是个仅有十二岁的孩子啊！太出乎意料了！"

骑兵校阅完毕，郡守与郡尉恭请平阳公主离场歇息，说不敢让公主太过劳累。平阳公主说："你们继续，不必陪我，让郡丞咸丹领着我四处看看即可。"郡守与郡尉当然要将都试进行完，便说："实在是不敬，只能让咸丹陪着您了。"

午餐后平阳公主歇息了一会儿，让咸丹引导，去看春秋时晋国名人介子推故居。平阳公主从表面上看热情、活泼，实际上非常喜欢操心且心思缜密。自从上次回长安宫中看到周亚夫黜退和去世后，父皇手下并无出色的将才，就有些为父皇和朝廷担心。她有心造就卫青，今日上午看到卫青的表现，其决心就更加坚定了。介子推是晋文公重耳手下最忠诚的臣子，平阳公主要咸丹带着去看介子推故居，是希望卫青能学他的品质。

介子推乃春秋时晋国人，生于左邑县（今山西闻喜县）户头村，生长于安邑县裴介村。咸丹引着平阳公主一行到达裴介村后，找到了介子推故居，那是一幢两进的房子，夯土墙，草顶，极为平常。咸丹于故居前介绍："介子推出生于相邻的左邑县，小时候迁来此裴介村，生活了好几年时间，后来入朝为吏，晋公子重耳落难逃亡，介子推是追随的五位贤人之一。重耳流亡十九年，受尽苦难，常常衣不蔽体、食不果腹，有次重耳几日未食，介子推不忍，偷偷从自己大腿上割下一块肉，与野菜煮在一起，给重耳食下，后重耳知道是介子推身上的肉，感动得涕泗横流。"

平阳公主问道："后来重耳是如何报答介子推的呢？"

"回公主话，重耳回国登大位，是为晋文公，后来成为春秋五霸之一。"咸丹说，"重耳成了国君，重赏随行五人，而介子推竟隐居山林，放弃高官厚禄，专事奉养老母。晋文公令人放火烧山，迫介子推出来做官，介子推宁愿被烧死，也不出来做官。"

"如此忠君之臣，就这样死了，太可惜了！"平阳公主唏嘘良久。

卫青等随行人员也都深受感动。

进了故居，屋中空置多年，没啥物件，徒有四壁。平阳公主突然问卫青："青小子，你在屋中看到了什么？"

卫青答："公主，小的想起所读《孝经》，人生立于世，至德者，忠孝也。介子推虽去，我仍能于此处见到其至忠至孝的高大形象。"

平阳公主颔首赞许："青小子读《孝经》，真的读进去，真的读懂了！"

咸丹不懂平阳公主是何用心，只是觉得到介子推故居没看到什么东西，怕公主失望、不高兴，故从故居出来后建议道："公主，下午还有时间，可否去看一下解（xiè）池？离这里并不远。"

"什么解池，有何可看？"平阳公主问。

咸丹答道："公主，解池就是个大盐池，极巨大之盐湖，周围百余里。有种说法叫作：解池河东盐，囊括天下盐九分。"

"盐乃人们生活之必需，天下竟有九分盐出于此处，那是要去看看。"平阳公主首肯。

途中平阳公主问道："明明是个大盐池，为何叫解池呢？"

咸丹道："回公主话，这是因为有一段传说，说上古时黄帝战蚩尤，打败并俘虏了蚩尤，惧怕蚩尤逃走，便令人将蚩尤杀死并分解，蚩尤流了许多的血，化为卤水，才有了盐池。盐湖是蚩尤被分解流出的血化成的，故称解池。"

"竟如此惨烈！"平阳公主又问，"这里占了天下九分盐，那可是朝廷的金库啊，由朝廷直接管辖吗？"

"那当然由朝廷管，归大农令管。郡里也管些边边拐拐、沟沟汊汊的，颇多收益。民间亦有偷采的，屡禁不绝。"咸丹答道。

到了解池，在湖旁的山上向下看，望不到边，一片银光闪耀，湖中且遍布阡陌、岛渚，五彩斑斓，群鸟竞飞，十分壮观。平阳公主久久地欣赏着，迟迟不愿离开。

平阳公主赞叹："天下之大，无奇不有。此次河东之行，见识了不少见所未见、闻所未闻之事。多亏尔咸丹矣！"

咸丹获赞，心中美滋滋的，觉得此次能陪侍无比尊贵的当今皇上长公主，并让长公主满意，乃人生一大乐事，也有了今后炫耀的话题。

卫青则想起父亲教他读《孝经》时说过的一句话：人不仅要读万册书，更要行万里路。此言不假，此次跟随平阳公主巡视河东，即有不少收获。

平阳公主于郡里休息一日，挂念留在平阳的曹奇，便匆匆返回了。郡守仍让咸丹将平阳公主一行送回平阳。辞行时，平阳公主对咸丹说："我几日后即返回京师长陵，你若来京师，可来府上做客，我喜欢听你讲有咸有淡有滋味的话。"

咸丹跪叩告别："小人能侍奉公主多日，乃人生大幸！将来有机会，定去府上拜望，届时公主不嫌小人啰唆即可。"

4. 终南山

卫青跟随平阳公主与平阳侯曹寿回到长陵的侯府后，获平阳公主允准，赶紧回家。当一身戎装的卫青出现在母亲和兄姐面前时，大家都惊讶非常。卫媪及卫君孺、卫少儿、卫子夫有五年多未见卫青，看到卫青已长成一个半大小伙子，英武挺拔，都高兴得无以言表。卫媪连说"吾儿、吾儿"，眼中满是泪水。卫君孺说："小弟都让人认不出了！"卫少儿说："想死二姐了！"卫子夫则以拳头击打卫青胸膛，责备道："五年了，都不回来看我们！"卫长君虽然两年前去看过卫青，这次也发现卫青有了很大变化，说道："小弟真的成人了，为兄的高兴！"

几个人围着卫青，抢着发问，卫青则不断地回答，将这几年在外的情况一一告知。卫媪听了，不断叹息，说："青儿受苦受委屈了，为母的当年不该狠心地将你送走。"

卫青淡淡一笑，说道："母亲大人不必自责，青儿这几年在外面，虽然受了一些委屈，吃了一些苦，但得到了磨砺，尤其跟随宽叔过着快乐的放牧生活，还学到了不少本领，否则，公主也不会让我做她的骑从。"

"公主于我们家，的确恩重如山。青儿你务必好好侍奉公主和侯爷，千万不可辜负了公主。"卫媪叮嘱。

"母亲大人放心，青儿自是不敢有一丁点疏忽。"卫青说。

卫子夫提议，三姐妹唱一首歌，欢迎卫青回家，卫君孺、卫少儿都说好。卫少儿问唱什么歌？卫媪说就唱《淇水有梁》，咱家乡的歌，我也参加。四人深情地唱起了《淇水有梁》，情不自禁，竟唱了四遍。卫长君则打着节拍。卫青听了，热泪盈眶，久违的家的温暖，失去了五年，终于又回来了。

曹寿回到侯府后，即要去终南山行猎。自去年九月以来，曹寿数次行猎，主要为猎取一只白狐，那白狐极为漂亮，全身纯白，无丁点杂毛，跑得极快，如同白色闪电。平阳公主觉得曹寿染了风寒刚刚痊愈，需休息一段时间，且天气渐渐转凉，山里夜晚尤寒，而在山里追逐猎物往往要几日几夜，遇有旅舍尚可，有时即要于野外搭帐篷过夜，她担心曹寿吃不消。

曹寿歇了几日，终于按捺不住，要进山。平阳公主见劝不住，只好由他去，但让他带上卫青，说卫青本领强，可以帮忙。

长陵县在长安东北，而终南山在长安南边。终南山是中国南北分水岭——秦岭山脉的中段，又名太乙山、中南山、周南山，简称南山。其东至蓝田县，西至眉县，绵延数百里，地形险阻，道路崎岖，然气候湿润，水资源丰富，乃渭水（今渭河）发源地。山中植物繁茂，动物众多，为王公贵族行猎的理想之地。曹寿从十一二岁就跟着父亲曹奇到终南山打猎，后来父亲去世了，他继承了爵位，但并未在朝中任职，时间宽裕，故每年都要进山打一两次猎，既为娱乐刺激，亦为满足口腹之欲。

贵族行猎，自然兴师动众，曹寿也不例外。除了十多名侯府骑从跟随曹寿骑马追逐外，尚有众多奴仆，或牵猎犬逐狡兽，或执鹞鹰扑雉兔，或张网等待，或以筚掩捕。从事生活保障的奴仆就更多了。曹寿曾经于终南山下一灌木丛中发现白狐，所以曹寿领着骑从们，顺着终南山北坡，从东向西搜索行进。头两天皆无收获，到了第三日正午，突然发现山坡上一草丛中，蹿出一只白狐，曹寿大叫："就是它！"然后拍马上前去追，追了一段，曹寿体力不支，慢慢落在后面，唯卫青一马当先，飞驰追逐不舍。追了半个多时辰，那白狐跑到一片开阔地，卫青瞅准时机，迅即张弓搭箭，一箭射中白狐。曹寿赶来后，见卫青已捕杀白狐，大喜过望，连连夸道："青小子真是好样的！"

曹寿达到目的，当晚便返回长陵的侯府，一进府即大喊："公主！公主！"

平阳公主已经歇息，听到曹寿大喊，十分吃惊，赶紧跑到庭院中观看，只见众奴仆举着火把，曹寿骑在马上，将手中的白狐高高举起，对平阳公主说："公主，终于如我所愿，逮住了白狐！"

平阳公主见曹寿如此兴高采烈，也很高兴，笑道："君侯为何如此高兴？"

"当然高兴！"曹寿下马后说，"这白狐是为你捕的，定要制作成上等狐裘围脖，送你冬日御寒。"

平阳公主听言，非常感动，说道："多谢君侯！为何不在山下寻一旅舍住下？为何要连夜赶回？太辛苦了！"

曹寿哈哈一笑，说道："我就是想早点赶回来，早点让公主高兴。"

"多谢君侯有心！"平阳公主眼眶有些湿润。

"不过不要光谢我，这白狐乃青小子所获。你可要称赞称赞他。"曹寿说。

"哦。"平阳公主说，"我说青小子能帮你嘛，如何？"

卫青听到平阳公主的话，心里比蜜还甜。

不久，曹寿派人到长安市上，寻得一著名作坊，将整张白狐皮制作成了围脖。

冬天，平阳公主一直将白狐围脖围在颈项，舍不得取下。

后有一日，汝阴侯夏侯赐偕子夏侯颇从长安来到府中做客，夏侯颇一眼就看见平阳公主围着狐裘围脖，十分吃惊地说道："我亦见过一些狐裘围脖，公主所用的才是顶级的世间珍品，纯白色、完整的狐皮，制作也极精致，配上无比美丽、高贵的公主，真乃绝配！"

平阳公主被夸得不好意思，脸上竟泛起了红晕，说道："夏侯公子真会夸人。这只是咱们君侯于终南山行猎时捕的一白狐，制作成围脖送我冬日里御寒，何须如此夸张？"

夏侯家与曹家是世交。两家的第一代即结下深厚情谊，当年曹参于沛县任狱掾，夏侯婴任司御，即为同事、朋友，后两人均跟随刘邦起事，大汉建立后均封侯，两家一直保持较多交往。至第三代曹奇、夏侯赐更是于平定吴楚七国之乱中并肩作战，有过命的交情。曹奇临终时还曾托夏侯赐照顾曹家。故两家如今交往甚密，相互之间言谈也无甚忌讳。

夏侯赐见儿子如此青睐狐裘，便说道："你想要狐裘，应像平阳侯一样，到终南山中去取，市场上的哪有自取的珍贵？"

"父亲大人所言甚是，儿子正要与平阳侯说道，下次行猎，带我一起去。"夏侯颇望着曹寿说。

曹寿知道夏侯颇并不喜好狩猎，平日里沉湎于酒宴乐舞，深为夏侯赐忧虑，故夏侯赐希望他能有所改变。曹寿说："夏侯叔叔说得一点没错，颇弟若喜欢裘皮，可以随愚兄一同前往终南山里取。夏侯叔叔已经上了年纪，愚侄就不邀请您了。"

夏侯赐说："甚好，甚好，我乃心有余而力不足矣。倒是希望颇儿能常与你一起去狩猎，多增长些英武之气。我们夏侯家与你们曹家一样，亦是忠勇传家，我的祖父夏侯婴当年追随高帝常年征战，父亲夏侯灶曾为将军，为朝廷守边多年，我也曾为朝廷走上战场，唯颇儿不肖，如何是好？"

夏侯颇听着不高兴了，说道："父亲大人又数落为儿的了，现如今不是没仗打吗？如有战事，我也可以上战场，我不是孬种！"

曹寿见状赶快打圆场："夏侯叔叔，就让颇弟随我去狩猎，这也是一种训练和准备。现时正值冬季，是狩猎的好时机，颇弟回去后准备一下，十日后进终南山，如何？"

夏侯颇答道："好极。"

十日后，夏侯颇果然如约来到长陵的平阳侯府，曹寿收拾停当就要与其一同出发，就在此时，平阳公主突然提出也要去终南山。曹寿吃了一惊，说道："公主乃女子，如何能进山狩猎？"

"女子怎么了？自古即有女子从军上阵，更不要说行猎了。你放心，我不会跟着你们去打猎，我主要是去游览，从小到大，本公主尚未去过终南山呢。"平阳公主指着颈项上的狐裘围脖说:"我也得看看我这狐裘围脖的出产地不是?"

曹寿没办法,只好说道:"公主去终南山,我让家令多带些人始终陪着你,做你的向导,侍奉于左右。青小子多次跟我进山行猎,对那里很熟悉。另外,让骑从们一步不离地护卫你,确保你的安全。你要有半点差池,我何以向陛下和皇后交代?"

公主笑道:"不要搞得如临大敌,有两三个骑从护卫即可,当然要包括青小子。其余的骑从都跟着你与夏侯公子去打猎。人多力量大,可以有更多收获。"

到了山下旅舍,一群人住了一夜。旅舍主人夫妇非常高兴,说以前只有侯爷常来住,今日有当今皇上的长公主来住,而且公主虽然高贵无比,却十分和气,能够侍奉公主,真是三生有幸!

次日一早,平阳公主与曹寿、夏侯颇同走了一段路后,到达子午道道口,两拨人就此分头行动,约好第五日中午在此会合。平阳公主不能乘马车,只能顺着子午道步行,翻山越岭。这条子午道,通过子午峪,又因是南北走向,古时称北方为子,南方为午,故称子午道。此道翻过秦岭,一直通到汉中、蜀地。从山下往山上走,一路上树木繁茂,遮天蔽日,且走一段后树木的品种就不同。平阳公主问家令有何不同,家令答道:"终南山的树木有四个层次,形成不同的景观带,最下边一层为栎树,上去则为桦树,再上则为针叶林,到了山顶上,就没有什么乔木,都是些灌木丛,还有些花草,甚至有大片大片的草甸。"

平阳公主笑道:"树木花草亦如人群,分层次,什么样的人在什么层次。到了山顶,大约是高处不胜寒,反而长不成成材的大树,如同到了最高层次,往往找不到才智超凡的人物。成材的大树在山下,有才的人物在底层。"边说边扭头看身后的卫青。卫青觉得公主又在鼓励他。

家令赞道:"公主睹景品人,甚是高明。"

翻过山梁,到了谷峪,再抬头看周围山峰,形态各异,或峭立挺拔,或绵延逶迤，或钟灵毓秀。路边的溪流欢快地歌唱，偶遇的瀑布急流飞溅，直下深潭，响声如雷。山峰、沟峪、溪水、瀑布，这一切都让平阳公主着迷，心花怒放。子午道乃官道，路边自有官家的驿站，当然也有民间的旅舍。平阳公主喜欢住旅舍。

有一户卫姓人家开设的旅舍，地方较大，很干净，菜肴也做得好，均为山中野味和土菜，大部分是平阳公主从未吃过的。夫妇二人很热情，还有一子一女均十几岁，帮着做。平阳公主要家令来回都住在这家，还将卫青介绍给他们，说我的这位骑从亦姓卫，是一家人。主人夫妇和卫青都很高兴，分别时皆言后会有期。

平阳公主一行在山中愉快地玩了三四天，到第五日中午，回到了终南山北坡子午道道口，曹寿、夏侯颇等人也刚刚到达。看到平阳公主安然无恙，曹寿才放下心来。曹寿令人将一头美丽的幼鹿牵到公主面前，说这头幼鹿很漂亮，是用网网住的，此次未猎到白狐，就将这头幼鹿让夏侯公子带回去，制作成鹿裘亦很好。平阳公主一看，这头幼鹿的确非常美，心想，杀了用它的皮太可惜了！

正在此时，山坡草丛中突然蹿出一头健壮的母鹿，看样子是幼鹿的妈妈跟过来，一下子就扑了上来，似乎要解救自己的孩子。母鹿直接冲向幼鹿旁边的平阳公主，公主尚未觉察，其身边的夏侯颇却看见了，不容多想，即刻就挡在公主身前，被母鹿冲撞倒地。在一旁的卫青以极快的速度抽出利剑，猛地冲上去刺死了母鹿。这一切均在极短暂的一瞬间发生。曹寿大惊失色，先是搂住平阳公主，问及有无伤着，然后去扶起倒地的夏侯颇。夏侯颇除肩头被撞伤外，无甚大碍。

平阳公主赶紧安慰道："夏侯公子身手还是很敏捷的，如若不是公子迅疾挡住，我肯定要受伤。太谢谢公子了！"

夏侯颇笑笑："能有机会为公主挡住危险，在下万分荣幸！为公主效命，亦在所不辞！"

平阳公主听了，好一阵感动，对夏侯颇说："千万不要说这样的话，我可担待不起!"

平阳公主又向卫青笑笑,点点头,表示赞许。

那头幼鹿看到母鹿为自己而死,眼里竟流出了泪水,死活拉不动,只好让几名奴仆将它前后蹄两两捆住,插入杠子抬走。当然也抬走了那头死去的母鹿,与捕获的众多走兽飞禽一起。

回到长陵的平阳侯府,曹寿与平阳公主执意留下了夏侯颇,请医匠为他疗伤,一直到几天后肩伤基本痊愈,方送他回长安家中。其间,平阳公主伺机劝说夏侯颇,留下那头美丽可爱的幼鹿,夏侯颇闻讯说道,我如将它制成裘皮,那也是准备孝敬公主您的,您说不要杀,我即让人好生养着。平阳公主听了,心中有说不出的感觉。

卫青于侯府中除了随侍平阳公主出行,跟随平阳侯曹寿打猎,日常主要是做些训练和跟先生学《孟子》。一年后的一日,平阳公主专门召见卫青,问及学习《孟子》有何心得。卫青答:"《孟子》七篇,概而言之即两字:仁义。"平阳公主颔首微笑,又问:"第六篇'告子章句'中有一章关于天降大任的话,能记得吗?"

卫青说:"启禀公主,青小子熟读多遍,当然记得,我背诵给您听。"

平阳公主说:"好,背给我听。"

卫青背诵道:

> 孟子曰:"舜发于畎亩之中,傅说举于版筑之间,胶鬲举于鱼盐之中,管夷吾举于士,孙叔敖举于海,百里奚举于市。故天将降大任于斯人也,必先苦其心志,劳其筋骨,饿其体肤,空乏其身,行拂乱其所为,所以动心忍性,曾益其所不能。
>
> "人恒过,然后能改;困于心,衡于虑,而后作;征于色,发于声,而后喻。
>
> "入则无法家拂士,出则无敌国外患者,国恒亡。然后知生于忧患而死于安乐也。"

平阳公主赞道："背得好，一字不差。先生释义否？"

"教了。"卫青答，"先生称舜、傅说诸人皆先受磨难、挫折，然后发达。"

平阳公主说："那怎么行？这段对你十分重要，务要逐个明晰。"

卫青道："请公主教导。"

"本公主是欲教导于你。"平阳公主慢慢说，"舜起先躬耕于田野，是个普通农人，后为'四岳'举荐，被尧帝重用。傅说原是被判了刑的奴隶，在建筑工地上服苦役，商王武丁任其为大臣执政。胶鬲在纣王统治时隐居于民间贩卖鱼盐，后来周文王发现了他，让他做了自己的臣子。管夷吾即管仲，曾被士（狱官）所囚，是个刑徒，经鲍叔牙推荐，被齐桓公任为相国。孙叔敖则隐居于海滨，被楚庄王任为令尹执政。百里奚原为虞国大夫，虞亡后被俘，后作为陪嫁之臣送去秦国，出走至楚又为楚人所执，秦穆公用五张公羊皮赎回他，让他做了大夫，人称五羖（gǔ）大夫。羖即公羊。"

卫青听得入神，说道："经公主如此生动、具体之解说，青小子印象极为深刻。这些人各有不幸，有的甚至非常不幸，后来却皆有成就。"

"青小子，有悟否？"平阳公主问。

"回公主话，有悟。吾之悟为：英豪不问出处，磨砺增长才德。"卫青答。

平阳公主称赞道："不枉费本公主一片苦心也！"

第三章

蓄势未央

1. 卫子夫进宫

景帝后元三年（前 141 年）正月，汉景帝刘启驾崩，皇太子刘彻即位，为孝武皇帝，年十六岁。刘彻尊皇太后窦漪房为太皇太后，皇后王娡为皇太后，立太子妃陈阿娇为皇后。

刘彻虽然仅有十六岁，但自小聪慧多智，志向远大，七岁被立为皇太子后尤其钟爱儒学，潜心钻研儒家经典，立志改变大汉帝国多年来崇尚黄老学说、施行无为而治的现状。登位不久，刘彻即诏举贤良方正、极言直谏之士，亲自策问治世之道，对策者达百余人。刘彻当场选拔了董仲舒、庄助等儒生，委以重任。又任用好儒的魏其侯窦婴为丞相，武安侯田蚡为太尉，赵绾为御史大夫，王臧为郎中令，让儒者占据朝廷关键位置。还听从赵绾建议，建立宣扬儒学教化的明堂，兼作朝会、祭祀、庆赏、选士之用。

窦太后好黄老言，不悦儒学，虽双目失明，却好干政。赵绾建议朝中政事不必请奏窦太后，窦太后闻讯大怒，认为此乃文帝时赵人新垣平欺诈朝廷事件的翻版，迫使刘彻废了明堂，逮捕御史大夫赵绾、郎中令王臧下狱致自杀，罢免丞相窦婴、太尉田蚡。奶奶窦太后一盆冷水浇灭了孙子刘彻即位伊始跃跃欲试的勤政热情。

刘彻于朝堂之上受制于窦太后，回到后宫还要看皇后陈阿娇的脸色。陈阿娇的母亲是窦太后唯一的女儿、刘彻的姑姑、馆陶长公主刘嫖。当年刘彻能当上太子，其母王娡能当上皇后，刘嫖是出了大力的，可以说，没有刘嫖在自己的弟弟汉景帝面前多次做工作，王娡、刘彻母子根本不可能如愿。刘彻从小便喜欢甚至有些依赖比自己大五六岁的表姐陈阿娇，还说过将来娶了阿娇会建座金屋将她藏起来。岳母刘嫖恃功骄横，皇后陈阿娇擅宠专妒，致刘彻又增一份烦恼。

刘彻到母亲王太后处诉苦，说道："母后，儿臣甚苦。太皇太后断然出手，致儿臣种种努力皆废；长公主又倚仗曾经有功于吾母子，求请无止，让儿臣颇为难；皇后至今无子，又妒性十足。母后教儿臣如何是好？"

王太后劝道："彻儿，太皇太后刚强决断，非自今日，尔父皇、先帝也是敬重，忍让为先。此次她对自己的侄儿窦婴、我的异父同母弟田蚡都不放过，非要你免了他俩的职。长公主于我母子有大恩，尔乃先帝第九子，无长公主，何能立为太子？我进宫在先帝诸妃之后，无长公主，何能立为皇后？你刚即位，年纪尚小，大臣们又尚未敬服你，你只能忍耐。太皇太后、长公主和皇后皆不可得罪，忍一时风平浪静。将来会有你做主的时候！"

刘彻听从母亲的教诲，对太皇太后和长公主敬重有加，对皇后亦稍显热情，但内心并不快乐，只能做些祭天祀祖敬鬼神之事。当然，这些也是头等大事。

建元二年（前139年）三月初三，刘彻到长安城外的霸上水边求福、祓（fú）除灾异，结束后到长陵的平阳侯府看望姐姐平阳公主。

平阳公主不久前刚刚去宫里看望过母亲王太后，听说过朝中事，知道刘彻近来心中纠结、烦恼，于是屏退左右，单独与刘彻说话，多有安慰。

刘彻说起奶奶窦太后干预太多，说别看她老人家眼睛看不见，心里装的事还真不少。平阳公主劝道："皇帝乃少年天子，来日方长，奶奶年纪大了，眼睛看不见心里急，你不必与她老人家计较。她老人家掌握的情况大都是长公主姑姑提供的，她最相信姑姑。姑姑对咱们恩重如山，还是你的岳母，我知道你难，但这些都会过去的。到奶奶哪天不想管事了或实在管不动了，你便可施展才干。我想皇帝当前最要紧的，还是要有个儿子，此乃关系到皇统后继有人的特别重要之大事！"平阳公主不能说待太皇太后过世刘彻就能自己做主，只能拐弯抹角地说。刘彻当然也听得懂。

刘彻说："姐姐说得对。阿娇嫁朕，先为太子妃，后为皇后，也有四五年了，不知为何总是不得怀孕，她甚急，找了许多医匠，求了许多药方，花费数千万钱，并不见效。她自己怀不上孕，又怕别的嫔妃怀孕，故严防死守，尽可能地阻止嫔妃们与朕接触。朕对哪位嫔妃好一点、接触多一点，她作为后宫总管，便找出理由处罚哪位嫔妃，甚至禁锢起来。朕又不能对她太严厉，那样姑姑会很不高兴，甚至会到奶奶那里告状。"

"皇帝太难了!"平阳公主叹道，"不过这些总会过去。今天到我这里放松放松，住一晚，晚宴时我找些美艳女子为你表演歌舞。这可是姐姐我为你准备了多年的，平时教她们读书，并严加训练，只为皇帝欣赏的这一刻。"

"好啊!"刘彻高兴起来，"还是大姐最知朕，最疼朕。住在大姐这里，母后也不会责备。"

晚宴开始后，平阳公主让乐队先行奏乐。侯府整齐的乐队不输宫廷乐队，金、石、丝、竹、匏、土、革、木等八种材料制成的吹奏乐、打击乐、弦乐乐器，发出不同的音调，小的乐器发音却一点也不微弱纤细，大的乐器发音并不粗大刺耳，如此甚是和谐，和谐即美妙，美妙之音进入人的内心，让内心平静、快乐。刘彻在如此和谐、美妙的音乐陶冶下，烦躁的情绪没有了，显得十分快乐。

平阳公主见刘彻已然快乐起来，招手让舞者上场。乐舞讲究规格，天子八佾 (yì)。佾者，行列也，每佾八人。诸侯六佾。列侯只能用四佾。平阳侯府的舞伎列四行，每行八人，三十二名舞伎随着音乐声，翩翩起舞。这些舞伎皆平阳公主亲自挑选，个个面容姣好，婀娜多姿。但刘彻似乎不太感兴趣。

平阳公主见刘彻兴奋不起来，示意舞伎退下，让歌者上。卫君孺、卫少儿、卫子夫三姐妹上来，唱了一首《淇水有梁》，刘彻听了大笑不止，连说："好! 好! 好!"且举起酒爵，连饮三次，眼睛则一直盯着卫子夫看。

平阳公主见状，让卫君孺、卫少儿退下，留下卫子夫一人，唱起了秦风《蒹葭》：

> 蒹葭苍苍，白露为霜。
>
> 所谓伊人，在水一方。
>
> 溯洄从之，道阻且长。
>
> 溯游从之，宛在水中央。
>
> 蒹葭萋萋，白露未晞。
>
> 所谓伊人，在水之湄。
>
> 溯洄从之，道阻且跻。
>
> 溯游从之，宛在水中坻。
>
> 蒹葭采采，白露未已。
>
> 所谓伊人，在水之涘。
>
> 溯洄从之，道阻且右。
>
> 溯游从之，宛在水中沚。

刘彻看卫子夫，风姿绰约，国色天香，含情脉脉，仪态万方。其神情端庄中含有妩媚，羞怯里透着自信。其歌声婉转动听，直叩心房，搅动起十七岁少年天子胸中的波涛汹涌，满面泛红，不能自已。

平阳公主知道刘彻在想什么，说道："皇帝是否有点热，欲更衣否？"

刘彻道："正是。大姐稍候，朕去去便来。"

平阳公主急令侍从传话给卫子夫，要她即去更衣室侍奉。

刘彻到了更衣室门口，卫子夫已在侍候，跪叩道："奴婢奉公主之命，前来侍奉陛下更衣。"

刘彻大悦，说："好，好，平身，随朕进来。"一把搂住卫子夫，进了更衣室，关上门，迫不及待地宠幸了卫子夫。

刘彻完事后回到席上，满面笑容，连说："朕好久未曾如今日舒心矣！"

说完寻曹寿饮酒，饮酒多次后，击筑高唱高帝《大风歌》：

> 大风起兮云飞扬，
>
> 威加海内兮归故乡，
>
> 安得猛士兮守四方！

唱完后又大笑不止。平阳公主劝道："皇帝早点歇息吧，我让歌者卫子夫去侍奉，可否？"

刘彻两眼放光，颔首道："甚好，甚好。散席。朕欲歇息就寝矣。"

当夜，卫子夫侍寝。

次日早晨，平阳公主等待刘彻用膳，等了好久，刘彻才来。

平阳公主与刘彻单独用膳。平阳公主问道："皇帝昨夜歇息得好？"

"当然好，甚好！"刘彻高兴地说，"大姐如何将卫子夫调教成这般的，简直就是个尤物！朕带走可否？"

"完全可以，就是为皇帝准备的。"平阳公主说，"我是个操心的命，花费多年心血，专为皇帝造就了两人，其一即卫子夫，不仅美艳动人，且聪慧贤良，谨慎大度。看来与皇帝有缘，昨晚献歌，皇帝一眼即看中了。"

"还有一人呢？"刘彻急于知晓。

平阳公主说："昨晚皇帝兴奋无比，高歌一曲高帝《大风歌》，唱出了内心深处的想法，要为朝廷、为国家寻得猛士。记得那次我去宫中看你，你说国之大事，在祀在戎。而欲戎事得全，必得将帅。卫子夫有一异父同母弟，叫卫青，出身同样卑微，但从他小时候我便发现这小子是可造之才，于是我从他七八岁时就用心磨砺他，现已十五岁，长得魁梧挺拔，练得身手不凡，更兼知恩图报，忠诚仁义，如今是我的骑从。"

刘彻感动地说："大姐真是用心良苦，弟弟多谢了！"

"皇帝千万不要如此说。为咱皇家、为朝廷、为国家，这都是我应该做的。谁叫我是皇帝的长姐、母后的长女呢？操心是必需的！"平阳公主诚恳地说。

刘彻说："那就让卫青来见朕。"

平阳公主说："我看这样，等一会儿皇帝带卫子夫走，我与平阳侯定要送皇帝出城，我让卫青与卫子夫告辞，他俩感情甚笃。皇帝看了卫青如满意，可点点头，我让卫青跟你走；不满意即不点头，则罢。可否？"

"好，就按大姐说的办。"刘彻欣然同意，并让手下送平阳公主黄金千斤。

之后，平阳公主单独召见卫子夫，对她说："子夫，大喜了，皇帝看中你了！你赶快准备，梳洗打扮一下，跟皇帝入宫。"

卫子夫听了，惊诧非常，一下子懵了，不知所措，问道："公主，真的吗？真有此事？"

平阳公主笑道："当然是真的，本公主能诳你？"

卫子夫跪叩于地："奴婢深谢公主，公主对奴婢的再造之恩，恩重如山！"

"加油啊，子夫！"平阳公主鼓励道，"进了宫不比在侯府，凡事多用心。将来发达了，不要忘记本公主啊！"

卫子夫跪地三叩："奴婢岂敢忘了公主大恩？如果忘了，天理不容，天打雷劈！"

平阳公主扶起卫子夫："我信你，不必说骇人听闻之语。"

平阳公主、平阳侯曹寿将刘彻、卫子夫送出城外，辞行时，平阳公主对身后的卫青说："青小子，去与你的子夫姐姐告个别吧。"

卫青跳下马，先走到刘彻身前，跪地叩首道："小奴见过陛下，祝福陛下万寿无疆！"

刘彻见到卫青，身材魁梧，相貌英俊，又如此懂礼，满心欢喜，立即向平阳公主点点头，然后对卫青说："平身吧。"

卫青起来去向卫子夫揖拜道："姐姐走好，小弟会想念你的！"

卫子夫含泪答道："弟弟保重，务必好生侍奉公主和侯爷！"

平阳公主笑道："青小子，既然你如此舍不得姐姐，就跟姐姐去吧。"

卫青一下子愣住了，怀疑是否听错了，呆呆地望着平阳公主，不明所以，不得要领。

平阳公主大声说："傻小子，皇帝特别开恩，允准你同去宫中，快去向皇帝谢恩！"

卫青这才扑通跪到刘彻面前，三叩首，然后说："小奴谢陛下隆恩！"

刘彻笑道："起来吧。公主荐你，就随朕去宫中做个侍卫吧。"

卫青爬起来，去向平阳公主、平阳侯跪叩："青小子永记公主、侯爷大恩！"

平阳公主甚是不舍，说道："起来吧。快骑上马，跟在皇帝侍卫后面。今后的路，要靠你自己去走了。好好的哟，努力啊！"

2. 建章宫遭险

刘彻刚回到长安未央宫，窦太后即差人要他到长乐宫面见。刘彻在返回长安的途中已向侍卫的中郎将交代，将卫青安排到上林苑里的建章宫，先做营骑。卫青在进长安之前已被人领去建章宫。进了未央宫后，刘彻令宦者将卫子夫领去后宫安顿。之后，刘彻便匆匆去见窦太后。

窦太后自文帝驾崩后即迁居至长乐宫永寿殿。这里是高帝之吕后曾经居住了十五年的寝宫，吕后死后一直空着。窦太后还是小宫女的时候，常至此服侍吕后，未曾想到多年后自己竟住了进来。吕后当年协助高帝刘邦打天下、诛功臣、稳定朝廷，窦太后没有吕后那样的功劳，但也学了吕后的一些做派，时不时地干预朝政，还很强硬。

刘彻进了长乐宫永寿殿，跪叩道："孙儿刘彻祝福太皇太后吉祥！"

窦太后和颜悦色地说道："彻儿快起来，坐到老身旁边。"

刘彻起来，又向窦太后右边的刘嫖颔首问候："姑姑窦太主好！"称自己的姑姑、岳母为太主，意即太公主，是刘彻的创造。刘嫖倒很受用。

刘彻坐到窦太后左边。窦太后几乎失明，只能看到模模糊糊的身影，见刘彻坐了过来，便亲切地拉着刘彻的手，问道："听说你到大姐家去了，玩得快活？"

刘彻心里咯噔一下，心想奶奶的消息真灵通，这恐怕拜姑姑所赐，答道："回太皇太后话，孙儿去了平阳侯府，尚好。"

"彻儿呀！"窦太后说，"你已是皇帝，玩乐须适当，不可误了朝政。如今朝中没了统领百官的丞相，也没了总管大内的郎中令，你能放得下心来？"

刘彻知道奶奶要安排人事了，说道："太皇太后教训得极是。太皇太后明示，孙儿遵循便是。"

窦太后停顿了一会儿，然后慢条斯理地说："前者，老身娘家侄儿窦婴，你母后的异父同母弟田蚡，一个做丞相，一个做太尉，两人不对付，闹摩擦，更兼与御史大夫赵绾、郎中令王臧沆瀣一气，要改变我大汉三代以来的无为而治，不把他们赶出朝廷还行？老身觉得，柏至侯许昌，现任太常，此人忠厚可靠，可任丞相。他的爷爷许温，曾为高帝侍卫，后带兵打仗立有战功，才封了柏至侯，听说高帝当年很赞赏许温的忠心。这种人的后代不会差，会忠实地维护高帝以来实行的无为而治，不会搞什么变革。先帝时曾任九卿的石奋，其四个儿子亦皆为二千石，故称其为'万石君'。石氏父子少言而躬行，不似儒者文多质少。石奋长子石建可任郎中令，少子石庆可任内史。内史管辖都城长安，也很重要啊！"

刘彻立即说道："孙儿回未央宫后即按太皇太后旨意下诏。"

窦太后很高兴，连说："甚好！甚好！"

刘嫖接着说："我听阿娇说，近来皇帝对她更加疼爱了。皇帝与阿娇从小青梅竹马，阿娇自小就一直敬着你、护着你，我想皇帝不会让阿娇寒心的。"

刘彻听了，心里很不是滋味，这分明是姑姑当着奶奶的面在给自己施加压力，只好说道："姑姑尽管放心，我绝不会亏待皇后！"

回到未央宫，刘彻即下诏，任许昌为丞相，石建为郎中令，石庆为内史。

他想过问一下卫子夫是否安顿好了，但想想刚才姑姑的话，便忍住了。他想，皇后陈阿娇那样骄横忌妒，如若我过分关照卫子夫，反而会让卫子夫的日子很难过，还是忍一段时间再说吧。

其实，无论刘彻关照与否，卫子夫进宫后笃定无好日子过。宦者领着卫子夫先到皇后陈阿娇处，说皇上从平阳侯府带回一女子，吩咐安顿于后宫。卫子夫一见到皇后，立即跪叩于地："奴婢见过皇后！"

陈阿娇不经意地说道:"起来吧,陛下亲自带来的人,总不能让你一直跪着。"

"谢皇后。"卫子夫站起来后仍旧低着头。

"把头抬起来,让我看看你。"陈阿娇心想是哪里的仙女,陛下竟亲自带回宫中。

卫子夫微微抬起了头。陈阿娇一见,大惊失色,看到卫子夫美艳至极,站在那里,如玉树临风,自觉相形见绌,顿时心中充满醋意,也立即有了敌意。她问道:"你在平阳侯府做甚?"

"奴婢是讴(ōu)者。"卫子夫小声回答。

"讴者?即是歌女、歌奴?"陈阿娇轻蔑地说。

卫子夫颤颤地说:"皇后,是的。"

"既是歌奴,入宫后即为宫婢。"陈阿娇嘴角露出冷笑,对旁边的宫长说,"你将她领去掖庭诸宫婢舍中安顿下来。"

卫子夫安顿下来后,一直盼着能见到皇帝,但总是见不着。

过了好一段时间,有次陈阿娇侍寝,刘彻问起卫子夫,陈阿娇说:"陛下问起,妾身禀报,那小可怜可能在侯府生活甚苦,总吃些粗茶淡饭,进了宫后,膳食好了,反而水土不服,老是泻肚。我吩咐中黄门和宫长多多关照于她,请了医匠为她治疗,但总不见好。医匠说泻肚会传染的,后宫中各色人等都怕与她接触。陛下莫不是要见她?"

刘彻也怕传染,于是说:"朕只是偶然想起一问,既然皇后已经给予关照,就行了。"

又过了好一段时间,刘彻再问,陈阿娇说:"陛下,妾身正要禀报,那卫子夫染了天花,不知能否挨过?此病甚凶,要死人的,且传染性极强,妾身已吩咐,将其隔离至掖庭狱中,择一偏僻狱室,让她单独住在那里。"

刘彻问:"让医匠看视否?"

陈阿娇答:"当然,让医匠给了药。此病须一两个月甚至两三个月才能痊愈。尚不知能痊愈否。"

刘彻沉默良久，未再问。

两三个月后，刘彻又问，陈阿娇称，病是侥幸好了，但脸上留下许多麻子，甚是难看。

刘彻连说："可惜了！可惜了！"

就这样，陈阿娇编造谎言，让卫子夫与刘彻隔绝了一年出头。她吩咐后宫中妃嫔、宫婢、宦者一应人等，谁说出去就惩治谁。后宫中的人们知晓皇后靠山硬，皇帝都得让她三分，故无人敢透露真相。

后有一日，刘彻突然又想起卫子夫，觉得卫子夫因病破了相，不适合留在宫中，应让她回到平阳侯府，否则今后大姐问起，如何交代？此次他未告诉陈阿娇，而是让郎中令石建直接安排后宫中不适宜者出宫归家。

刘彻接见这批出宫宫人，共有十五人，给予慰问及赏赐。前面十四人跪叩告别并领赏出去后，最后一人始终以衣袖遮住脸，不停地哭泣，梨花带雨，不休不止。刘彻要她挪开衣袖，她扑通跪于刘彻面前，三叩首，然后抬起头，未以衣袖遮面。刘彻一看，大吃一惊：是卫子夫！是仍然美艳如往的卫子夫，哪有什么一脸的麻子？刘彻一下子明白了是怎么回事，竟控制不住地吼道："为何如此？太不可思议了！快去把皇后找来！"

石建极谨慎，于大庭广众之下从不违忤皇帝，然私下里遇到皇帝作出不妥言行时却能极力劝阻，深为刘彻信赖。石建见刘彻发怒，劝道："陛下息怒。事已过，此时责罚皇后，奈窦太主何？奈太皇太后何？况且皇后亦不过欲专宠于陛下，尚未有不轨于大义之行为。陛下三思！"

刘彻听了，冷静下来，令石建将宫中知情的宫长、中黄门等全部斥逐出宫，并罚做苦役。

石建走后，刘彻赶走身边侍从之人，不待夜晚，即当场再次宠幸了卫子夫。卫子夫自此所受尊宠盖过所有妃嫔，陈阿娇也被冷落。不久，卫子夫即有了身孕。

当太医告诉刘彻，卫子夫有了身孕，刘彻高兴得手舞足蹈，大笑不止，连连说道："朕有后了！朕有后了！"自从娶了陈阿娇为太子妃，太子宫中还有一些家人子，当了皇帝后更有许多嫔妃，竟然无一人怀孕。刘彻曾埋怨陈阿娇，陈阿娇竟说："陛下，并非妾身一人未怀孕，后宫佳丽众多，为何均未怀孕？陛下您想过自己是否怎么了？"刘彻当时怒斥陈阿娇。如今卫子夫已证明，朕没问题，是你陈阿娇有问题！

陈阿娇知道卫子夫有孕，如闻霹雳，觉得大难临头，苦于毫无办法，便要死要活地撒泼，但刘彻并未理睬。陈阿娇只好向母亲求救，让刘嫖进宫想办法。母女俩商议半天，才想出一个办法，那就是通过害死卫青来打击卫子夫，至少能出一口恶气。

卫青去年被皇帝带到长安后，安排在城外上林苑中的建章宫做营骑。此时的上林苑尚是因袭秦之旧苑，周回不及百里，不似后来的数百里；建章宫亦不是很大，做皇帝偶尔游玩、狩猎之休息场所，不似后来扩建至周回二十多里，仅次于长安城内的未央宫、长乐宫。此时的建章宫平常驻有骑郎及营骑，皇帝至上林苑时负责侍卫及陪猎。卫青来到建章宫后，与北地郡义渠人氏、骑郎公孙敖相处甚笃。公孙敖彪悍、仗义，先于卫青入宫，年龄比卫青年长三四岁，处处关照卫青，而卫青初入营门，亦很尊重公孙敖，常常向其请教。

窦太主刘嫖与女儿陈阿娇在宫中商议好之后，回到府中，即令十五岁的侍从董偃去赚卫青，交代其如此这般。董偃遵命骑马来到上林苑建章宫，对卫青说："尔姐卫子夫随陛下与皇后已至皇后娘家探视窦太主，卫子夫欲与你晤面，说有一年多未见，甚为想念。"公孙敖等人认识董偃乃窦太主身边亲信，故认为可信，赞成卫青前去。营中校尉亦知卫子夫正为皇上尊宠，当然同意卫青去晤面。

卫青跟随董偃，两人骑马走了很长时间，并未进城，而是到了一处较大的园圃。天已黑了。那日是月初，天上挂着月牙，有微微的月光。进到园中，董偃驾轻就熟，忽地策马飞奔而去，将卫青一人留在后面。卫青骑到一棵大树下，突然树上撒下一张大网，将卫青连人带马网在里面，周围蹦出几个蒙面大汉，将卫青捆住，带到园中一偏僻小屋里囚禁起来。

卫青走了之后，到次日甚至第三日尚未回营，公孙敖顿生疑窦，觉得卫青可能会出事。营中有人对公孙敖说：那董偃常常至长安城外平乐斗鸡或蹴鞠，你设法到那里寻找，将其捉住，即可知道他将卫青带到哪里去了。

公孙敖到平乐驻军中找了几位老乡，都换了平民服饰，蒙上面，一齐到斗鸡场捉住了董偃，逼他带路，到了窦太主家位于城东南的长门园，打跑了看守者，救出了卫青。亏得窦太主因惧怕皇帝怪罪，一直犹豫，尚未令人下手杀害卫青。

卫青回到建章宫，自是对公孙敖千恩万谢。公孙敖对他说："窦太主欲害你，你须小心防备。但窦太主势力太大，防不胜防。我以为，你最好抓紧让平阳公主知道此事，由平阳公主告诉皇上，如若皇上护着你，她窦太主即无计可施了。"

卫青说："贤兄所言甚是，但让谁去传信呢？"

"当然只能是你自己，找别人既找不着，也说不清啊！"公孙敖劝道，"我发现咱营中校尉，知道尔姐正为皇上尊宠，故对你也很客气，甚至迁就。你去禀报，他必同意。"

校尉听卫青禀报要回侯府看望平阳公主，果然一口应允。卫青连夜策马奔回侯府，翌日一早求见平阳公主。公主见到卫青，十分高兴，说青小子又长高了且壮实了。当听说了卫青的遭遇后，平阳公主说："窦太主一贯霸道无理，这次做得太过分了！我要到宫中去见母后和皇帝，请皇帝保护你，栽培你。"

卫青跪叩谢恩，且想起这些年以来平阳公主对自己的恩德，竟情不自禁地流出了热泪。

平阳公主说了即做，当日便进宫觐见王太后和皇帝。王太后见到平阳公主，埋怨道："你怎么这么长时间也不回来看我，我有满腹的喜悦要说于你，就是见不着你人！"

平阳公主笑道："女儿仅仅只有两个月未进宫看望母后，母后有何天大喜事要着急告诉女儿？"

"真是有天大的喜事：卫子夫怀孕了！皇帝高兴得像个孩子。"王太后说，"皇后那样地欺诳皇帝，都不能阻止皇帝与卫子夫在一起，这不是天意是什么？你送上的卫子夫与皇帝就是有缘！"

"哦，真乃天大之喜事也！"平阳公主听了亦异常兴奋，"我要当面去向皇帝祝贺。"

王太后赞成："你去祝贺，同时要提醒皇帝，一定善待卫子夫，皇帝有后是非常不容易的。"

平阳公主说："我还要提醒皇帝，要防备皇后、窦太主因妒生事。"接着将窦太主暗中遣人囚禁卫青一事告诉了母亲。

王太后听了说道："这窦太主做得实在过分。但她毕竟对皇帝、对我有恩，咱们也只能保护好卫子夫及其家人，不使她受刺激，确保孩子顺利出世，对窦太主、对皇后，现如今还不能责罚。"

平阳公主离开长乐宫后到未央宫见到刘彻，先向其贺喜，刘彻也是一顿埋怨，称朕有喜讯要急于告诉大姐，同时感谢大姐，却不见大姐进宫。平阳公主将卫青被囚、公孙敖搭救一事告诉了刘彻，刘彻听了半晌没有作声，然后突然说道："真想废了皇后。前面她编造谎言诳骗于朕，隔绝朕与卫子夫竟达一年有余。自卫子夫怀孕后，她三天两头地哭闹撒泼，搞得后宫里鸡飞狗跳。"

平阳公主劝道："母后要我告诉你，如今尚不能责罚窦太主和皇后，只能是保护好卫子夫及其家人。"

刘彻稍稍考虑后问道："大姐你说，如何保护卫家？"

平阳公主似乎早有考虑，说道："皇后轻视卫家，欺负卫子夫，卫子夫的出身是个重要因素。建议皇帝首先免卫家奴婢身份为庶人，然后将卫青调到你身边，保护起来，好好栽培。我坚信，卫青将来定是皇帝手下最出色的将帅。"

"好，就按大姐说的办！"刘彻从内心感谢平阳公主，于是爽快地答应，"此次公孙敖冒险救出卫青，也应予重赏。"

平阳公主走后，刘彻即下诏，免卫家卫媪、卫长君、卫君孺、卫少儿、卫子夫、卫青诸奴婢身份，皆为庶人。又任卫青为建章监、侍中，调入省内皇帝身边侍奉。赏赐卫家千斤黄金。将公孙敖由骑郎擢升为骑郎将。不久，又诏令卫子夫为夫人，卫青为太中大夫（秩禄比千石）。

3. 勤学万人敌

卫青侍中，年仅十七岁，与皇帝朝夕相处，觉得皇恩浩荡，内心无比感激，当然亦如履薄冰，如临深渊，唯恐犯错。

刘彻让卫青跟着韩嫣（yān）、韩说（yuè）兄弟，一同学习，一起生活。韩氏兄弟乃汉初韩王信曾孙，韩王信曾为刘邦守边防备匈奴，于高帝七年投降匈奴，后失败被汉将柴武所杀。文帝前十六年（前164年），韩王信子韩颓当偕侄韩婴率其众降汉，被封为弓高侯。韩颓当乃杰出将才，于平定吴楚七国之乱中常为先锋，英勇作战，功冠诸将，汉景帝刘启曾下诏褒奖。韩嫣、韩说兄弟即弓高侯韩颓当庶孙，虽因非嫡子而未能继嗣爵位，但韩嫣小时候与时为胶东王的刘彻一起读书，相交相爱，关系十分亲密，刘彻即位后就将韩嫣连同韩说一同召入宫中，成为刘彻的佞幸。韩氏兄弟相貌英俊，且受其祖父韩颓当教育及影响，熟悉匈奴之事及军事知识，又擅骑射，很得刘彻欢心。刘彻早有反击匈奴打算，故寄希望于韩氏兄弟尤其是韩嫣，如今平阳公主推荐卫青堪为将才，刘彻就让卫青与韩氏兄弟一起作为储备将才，留在身边培养、观察。

刘彻首次召见卫青时，韩嫣、韩说兄弟在场，刘彻说："卫青，今后尔即与他俩一同侍奉于朕。尔等三人有诸多共同之处，均为相貌堂堂之英武男儿，均擅骑射，均出自侯门。他俩乃弓高侯之后，尔亦于平阳侯府长大。尔三人当勠力同心，不负朕之厚望！"

卫青跪叩于地，听皇帝称自己于侯府长大，不称奴仆，感激涕零，说道："微臣谨记陛下嘱咐。微臣肝脑涂地，也难以报陛下于万一！"

"平身吧。"刘彻又说，"尔读过书吗？"

"回陛下话，微臣仅读过《孝经》《孟子》。"卫青答道。

刘彻说："那有了一定基础，还要多读兵书。朕建藏书之策，诏令诸子之书皆充宫中秘府，尔须寻得兵书来读，尤其是《吴孙子兵法》《吴起兵法》。为将者须文武全才、刚柔兼备，尔等勉之！熟读兵书，心中方有雄兵百万。"

卫青及韩嫣、韩说均答："诺！"

"卫青，尔读兵书，不懂之处多向韩嫣请教。韩嫣早年即受教于其祖父弓高侯韩颓当，多年来熟读兵书，弓马娴熟，现已为上大夫，为尔师长，尔须虚心求教。"刘彻吩咐道。

上大夫秩禄比二千石，当然在卫青之上，且韩嫣乃真正的将门之后，又深为皇帝宠信，卫青立即答道："诺。微臣才疏学浅，定然讨教韩大夫！"说完即向韩嫣拜揖。

韩嫣答礼，笑道："卫青不必客气，如有疑问，咱们共同讨论，包括吾弟韩说。"

刘彻高兴地赞道："甚好！甚好！"

之后，即有人给卫青送来《吴孙子兵法》《吴起兵法》。

卫青览阅两兵法，如醍醐灌顶，豁然开朗，见到了海阔天空。他如饥似渴，潜心钻研，乃至于废寝忘食，恨不得把这些编纂成卷的木简全都吃到腹中去。他常常向韩嫣请教，韩嫣也不吝指教。尤其是三人在多次侍奉刘彻于上林苑中行猎时，卫青展现了极为娴熟的骑射本领，令韩氏兄弟不由得佩服之后，韩嫣、韩说兄弟对卫青更加不敢轻视。卫青原本即谦逊有礼，韩氏兄弟与卫青的友谊自然越来越深。韩嫣与刘彻年纪相仿，经常单独侍奉皇帝；而韩说与卫青年纪相仿，又同为太中大夫，故卫青与韩说交往更多些，感情也更深些。

刘彻囿于太皇太后干预，朝政上难有大的作为，于是对狩猎愈加着迷。他以为，国之大事，在祀在戎，而狩猎兼而有之，捕获猎物可献祭宗庙，狩猎的过程亦是一种很好的军事训练。

有次在上林苑狩猎，歇息时卫青说："陛下，微臣近来研读《吴起兵法》，同时请教韩大夫，觉得吴子所言甚为精当，其选募良材、严加训练以建立训练有素之军队的观点十分值得汲取。微臣斗胆建议，陛下在已选用左右能骑射者侍奉外，扩大选募，加以训练，可成为将来朝廷军队的中坚。"

"真是英雄所见略同，卫爱卿与朕想到一块去了。"刘彻赞道，"卫爱卿觉得，从哪些地方选募为好？"

卫青答道："陛下，微臣以为，从北方边郡良家子中选择为好。"

"为何？"刘彻问。

"北方六郡，即陇西、天水、安定、北地、上郡、西河等六郡人，原本彪悍善战，屡受匈奴骑兵侵扰，最盼朝廷能带领他们反击、驱离匈奴人，最懂得家与国之紧密相关，最具家国情怀。从他们之中选募良材，假以时日，严格训练，定会具备很强的战力。"卫青答。

"甚好。"刘彻说，"朕赞成扩充左右善骑射者，可至千员以上。但得有个名称才好。"

侍奉于侧的太中大夫吾丘寿王插言道："陛下，微臣以为，可称期门郎。"

"期门郎？何意？"刘彻问。

吾丘寿王答："期门郎者，期诸殿门以待陛下外出，侍奉护卫也。"

刘彻笑道："甚好，甚好，就称期门郎，与省内中郎、郎中、议郎等同列。就由郎中令石建去办。"

石建答道："诺。臣尽快办。"

卫青又说："陛下，微臣尚有一建议，不知当说否？"

刘彻正在兴头上，说道："卫爱卿快说。"

卫青道："陛下，微臣以为，陛下带着这些期门郎狩猎，当然是很好的训练，但依微臣所见，目前这上林苑尚嫌狭小，施展不开，不如去终南山下，那里可任由驰骋。"

刘彻兴高采烈："卫爱卿又说到关键处，朕早已有此想法，只怕太皇太后与太后不能允准。"

吾丘寿王道："陛下，终南山离长安并不遥远，陛下可夜出夜回。"

刘彻稍作思索后说："好，就采取微行外出之法。"

不久，郎中令石建差人从六郡招募了一些期门郎，加上原有的，共有三百多人。刘彻即带着这些期门郎，当然还有左右侍奉的韩嫣、韩说、卫青以及吾丘寿王、东方朔、司马相如等人，常常夜里从长安出发，天明即到达终南山下狩猎。狩猎范围东至宜春（今属陕西蓝田县），西至鄠屋(zhōu zhì)（今陕西周至县），于终南山下驰射鹿、豕、狐、兔，乱踏庄稼之地，被庶民骂詈。当地县令探得乃朝中贵人，当然不敢管。

一次卫青引导到了当年跟随平阳侯狩猎住宿的那户旅舍，称平阳侯一行打猎欲投宿，问有浆否，主人竟说："无浆，有尿耳。我见过平阳侯，尔等乃假冒者。"还欲约一帮少年上来攻击。主人妻看出此行人大有来头，不敢得罪，即用酒灌醉了丈夫，并将其缚住，又赶走了那帮少年，然后杀鸡煮食，热情招待。次日刘彻回到未央宫，专门召见了那妇人，赏以千金，并任用其丈夫为郎。

刘彻常常于终南山下狩猎，感到多有不便，一次对左右人说道："朕欲将这一带整治为上林苑，可省去诸多不便。"

常侍郎东方朔立即谏道："陛下，微臣以为不可。陛下弋猎之处，唯恐不广大，终南山下鄠屋、户、杜这一带将来可能还嫌小，将整个三辅之地扩建为上林苑岂非更好？终南山物产丰富，山下土地肥沃，何能与民争利？"

吾丘寿王则说："普天之下，莫非王土；率土之滨，莫非王臣。有何不可？莫言与民争利，可丈量土地，估算价值，予以补偿。"

刘彻颔首道："吾丘爱卿所言甚是，可交中尉和左、右内史去办，务必补偿到位，不使被迁庶民受损。"

刘彻也赞赏东方朔有爱民之心，拔擢其为太中大夫，赐黄金百斤。

如此，上林苑便扩大至周围三四百里，既为皇家游玩、狩猎之所，亦为期门郎及京师驻军练习骑射之地。

卫青小心侍奉皇帝，认真钻研孙吴兵法，适当提出符合皇帝心思的建议，加之其三姐卫子夫已为皇帝生下一女，故刘彻对卫青很是信任，而后来发生的一事，使刘彻愈加寄希望于卫青了。

有一次，刘彻五哥、江都王刘非入朝觐见，刘彻令其从猎于上林苑。刘非先入，其时，皇帝车驾清道尚未进行，韩嫣乘副车，从数十骑，先行往视猎场。刘非以为是皇帝车驾，便退避从者，单独跪伏道旁迎驾。哪知韩嫣车队疾驰而过，并非皇帝车驾，刘非暴怒，大骂韩嫣："乃叛贼之后，如何这等张狂！"意指韩嫣是叛逃匈奴的韩王信后人。

刘非于景帝前元二年立为汝南王，景帝前元三年吴楚七国反叛时，十五岁的刘非自请上战场拼杀，平叛结束后，景帝刘启以军功将刘非由汝南国迁至条件更好的江都国任国王，更赐以天子旗。刘非因此骄奢非常。

刘非知韩嫣乃韩颓当庶孙，当年平定吴楚七国之乱，景帝褒奖韩颓当"功冠诸将"，刘非不服，如今又受了韩嫣的气，于是事后跑到王太后那里告状，哭着说道："臣愿归还江都国而入省中做宿卫，如同韩嫣那样。"王太后自是安慰一番，但开始对韩嫣有了怨恨。之后不久，又有人至王太后处告状，称韩嫣作为皇帝佞幸，侍奉皇帝的同时，竟多次出入嫔妃宫人住所永巷，并传出奸情。王太后听言大怒，传旨使节赐韩嫣死，刘彻闻讯为之说情亦不能免。

韩嫣死后，刘彻仍然信任韩说，但认为韩说过柔，缺乏为将之刚毅，故对卫青寄予厚望。刘彻认定，朝中诸老将，如韩安国、李广、程不识等，虽然忠诚勇武，但年纪大了，难以担负起反击匈奴的大任，唯年轻将领方能担此艰苦卓绝的重任。

卫青明确地获悉刘彻迟早要派大军出击匈奴，便在研读兵书的同时，常常思考如何同匈奴骑兵作战。他多次请教韩说，获悉匈奴的情况、匈奴人的习俗、匈奴骑兵的作战特点。韩说则毫无保留地将祖父韩颓当告诉他的情况详细告知卫青，还将当年韩颓当在一片帛上手绘的匈奴地形图交予卫青。韩颓当在匈奴生活了三十五六年，且多年带兵，对匈奴的情况了如指掌，他回大汉后根据自己的记忆绘制的地图，十分宝贵。卫青拿到此图，如获至宝，对韩说说道："兄弟将如此宝贵之物给予我，就没想到将来自己有用？"

韩说说："卫兄为将才，我自感不及，只能为尔助手。此图乃吾祖父回大汉后绘制，他老人家当时想到有朝一日可能为大汉征讨匈奴，但文、景两朝均施羁縻（权宜）之策，以和亲为主，无甚大战。"

"贤弟在任何时候都会是我的好兄弟，我一定不会负你！"卫青发誓道。

4. 河东子弟兵

建元六年（前135年）五月，窦太后去世。刘彻不再微行外出及热衷于狩猎，而是专心于朝政。他免去了许昌的丞相之职，任母后的异父同母弟、武安侯田蚡为丞相。田蚡仗着是太后之弟、皇帝之舅，骄侈无度，尤其越权任用二千石官吏，以致刘彻有次恼怒道："丞相任命官吏完结否？朕是否可任吏矣？"田蚡欲请求准许在少府属下制作器械的考工室土地上扩建自家住宅，刘彻说："丞相何不遂取武库建宅？"经此两次呛声，田蚡认识到年轻皇帝并不好惹，才老实了许多。

卫子夫产下一女后，尊宠日隆，刘彻没了窦太后的顾忌，任卫青兄长卫长君为郎，又赐给卫家长安城中一处大宅，卫媪、卫君孺、卫少儿均搬入城里居住。不久，卫君孺嫁予九卿之一的太仆公孙贺为妻。卫少儿早在平阳县的侯府中，与平阳县衙派驻侯府的年轻掾吏霍仲孺私通，于卫子夫进宫的前一年，生下一子名霍去病。霍仲孺后又娶妻生子，卫少儿则将六岁的霍去病带入长安，后嫁予汉初开国功臣、曲逆侯陈平之曾孙陈掌为妻，其实两人早有私情。刘彻爱屋及乌，擢升陈掌为詹事，掌管皇后、太子家事，秩禄二千石。

刘彻想到，既然卫子夫能为自己生下女儿，将来也一定能生下儿子。既然卫子夫已经证明了自己有生育能力，后宫中还有许多嫔妃，生出儿子是没有问题的。大汉必定有后嗣，这已无须多虑。刘彻想得更多的是，如何解除匈奴对大汉的威胁？这才是帝国的头等大事。

一日，刘彻散朝后回到承明殿，闷闷不乐，卫青、韩说自然不敢多问。刘彻在殿中来回踱步近半个时辰后，忍不住说道："你们说，朝臣们为何均惧怕匈奴骑兵，不敢兴兵征伐？匈奴人近来屡犯边郡，杀人掠物，凶狂得很，而大农令韩安国、卫尉李广、中尉程不识等老将，都主张继续高帝以来的和亲政策，轻易不要与匈奴开战。韩安国曾于平定吴楚七国之乱中，奉梁王刘武将令，率部英勇作战，硬是将气焰炽盛的吴楚叛军挡住。李广、程不识均长期在北部边郡任太守，与入侵的匈奴骑兵作战无数次，多次取得胜利，乃一时名将。他们都主张轻易不要与匈奴人作战，只能是做好防卫准备，岂非怪哉？"

卫青、韩说默然。

刘彻见两人不说话，就对卫青说："卫爱卿你说出你的看法、想法，说错了不要紧，总比这样什么都不说好。"

卫青见皇帝点名，只好说道："陛下，微臣斗胆说出想法，可能错谬得很，请陛下治罪。"

刘彻坐下，让卫青、韩说也坐下，有点不耐烦地说道："卫爱卿快说，说什么朕都恕你无罪，但不说即有罪。"

卫青其实早有一些考虑，此时皇帝问起，便直接说道："陛下，朝臣们惧怕，甚至老将们亦惧怕与匈奴人开战，是有些道理的。"

"还有道理？何种道理？"刘彻问。

"陛下，微臣以为，大汉自高帝实行和亲政策以来，时常出嫁公主，年年送出大量财物，以屈辱换得暂时的安宁。实行这种政策是一种权宜之计，是因为大汉建立后，要恢复生产，改善生活，增强国力，不具备与匈奴人作战的实力。朝廷也只是逐步地加强边郡防守，尽可能地减少匈奴侵掠造成的损失，从未考虑过要大规模地主动出击、征伐匈奴，当然也未做过这方面的准备。故朝廷内外、全国上下，没有人觉得有把握打败凶悍的匈奴骑兵。微臣窃以为，朝臣们惧怕，是真的心里没底。"卫青说得头头是道。

刘彻听了，沉思片刻而后说："朕下定决心，务必主动出击，打败匈奴，解除匈奴对吾大汉的威胁！卫爱卿你再说说，要如何做？"

卫青高兴地说："微臣为陛下之坚定决心兴奋！陛下只要坚定决心，举全国之力，运筹起大规模的反击行动，必能击败匈奴。微臣听从陛下召唤，一定为陛下效犬马之劳！"

刘彻被卫青的情绪感染，也兴奋起来，问道："卫爱卿，朕知道你多日以来即在考虑如何打败匈奴，你都说予朕听。"

卫青说："陛下，微臣以为，匈奴骑兵强大彪悍，又居无定所，迁徙鸟集，难得而制，朝廷必得做足非常充分的准备，等到有了十分的把握，方可出动大军征伐，轻易不可开战。孙子云：'兵者，国之大事，死生之地，存亡之道，不可不察也。'又云：'凡用兵之法，驰车千驷，革车千乘，带甲十万，千里馈粮，内外之费，宾客之用，胶漆之材，车甲之奉，日费千金，然后十万之师举矣。'吴子则云：'明主鉴兹，必内修文德，外治武备。'皆言充分备战之极端重要。"

"以卫爱卿之见，欲如何备战？"刘彻问。

卫青说："陛下，微臣以为，打击匈奴，须以骑兵为主，战车兵、步兵为辅，骑兵承担主要作战任务，战车兵、步兵则承担运输、守营、支援等任务。训练骑兵队伍乃为最重要、最紧迫者。骑兵必须有马，大量的马匹，马匹的损耗将是巨大的。自文帝采纳晁错建议颁行《马复令》以来，鼓励民间养马，全国马匹数量大增，但若要支撑大规模的骑兵作战，马匹仍嫌不足。微臣以为，从现在起，首先将建立、训练大批骑兵和快速增加马匹数量这两件最重要、最紧迫的事做起来。"

刘彻说："朕赞成卫爱卿所言之骑兵及马匹两件大事乃最要紧，具体说说如何做。"

卫青似乎胸有成竹："陛下，建立、扩充、训练骑兵须多管齐下，前些日子微臣曾建议陛下，招募北方六郡良家子以扩充期门郎，将来可将这些人充实到骑兵队伍中作为骨干，还须继续招募人员，扩大期门郎规模。

此为其一。其二，扩充北军规模，大量招募有骑射技能者充实至北军中的骑兵诸营垒，并强化训练，确保一旦有出征任务，随时拉得出，以此作为打击匈奴的骑兵主力、精锐之师。其三，对北方各边郡的郡兵，扩充并加强训练，骑兵、战车兵、步兵皆须提高战力，亦须确保能随时出征。有些内地郡国可依据传统特色组建骑兵，如河东郡、太原郡及东南的一些郡国。至于养马，微臣曾随平阳公主参与河东郡都试大会，沿途所见，各县官家均养军马，可仿此做法，朝廷在北方边郡设立官家马场，大批养马。上林苑目前已扩大很多，其中亦可辟地养马。"

"好，好。"刘彻完全同意卫青建议，"朕让朝中各有司各负其责，尽快行动起来，一同加强战备。卫爱卿还有何建议？"

卫青又说："陛下，一旦战争进行起来，得要耗费大量给养，粮食、饲料、牲畜及各种用材，都要提前充分准备。好在自文帝时起，吸纳晁错建议，多年来一直输粟实边，边郡粮食储备比较充足，但还不能满足大规模战争的需要，还要增加储备才好。"

刘彻说："好，朕会让大农令做好边郡大批给养的储备。"

刘彻又问卫青："朕欲卫爱卿有朝一日率先出征匈奴，卫爱卿打算率领哪支军队呢？是北军的胡骑、越骑还是屯骑呢？"

卫青答："陛下，微臣资历尚浅，不足以统率北军中任何一支，微臣想去河东郡，购置那里的军马，扩充那里的骑兵，加以严格训练，然后只等陛下一声令下，微臣即率领他们奔向打击匈奴的战场。微臣请陛下允准。"

刘彻听卫青所言有道理，说道："朕允准。"

刘彻是个雷厉风行的皇帝，一下诏令，各方面就立即行动起来。期门郎扩充至千余人，北军中的骑兵亦快速增多，并强化训练。上林苑成了期门郎和北军将士训练骑射的主要场所。太仆公孙贺奉命于西方、北方各边郡设置了三十六所马苑，几年后所养马匹数量达三十万匹，还有许多骆驼。上林苑中亦养了大量马匹。全国各郡国尤其是北方边郡接到朝廷指令

大汉卫青·从骑奴到将军

后，均充实加强了郡兵。

卫青奉旨到了河东郡。他先到平山坡上找到郑宽，请求郑宽放弃牧羊，帮他选购马匹。他让随行的中郎张次公等先去郡治安邑县等候，自己则陪着郑宽，在羊舍旁的小屋里住了两个晚上。郑宽看到卫青，高兴得手舞足蹈，不知道要说些什么，只是咧着嘴笑。

卫青见状也笑："宽叔，快告诉侄儿，这几年过得怎样？侄儿不得空来看您，心里却总是记挂着。"

"好，好。"郑宽说，"这几年尚好，今日见到卫大人，就更好了。"

卫青赶紧打断："万不可称大人，折煞侄儿了！"

"那就私下里称卫青，直呼其名。公开场合还是要称大人的。"郑宽道。

"宽叔还挺讲究。"卫青说，"我此次来到平山坡上，一来是看望宽叔，二来是请宽叔帮忙，帮我在河东郡为朝廷选购马匹。还望宽叔如我小时候帮我一样再帮我。"

郑宽又咧着大嘴笑了："你卫青还需与我客气？这是朝廷的事，也是你的事，我当然责无旁贷，正好我也想离开这里了，自你走后我一人在此，觉得挺寂寞、挺难熬的。你没来这里与我一起牧羊的时候，我可从未感到寂寞。"

卫青听了很感动，便说："宽叔今后就跟着我，咱叔侄再不分开，可否？"

"当然好！当然好！"郑宽高兴得流出了眼泪。

郑宽杀了羊招待卫青，两人说了许多许多的话。

郑宽抓紧将羊群连同羊舍低价兑给了附近的牧羊人，便跟随卫青到了安邑县。

卫青到郡衙见到郡守，还是当年主持都试大会的那位郡守。一见卫青，就作揖道："卫大人到来之前，我已接到朝廷文书。卫大人在敝郡为朝廷组建、训练骑兵，是敝郡的光荣，我一定全力配合，全力协助！"

卫青还礼道："下官奉陛下旨令，来贵郡训练骑兵，是因贵郡自老平阳侯曹相国平定此地后，保持了一支有相当战力的骑兵，多年来坚持训练，每年还举行都试大会校阅，下官有幸亲眼所见。且贵郡多年以来坚持要求各县饲养军马，有相当好的基础。"

卫青将随同前来的张次公介绍给了郡守："郡守大人，张次公中郎乃河东本郡人，此次受陛下差遣，与我一同前来扩充、训练骑兵。"

郡守笑道："张中郎乃本郡名人，本郡守早有耳闻。而你卫大人，那年都试大会亲身展现的骑射本领何等了得，我至今仍历历在目。"

张次公少时与本郡义纵等人彪悍敢死，结伙抢劫行侠，闻名全郡。后来义纵姐姐义姁因医术精湛得以侍奉王太后，王太后向皇帝推荐了义纵并张次公，两人入朝为郎。刘彻认为张次公勇悍敢为，令其为卫青助手同来河东练兵。

张次公听郡守所言，揖拜道："此一时彼一时也。郡守大人应听说过'士别三日，刮目相见'的话。"

郡守说："陛下不拘一格选用人才，令我十分佩服。我亦坚信，卫大夫和张中郎将来必建不朽功勋，成为本郡之骄傲。"

卫青问："请问郡守大人，原先的郡丞咸丹可还在郡衙任职？"

"咸丹已致仕返家了，不过他的儿子咸宣在郡衙任佐史。卫大人为何问起咸丹？"郡守不解。

"当年我随侍平阳公主至安邑参加都试大会，您派咸丹始终陪着公主，我觉得咸丹虽然年纪大了，却十分能干。我这次来，想请郡守允许，让他帮我在本郡购置马匹。"卫青道。

郡守说："咸丹退了，但其子咸宣也很能干，可以帮助大人购置马匹。"

卫青赞成："那好，既然郡守称其能干，就让他协助我办理购马事宜。"

郡守差人喊来了咸宣，卫青一看，长得还真像其父，精干得很。卫青问起咸丹现今如何，咸宣说，父亲致仕后休息在家，常常提起当年陪侍平阳公主的事，还提到您卫大人骑射之术天下无双。

卫青让咸宣与郑宽一起选购军马，自己则与张次公开始扩充、训练全郡的骑兵队伍。郡守又派郡尉帮助卫青、张次公。

卫青让郡尉将各县的骑兵均调至郡治安邑县，又公开招募了一些勇敢士及能骑射的年轻人，扩建成六千多人的骑兵队伍。卫青以吴起的武卒制为基础标准，强化训练，要求经过一年的训练，每人均须达标：身穿三层铠甲，头戴铁盔，腰佩利剑，操十二石强弓，肩扛长戟＿杠，能日行百里。卫青事先已获刘彻允准，经考核达标的，正式编入骑兵部队，并免除其全家徭役，赏给田宅。之后，再苦练骑术和箭术，成为精锐骑兵。

卫青在安邑县待了一个月，完成了人员招募、队伍编排和初步训练，之后的训练即交由张次公负责。张次公严苛非常，士卒们不敢有半点懈怠。卫青见了，便放心地交由张次公管理。郑宽配合咸宣选购军马亦很顺利，这咸宣果真能干，认真而细心。卫青交代，选购的马匹越多越好，除供本郡骑兵使用外，可选择一两个大型马场，将暂未使用的军马储备于斯。

第

四

章

一战成名

1. 马邑之变

　　大汉帝国建立以后，面临着十分严峻的局面，经秦朝暴政和秦末多年战争的摧残，民不聊生，人口锐减，经济凋敝，故自汉高帝刘邦始，一直实行"无为而治"国策，减轻赋税徭役，大力恢复发展生产，同时对周边的少数民族亦尽可能地施行安抚、和睦政策。对于对大汉威胁较大的北方匈奴与南方诸越（南越、闽越、东越），确定了"北和匈奴，南抚诸越"之策。到汉武帝刘彻执政，大汉与民休息、恢复发展经济已七十余年，国家无事，人民安居，朝廷富足，已具备相当实力。刘彻渐生以"有为"取代"无为"之想法，开始着手解决南北的威胁，尤其欲解决北方匈奴对大汉的严重威胁。

　　就在刘彻和朝廷上下紧锣密鼓地备战匈奴之际，南方的诸越却先出事了。建元三年（前138年），闽越发兵围攻东越，东越告急，朝廷派中大夫严助发会稽兵往救，闽越兵退去，东越人请求举国内迁至江淮之间。次年，南越王赵佗以百余岁去世，其孙赵胡继位。建元六年（前135年），闽越王驺郢又兴兵攻击南越边邑。南越王赵佗乃真定汉族人，多年来一直信守对大汉朝廷的承诺，以诸侯身份听命于朝廷，其孙赵胡继位后仍然不改其策，故遭到闽越攻击后未擅自兴兵还击，而是上报朝廷。刘彻闻讯后即派大行令王恢率大军出豫章，大农令韩安国率大军出会稽，合击闽越。朝廷大军尚未抵达五岭，闽越王驺郢即派兵驻守五岭，据险防守。驺郢之弟驺余善不满其兄作为，乃联合国相及宗族中人，杀了驺郢，将其头颅送至王恢大营中，劝汉军退兵。王恢遣人知会韩安国，又急报朝廷，刘彻便下令两军皆退回。

不久，刘彻擢升韩安国为御史大夫。王恢心中极为不服，认为驺余善献出驺郢首级乃我王恢所收，论功应是我王恢第一，为何却擢升了韩安国？王恢知皇上欲大规模反击匈奴，故多次在朝会上极力劝说刘彻早日主动出击匈奴，自己即可在出击匈奴中建立功勋，以超过韩安国。奈何以韩安国为代表的众多朝臣，屡屡反驳王恢建议，加之反击匈奴大规模战争的准备尚未完成，使刘彻一时也下不了决心。

元光二年（前133年），机会终于到来。王恢乃燕人，原为边吏，熟悉胡事，所任大行令为九卿之一，主掌民族、外交事务，一贯认为匈奴人素无诚信，常常背约，与之和亲不如举兵击之。前段与韩安国同时出兵征讨闽越，成果却被韩安国所获，王恢更加迫切地要从反击匈奴中建功，他不顾朝廷备战匈奴尚未完全成熟、完备，千方百计地寻求机会，希图推动朝廷及早与匈奴开战。王恢巡察边地到达雁门郡马邑县（今山西朔州市朔城区）时，当地豪强兼大商人聂壹前来馆舍求见，说起自己常在关市或至塞外匈奴人地方交易，知道匈奴人对长城之下关市的热情很高，对关市中的财物垂涎欲滴，最近听说马邑城中由内地运来许多粮食、物资和兵器，更加惦记不忘，此即提供了一个大好机会。

王恢很感兴趣，问道："什么机会？"

聂壹说："大人，可引诱匈奴单于前来马邑夺取财物啊。"

"哪有那么容易，单于会轻易上当？"虽然王恢觉得自己正瞌睡，聂壹送上了枕头，但还是觉得不怎么靠谱，便说："你说得详细具体些，怎么个引诱法，谁去引诱？"

"当然是在下去引诱啊。"聂壹倒是很有把握的样子，"大人，在下与匈奴人做生意已有多年，常常将朝廷禁止走私的货物偷运出塞，贩给匈奴军臣单于身边人，与单于本人也认识，我可以偷偷跑去见单于，告诉他我能够率领府中门客奴仆，寻机杀了县令、县丞，打开城门，迎接大单于入城取得城中所有财物，单于必来。大人则须说服皇帝陛下，由朝廷派出大军，埋伏于单于必经的县城旁山谷中，一举歼灭单于及其骑兵。如此则毕其功于一役，大人建不朽功勋，吾亦可得朝廷重赏。"

王恢听了，半晌未说话，心想果如聂壹所言，设计圈套，引军臣单于钻入，一举歼灭之，圆了皇帝陛下打败匈奴的美梦，自己真的是建立了不朽功勋，可擢升，甚至可封侯！但如果聂壹赚不来单于，或者单于中途改变主意，那自己即是投机取巧，犯了欺君之罪，罪不容诛！

行还是不行，干还是不干？王恢一时没了主意。聂壹见状，笑道："大人难道陷入生死选择？没那么严重，在下以身犯难，难道未考虑生死？没有十足的把握我也不会去做的。"

正说着，县令亦来到馆舍拜望王恢，恰巧听到王恢所言，于是对王恢行礼后说道："大人，聂壹前几日与下官说起过引诱单于入塞一事，下官觉得可行，然下官位卑地远，苦于难以上达朝廷。如今王大人正好来县巡察，乃天赐良机。王大人位居九卿，乃朝廷重臣，自然容易禀报皇帝陛下。下官以为，只要引诱得法，军臣单于必然入塞来马邑。"

王恢见县令如此自信，便说道："愿闻其详。"

县令道："马邑乃秦时大将蒙恬所建。蒙恬率三十万大军守边，于此地围城养马，故名马邑，马邑亦渐成防备匈奴的要塞。秦末大乱，秦军内撤，马邑任由匈奴蹂躏。吾大汉建立后，韩王信治马邑守边，匈奴冒顿（mò dú）单于围马邑，韩王信降。后高帝自率大军击败韩王信后复击匈奴，至马邑以北的平城（今山西大同市）白登山，被冒顿率领的大军包围七天七夜，险遭不幸。匈奴对马邑，历来予取予求，甚为自信。而目前朝廷正大举备战，马邑城中财物堆积如山，非引得军臣单于来夺。"

王恢听了，调侃道："聂壹可是说了要砍了县令、县丞之首，以引单于哉，你也乐意？"

县令笑道："大人说笑。下官早与聂壹商定，届时处死俩死囚，将其首级挂到城门上，冒充下官与县丞即可。"

王恢回到长安，恰逢朝会时刘彻问起击匈奴之利弊，王恢启禀道："陛下，匈奴与汉和亲，不过数年即背约，不如勿许，举兵击之。"

刘彻道："朕亦以为匈奴傲慢无礼，侵盗无已，边境数掠，今欲举兵击之，如何？"

韩安国出班奏道："陛下，臣以为高帝、文帝、景帝皆不以己之私怒伤天下之功。与匈奴和亲，足以效法，不可更改，还是勿击为好。"

王恢说："韩大夫所言差矣。臣闻五帝不相袭礼，三王不相复乐，各因势制宜也。今边境频遭匈奴掳掠，守边士卒伤死无数，辒（hui）车（运载粗陋小棺的车）相望于道，此岂为贤士仁人所期望哉？务必击之。"

韩安国则说："陛下，匈奴乃轻疾悍极之兵，至如疾风，去如收电，居无常处，难得而制，不如不击。"

王恢说："陛下，昔秦穆公攻取西戎，辟地千里，并国十四。蒙恬为秦守边，逐退匈奴，以河为境，垒石为城，树榆为塞，致匈奴不敢饮马于河。以此观之，匈奴独可以威服，不可以仁畜也。方今以中国之盛，正是击退匈奴之时。"

接着，王恢又详细地禀报了聂壹的诱敌之计。

刘彻沉吟片刻，说："善。"

刘彻任卫尉李广为骁骑将军，太仆公孙贺为轻车将军，大行令王恢为将屯将军，太中大夫李息为材官将军，御史大夫韩安国为护军将军。四将皆从属韩安国。以三十万大军埋伏于马邑城旁的山谷中，等待军臣单于进入伏击圈，一举歼灭之。

聂壹进入匈奴见军臣单于，说道："如今马邑城中财物甚多，吾可斩马邑县令、县丞，献城，大单于可轻易入城，尽得财物。"

单于为稳妥计，先遣使者化装与聂壹同入马邑城。聂壹回城后按原计划，假作率众宾客奴仆起事，攻入县衙，一会将两个死囚的人头挂到城门上，说是已斩杀县令、县丞。匈奴使者见状后即出城速奔塞外，向等候的军臣单于禀报。军臣单于确信不疑，率领十万精锐骑兵进入武州塞（今山西左云县），然后向南直奔马邑城。走到离马邑城尚有百余里地时，单于见到满山遍野布满牲畜却不见放牧之人，顿生疑心，便下令攻击附近的亭堡，捕获汉兵讯问。西汉时行政区划，县下设乡，乡下设亭，十里一亭。内地之亭维护治安、捕盗，边地之亭则瞭望、报警。匈奴人轻易就攻下亭堡，竟捕获了一名郡里派来巡察的尉史。单于问尉史为何遍山牲畜却不见放牧者，起初尉史说不知为何，单于下令杀掉尉史，尉史这才说布满牲畜而不见放牧人是因放牧人知道大单于要来，害怕逃跑了，前面马邑山谷中有数十万大军在等待单于。单于大惊："幸亏我起了疑心！吾捕得尉史，乃上天不灭大单于也！"当即下令速速撤至塞外。并认为尉史乃上天派来帮助自己的，故封尉史为匈奴的天王。

韩安国与诸将伏于山谷中，久不见单于至，后有人前来报告，单于已退走。韩安国急令大军追击，一直追到塞下亦不见匈奴人影，只好无功而返。而王恢当时奉命率军从东面的代郡出塞，迂回包抄，攻击匈奴骑兵后面的辎重，但王恢听说单于率大军已撤至塞外，自己此时若再率所部三万人攻击匈奴辎重，必然遭遇撤出的匈奴骑兵，势必失败，故不敢进兵，亦迅速撤回。

汉军兴师动众，无功而返，致刘彻震怒，痛斥王恢首谋失利，且不能出兵攻击匈奴辎重，无一所得，为天下所耻笑。刘彻诏令廷尉审讯王恢，王恢辩解是为保全三万将士性命，廷尉认定王恢"逗桡（náo）"，即犯有畏敌不进罪，应予斩首。王恢让家人给丞相田蚡送上千金，为其说情。田蚡不敢直接找刘彻，便去见姐姐王太后，说："王恢首为马邑事，今事不成而诛恢，是为匈奴报仇也。"太后以田蚡之言说予刘彻，刘彻道："母后，王恢首谋，发天下兵数十万，纵使单于不可得，亦应攻其辎重，以慰朝廷士大夫之心。今不诛恢，无以谢天下。"王恢狱中闻皇帝言，自尽而死。

而马邑的聂壹见事情失败，深知朝廷和匈奴两边皆不会饶了自己，便迅即带着家人逃亡，不知所往，不知所终。

马邑之谋虽未成事，却断绝了大汉与匈奴之间的和亲关系，从此双方进入战争状态，汉武帝刘彻大规模反击匈奴戏剧性地掀开了第一页。

2. 察北边

马邑事变后，大汉与匈奴进入战争状态，然起初几年，除匈奴为泄愤，常常攻击汉朝边塞，或频繁入边掳掠，规模都不大。汉朝亦尚未再组织起有规模的反击行动。究其原因，匈奴军臣单于受了一次大的惊吓，心有余悸，且身体一直有些不适。更重要的是，其内部的权力斗争正愈演愈烈，致其无暇着眼于外。

自军臣单于的爷爷冒顿单于建立起强大稳固的匈奴军事政权后，匈奴单于坐镇单于庭（今蒙古国乌兰巴托附近），下边实行左、右分治，左贤王、左谷蠡王、左大将等治理东方，右贤王、右谷蠡王、右大将等治理西方。中部由单于直管。左贤王往往由太子兼任，此时的左贤王正是军臣单于的太子於单（yū chán），协助太子的左谷蠡王是军臣单于的弟弟伊稚斜。太子於单病弱而其叔伊稚斜强势，军臣单于欲撤换伊稚斜，却因伊稚斜势力太大而不能如愿，欲加强於单的力量，却因一些贵族大佬的掣肘办不成，搞得军臣单于心力交瘁，当然顾不上向大汉进行大规模报复。

汉朝皇帝刘彻听从王恢建议，欲以侥幸取得大胜，一举擒获匈奴军臣单于，结束匈奴威胁，不想就出了那么一个尉史，让整个事情泡汤，致刘彻痛心疾首，杀了王恢仍然心中不得平复。他想起当初问询过卫青，卫青以为，聂壹、王恢计划有相当大的合理性，但执行起来又相当不易。孙子云，兵者，诡道也。如此庞大复杂的用间，以利引诱匈奴单于，必须有一位威望崇高、经验丰富、智勇皆备的将领为统帅，潜心谋划，严密部署，做到天衣无缝，百密而无一疏，方可取得大胜。刘彻认为卫青说得有道理，但朝中大臣可以为将者，只有那么几位，论资历、威望，也只能由御史大夫韩安国挂帅，未料果然出了差错，功亏一篑。

过了一段时间后，刘彻于承明殿对卫青说："卫爱卿，古人云，前事不忘，后事之师。卫爱卿觉得从马邑之谋失利，应汲取何种教训？"

"陛下，"卫青答道，"微臣以为，马邑之谋败于细节，一是放牧牲畜的牧民已获知匈奴骑兵将入塞经过彼地，故因害怕而逃避，致山野中只见牲畜不见牧人，引起单于怀疑；二是雁门郡府于大战在即之际，竟然派出知悉军事机密的尉史赴边地亭堡巡察，一旦被俘即因惧死而供出机密。这两件事均为大战之前的大忌，均因不能保全军事机密而致失败。"

刘彻颔首表示赞许。

卫青又说："陛下，表面上看，这两件事均因泄密所致。然微臣以为，还是对整个战事谋划、布置不周所致，因为几十年来皆被动应付匈奴侵掠边境，未曾谋划、组织过主动出击的大规模战事，还是准备不足啊！"

刘彻听了，觉得卫青这几年进步太大了，所思所言充分展示了其为将之道，于是说道："朕以为吾大汉与匈奴已启战端，今后大战必不可免。朕寄厚望于爱卿！首战必用爱卿！"

卫青听言，大为振奋，跪叩道："诺。微臣定不负陛下重托！微臣将加紧准备，做到陛下一声令下即随时出战，且战则必胜！"

刘彻与卫青谈兴正浓，丞相田蚡急急来见。卫青见状，只得告退。

田蚡气喘吁吁，怒气冲冲，向刘彻跪叩行礼后，刘彻要他平身、坐下，田蚡竟跪地不起，大呼："陛下救我！"

刘彻说："丞相先起来，坐下说话。"

田蚡仍旧不起，刘彻嗔怒道："尔乃朕之舅，非孩童，如何这般耍小孩脾气？再不起来，朕去矣。"

田蚡这才起来坐下，然后竟哭起来。

田蚡往常一贯能言善辩，飞扬跋扈，今日不同寻常，刘彻问："丞相似乎受了委屈，说予朕听。难道如今朝中尚有人能欺侮于丞相？"

田蚡前面做足了功课，然后才说道："陛下，窦婴、灌夫大闹臣之婚宴，分明是欺人太甚！"

刘彻说："愿闻其详。"

田蚡道："臣娶燕王刘嘉之女为夫人，太后有诏，召宗室列侯皆到贺。灌夫于席上强人饮酒，辱骂客人，而窦婴亦护其短，竟召灌夫离席。窦婴、灌夫如此，分明是不把太后及臣放在眼里。"

又是斗酒逞强！刘彻听了直摇头。

田蚡与窦婴、灌夫之矛盾由来已久。窦婴乃窦太后堂侄，文帝时即入朝为二千石，景帝时吴楚七国之乱，受命为大将军，镇守荥阳，监齐赵兵，七国之乱平息后因功封魏其侯。田蚡乃王太后异父同母之弟，入朝为郎时窦婴正盛，田蚡以子侄礼侍奉窦婴。后倚仗王太后，田蚡得以封侯并跻身三公，窦太后死后，田蚡任丞相，而窦婴闲居于家。朝廷内外的达官贵族及名士皆阿附田蚡而远离窦婴，唯灌夫与窦婴保持深厚交情。灌夫曾于平定七国之乱中在其父战死后，独闯吴军大营，身中十余处大创而被救活，以此闻名天下，曾任中郎将、太守、太仆、燕相，后去官居家。田蚡与灌夫多次于酒席上冲突，田蚡又欲强夺窦婴田地，双方怨恨日益加深。

一边是窦婴，奶奶窦太后家的；一是田蚡，母亲王太后家的，又不是什么重大原则问题，均是些为面子而争强斗胜，刘彻真不想卷入而耽搁了军国大事。田蚡见刘彻半晌不作声，便说道："陛下，臣召宗室列侯到贺，有太后之诏，灌夫骂坐不敬，臣已令丞相长史将其拘于居室，加上以前灌氏横行家乡颍川之罪，应予弃市。请陛下定夺。"

之前，刘彻已收到窦婴上书，称灌夫酒醉胡言，不足以诛杀。现在田蚡又逼着表态，于是刘彻说："既是奉太后诏，即于太后之东朝上廷辩之。"

隔日，廷辩在长乐宫举行。窦婴称灌夫醉酒逞强，不足以治罪；田蚡却称灌夫横行乡里，又称窦婴、灌夫召天下豪杰议论朝政，腹诽而心谤。

御史大夫韩安国首鼠两端，一面说赞成窦婴所言，灌夫酒醉胡言不足以治罪，一面又说赞成田蚡所言，灌夫横行颍川、侵夺庶民确须治罪。右内史郑当时先赞成窦婴，后又不敢坚持。唯主爵都尉汲黯坚持赞成窦婴，其余大臣都不敢表态。刘彻发怒道："尔属平时皆好议论窦、田两人长短，今日却不表态，朕欲先斩了尔属！"王太后则铁青着脸，一言不发。

散朝后刘彻至王太后处用膳。王太后让人侍候刘彻用膳，自己却一口不食，发怒道："如今我尚在世，这帮大臣皆欺凌吾弟，待我百年之后，那还不知如何鱼肉吾弟呢？皇帝是个石头人，我能信谁？"

刘彻谢罪道："母后息怒！只是因为皆为外戚，儿臣才安排了廷辩，否则交由一狱吏即可决断矣。"

过后，窦婴救灌夫心切，见田蚡仍不放灌夫，竟诳称有景帝遗诏，可便宜行事。尚书台一查，并无此事。刘彻于是下诏处死灌夫及其家属，后又将年迈的窦婴弃市于咸阳。

窦婴死后三个月，田蚡患重病，全身疼痛，又恍惚见窦婴、灌夫前来索命，一命呜呼。

田蚡死后，丞相缺位，刘彻令御史大夫韩安国代行丞相事。不久韩安国从车上坠落受伤，免官。平棘侯薛泽被任为丞相。

刘彻杀窦婴，主要是受了王太后的压力，心中老大不忍，好长一段时间闷闷不乐。接着窦太主刘嫖又来找刘彻，声称窦婴被杀太冤了，是否窦太后崩了皇帝就不把窦家的人放在眼里了？还有陈皇后，见卫子夫生了第三个女儿，又经常找碴闹事。这些都让刘彻伤透脑筋。

卫青欲向刘彻禀报自己对反击匈奴的一些新想法，见皇帝心不在焉，不敢打扰，心想皇帝仅比自己大几岁，朝中宫中如此复杂，上层争斗如此激烈，当个皇帝亦真是不易。于是卫青瞅准机会，对刘彻说："陛下，微臣欲至平阳县看望平阳公主和于彼养病的平阳侯，然后将驻于河东郡治安邑县的骑兵队伍向北迁至平阳，如此一旦有事，可缩短队伍开拔至北边的时间。微臣还想察看北边各郡，熟悉那里的地形，以利将来顺利出兵。请陛下允准。"

刘彻说:"朕允准。朕让尚书台行文至河东郡,协助于你,你可便宜行事。亦行文至北边各郡,予你方便。你去平阳县代朕问候平阳侯,愿其早日康复。"

"微臣谢陛下。微臣还想请韩说与我同去,将来微臣若奉旨出兵,微臣想韩说助我赞画。"卫青又说。

"朕亦准。"刘彻道,"不过卫爱卿临行前应去看望一下你的三姐子夫,她正在坐月子,已为朕生下第三个女儿了。"

卫青知皇帝心思,说道:"诺。三姐下次必为陛下生下皇子。"

刘彻笑了:"但愿借卫爱卿吉言。"

卫青去看卫子夫,月子里的卫子夫似乎更加美丽动人。虽然同在未央宫中,但姐弟俩很少见面。卫子夫看到卫青,十分高兴,不忘嘱咐卫青,务必尽心侍奉陛下。

听说卫青要去平阳县看望公主和侯爷,卫子夫说:"我入宫已近十年,从未回过平阳县,心里挺想念公主和侯爷的。听说平阳侯病情甚重,你去了,务必代我问候!公主与侯爷,对我们姐弟俩,不,对我们全家,那都是恩重如山啊!"卫青自然答应,并望姐姐养好身子。

平阳侯曹寿前几年即患了瘰(luǒ)疬(lì)病,乃本虚气郁、痰浊邪毒所致,脖颈上长了结核,初如豆,渐如李,且串生,后来不仅疼痛,还溃破流脓,成瘘管。此病久治不愈,使得曹寿心情愈来愈坏,不想见人,于是从长陵的侯府回到平阳县的侯府,平阳公主当然随行照顾。

卫青与韩说到达平阳县后,即去侯府看望。卫青见平阳公主消瘦了许多,甚至有些憔悴,才三十出头的年纪,额头上已经有了皱纹。平阳侯曹寿卧于榻上,脖颈上裹着药布,瘦得皮包骨,原先的魁梧身体竟成了一副骨架,一脸的痛苦、无奈。

卫青向两位行跪叩大礼,平阳公主赶紧将卫青拉起,连说:"使不得!使不得!你如今可是皇帝身边受宠的大夫,如何行此大礼?"

卫青说："公主和侯爷乃青小子今生今世的大恩人，不行大礼，吾心中不好受！"

曹寿见卫青来看望，脸上浮出久违的笑容，说道："卫青，你来看我们，公主和我高兴，说明你没有忘了你是侯府的人。"

卫青说："青小子永不忘。我这次来，陛下特意嘱我代他问候侯爷，望侯爷早日康复！"

曹寿感动地说："谢陛下记挂！我如此身体，不能为陛下效力，还让陛下记挂，想想真是愧对陛下！"

卫青又说："我来时，见过三姐卫子夫，她也问候侯爷，问候公主。"

平阳公主说："子夫好样的，没有辜负我们的期望，如今已为皇帝生了三个女儿，下一个必定是个皇子。"

"我也这样说。"卫青露出会心的微笑。

卫青将韩说介绍给公主和平阳侯："这位是韩说大夫，与我同为侍中，是弓高侯韩颓当的孙子。"

"弓高侯？我听父亲大人说过。当年弓高侯与吾父同时参加平定吴楚七国之乱，弓高侯乃先锋大将，功冠全军，是杰出将才。"曹寿来了精神。

韩说行礼后说："爷爷当年确实勇武，吾辈难以望其项背。"

曹寿问卫青："此次尔等来平阳，恐怕不仅是看望我们，定有公事吧？"

卫青答："回侯爷问话，确是奉陛下之命，将先前组建的河东骑兵由安邑迁至咱平阳，这样离边郡近些，便于战时迅速调动。"

"驻平阳好，驻平阳好啊！"曹寿感叹道，"听说你将这支骑兵训练得很好，极有战力。我要不是这残躯，真想将来与这支队伍一道去打匈奴。"

"侯爷，青小子既是侯府之人，青小子帮您去打匈奴。"卫青安慰道。

曹寿稍稍思索片刻，令人喊来儿子曹襄，对卫青说："让襄儿加入骑兵队伍，将来跟你上战场，痛击匈奴。"

卫青看着曹寿，又看看平阳公主，不知如何作答。

平阳公主见状，痛快地说道："君侯所言甚好，襄儿已十四岁，完全可以加入骑兵，当年你卫青做我的骑从不是才十二岁吗？随皇帝入宫也才十五岁。"

曹寿以十分诚恳的语气说道："卫青你听好，一定让襄儿先入河东骑兵磨砺，将来你为陛下为朝廷上战场打匈奴，务必将襄儿带上。父亲大人当年去世前曾交代我：不能让咱侯府断了英雄气。我是不行了，就让襄儿替我去！"

卫青听了感动得眼眶湿润，点头道："诺。我听公主和侯爷的。河东骑兵移驻平阳后，将扩大队伍，届时让公子加入。"

曹寿又交代："队伍移驻平阳，县里没地安顿，就安排在我平阳侯的封地里驻扎吧。"

卫青作揖道："侯爷想得周到。县里地方有限，到时可能真要驻扎到侯爷的封地里呢。"

曹寿脸上现出了满意的笑容，觉得自己为朝廷做了一件应该做的事情，说："这就好。地方由你卫青选。"

卫青与韩说到达河东郡，与郡守、郡尉商议了骑兵移驻平阳事项，发现平阳县的大部分土地都封给了平阳侯，县衙拿不出多余的地方，好在平阳侯已答应，就决定将骑兵队伍驻扎在平阳侯的封地上。

卫青让张次公具体负责队伍移防，有关新址的选择、建设则交由咸宣、郑宽去做。卫青又交代张次公，骑兵人数要扩至一万，可再于本郡及邻郡招收一些，招来后仍要尽快加紧训练。卫青还特别交代，移驻平阳后，一定要让平阳侯的公子曹襄加入队伍，由张次公亲自训练。

卫青、韩说马不停蹄，北上到了边郡，从东往西，先后巡察了上谷郡、代郡、雁门郡、定襄郡、云中郡、上郡、北地郡。卫青第一次看到长城，巍峨逶迤，叹道："长城如此高大厚实，且延绵不断，却挡不住匈奴骑兵，可见其彪悍非常，长城各口、各要塞为何就守不住呢？"

韩说道："吾听爷爷说过，匈奴人游牧而不事耕种、纺织，物资匮乏，又无文字，不受教化，天性野蛮，喜好掳掠，每每犯吾大汉边塞，匈奴骑兵掳掠之物归其自有，所掠男女则为其奴婢，故人人为获利而凶狠异常，汉军难以挡住。"

陪同的郡吏则说："一般的汉将带领一些戍卒当然不是对手，但猛将精兵还是足以击退匈奴人的。战国时燕有秦开、赵有李牧、秦有蒙恬，皆使匈奴人畏惧。当今名将李广、程不识镇守边郡时，亦多次击败入侵的匈奴骑兵。"

卫青叹道："看来匈奴骑兵并不可怕，关键是吾汉军要提升自身战力。"

卫青、韩说对沿长城一线的各个关隘逐一考察，熟悉长城内外地形，并对照韩说所携的匈奴地图仔细核对，谋划一旦开战，如何迅速出击，向匈奴地区的纵深进发。

到达上郡、北地郡时，卫青了解到，邻近上郡、北地郡以北的河南地区，秦时为蒙恬收复，筑四十四县城，以三十万大军临河戍守，秦末蒙恬被秦始皇赐死，戍守的三十万军调往内地与义军作战，此后匈奴人便常常渡河掳掠，至冒顿单于时，更是完全夺取了河南之地。河南之地乃河水在此拐了个大弯的地方，又称河套地区，不仅十分富庶，且正当长安正北方向，离长安不到两千里，为匈奴人所占，乃都城长安的巨大威胁，朝廷历来都是派遣重要将领镇守上郡、北地郡。匈奴一旦从河南地侵犯上郡、北地郡，皆使得大汉朝廷惊恐不已，迅速调集重兵防守。

卫青心中暗暗下定决心，有朝一日待时机成熟，务必夺回全部河南之地，解除匈奴对长安的直接威胁。

卫青、韩说历时八九个月巡察返回长安，正欲向刘彻仔细禀报情况，宫中发生了一重大事变，致刘彻暂时无暇顾及其他。

原来，刘彻不得已杀了窦婴，后窦太主进宫诘问，刘彻就设法安慰自己的姑姑、岳母。窦太主称病不参加朝会，刘彻亲自上门慰藉；窦太主病愈，刘彻又赐钱千万以贺。听言京师多传五十余岁的窦太主在丈夫堂邑侯陈午去世后，私幸养于府中的十八岁美少年董偃，弄得窦太主颇为尴尬，刘彻竟于上林苑殿中接见窦太主，提出要见董偃，曰："愿谒主人翁。"窦太主谢罪，刘彻免其罪，董偃觐见，刘彻赐衣冠，召其侍饮。之后又常让董偃从游、侍娱。从此"主人翁"董偃贵宠闻于天下，窦太主大悦。

刘彻千方百计地取悦窦太主，窦太主消停了。而其女、皇后陈阿娇却不消停，变本加厉地挟妇人媚道，大闹后宫。当卫子夫为皇帝生出第三女后，陈阿娇竟让女巫楚服教自己于祭祀时诅咒，犯下大逆不道之重罪。此事上闻刘彻后，刘彻怒不可遏，遣御史张汤等穷治此案，将楚服枭首于市，株连者三百余人，均被诛杀。刘彻废去陈阿娇皇后之位，诏其退居长门宫。

经此事变，窦太主知道是自己女儿行为悖逆，觉得理亏，从此不再过问朝中、宫中事务。

正因为大汉和匈奴双方的内部都发生了重大变故，故马邑事变后双方并未很快开战，而是相对平静了好几年。这也让卫青有了比较充足的准备时间。

3. 出其不意捣龙城

元光六年（前 129 年）秋，匈奴军臣单于病重，左谷蠡王伊稚斜急于夺位，深知匈奴人一贯鄙夷弱者而赞许强者，为取得众人更大支持，须再显强者风范，便打着报复马邑事变的旗号，率所部骑兵两万余人入侵上谷郡（今河北怀来县），大肆杀害当地吏民，掳掠牲畜财物，满载而归。

刘彻获报，决心派大军反击匈奴。他任太中大夫卫青为车骑将军，从上谷郡出发；任太仆公孙贺为轻车将军，从云中郡（郡治为云中城，即今内蒙古托克托县）出发；任太中大夫公孙敖为骑将军，从代郡（郡治为代县，即今河北蔚县）出发；任卫尉李广为骁骑将军，从雁门郡（郡治为善无县，即今山西右玉县）出发。四将各率骑兵万人，众多步兵、战车兵及民夫随行。四将互不统辖，刘彻明显地要实际考察各将才能。

卫青第一次受命为将军，率军出征。卫青请求刘彻任命韩说为中军校尉，随同自己一同出征。卫青、韩说带领少数随行人员，乘驷马车，从京城出发，日夜兼程，沿驰道急急赶往上谷郡，同时派快马传令张次公，速率一万名河东骑兵前来会合，咸宣同时调集两万匹战马跟上。

进入上谷境内，卫青沿途看到残垣断壁，一片狼藉，看来此前匈奴伊稚斜侵掠造成的损失不小。到郡衙见到郡守、郡尉，卫青要求他们立即调集全郡的步兵、战车兵，并征发大批民夫，还要准备大量粮食及物资。不料郡守竟说："您卫将军在途中恐怕已亲眼所见，吾郡刚刚遭到匈奴人侵扰、破坏，我等正为救济民众、收拾残局忙得不可开交，哪有更多工夫为您办那许多事项？"

卫青正色道："郡守何能如此说话？马邑事变后陛下即下达旨令，沿边各郡务必早做准备，训练军队，储备粮食、物资，去年本将军巡察尔郡时，亦提醒过郡守大人，要加紧做好与匈奴开战的准备，难道你们置陛下旨令于不顾，未做准备？"

郡守见卫青严肃起来，有点惧怕，但仍然有些看不起卫青，说道："早些年李广将军曾任本郡郡守，我那时还是其手下一小吏，亲眼所见，李将军出击匈奴，只率手下骑兵勇猛作战，打得匈奴骑兵丢盔卸甲，哪要带上许多步兵、战车兵、民夫和众多辎重？"

"谬言！"卫青斥道，"亏你还曾于李将军手下供职，如何起码的军事常识都不懂？李将军当年那是防卫作战，靠近自家的城邑、边塞，人员与物资的支持是现成的，如今是长途征战，是深入匈奴的纵深地带作战，没有大量的人员、物资支持行吗？"

郡守被斥得低下头，不料郡尉又说："卫将军，郡守见您年轻，初出茅庐，从未率大军作战过，出于好意，提醒您，怕您带着许多人员、物资不利于作战，请您不要怪罪于郡守。"

"一派胡言！"卫青被激怒了，"难怪匈奴左谷蠡王轻易便可蹂躏上谷郡，有你们二位糊涂蛋守在这里，如何不败？"

韩说亦斥道："郡守、郡尉怎能如此与将军说话？如今乃战时，将军有陛下赋予的便宜行事之权，可以对不听令的官员先斩后奏！"

郡守、郡尉扑通跪下："请将军恕罪！下官唯将军之命是从！"

"起来吧。"卫青说，"陛下令我等尽快出塞对匈奴人大张挞伐，雪多年来被迫和亲之耻辱。尔等须十日之内做好调集郡兵、民夫及粮食物资之准备，还要为从河东郡调遣过来的一万骑兵和两万匹军马安排好驻地，不得有误。误了军机，本将军定军法从事！"

"诺。"郡守、郡尉答道，"下官不敢误事！"

至第五日，张次公率一万名河东骑兵到达上谷。

卫青一见张次公便问："平阳侯公子来否？"

张次公回答："启禀将军，曹襄公子因故未同来。"

卫青问："何故？"

"平阳侯去年底不幸病逝，曹襄公子尚在服丧期。"张次公答。

卫青听了，好一阵难过，唏嘘良久。更想到平阳公主年纪尚轻，竟失去丈夫，真是不幸！而自己军务在身，不能去看望、安慰，甚是无奈。

之后，咸宣带着众多马夫，陆续将两万匹军马迁至上谷。卫青惊喜非常，对咸宣赞不绝口："真是不易，真是不易啊！"

卫青要咸宣留下，帮着将这批马夫及军马带上战场，以为后援，及时补充损失的马匹。

咸宣说："能跟随卫将军上战场，是小人的荣幸，小人万死不辞！"

十日期限已至，卫青带着中军校尉韩说、前军校尉张次公、后军校尉苏建以及咸宣等人，检查郡衙调集的郡兵，计一万四千名步兵、六千名战车兵，尚有八千名民夫及大量辎车及粮食物资。卫青对郡守、郡尉能在短期内调集如此庞大的人员队伍及物资表示赞许。同时提出，尽可能地再增加一些大型辎车，不仅可以多装物资，亦可在设置营垒时置于外环，起到阻挡匈奴骑兵的作用。卫青还提出，要尽可能地装载一些饮用水，因此次进军途中难以遇到水源，郡守原想说哪有打仗带着许多水的，但想起先前胡言被斥，即忍住未说，只是心里犯嘀咕。

卫青令苏建负责郡兵的编排、组织，告之任务，令咸宣负责整个民夫、马夫及马匹、物资，负责大型辎车及饮用水的补充。

两日后的上午，一万名骑兵、两万名步兵战车兵、一万余名民夫马夫以及众多战车、辎车满载物资，还有两万匹战马，全部集合于郡府大校场内外。卫青全身戎装，在韩说、张次公、苏建等陪同下，骑马进入大校场。卫青高声喊道："兄弟们！吾奉陛下旨令，率领尔等大汉铁血男儿，征战大漠，痛击匈奴，一雪前耻。前方将有千难万险，前方亦有经过鏖战取得的胜利。只要吾等勇往直前，即必定胜利！"

众人山呼："胜利!"

卫青高举手中铁戈，吼道："开拔!"

大军出塞后，第一晚于阴山东坡宿营。先前由一名队率带领三十余名斥候（侦察兵）传回消息，近四五十里内未发现匈奴骑兵。卫青确定在很大的缓坡开阔地扎营，下令骑兵四周警戒，民夫与步兵负责搭建众多营帐，营帐周围，内圈置放轻车，外圈置放辎车，环绕为营。又调步兵中的弓弩手，轮流于辎车后值守，部分战车兵持长戈长戟值守。一旦有匈奴骑兵闯营，先以弓弩射之，然后战车兵驾车出营冲击，有少量敌军可迅速歼灭之，如遇大批敌军，亦为骑兵和其他步兵、战车兵起身应战赢得时间。第一次构筑营地，卫青亲力亲为，由苏建陪同，巡视了整个营地。还特别交代咸宣，务必确保每位士卒、民夫吃好睡好；要随时注意搜索沿途的水源，及时补充，在大漠地区，水即生命，万不可疏忽! 卫青对苏建说，今日是第一次扎营，我与你一起负责，今后我将率骑兵在前面冲锋，扎营一应事项全由你负责，要确保骑兵在前面冲锋，后面随时有一座坚实的堡垒在候着他们。此乃一座移动之堡垒，极重要! 苏建听了，十分佩服和感动，表示决不让卫将军失望。

卫青此次出征，早已深思熟虑，按照孙子"攻其无备，出其不意"观点，确定了长途奔袭、避实击虚、直捣龙城的战术。次日拔营，卫青与张次公亲率五千骑兵行于最前面，沿阴山东坡一直向北，正好走在匈奴左部与其东面的东胡、鲜卑部的交界线上。这条路线几乎全是沙漠与不毛岗地，一般难以遭遇匈奴骑兵。卫青不想过早与大批匈奴骑兵作战，他只有万名骑兵，只能是出其不意地偷袭龙城。他调四千名战车兵分作两队，每队两千人，作为自己行军的两翼，同时战车兵后面还跟着一批马夫，赶着一些战马，以及时补充骑兵在作战中损失的战马。当然，前面有三十多名斥候先遣侦察。卫青指挥大队人马，即如此小心翼翼地行进着，晓行夜宿。

走了几日，卫青据地图判断，不能再一直向北了，而是要拐向西北方向。刚拐过一日，前面遇到一片很大的沼泽地。先遣的斥候探过，人马能过，但过了沼泽地的一片小山坡后，则可能埋伏有匈奴骑兵，准确数量不明，起码有三四千人。

卫青正在观察，发现对面沼泽地那边山坡上一下子钻出许多匈奴骑兵，翻过山坡来到沼泽地边，约有三千人。卫青立即下令，击鼓呐喊，亲自带领五千骑兵，以最快的速度策马冲过沼泽地，直接冲向匈奴骑兵。卫青大喊："杀！"跃马冲入敌阵，手中铁戈左砍右刺，匈奴骑兵纷纷落马。将士们见主将率先冲杀，个个奋勇争先，一下子将匈奴骑兵冲得稀里哗啦。然匈奴骑兵果然勇悍，单兵作战能力甚强。大汉骑兵与之拼死搏杀近一个时辰，待战车兵从两翼包抄上来，才将这批匈奴骑兵完全击溃。此战虽获胜，但掳杀甚少，仅杀死了几十个敌人，俘虏了十几个受伤者。汉军仅有少量伤亡。不过经此一战，汉军将士信心大增，斗志更旺。卫青首战获胜，也坚定了必胜信念。

卫青亲自审问俘虏，或语言不通，或俘虏坚决不说，没什么效果。后来有一位粗通汉语的匈奴小头目提出，给他一些盐巴，即可告诉实情。原来匈奴不产盐，而人畜皆需盐，尤其作战的战马，如饲料中不能掺入足够的盐分，那战马会软弱无力。卫青立即让人给了他几大块盐巴，这俘虏才说单于庭西边的龙城每年八月举行的蹛（dài）林会祭刚刚结束，单于等显贵已回单于庭，其余王、将等已经返回各自的领地，留在龙城的匈奴骑兵并不多，沿途也无匈奴骑兵活动。卫青听后大喜，下令加快行军速度，尽早赶到龙城。

龙城是匈奴人的宗教中心，每年正月、五月和八月举行三次集中祭祀大活动。龙城离其政治中心单于庭并不远，非祭祀期间单于与诸显贵也无人居于此地。而单于庭驻有重兵，故匈奴人对相隔不远的龙城的防卫比较松懈，驻军很少。

卫青率汉军抵达离龙城约百里的地方宿营，然后率领全部万名骑兵和六千名战车兵于夜晚时分悄悄运动到龙城附近，只留步兵守营。卫青令战车兵全部于右侧部署，防备东面单于庭方向的匈奴骑兵前来增援。卫青和张次公趁着夜色，率骑兵层层包围了龙城的匈奴骑兵兵营，直扑正在熟睡中的匈奴人，杀死、俘虏七百多人，无一漏网。然后卫青下令将俘虏交由战车兵押送，骑兵留后掩护，迅速撤出龙城。

卫青率大队人马后撤，选择了一条通往雁门的路线，因出征前刘彻要他返回后驻军雁门，以加强长安正北方向的防守。真是天佑卫青，卫青率大军回撤时，竟然一次也没有遭遇匈奴骑兵，加之携带的物资非常充分，顺利地撤回雁门郡。刚入关，卫青即派快马飞驰长安报捷。

就在卫青凯旋撤回雁门郡之前，其他三路人马已经陆续回到塞内。

最先回来的是骁骑将军李广。李广乃陇西郡人，善射，少时即从军击胡，后为文帝中郎；景帝时曾任陇西郡都尉，后屡任边地各郡太守，勇武善战，与匈奴大小战斗几十次，多次获胜，既闻名于大汉，亦为匈奴人所惧。李广与匈奴人作战，多为离汉塞不远，其部署队伍又较简易，亲士卒而约束松，长途征战的经验也不具备，加之轻敌，此次出塞二百多里即遭遇匈奴骑兵三万多人的攻击，李广骑兵行军简易，不列阵式，后方未筑坚固营垒，故与匈奴三倍之敌接战后，进既不利，退又无可退。李广率骑兵与左贤王辖区骑兵大战一日，败溃，自己受伤被俘。匈奴单于有令，与李广交战必生俘之而不可擅杀，故匈奴人将受伤的李广放在一个大网中，拴于两匹马之间，欲押送回单于庭。李广躺在网中装死，行十余里后瞅准机会，一下从网络中腾跃至旁边一匈奴少年马上，取其弓箭，将少年推坠下去，策马逃走。匈奴骑兵追击，李广射杀之。李广向南奔驰数十里后，遇见一小部分逃出的部下，即率领他们返回塞内。刘彻得报大怒，将李广交廷尉审讯，廷尉奏报李广大败被俘，且溃失多数军士，应予斩首。后刘彻允其以钱赎命，免职为庶人。

接着回来的是骑将军公孙敖，公孙敖从代郡出塞不久亦遭遇匈奴左贤王骑兵两万多人，战败并损失七千余骑兵，回来后亦当斩，被赎为庶人。

再后回来的是轻车将军公孙贺。公孙贺率军从云中郡出塞后，深入匈奴地好几百里，竟从未遇见匈奴人，无功而返。

4. 获封关内侯

　　四将出塞远征匈奴，两将大败且损失惨重，一将无功，唯卫青率军奔驰二千余里，直捣匈奴龙城，颇有斩获，震慑匈奴上下。年轻的卫青从未带兵作战，如今竟一战成名，令朝廷内外刮目相看。

　　刘彻下旨召见卫青。卫青从雁门郡赶回长安，进入未央宫后至承明殿觐见皇帝。刘彻亲自出殿下阶，拉着卫青的手，一齐进殿。进殿后，刘彻上坐，卫青跪叩道："末将远征归来，奉旨禀报陛下。"

　　刘彻满面笑容，说道："将军平身。将军征战必定辛苦，朕慰劳将军！"

　　卫青站起来后，刘彻让卫青坐下说话。卫青说："谢陛下！末将率万骑奔袭龙城有所斩获，全赖陛下之威、将士用命。末将启禀陛下，匈奴人强悍非常，征战匈奴不可能毕其功于一役，为长久征战计，末将请求陛下允准，厚恤阵亡者家属，重赏作战有功之将士。"

　　刘彻道："准奏。朕定诏有司去办。"

　　"陛下，末将此次率河东骑为主力，上谷郡郡兵为后援，发现其郡兵战力甚好，但郡守、郡尉年龄偏大，不能带领随征，末将请求陛下调换之。"卫青并未向皇帝告状，只是以年龄偏大为由要求调换上谷郡郡守、郡尉。

　　"朕亦准奏。"刘彻道。

　　卫青又奏："陛下，此次出征，河东郡吏咸宣起初选购军马，后将大批军马由河东迁至上谷，再又随末将出征负责后援，甚为能干，末将请求陛下酌情擢升之。"

"好。"刘彻略一思索后说,"咸宣善马事,听说朕之马厩缺一厩丞,就让他去充任吧。"

卫青说:"末将替咸宣谢陛下!"

刘彻说:"将军只为别人想,朕应为将军想。朕赐你关内侯,封邑三百户,以赏将军之功。"

卫青赶快跪叩道:"末将深谢陛下大恩!"

刘彻说:"卫爱卿平身。其实以卫爱卿之大功,赐予列侯并不为过。然朕考虑,朕刚刚将你由太中大夫破格擢升为车骑将军,如果再赐你以列侯,恐朝中有些议论,故先赐关内侯,朕相信卫爱卿将来定会以新的军功被封为列侯。"

卫青诚恳地说道:"陛下对末将的爱护,末将感激不尽。末将征战匈奴,全为陛下分忧,为朝廷分忧,为大汉吏民分忧,何能计个人名利?"

刘彻大悦:"卫爱卿之胸襟,令朕感动。"

刘彻随即宴请卫青,并令其家人作陪。

卫青的母亲卫媪、兄长卫长君已于去年先后病逝,故前来作陪的只是其三个姐姐。卫子夫听说卫青打了大胜仗,一见到卫青,兴高采烈,问这问那,还让卫青转了好几圈,看看受伤否。卫少儿是与丈夫陈掌一起来的,同时将十二岁的儿子霍去病也带来了。

霍去病虽然与卫青一样是私生子,但并未受过什么苦,卫少儿一直宠着他,陈掌也喜欢他。这孩子胆大,见了卫青,卫少儿尚未来得及与卫青说话,他就缠着卫青,问打仗是否好玩,要舅舅带他去打仗。见了刘彻,霍去病倒是懂礼,跪叩道:"去病叩见陛下!"

刘彻第一次看到霍去病,觉得这孩子长得英气勃勃,颇似其舅卫青,甚是喜爱,便对卫少儿说:"让去病进宫侍中,陪朕好吗?"

卫少儿喜出望外,跪叩道:"奴婢谢陛下隆恩! 去病能侍奉陛下,那是去病莫大的荣幸!"

正说着,大姐卫君孺来了。她是一个人来的,丈夫公孙贺与卫青同时出征，无功而返，愧疚得很，故称病未至。卫君孺也觉得脸上无光，有些尴尬。她上前叩见了刘彻，又向卫青致贺，当然还拜见了卫子夫。

刘彻吩咐开席，不想此时平阳公主到了。平阳公主进殿向刘彻行礼后说："皇帝宴请卫青，邀家人作陪，为何不邀我？"

"邀你？"刘彻笑道，"大姐何须邀，你不是不请自来了吗？"

平阳公主一本正经地说："皇帝今日邀了卫青家人，就是漏了我一人。我是从母后那里得知，才从长乐宫赶过来的。"

"你，卫青家人？"刘彻笑道，"你是朕的大姐，是朕的家人，如何又成了卫青家人？"

平阳公主朝卫青问："卫青你说，你是否是平阳侯府之人？"

"回公主话，当然是。"卫青答。

平阳公主转向刘彻："皇帝听到了吧？卫青乃我平阳侯府人，我们把他当作家人，难道他不将我们算作家人？"

刘彻大笑："大姐如此说，你还真是卫青家人，朕不邀你确实不妥。"

平阳公主说："有皇帝这句话就是邀请我了。"

酒过三巡，刘彻说已经赐卫青以关内侯了，卫氏三姐妹均感谢皇帝，并向卫青祝贺。

平阳公主说："卫青，我也贺你。皇帝赏你关内侯，我也应赏你。"

刘彻好奇地问道："大姐欲赏卫青何物？"

平阳公主转身指着身后亭亭玉立的贴身侍女雨荷，说道："皇帝，不是物，是人。雨荷自小于侯府长大，与卫青青梅竹马，那时候有些小孩辱骂卫青，雨荷却护着卫青，与他的三个姐姐一样地护着他。卫青，我说得对吗？"

卫青点头称是。卫君孺、卫少儿、卫子夫均点头。平阳公主继续说："卫青已二十有五，军务繁忙，得有人照顾他。我将雨荷赏赐予他，做他的妻子。皇帝得先将雨荷身份免为庶人，然后诏卫青娶亲。"

刘彻问卫青："卫爱卿，尔愿否？"

卫青迟疑了一下，似乎稍微想了什么，但还是说："但凭陛下和公主做主。"

"好。"刘彻高兴地说，"朕即下诏，免雨荷奴婢身份为庶人，卫青娶雨荷为妻。"

卫青离席叩拜刘彻："臣谢陛下！"

又叩拜公主："卫青谢公主！"

雨荷自然亦叩谢皇帝和平阳公主。

卫少儿立即说："母亲和兄长都不在了，一切由我和大姐筹办。大姐你说好吗？"

卫君孺答道："当然。我们姐俩为青弟将一切办妥。"

卫子夫十分高兴地说："今日我等都得感谢陛下。陛下赏赐卫青以关内侯并为之庆功，此第一喜；平阳公主赏赐卫青以贤妻，陛下恩准，此第二喜；陛下赐去病进宫侍中，此第三喜；咱姐弟四人多年未与公主相聚，今日蒙陛下邀约得以相聚，痛快之至，此第四喜。四喜俱至，幸莫大矣！"

霍去病竟插言："幸莫大矣！小姨所言甚好。"

卫少儿嗔怪道："如何不懂礼貌？要称夫人。于陛下面前，小子何能妄言？"

霍去病听了，去向刘彻跪叩："陛下恕罪！"

又向卫子夫跪叩："夫人恕罪！"

刘彻与卫子夫笑了。

散席后，霍去病即留在宫中。

众人出殿。平阳公主于乘辇之前，卫青来到她面前，揖拜道："公主，青小子起初不知侯爷仙去一事，后来得知，已是出征前夕，不得分身前往平阳吊唁及看望公主，请公主恕罪！"

"不知不罪，我不怪你。"平阳公主说，"今后再不可自称青小子，你已官居车骑将军，乃皇帝身边最得力的将军，不能失了威信！尔懂否？"

卫青却说："公主，公开场合我可自称卫青，但私下里仍称青小子，这是您赐予我的名，一辈子的名！"

平阳公主觉得，这是一位可爱的弟弟对她说的话，感动得热泪盈眶，过了好一会儿才说："卫青，雨荷是个好女子，你要善待她，她会尽心服侍你的。"

"公主放心。"卫青说道，"凡公主所赐，皆珍贵也。青小子一定善待雨荷。"

平阳公主走了。

卫青又对卫君孺、卫少儿说："多谢两位姐姐为弟弟操心。母亲、兄长曾住的宅子，不必装饰，保持原样即可；婚礼亦从简，吾军中事务甚多，不可能在家务事上花费时间、精力。请二姐派人去平阳县，将吾堂叔郑宽请来，做我管家。我信他，也算是报答他。他来了，可让二位姐姐不再为我操太多的心。"

卫少儿说："青弟交代，我们照办。明日我即派人去平阳县，以你的名义请郑宽来京。"

卫君孺也说："青弟尽管去忙你的军国大事，需要姐姐们做的小事、杂事，千万别客气！"

翌日朝会，刘彻宣布，赐卫青关内侯，以赏其率军直捣匈奴龙城之功。刘彻说："匈奴欺我大汉几十年，如今卫将军率万名骑兵长途奔驰二千余里，奇袭龙城，得其首虏七百余人，获取前所未有之大捷，且直插强胡宗教中心，震怖敌胆，壮我国威军威，可喜可贺！"

卫青出列跪叩谢恩后说道："末将初征出战，赖陛下神威，得朝中各位大人诸多支持，侥幸取胜，仅为奉陛下旨令、大张挞伐强胡的第一步，末将定当戒骄戒躁，予匈奴以更多更大痛击，直至消除对吾大汉之严重威胁。"

朝臣们纷纷出列，盛赞皇帝英明，识人用人果然不同凡响，并向卫青致贺。唯左内史公孙弘、主爵都尉汲黯二位大臣一言不发。

散朝出殿后，中大夫主父偃走到卫青身边，小声说道："将军可曾注意到，满朝文武竟有公孙弘、汲黯两位大臣方才保持沉默，但其二位的原因却不同。公孙弘已七十岁，去年刚入朝为博士，今年已是左内史，升迁极快，然其可能自觉年高，来日苦短，而期望值又甚高，故对别人的能力及成果极为忌妒，去年就觉得董仲舒学问在他之上，而至陛下面前进言，将董仲舒迁至江都国为相。将军今后要防备此人。汲黯乃正直倔强之人，不赞成陛下对匈奴开战，甚至直指陛下'外施仁义而内多欲'，陛下却认为他是不可多得的社稷之臣。将军对汲黯，尚要谦让，遇之以礼。"

"多谢主父大夫提醒。"卫青说。卫青曾于多年前在刘彻面前几次推荐主父偃，刘彻未应。后来还是主父偃自己上书引起刘彻注意，方入朝为官，且一年中四迁至中大夫。但主父偃一直很感激卫青。卫青亦信主父偃。

城彼朔方

1. 卫子夫获立皇后

匈奴龙城被袭，军臣单于大惊。后得知卫青率军是从大汉上谷郡出塞，沿匈奴左部与乌桓、鲜卑交界处北上，太子、左贤王於单和左谷蠡王伊稚斜起初没有察觉，后来于沼泽地两军遭遇打了败仗，竟没有及时禀报单于庭，也没有派兵追击卫青汉军，觉得不可思议，即遣使重责於单和伊稚斜。於单被父亲斥责，心服口服，表示引以为戒，今后务必注意。而伊稚斜原本就希望久已患病的兄长早点去世，对单于派来的使节竟大发雷霆："真是奇了怪了，于沼泽地与卫青接战的匈奴骑兵乃左贤王所部，他们打了败仗，又不禀报单于庭，为何要斥责本王？单于为何总是护着自己的儿子而轻视自己的兄弟？"

伊稚斜揣着满腹怒气，不断派兵袭扰大汉东北部的上郡、上谷郡、渔阳郡、右北平郡，一时间狼烟四起，边郡守军连连向朝廷告急，渔阳郡尤甚。

刘彻得报，派遣卫尉韩安国任材官将军，驻屯渔阳，抵御匈奴。韩安国曾任御史大夫，位列三公，马邑之谋时任护军将军，率领诸将和三十万大军埋伏于山谷中，不料走漏消息，无功而返。后来丞相田蚡去世，刘彻令韩安国代行丞相事，却于随刘彻外出时，为皇帝导引，从车上跌落伤了腿脚，被免职。到腿脚痊愈后，薛泽已任丞相，中尉张欧为御史大夫，韩安国只能顶替张欧任中尉。去年卫尉李广与卫青同时出塞击匈奴，兵败被免职，韩安国改任卫尉。韩安国命途多舛，企图以军功再起，便自告奋勇，愿去边郡杀敌，刘彻准许他驻屯渔阳。韩安国到了渔阳，匈奴伊稚斜部侵扰有所减少，韩安国部下捕获一匈奴骑兵，告知匈奴大军已远去，韩安国大喜，上报朝廷获准后撤去边境军屯。东北边郡似乎暂时安定下来。

就在此时，卫子夫为刘彻生下了皇子刘据。二十九岁的刘彻喜出望外，终于有了儿子。刘据满月之日，刘彻亲自至郊外禖（méi）祠祭祀，以最高的天子之礼——太牢（整猪整牛整羊）供祭，感谢送子之神的眷顾，还当场令侍从文人东方朔、枚皋作禖祝志贺。

祭祀后回到未央宫，当晚专门设宴庆贺。王太后及其三女平阳公主、南宫公主、隆虑公主和卫氏三姐妹与席，卫青亦奉旨专程从雁门军营赶回参加，当然还有霍去病。席间刘彻亢奋非常，有说不完的话，还令卫氏三姐妹当场合唱《淇水有梁》，连唱了好几遍。王太后和南宫、隆虑两公主从未听过卫氏姐妹唱歌，听了饱含深情的《淇水有梁》，如闻天籁，起初瞪大眼睛看着，然后眯起双眼专心听着，唱完了则击掌称绝。

散了宴席，刘彻送王太后上辇走后，专门单独留下了平阳公主，说道："朕欲立卫子夫为皇后，大姐以为如何？"

平阳公主听了笑道："甚好。当初我送子夫随皇帝入宫，即料到会有这一日，我早就看子夫能行！"

"多谢大姐！"刘彻说。

"不过皇帝还得防着姑姑窦太主和阿娇，会不会又搞出什么事。"平阳公主担心地说。

刘彻不以为然："朕觉得不会。前几年阿娇被女巫楚服教唆，竟于祭祀中诅咒，大逆不道，朕念她旧情，又念姑姑大恩，未予严惩，仅废去其皇后之位。之后姑姑与阿娇似乎皆老实了许多。"

平阳公主提醒道："皇帝不可轻视。我几次遇见姑姑，她都以责备口吻，说她有大恩于母后及你，而我们却恩将仇报。看来姑姑并未死心。"

"大姐是如何说的？"刘彻问。

平阳公主答："我对她说，之所以废去阿娇皇后之位，是因为阿娇不能生育，这也是为帝国是否后继有人的大局计，何来恩将仇报？"

果如平阳公主所料，窦太主和阿娇并未死心，听说卫子夫为刘彻生下儿子，两人痛心疾首，忌恨非常，觉得皇帝将会更加无视她们。陈阿娇退居的长门宫，原是窦太主家的长门园，位于城外南郊的汉文帝顾成庙旁边。窦太主的男宠董偃为使自己免遭惩罚，经窦太主首肯，将长门园献给刘彻以取悦之。

刘彻有时来爷爷的顾成庙祭祀，旁边无行宫，不方便歇息，故笑纳了长门园，改称长门宫，作为行宫。陈阿娇被废去皇后之位，单独居住于长门宫，实际上又回到自己家园，顾影自怜，寂寞难耐，成天凄凄惨惨戚戚，度日如年。窦太主设法邀来皇帝身边工于辞赋的中郎司马相如，陈阿娇哭诉哀怨，请司马相如写成《长门赋》。陈阿娇取百金赠之以购酒。

刘彻读到陈阿娇送来的《长门赋》，通篇凄楚愁苦、情感绵绵写得穷声尽貌、荡气回肠，不免唏嘘良久。诸如"魂逾佚（dié）而不返兮，形枯槁而独居"；"白鹤嗷（jiào）以哀号兮，孤雌跱于枯杨"；"日黄昏而望绝兮，怅独托于空堂"；"忽寝寐而梦想兮，魄若君之在旁"；"妾人窃自悲兮，究年岁而不敢忘"，等等，令刘彻不禁动容。他自问道：真的要立卫子夫为皇后吗？真的要如此快速吗？陈阿娇会否伤心致死？

就在刘彻犹豫不决之时，公孙弘听说司马相如为陈阿娇写了《长门赋》并呈送皇帝，一贯善于揣测皇帝心思的他，竟借刘彻单独召见之机，进言道："陛下，臣冒昧地问陛下，卫夫人为陛下生育了子嗣，可喜可贺，但真的要立即立其为皇后吗？"

刘彻沉吟片刻说："朕确有此想法，但近来读到陈阿娇的《长门赋》，似有不忍。爱卿有何高见？"

公孙弘以极其诚恳的口吻说道："陛下，策立皇后乃陛下家事，然亦国之大事。卫夫人已列后宫魁首，其弟卫青已官居车骑将军，统率天下精兵，臣极信陛下识人，然臣亦有些许担心。"

"担心？"刘彻不解。

公孙弘故作惶恐地说道："臣担心卫氏。"

刘彻笑了:"爱卿忠心可嘉。然子夫、卫青初起,今后亦必定无甚问题。"

公孙弘见皇帝如此说,便突然跪叩于地:"臣妄言,臣有罪,请陛下治罪!"

刘彻淡然说:"爱卿何罪之有?爱卿是完完全全为朕考虑。起来吧。"

刘彻嘴上虽然说相信卫子夫和卫青,但被公孙弘说得有点动摇,觉得是否再放一放,观察观察再说。公孙弘一门心思地不想让朝中其他官员超过自己,看到卫青一战成名,心生嫉妒,想方设法要阻滞他,故在皇帝面前极隐蔽地进了谗言。

几日后江都国奏报朝廷,称江都王刘非因病去世,刘彻决定派中大夫主父偃为朝廷使节前往吊丧。主父偃临行前,刘彻单独召见了他。

刘彻说:"江都王刘非,当年吴楚七国之乱时,十五岁的他,自告奋勇上阵杀敌,确为一时豪杰,然其恃功居傲,骄奢淫逸,前些年还进谗言让太后赐死了韩嫣。朕一想到此,仍然痛心不已。"

主父偃说道:"陛下,诸侯王强逆难制,何止江都王一人?先帝采取晁错削藩之策,直接削夺诸侯国属地归于朝廷,造成吴楚七国之乱,天下陷于兵燹(xiǎn)。如今诸侯国仍是朝廷心腹之患,依微臣愚见,晁错之直接削藩容易导致战乱,贾谊之众建诸侯而少其力之策虽然有效但并不彻底,可在贾谊之策基础上,再进一步。"

"愿闻其详。"刘彻急于知悉。

主父偃说:"陛下,贾谊之众建诸侯而少其力,是将一个诸侯国分成几个诸侯国,将较大的诸侯国分成较小的诸侯国,使其因国小力弱而不能抗拒朝廷。微臣则想,可再进一步,一个诸侯王薨后,嫡长子继嗣成了新的诸侯王,同时将他的其余儿子均封为列侯,人人都有封地,当然都在此诸侯国境内,如此一来,诸侯国不断被分割,岂非是分崩离析?而其子弟人人获得列侯爵位和土地,人人感谢皇恩浩荡。"

"好,好极。"刘彻称赞道,"爱卿这主意好。朕如今心心念念乃大规模反击匈奴，对于各诸侯国，能稳住最好。爱卿这办法，即能让各诸侯国不得不稳。不过，此办法如何称谓呢？"

"陛下，微臣想过，叫'推恩'，即是皇帝陛下对诸侯王子弟的恩赐推及至每一人。"主父偃答道。

"推恩？好名义。爱卿果然有智慧。待爱卿出使回朝后仔细地具体设计，朕颁《推恩令》施行。"刘彻与主父偃谈得十分投机，于是很自然地将心中的另一疑虑说出，问主父偃道："朕欲策立卫子夫为皇后，爱卿觉得如何？"

主父偃不假思索便答道："陛下英明！卫子夫端庄贤淑，忠贞谨慎，又为陛下育有皇长子，乃母仪天下的不二人选。陛下不可听信宵小聒噪，犹豫再三。一旦卫夫人被策立为皇后，后宫即确立秩序，皇长子亦成了皇嫡长子，后宫、朝廷乃至天下即大安。况且皇后得立，其弟卫将军岂非更加为陛下拼死疆场，实现陛下扫荡匈奴之宏图大愿？卫夫人、卫将军皆陛下之长姐平阳公主所荐，陛下难道不信公主而信他人？"

主父偃一番话让刘彻最后下了决心。次日，卫子夫即被策立为皇后。此为元朔元年（前128年）三月。

2. 追歼大胜仗

东北边郡的平静是短暂的。起先是匈奴左谷蠡王伊稚斜受到军臣单于责备,拿大汉出气,频频侵犯大汉边郡,后来军臣单于病重,伊稚斜错误地判断,单于将不久于人世,故停止对大汉边郡的攻掠,将自身的军事力量集中起来,准备一旦军臣单于去世,即率军击败太子左贤王於单,夺取单于之位。哪知军臣单于的病又痊愈了,伊稚斜便再遣部下大入上谷、渔阳两郡,韩安国壁垒中仅有七百余士卒,韩安国勉强出战,不利,复入壁坚守,逢燕国军队来救,方化险为夷。

匈奴人则掳掠千余人及大量牲畜财产而去。刘彻闻报大怒,责让韩安国先前误报军情,还撤去军屯,如今又作战不力,下令韩安国向东迁徙,驻屯右北平郡。

刘彻急召卫青入宫,欲让他率军驰援右北平郡。卫青取出地图,对刘彻说:"陛下,末将以为,东北诸郡固然重要,然与长安正北相对的北方诸郡更加要紧。东北诸郡相对的是匈奴左部,而北方诸郡相对的则为匈奴中部和右部,即单于直辖区和右贤王辖区,压力更大,尤其对吾大汉都城长安的威胁更大。匈奴右贤王属下的楼烦王、白羊王占据着河南即河套地区,是对长安的最大威胁。故末将考虑,尽快创造条件,选择恰当时机,组织大规模军事行动,一鼓作气击败楼烦、白羊二王,将匈奴人逐出河南,解除其对长安的直接威胁。"

刘彻一听,高兴地说:"真乃英雄所见略同。朕赞成将军的筹划,朕早就想收复河南地区了。但东北地区也不能不管啊，眼下韩安国孤军坚守在那里，必须派人去支援他。"

"陛下，末将建议重新起用免职居家的李广将军。李将军与匈奴大小战斗几十次，乃一代名将，其不太擅长长途大规模作战，但防守作战还是很擅长的，可派他去支援韩安国。"卫青说。

刘彻赞成："好，就派李广去任右北平郡太守。"

李广就任右北平郡太守后，果然多次击败入侵的匈奴骑兵，致其再不敢侵犯右北平。而韩安国屡遭贬斥，心情愈益郁闷，数月后竟不幸病死于任上。

姐姐卫子夫立为皇后，皇帝又听从自己的建言，赞成待机收复河南地，卫青觉得痛快至极。他告别已经怀孕的妻子雨荷，又交代管家郑宽派人去河东郡解池购置一些盐巴运至雁门军营，然后动身北上。

就在卫青出发之际，刘彻派御马厩厩丞咸宣送来名为"追风"的骏马，此马纯白色，小头长颈，四肢修长，身材高大而俊朗，精气神十足，乃刘彻喜爱的坐骑之一。卫青一见，甚为欢喜，要咸宣代他向皇帝致谢，并转禀皇帝：有此陛下所赐追风，任何匈奴人也逃不脱。

咸宣见了卫青，则再次感谢卫青向皇帝荐举了自己。卫青嘱咐道，不可看轻厩丞这一职位，虽则秩级不高，但毕竟是皇帝身边之人，务必谨慎勤奋，万不可疏忽懈怠。咸宣自然诺诺连声。卫青又问其父咸丹境况如何，咸宣称父亲身体尚好，只是常常念叨要来看平阳公主和卫将军。卫青说，待下次我得空回京，让他到我府上一叙，我还挺想念他的，他那滔滔不绝、口若悬河的劲头，让人印象深刻。咸宣一脸自豪地笑了。

卫青乘驷马车，带着追风，晓行夜宿，沿驰道赶往雁门。到了雁门郡治善无县，卫青一进车骑将军府，即召集部下诸将商议如何做好收复河南地的各项准备。此时卫青统率的骑兵已由原先的一万人扩充至三万人，新增的两万人包括：原先李广统领一万骑兵出雁门后被匈奴人打败，大部溃散，小部分随李广回到雁门，后来又陆续回来一些，共有五千余人，皆编入卫青的队伍；其余一万多人都是附近各郡听说卫青打了大胜仗，许多年轻人纷纷前来投军，卫青选择了善骑射者，插编至各部曲里。原先带过来参战的上谷郡步兵、战车兵，卫青觉得不错，经请示朝廷准许，继续留了下来，由新任上谷郡太守郝贤统领。卫青还让雁门郡加紧训练本郡郡兵，届时出战，与上谷郡郡兵一同上战场。

诸将来到车骑将军府，首先向卫青致贺，祝贺卫青的姐姐卫子夫被立为皇后，卫青自是满面笑容，一一谢过，然后说道："陛下于卫氏，大恩至重如同山岳，吾唯有拼死疆场，不惜肝脑涂地，实现陛下驱逐强胡、保境安民的宏愿。当前，陛下要求吾等务必早做准备，择机收复被匈奴占据的河南地，解除其对长安的威胁。"

众将均说道："愿与将军一同驱驰。"

中军校尉韩说提出："占据河南的楼烦、白羊二王，原为北戎中的两支部落，冒顿为匈奴单于时被征服而依附于匈奴。后冒顿单于收取蒙恬原先戍守的河南地后，仍交楼烦、白羊王据守。河南地即河套地区，三面临河，水网密布，土地肥沃，不仅是对大汉长安的大威胁，亦是匈奴人物产最为富庶之地，故攻河南必致匈奴人全力往救。白羊、楼烦二王归属匈奴右贤王，右贤王首先要拼力来救。"

后军校尉苏建接着说："我赞成韩校尉所言，夺取河南地一定是一场极为艰苦甚至惨烈之战，虽则河南离咱们雁门不远，向西过了云中郡即至，但楼烦、白羊二王所部战力甚强，加之匈奴必救，所以务必仔细地全面谋划，主攻、阻击、牵制等皆须考虑。"

"二位所言甚好，我也有所考虑，攻必须攻得下，务必全部夺取河南地；阻必须阻得住，要将匈奴增援力量堵在外长城、阴山以北；牵制也很重要，要使匈奴不能将很多战力都用来增援河南地，决不能将这仗打成大汉与匈奴的大决战！目前我们还不具备大决战的实力，还没有做好这方面的充分准备。当年高帝在平城与匈奴三十余万骑兵决战遭遇失败即是惨痛教训。"卫青说后又问张次公，"张校尉你说呢？"

前军校尉张次公见卫青发问，说道："我赞成卫将军所言，这场仗是夺取河南地的重要一仗，但不是最后的决战。以我军目前实力，完全夺取河南地能够做到，于外长城、阴山一线阻击匈奴援军，努努力也能做到。但在中东部牵制匈奴兵力，这必须要禀报朝廷，另外调遣军队去办。"

其余各校尉及随征的上谷郡太守郝贤也都踊跃发表意见。

卫青听了以后十分高兴，最后说道："与诸位相议论，收复河南地这仗如何打就清晰了，今日收获颇大。但这还很不够，目前只是个大概，提及进攻、阻击、牵制三方面，还要仔细讨论，如何进攻、如何阻击、如何牵制还要深入谋划。孙子云：'夫未战而庙算胜者，得算多也；未战而庙算不胜者，得算少也。多算胜，少算不胜，而况于无算乎？'战前谋划极为重要，况且此乃陛下交予吾等之重大任务，只能成功，不能失败。进一步谋划后形成完备的作战计划，然后禀报陛下和朝廷，获准后再实施。"

卫青等人抓紧谋划，形成了完整的收复河南地的作战计划，奏报刘彻和朝廷。转眼到了秋季，皇帝和朝廷仍然没有答复，卫青打算近期进京，当面向刘彻禀报。没想到匈奴军臣单于并未忘了当年马邑事件，总想找机会报复一下。困于这几年断断续续地生病，故未曾顾得上，如今病愈，军臣单于便派得力大将，率一万余名骑兵，趁着秋熟季节，直扑雁门抢掠。

匈奴人自外长城入塞后，前锋已抵平城，见人便杀，见物就抢，并放火烧毁沿途房屋，嚣张至极。卫青得报，派快马火速禀报朝廷，然后令斥候小队从外长城参合口（今山西右玉县杀虎口）出塞，绕向东行，埋伏于塞外山中，侦察匈奴人去向。卫青随后下令集结全部三万名骑兵，以五千名骑兵配合雁门郡万余名郡兵火速增援平城，其余二万五千名骑兵自带三天干粮和水，分作五部，从参合口出塞，迂回东行插至途中，截击匈奴骑兵。

汉军急行军赶到平城，与匈奴骑兵接战，匈奴骑兵见汉军来势汹汹，且人数众多，加之已抢掠甚多，便不再恋战，带着大批财物，主动回撤。

匈奴骑兵撤至塞外后，一路向北，走到一个小山坡，大部已过去，后队的一名匈奴人到山坡边下马欲出恭，突然发现了埋伏在山坡后面的汉军斥候，大惊，不及出恭，即提起裤子，翻身上马，跑向自家队伍。匈奴人闻之，有近两千名骑兵急速过来，将小山坡团团围住，并发起猛烈攻击。一番激战之后，汉军斥候小队三十余名士卒除两人负伤逃脱外，全部战死。

逃出重围的两名汉军斥候，一名于途中伤重而亡，仅余一名轻伤斥候骑马快速迎向卫青率领的大军。斥候见到卫青，禀报斥候小队已全部阵亡，卫青听了，好一阵难过，誓言为其报仇。

他问斥候姓甚名谁，斥候称自己名叫张强；他又问张强能否继续随军作战，张强说自己仅腿上负了轻伤，愿随将军杀敌，为同伴们报仇。卫青取出自身携带的万金良药，亲自蹲下为张强敷裹伤口后，让张强做了自己的亲兵，并令他带路，找到先前激战的小山坡。

不到半个时辰，大队人马到达小山坡，卫青下马察看，发现小山坡上竟横七竖八地躺着近百具尸体，约三分之一是汉军，三分之二是匈奴人。卫青深感斥候小队的兄弟们个个都是好样的，于强悍的匈奴骑兵面前，没有吃亏，没给大汉丢脸。他翻身上马，举起手中的铁戈，大声喊道："斥候兄弟们已经英勇殉国，为吾等做出了榜样！匈奴人刚刚离去不过一个时辰，我们务必快马加鞭，迅速赶上。匈奴人快，我们更快。谁为疾风？谁为闪电？不是匈奴人，是我们，是大汉铁骑！"

卫青和张次公领头，带领着众多大汉骑兵，风驰电掣般向北追击，如同排山倒海的滚滚巨浪，如同摧枯拉朽的阵阵狂风，势不可当。不及三个时辰，终于看到大批匈奴骑兵停留于一片沼泽地前。原来，匈奴骑兵慌不择路，竟被沼泽地挡住了去路，有三四千骑兵已经被陷在里面，剩下的七八千骑兵正不知所措，而看到大汉骑兵追上来，更加惶恐。

卫青下令部下稍稍停留一会儿，待后面的大队人马基本到齐、观察清楚之后，令张次公向左，苏建向右，自己居中，从三面包抄上去。当震耳的进攻战鼓响起，两万五千名大汉骑兵人人高声呐喊，震撼着大漠旷野，人人策马挥戈，冲向敌阵。匈奴骑兵三面被围，后面是沼泽地，如陷死地，只能拼死应战。而汉军将士个个满怀对匈奴人的深仇大恨，勇猛杀敌。一个时辰下来，匈奴人除两千人溃逃外，三千多人被杀死，一千多人受伤被俘。而汉军亦付出较重代价，阵亡一千多人，两千余人不同程度受伤。

战斗结束后，待后援的河东战车兵上来，卫青下令用槽棺收殓了汉军将士遗体，押着匈奴俘虏，迅速撤离，途中经过小山坡时，又令收殓了三十余名斥候遗体。傍晚时分，汉军撤至离边境不远的一处水草之地，卫青考虑到骑兵们已疲惫不堪，下令宿营。卫青巡视营地各处，看到将士们吃了喝了，受伤的得到医治，这才回到自己的营帐，草草吃了一点食物后躺下休息。刚躺下又不放心，起来去看了夜晚营垒各处的警戒，这才回营帐安心躺下。

自小即小心翼翼地生活的卫青，养成了举轻若重的性格。

卫青躺在简陋的行军床上，虽然很疲惫，却怎么也睡不着，倒不是睡不惯这简陋的床，他从小便习惯了，而是他太兴奋了。他想到此次下决心打了一场不同于平常的大追击战，兵书上也没有什么讲述，这完全是根据所遇到的实际情况而组织的，当然也是充满风险的。

两万五千名骑兵甩开后援，义无反顾地要追上万余名匈奴骑兵，然后围歼，有可能根本追不上，无功而返；还有一种可能是遭遇匈奴主力，反而被匈奴围歼。这两种风险皆未发生，得益于卫青所部骑兵，无论在耐力、速度还是勇猛上，都已经超过匈奴骑兵，还得益于斥候小队准确地捕捉到了匈奴人的去向。这种大追击战只能是速战速决，且不能离汉朝边境太远，打完了即迅速撤回。

卫青将已经打完的这场了不起的胜仗想清楚了，又将经过的地点在地图上标上，瞌睡才来找上他。

3. 不赏不罚

回到雁门，卫青派快马将大捷的消息上报朝廷，不料在朝中竟然引起一场争论。

刘彻获报大悦，觉得卫青率领所部骑兵，以超越匈奴骑兵的速度和勇猛，打得匈奴骑兵丢盔弃甲，斩首俘获达数千人，是前所未有之大捷，是继奇袭龙城后的又一次大胜仗，大大灭了匈奴的威风，长了大汉的志气。刘彻想到上次有点亏待卫青，仅封其为关内侯而非列侯，此次战果如此丰硕，定要封其为列侯。

刘彻于朝会上亲自宣布了卫青所部追击、围歼匈奴骑兵并斩获数千人的消息，然后说道："朕欲赐卫青以列侯，其部下立功人员皆予赏赐，诸位爱卿以为如何？"

不想一片沉寂，无人应答。刘彻点名公孙弘："公孙爱卿，尔刚从巴蜀视事返京，以西南夷之边事较之伐匈奴，如何？"

公孙弘出列答道："陛下，臣奉旨检视汉中、巴、蜀、广汉四郡通西南夷道事项，其耗费巨大，数岁不通，西南夷数反，又击之无功。而陛下所倡之挞伐匈奴，已见其效，远胜西南夷事，卫将军功不可没。然此番卫将军贸然率大军出塞，至大漠不测之地，截击匈奴，侥幸取胜，斩获数千，战果大则大矣，却事前未获陛下准许，属矫制兴师，亦有大过，焉能封侯？若各将为建功勋，擅自出师，乘危兴事，朝廷规矩何在？臣以为，应予惩戒！"

"陛下！"主父偃原本并不完全赞成对匈奴开战，但战端已开，当然应争取大胜。他支持卫青征战，见不得公孙弘因妒生非，于是出列说道："此番匈奴入塞侵掠雁门，卫将军已及时禀报陛下及朝廷，并兵分两路击胡，一路进至平城驱逐匈奴，一路出塞追击、截杀匈奴，且取得大捷，斩获数千，乃前所未有之大胜利，为何不能封侯？前方将领抓住战机，痛击入侵之敌，怎能说成是矫制兴师？战机稍纵即逝，如果等到朝廷准许，匈奴人早就跑得没影了。"

朝臣们或支持公孙弘，称进军平城合理，但大军出塞应得到陛下准许；或支持主父偃，称前方与朝廷相距甚远，若要等朝廷准许，仗也没法打。

刘彻见状，对丞相薛泽说道："薛丞相，大汉之制，设太尉时，军事属太尉；不设太尉时，军事亦属丞相。如今未设太尉，丞相应兼理政治及军事，薛丞相你的意见呢？"

薛泽是一个既不通政事更不通军事之人，刘彻用他，只因他听话，从不干扰皇帝独断朝纲。薛泽答道："陛下，臣以为，卫将军有功有过，功过可相抵，罚之不公，赏之亦不公。"

刘彻听了朝臣们的议论，知道尚且有人还是对卫青不服，认为卫青出身为奴仆，沾着外戚之光，打胜仗是侥幸。但认为不能矫制兴师却说到了刘彻的心里，皇帝何能允许将领不经准许即率师出征？于是说道："罢了，不罚不赏。"

之后，刘彻想到，如今能统兵征伐匈奴，唯卫青一人，说卫青矫制兴师也有些牵强，匈奴来犯，卫青能不迎敌？迎敌于塞内与塞外，又有何区别？以往李广、程不识等将领于边郡抗敌，不都是塞内塞外皆有战事吗？只是这次卫青动静太大了，竟率二万五千名骑兵出塞截击，并追击了百余里，不过事先也是派快马禀报了朝廷。刘彻思来想去，觉得还是不能委屈了卫青，故下旨召卫青进京，单独一叙。

卫青奉旨进京，没有回家即来到未央宫承明殿，见到皇帝，自然行跪叩大礼。刘彻笑容满面，亲自扶起卫青，说："卫爱卿快快请起！卫爱卿打了前所未有之大胜仗，朕喜悦至极，朕祝贺爱卿！"

刘彻让卫青坐下后，卫青说道："陛下，末将此次大胜匈奴，全赖陛下信任，故末将未及等待陛下准许即率大军出塞，迂回北上追击，基本围歼了侵掠雁门的匈奴人。末将是想……"

刘彻打断了卫青，说道："朕原想爱卿此次取得大捷，斩获数千敌虏，理应封侯，不想有些朝臣竟妄称爱卿是矫制兴师，擅自出战，不赞成爱卿获得列侯爵位。朕觉得有些亏欠爱卿。"

卫青听了，立即跪叩于地："陛下万不可说出亏欠末将之言，末将原本为奴虏，无陛下和平阳公主，末将何能为国驰骋疆场？末将之一切均为陛下所赐，末将即便肝脑涂地亦无以报陛下于万一！末将何敢矫制兴师？只是末将未及将自己所想禀报陛下和告知朝中众臣罢了。"

刘彻动容，让卫青坐下，然后说："卫爱卿速说予朕听。"

卫青说："陛下，末将与所部将士多次议论、谋划，务必坚决完成陛下交予的全部收复河南地的任务，确定了主攻、阻击、牵制三大方向，形成的作战计划已上报陛下和朝廷。此次末将亲率二万五千骑兵出塞，迂回截击匈奴人，有两大目的，一是痛击匈奴人，将其打怕，挫其锐气、傲气，如此，待后面收复河南地战役打响，致匈奴人不敢轻易增援楼烦、白羊二王；二是进一步锻造、检验吾大汉铁骑之战力，经过上次奇袭龙城和此番大捷，已经看出，末将所部三万名骑兵，包括上谷、雁门两郡之郡兵，皆为铁血雄师，吾等收复河南地的信心大增。"

"甚好，甚好！朕并不认为爱卿是矫制兴师，爱卿打的是收复河南地的预备战，朕赞成！朕亦赞成尔等报来的作战计划，朕即下诏，准许爱卿率部收复河南地，了却朕多年来的一大心愿。"刘彻大悦。

卫青又说："陛下，末将此次奉旨来京，仍想提醒陛下，对此次战斗中的有功将士应予重赏，对战殁者应予抚恤。至于末将封侯之事，完全可不予考虑，待末将将来争取。与阵亡者相比，末将夫复何求？陛下您没看见，先前侦察的三十余名斥候不幸于埋伏地被发现，近两千匈奴骑兵包围了他们，他们拼死抵抗，几乎全体战死。之后我去看，那惨烈之状，超出想象，或抱在一起死去，或互刺对方，或咬住耳朵，或抠进眼睛，或撕破嘴巴，或断腿断胳膊，或肠子流了一地，至惨矣！"卫青说着说着，两眼都红了。

刘彻见状，安慰道："爱卿放心，朕一定让有司重赏有功将士，抚恤好阵亡家属。这已成定制，今后爱卿不必再担心。不过，你们务必将情况搞准，绝不能弄出虚假之事。"

"陛下放心，对于杀敌有功者，计数作战中杀死的匈奴人首级，以馘（guó，割下之左耳）为凭。战死者则全部用槽棺运回。发现弄虚作假者，必严惩不贷。"卫青说。

"朕信爱卿。"刘彻说，"爱卿赶快回去看看家眷。如能抽得出空，代朕去看望一下朕之大姐平阳公主。自平阳侯去世后，大姐一人，朕好记挂。"

"诺。末将一定去看望公主，然后即赶回雁门军营。"卫青随后告别刘彻出宫。

卫青回到自家府宅，郑宽来见，禀报说上次去河东解池购盐，顺便带回两匹好马，请卫青去马厩看看。卫青一听说有好马，立即来了兴趣，随郑宽来到马厩，一眼看出是再熟悉不过的大枣和小白。卫青问道："为何将它俩带来？"

郑宽答："大枣是你的好伙伴，当然带来，说不准有朝一日可以跟你上战场。"

"那小白为何带来？这矮马又不能上战场。"卫青疑惑地问道。

郑宽笑道："将军难道只顾自己而不管儿子？将军的儿子已经满月了，这小白即是留给他用的。"

"宽叔想得周到。伉儿将来长大了必然从军，不会骑射哪行？"卫青称赞道，"不过我军务繁忙，可没工夫教他，届时交给宽叔你了。"

郑宽问："将军能放心？"

卫青说："宽叔说笑了。我这将军都是你教出来的，儿子还能不放心地交予你？"

郑宽又问卫青购许多盐巴何用，说朝廷不是已经拨付许多盐了吗？卫青称大农令衙门拨付的盐当然已够军营中人、畜之用，但再用之收买匈奴人就不够了。匈奴人最缺盐，用足够的盐即可买得他们说实话，就能获取真实情况的消息。郑宽说，将军真是处处用心，陪公主去过一次解池，即惦记上那里的盐了。卫青道，以我这样出身卑微之人，现今负了如此重的责任，不用心哪行？不用心焉能打胜仗？

卫青与郑宽说话时，厩中尚有一马夫，一脸的麻子，一直忙着给大枣、小白洗刷身体。卫青觉得有点眼熟，又想不起在哪里见过，便问郑宽此马从哪来。郑宽说此马夫名成吉，是奉卫青令于河东购马时认识的，成吉听说是为卫青购马，一直缠着郑宽，要跟随而来，郑宽见他老实本分又勤快，便带来了。卫青听了未再问。

卫青到了后宅，雨荷正抱着儿子卫伉，卫伉哇哇大哭，雨荷怎么哄都不行，但卫青进屋后，卫伉看到卫青，竟不哭了。雨荷笑道："这刚满月的小娃，也知道怕将军，看到将军你就不哭了。"

卫青也笑了："他哪识得将军？是你太宠他，他就不听你的话。男娃务必严管，否则将来必不成器。"

雨荷嗔怪道："他是见了你这生人，害怕，才不敢哭了。成天看不见你，猛地见到一位起起武夫，还敢哭？"

卫青将卫伉抱上手，以无比疼爱的目光注视着，心里在说：伉儿，你比为父的幸运一百倍，你要好好地长大，好好地读书、习武，将来成人成器，为陛下和国家效力。

雨荷怕卫青累着，又怕卫青抱姿不对伤了卫伉，赶紧把卫伉接过来，说："你累了，赶紧歇着吧。你这策马挥戈的大手，哪会抱娃？"

卫青说道："我常年不在家，你辛苦了。我只能在家歇一晚，明天要遵陛下之旨去看望平阳公主，然后即返回军营。"

雨荷说："我也挺想念公主的，不知她过得可好？"

"我见了公主，会代你问候。"卫青说。

次日一早，卫青赶往长陵县，进了平阳侯府，方知公主不在，公主之子、新任平阳侯曹襄也打猎去了。

侯府家令说："公主去了平阳县，已有十多天了。"

卫青问："公主一人去的？"

"当然不是。"家令说，"是汝阴侯陪她去的。"

家令说的是夏侯颇，他已于元光二年（前134年）继嗣为汝阴侯。

卫青又问："公主与汝阴侯去平阳县何干？"

家令笑了："将军问得真奇怪，汝阴侯常来府上，将军以前不是很清楚吗？老汝阴侯去世后，汝阴侯夫人后来又去世，故来得更勤了，陪公主说话，为公主解闷，这次陪公主去平阳，也是为公主散心。"

"啊，是这样。"卫青似乎懂了。

家令又神秘兮兮地说："小人听说汝阴侯要娶咱们公主，说是从平阳回来后就去觐见太后和陛下，请求恩准。"

"哦？"卫青有点惊讶，但转念一想，也好，公主有汝阴侯相伴，日子会好过许多，便说："甚好！甚好！"

卫青没有再回长安，直接从长陵县北上，赶往雁门。

4. 封侯乃因收复河南地

元朔二年（前 127 年）二月，匈奴入上谷、渔阳两郡，杀戮大汉吏民千余人。刘彻抓住时机，果断诏令大行令李息为将军，率万余名骑兵从代郡出塞，截击匈奴骑兵。刘彻密令李息以截击为名，出塞后并不寻求匈奴人接战，而是缓慢进军，于边境不远处游弋，牵制匈奴左部骑兵，掩护卫青那边开战。

卫青同时接到刘彻诏令，全面展开收复河南地战役。

卫青接旨后，迅速率领所部全体将士出雁门参合口，开拔至云中郡。到达云中郡后，卫青下令兵分三路：上谷郡太守郝贤率一万八千名上谷郡兵，包括六千名战车兵和一万二千名步兵，沿河水北岸往西赶至高阙要塞（今内蒙古乌拉特中旗狼山山口），担负阻击任务，不惜一切代价，挡住匈奴右贤王增援的骑兵；卫青与苏建率一万五千名骑兵亦赶至高阙，然后从那里渡过河水向南，于西线直插河南地；其余一万五千名骑兵由张次公等率领，从云中郡渡河，于东线直插河南地。而雁门郡的一万四千名郡兵，包括步兵和战车兵，则一分为二，分别作为东、西线骑兵的后援。卫青以为，河南地在楼烦、白羊二王率领下的匈奴人，自冒顿单于时期匈奴人夺去河南地后即在此繁衍生息，如今有七八万人，拖家带口，青壮老弱皆有，能作战的骑兵也有一万多人。以卫青所部兵力，不可能围而全歼之。孙子云：十则围之，五则攻之，倍则分之。故卫青决定采取以驱赶为主、伺机歼敌之战术，分兵夹击，将匈奴人往西赶。他告诫部下各位将领，定要如孙子所言："归师勿遏，围师必阙。"万勿企图全部吃掉匈奴骑兵，把他们赶走，尽可能地消灭一些，全部收复失地即是大胜。

张次公令手下众多民夫于河口一带搭建了两座浮桥，然后率骑兵、战车兵和步兵先后渡过河水，全部渡完后下令撤去浮桥，不给匈奴人留下北撤的通道。匈奴人占据河南地几十年，往往以此为根据地侵扰大汉，而大汉军队却从未进入过这里。

当张次公率军从北面渡河进入河南地后，匈奴人惊惧非常，不知所措，楼烦、白羊二王碰面商议，即派快马飞报匈奴右贤王，决定一边抵抗，一边向西撤退，万一抗拒不了即从高阙以南的河水渡河北上，经高阙逃回匈奴。

张次公按照卫青事前交代的计划，打打停停，缓慢推进，加之匈奴人要顾及老弱妇幼，又赶着许多牛羊等牲畜，向西撤退速度很慢。到匈奴人撤到河套最西头的时候，卫青率领大军已从高阙以南的河水渡过，进入河南地，堵住了匈奴人企图从此渡河北上的行动。

匈奴人眼看向北逃遁的退路完全丧失，便拼命搏杀，企图杀出一条血路。卫青指挥大汉骑兵，从西向东，一字排开，向匈奴骑兵发起集团冲锋，于山呼海啸般的冲天怒吼中，一下子将匈奴骑兵击溃，斩杀、俘获计二千三百级。匈奴人被迫向西向南退却，丢下了许多车载辎重和牲畜。

卫青身先士卒，冲锋时在最前面，被匈奴人射中右侧腰下部位，贯穿。其时卫青未曾感觉到，战斗结束后感觉有些痛，才发觉伤处。他悄悄走到一隐蔽处，拔去箭头，用万金良药敷上，嘱咐紧随的亲兵张强不得声张。晚上宿营后让军医重新处理了一下，幸好只及皮肉，未伤要害。

匈奴右贤王获悉大汉军队已进入河南地，大惊，即亲自率领三万多骑兵直扑高阙，企图破塞入关，支援楼烦、白羊二王。战国时赵武灵王倡导胡服骑射，军力大增，自代地往西至阴山一线修筑长城、要塞，直至最西头高阙。阴山原本即险峻，连山刺天，难以逾越，匈奴人只有从高阙入关一个可能。高阙乃两山之中的一个缺口，又筑有堡塞，易守难攻。郝贤率上谷郡兵提前赶到高阙，于大小堡垒皆严密布防，准备了大量檑木、礌石，又将足踏强弩手布置于前沿壕沟，只等匈奴人来犯。

匈奴右贤王率军马不停蹄，长驱七百多里赶到高阙关下时，已是晚霞满天，部下将士已经精疲力竭，然右贤王救援心切，竟强令攻关。刚上去，前沿壕沟就射出无数箭矢，此乃足踏强弩射出，射程远，力量大，射倒了一大批匈奴骑兵，而匈奴人的箭却射不着汉军。右贤王没法，这才下令后撤两三里扎营。

次日，匈奴人改变战法，让一批又一批的骑兵冒着箭雨，猛烈冲锋，直至壕沟前，击退了汉军强弩手。匈奴人占领壕沟后，从壕沟向堡垒上射箭，之后又冲至堡垒下面，城上砸下许多礌石，匈奴人又死伤一批。右贤王下令登垒，许多匈奴人抬着昨夜临时扎成的云梯，搭上垒墙，就要往上爬，垒上又滚下檑木，致其登垒无果。匈奴人看到各垒堡及两边的山梁上黑压压地站着全副武装的汉军将士，知道汉军已经做了充分准备，要越过雄关完全没有可能。右贤王不得已下令后撤，转向西部靠近陇西郡以北地方，接应楼烦、白羊二王。他令人用大雁传书给二王，要他们设法从陇西郡冲出。

军臣单于得知右贤王已率军去救援，亦派手下一大将率领八千骑兵前往帮助，但这名大将的兄长在几个月前刚被卫青截击打死，心生恐惧，故迟疑逗留不进，后来远远看到李息率领的大军，借口遇到汉军主力而退了回去。匈奴左部军力最强者乃左谷蠡王伊稚斜，他的部下刚刚侵入上谷、渔阳，掳掠甚多，满载而归，现在单于要他派兵支援右贤王，伊稚斜口头上答应，但并未有实际行动，他希望右贤王攻汉有所损失，将来争夺单于之位自己会更加有利。所以他也禀报单于，称汉朝有一支数万人的大军阻挡在那里，自己的队伍难以过去。

卫青率军进入河南地后，令苏建率领部分骑兵占领河水重要渡口，防止匈奴人渡河北逃，自己率军击溃匈奴一部，斩获二千三百级，并缴获大批辎重、牲畜。

卫青立即派快马飞驰长安，向皇帝报捷。刘彻获报大悦，立即下诏赐爵卫青为长平侯，封邑三千八百户。刘彻令卫青继续追击，直至将匈奴人完全赶出去。他又诏令与河南地相邻的陇西、天水、安定、北地、上郡、西河等六郡，务必严阵以待，防止楼烦、白羊二王率领的匈奴人向南攻击。

匈奴人向北、向东、向南皆不能得逞，只能一路向西。接近陇西郡时，二王按照右贤王大雁传书所示，决定从陇西郡突围，与右贤王会合，他们留下三千余人埋伏于途中山间，企图阻击汉军，掩护大部突围。不料埋伏者被汉军发现，卫青与张次公、苏建等会合，全部汉军将埋伏者层层包围，匈奴人眼看无法抵抗，三千零七十一人全部被俘。而楼烦、白羊二王在右贤王配合、接应下，率领大部分匈奴人从陇西郡溃围逃走，留下了难以带走的一百余万匹马、牛、羊等牲畜。

卫青率军大获全胜，将匈奴人完全赶出河南地，且斩获颇丰，缴获大批物资、牲畜。刘彻接报更加高兴，加封卫青三千八百户；并封苏建为平陵侯，封邑一千一百户；封张次公为岸头侯，封邑一千一百户。

刘彻诏令将夺回的河南地设置为朔方、五原两郡，卫青所部即暂驻屯于此两郡。朔方郡（今内蒙古鄂尔多斯市杭锦旗）取名于《诗·小雅》"城彼朔方"。五原郡（今内蒙古包头市）于秦时为九原郡，原包括朔方郡范围，西部的朔方郡划去，则东部即由"九原"成了"五原"。卫青于休整后带着苏建、张次公、韩说等将领，寻找当年秦将蒙恬守边时所筑的沿河四十四个县城，大部已湮没难以找到，少数的废墟尚依稀可见。说是县城，实际上就是大小不等的堡垒，戍卒们就是居于这样的堡垒中以防备匈奴人的侵犯，为大秦国守边。

中大夫主父偃奉旨专程送达、宣示皇帝赏赐诏书，诏曰"匈奴逆天理，乱人伦，暴长虐老，以盗窃为务，行诈诸蛮夷，造谋藉兵，数为边害，故兴师遣将，以征厥罪。《诗》不云乎，'薄伐猃狁（xiǎn yǔn，匈奴古称），至于太原'，'出车彭彭，城彼朔方'"云云。

卫青见了，眼睛一亮，问主父偃道："主父大夫，陛下诏书中引用'城彼朔方'究竟何意?"

主父偃回答:"卫将军到底于陛下身边侍中多年,难道看不出其中奥妙?朔方者,北方也。长安之正北方,取名朔方甚为合适,且古已有之。城彼朔方者,筑城于朔方也。以坚固之朔方城成为长安北部堡垒,成为阻挡匈奴人南侵不可逾越之屏障。"

"甚是,甚是!"卫青击掌道,"大夫所言与我所想完全一致。陛下真的是这个意思。我刚刚与诸将察看了当年蒙恬沿河所建的城堡遗址,也觉得筑就朔方城甚为要紧。大汉军守边和集结大军出征都必须有一个大的基地。"

主父偃赞道:"大汉建立以来,能称得上帅才者,唯韩信、周亚夫也,如今即将军。将军的眼光不会差,况且陛下亦有此意,回京后下官即启禀陛下,尽早重建朔方城。"

5. 苏建筑就朔方城

刘彻接到主父偃奏疏后，虽觉正中下怀，但亦有犹豫。自与匈奴开战以来，兵械、粮草、赏赐、抚恤诸项开支日费千金；加之新置苍海郡、数岁通西南夷，用于边事的耗费十分巨大，府库空虚，执掌朝廷财政的大农令叫苦不迭。而关东地区数年歉收，民多穷困，且兵役徭役负担愈益加重。或有朝臣危言耸听，称天下之患不在瓦解，而在土崩。所谓瓦解，吴楚七国之乱也；所谓土崩，秦末之世也。如今已现土崩之萌。故刘彻一时下不了决心，觉得还是交朝臣们议论后再定。

刘彻于朝会上先令主父偃陈述于朔方筑城的理由。主父偃说："陛下，河南地已被卫将军率军全部收复，此乃赖陛下神威，三军将士用命，为吾大汉对匈奴的更大胜利。然收得回尚须守得住。河南地肥饶，为匈奴所垂涎，河南地正值都城长安正北方，是匈奴威胁大汉朝廷的最前沿；秦时蒙恬率三十万大军防守，沿河筑城四十四，有效防住了匈奴对河南地和秦都咸阳的威胁。无论现实还是历史都证明，筑城朔方，以河为固，转输内地所供物资，都十分必要。可以说，此乃扩展大汉边界、消灭强胡之本。"

主父偃话音刚落，公孙弘即说道："陛下，主父大夫号称才学过人，却不能分清'筑'与'城'之别，贻笑大方。古时有宗庙和先君灵位的地方称'都'，没有的只能称'邑'。建'都'叫'城'，建'邑'叫'筑'。如何能筑、城并称？朔方并非国都，如何能叫筑城朔方？"公孙弘说完，显出得意扬扬之状。

主父偃未及应答，中大夫朱买臣出班说道："陛下，微臣以为，并非主父大夫贻笑大方，却是公孙大人贻笑大方矣。上古时都与邑、城与筑确是严格区别，到后来就混而用之，如《诗·小雅》中即有'城彼朔方'句，当然是说周宣王时令将军南仲于国都镐京的北方筑城，防备猃狁即匈奴。《诗》成于春秋时期，说明春秋时期就出现筑、城混用，况乃今日？公孙大人何必咬文嚼字、吹毛求疵？"

　　"《诗》中挑出一句，亦不足以为证吧？"公孙弘辩道。

　　朱买臣则说："陛下于赏赐卫将军诏书中用了'出车彭彭，城彼朔方'，可以为证否？"

　　公孙弘一时语塞，停顿了一会又说："陛下，说蒙恬沿河筑城，其实终不可就，最后不是弃而不用了吗？"

　　"公孙大人乃顶顶大名的大儒，如何这般不顾历史事实？"朱买臣驳斥道，"周宣王时即命手下将军南仲出征匈奴，并筑城朔方。至秦时蒙恬再次筑城于朔方。可见于朔方筑城对于关中建都的西周、大秦，乃至今日大汉防备匈奴皆十分重要。蒙恬镇守北部边境，筑长城，建堡塞，甚为有效，致匈奴人多年不敢近塞。后来是秦末二世皇帝胡亥勾结赵高、收买李斯，逼扶苏、蒙恬自尽，才撤去守边大军，让后来匈奴人占据了河南地。如何说蒙恬筑城终不就且弃而不用呢？"

　　公孙弘觉得朱买臣似乎早有准备，心里有些发虚，但又不想丢面子，于是说道："陛下，臣非一定反对筑朔方城，只是如今因屡屡与匈奴作战，加之开凿西南夷道路数年不成，又新设置了苍海郡以安置东夷二十八万口，耗费巨大，大农令已捉襟见肘，确实是朝廷财力不济啊！"

　　朱买臣确实是刘彻授意的，见公孙弘已经后退，便再加一把劲，说道："陛下，公孙大人所言不虚，然微臣以为，可用节流、开源两方面举措应对。征伐、防备匈奴乃当今天下第一要事，不逐匈奴，边境何安？天下何安？必须按陛下宏愿进行到底，万不可含糊，万不可半途而放弃。而其余涉边之事，可以缓的先缓一缓，确保打击匈奴取得完全胜利。此为节流。所谓开源，大农令应想方设法，广开财路，增加朝廷收入。"

"好，甚好！"刘彻听了，立即表态，"朱爱卿所言甚是，节流、开源是好办法。"

公孙弘见状，即刻说："陛下，臣乃山东鄙人，不知深浅、轻重。可罢去开凿西南夷道，罢设苍海郡，专以筑朔方城。"

朝臣中的多数原本与公孙弘一样不赞成筑朔方城，认为会造成朝廷和天下百姓更重负担，但看到公孙弘不再坚持和皇帝明确表态，都不再讲话了。

刘彻最后说："朕准许公孙爱卿所奏，停止开凿西南夷道路，撤去新设的苍海郡，确保朔方城早日筑就，成为扩边击胡之根本所在。朕令平陵侯苏建以将军主持筑城。对匈奴大张挞伐务必进行到底，大农令唯有拓展增收渠道，确保战事顺利进行。"

大汉卫青·从骑奴到将军

卫青率军从朔方以北渡河，移驻对面的高阙，与郝贤率领的上谷郡兵会合。苏建则在西周、大秦原址基础上开始重建朔方城。他殚精竭虑，思考、设计筑城方法，测量长度，计算高度，度量厚度，确定挖掘土石方的方向和远近，从而预算出整个筑城工程所需人力、材料、粮食和时间，然后上报朝廷。

朝廷根据苏建筑城所需，从全国各地迅速调集了十四万民夫，几百万石的材料及粮食。因关中连年遭灾歉收，有许多粮食甚至从山东地区长途转运而至。为加快筑城进度，苏建请求卫青、郝贤支持，先调驻守高阙的上谷郡步兵及随军民夫提前进入朔方筑城，待各地民夫陆续抵达后再撤换回去。苏建不仅亲自设计、谋划，亲自指挥，工程中一旦遇到阻碍及困难，获报后总是立即赶赴现场，想方设法予以解决。只花了一年三个多月的时间，新的朔方城终于筑成了。苏建又根据卫青要求，于河水南岸恢复建造了蒙恬时期的障、塞，与朔方城构成一条因河而固的防线。

刚刚三十出头的苏建，经此一年多的煎熬，一头乌发竟全成了白发。卫青见了，唏嘘良久，心疼不已。刘彻亦极赞赏苏建所为，筑城结束后调苏建进京，担任极为重要的卫尉，负责皇宫警卫。

朔方城筑成后，刘彻采纳主父偃建议，从全国各地募民十万口迁至朔方，按当年晁错徙民实边的一整套举措，给予应募迁徙者房屋、粮食、衣被、农具，贫民者予爵，有罪者免罪，奴婢免为庶人，使大批迁徙者乐其处而有长居之心。又使五家为伍，十家为什，皆有长，编制后常常训练，以备御敌。如此则亦民亦兵，屯戍守边。除此之外，朔方城比过去扩大许多，不仅可以居十万口民，且可同时屯十万名兵，成为长安以北最前沿最可靠的堡垒。

主父偃与严安、徐乐等人入朝之时，刘彻对三人上书赞赏有加，召见时相谈甚欢，竟说："公等皆安在，何相见之晚也！"当即任三人为郎，尤重主父偃，数召见，一年中四迁为中大夫。后主父偃建言策立卫子夫为皇后，颁《推恩令》，筑朔方城，徙天下十万口居朔方，刘彻对其似乎到了言听计从的地步，引得朝中大小官员羡慕、忌妒不已，皆以为主父偃就是能抓住时机、抓住问题奏事。

汉代皇帝登基不久，即为自己建造陵寝，刘彻于登基的第二年即建元二年开始，在长安西北八十里的槐里县（今陕西兴平县）茂乡建造陵寝，名茂陵。至此时已有十二三年了，初步建成。主父偃向刘彻建言，循高帝长陵制度，"茂陵初立，天下豪杰，并兼之家，乱众之民，皆可徙茂陵。内实京师，外销奸猾，此所谓不诛而害除"。刘彻竟也信从，下诏令关东各郡国豪杰及资产在三百万以上富豪之家迁徙茂陵。

后有一次朝会，散朝后朝臣们纷纷走到主父偃身边，或云"主父大夫真乃陛下宠幸之臣，屡次建言，屡次采纳，佩服之至"，或云"主父大夫刚言朔方，又言茂陵，智慧何其超群"，或云"吾等为何就没有主父大夫的脑袋，你应教教吾等"。等等，不一而足。或赞或嘲，主父偃皆一笑置之，未答一言。

公孙弘对建朔方城一事耿耿于怀，也说："主父大夫建言筑造朔方城，又徙十万口入住，老朽以为，此朔方城之巍巍城墙，即是赞你的一块丰碑。"

主父偃笑道："公孙大人此言差矣！下官人微言轻，全仗陛下遣卫将军收复河南地，并决定重建朔方城。要说丰碑，那是赞颂陛下的，其次是赞扬卫将军的，哪有下官之份？下官倒是想起《左传》中的一句话。"

"何言？"公孙弘问，两眼直视主父偃。

主父偃搔搔头，轻描淡写地说："《左传》云：女无美恶，入宫见妒；士无贤不肖，入朝见嫉。"

公孙弘说："你是说我忌妒你？"

主父偃哈哈一笑，甩下一句："不过，朔方城亦留下了您公孙大人十分深刻的印记。"说完扭头走了。公孙弘恨得牙痒痒，心想总有一天会治住你。

6. 将军只需专心击胡

公孙弘乃菑川国薛县人，年轻时做过狱吏，犯事被免，家贫而养猪于海边。四十多岁时开始发奋读书，习儒学《春秋》；六十多岁时以贤良文学征为博士，刘彻令其出使匈奴，不得要领而免职归家；七十岁时又被菑川国推荐为文学，参加朝廷对策，太常认为他成绩居下，而刘彻认为他对策第一，再任博士，入朝为官。公孙弘虽高龄，却高大魁梧，仪表堂堂，又诙谐多智，低眉顺眼，且熟悉文法吏事，很得刘彻信任。汲黯等朝中直臣说他虚伪多诈，朝议之前约好就某事启奏，但一遇皇帝不赞成便一言不发，是为不忠。公孙弘得知后装作没事一样，对刘彻说："知臣者以臣为忠，不知臣者以为臣不忠。"刘彻觉得公孙弘大度，更加信任。

公孙弘自认为儒学不及董仲舒，便在皇帝面前建言，称江都王刘非骄佚不法，唯有派董仲舒这样有学问有威望的大儒去做江都国相，才能引导、匡正刘非，刘彻即派董仲舒去江都国为相，刘非果然敬重董仲舒。后胶西王刘端数犯事，公孙弘又荐董仲舒赴任胶西国相。直到董仲舒入朝无望而自请以病归家。

如今建朔方城成功竟成了公孙弘的一块心病，他认为那是卫青的成功，是主父偃的成功，是自己的失败，那次主父偃的嘲弄深深地刺激了他，刻在了心上，他要找机会报复，哪怕是敲打一下也可出口气。

蓼（liǎo）侯、太常孔臧乃孔夫子后人，好儒，与公孙弘常有来往，交流习儒心得。刘彻采纳主父偃建议，诏令迁徙关东各郡国豪强及富商大贾充实茂陵，当时各陵县并不归京师及附近各郡管辖，而是全归太常管，故皇帝诏令当然由太常负责落实。

一日，孔臧对公孙弘说，有一事难办。公孙弘问何事。孔臧说，河内郡大侠郭解原在迁徙名单中，后来卫将军传话说郭解家贫，不属于富商，不应迁徙，河内郡太守不置可否，将此事报来，请太常定夺。公孙弘笑了，说你这蓼侯是怕得罪新封的长平侯卫将军矣。孔臧说，那是自然，谁不知卫将军乃陛下宠臣、皇后之弟，又新建大功。公孙弘略一思索，说这好办，设法让陛下过问一下，便成了。

一日，刘彻与公孙弘单独议事，说到茂陵，刘彻问："公孙爱卿以为，茂陵及邑之规制，如何确定为宜？"

公孙弘立即答道："陛下，臣以为，茂陵及邑可比高帝长陵，以万户为宜。而长陵县如今已容五万余户，今后茂陵当然亦可扩容。"

刘彻说："长陵万户，而惠帝安陵、文帝霸陵、景帝阳陵皆五百户，朕之陵邑充万户，适宜否？"

"陛下，当然适宜。"公孙弘说得理直气壮，"高帝啸命豪杰，奋发材雄，创立大汉，乃一代雄主；陛下雄才大略，开疆拓土，帝国鼎盛，亦一代雄主。"

刘彻大悦，说："朕即依爱卿所说，按万户规制，逐步移徙豪强及大贾。"

公孙弘瞅准时机，对刘彻说："陛下，臣有一事禀告，不知当否？"

刘彻正高兴，说道："爱卿但说无妨。"

"陛下，"公孙弘故作吞吞吐吐，"前几日太常孔臧告诉臣，说河内郡大侠郭解原本列于迁徙名单，后来有人打了招呼，称郭解家贫，不属富户，郡衙就犹豫了，报来太常，称要太常定夺。"

"郭解乃天下闻名之大侠，即便不属富户，也属豪强，当然应迁来茂陵。"刘彻问道，"何人如此大胆，竟为郭解遮掩？"

公孙弘默然。

刘彻见公孙弘不说，便激将道："难道是爱卿也要为郭解求情？"

公孙弘赶紧跪叩于地："臣不敢。但臣不想说，臣原本即不好告状，涉及的这位，臣更不想说。陛下称郭解应迁，臣告知孔臧即可。"

刘彻笑了："爱卿平身吧。朕知道是谁了，不过朕不信。"他知道公孙弘指的是卫青。

公孙弘说："陛下，臣亦不信。陛下有机会可顺便问问，证实一下。"

到了一年一度的秋猎时，卫青奉旨进京，陪刘彻至上林苑行猎。秋日的上林苑，秋高气爽，景色尤其迷人。自建元三年刘彻诏令扩建上林苑后，经十多年建设，北绕黄山、濒渭水，东至蓝田，西至长杨、五柞，南傍终南山，周围三百四十余里，范围广大，可容千乘万骑。各地官员争献奇花、异木、珍果，有三千余株树木栽植其中，秋日里树叶有红色、黄色、绿色、紫色，间有各类各种累累果实悬挂枝上，五彩缤纷。渭水的大小支流穿行于苑中，溪水潺潺，花草繁茂，沁人心脾。苑中宫、馆、观、台、榭、桥、池比比皆是，可住宿、歇息、娱乐、欣赏。苑中且养有百兽，专供皇帝秋冬射猎。刘彻全身戎装，乘天子专用的驷马猎车进入上林苑。驾车的是太仆公孙贺，车右参乘的是车骑将军卫青，一旁骑马侍奉的是十四岁的侍中霍去病，清一色的卫氏外戚。

刘彻见到卫青十分高兴，从未央宫出来便一路上不停地询问，问众多军队驻于高阙后给养是否供得上，问朔方城筑得是否足够坚固，问苏建哪来的筑城技艺，问张次公是否从小行走江湖便勇悍非常，问韩说于中军协助是否称职，问俘获的匈奴人仍然安顿于河南地是否稳妥，等等。卫青皆恭敬地一一作答。

卫青征伐匈奴三次，三次皆获大捷，让刘彻很满意，刘彻问道："卫爱卿，朕早就想问，为何你三次击匈奴，采取的战法却并不相同？兵书上也未有现成的答案啊。"

卫青答道："陛下，末将以为，兵书所言，皆大道及通例，实战中不可拘泥，须从实际出发，敌、我、天、地、时、等等，都会有所不同，应有不同战法。"

一旁的霍去病突然插言道："陛下，要我说不必读兵法，到时候看情况办即可。"

卫青立即制止道："去病不可随意插言。陛下，请您宽恕去病的无礼！"

刘彻并未生气，只是笑笑，说："朕要去病学兵书，他就是如此说的。不过去病倒是个天不怕、地不怕的顶天立地男儿，将来击胡是用得上的。"

霍去病见皇帝并未责备，胆子大了，对卫青说："舅舅，下次出征，带上甥儿呗。"

卫青看看刘彻，然后说："你还小，何时出征，得听陛下的。依我看至少要到十八岁方可随我出征。"

"好，就听卫爱卿的，去病十八岁出征。"刘彻首肯。

霍去病觉得十八岁才能上阵，很不满意，竟不言语了。

进了上林苑，这是霍去病常常随北军将士训练的地方，轻车熟路，他就要告别皇帝，一人单独去行猎，卫青刚要阻止，不料刘彻倒爽快地答应了。卫青想，陛下看来很宠去病啊！

卫青跟随刘彻打了大半天的猎，收获颇丰。夜晚歇息于苑中的承光宫。晚餐用膳完毕，刘彻意犹未尽，仍召卫青单独说话。白天因霍去病打岔，有关不同战法的谈话未完，晚上刘彻又提起，说："卫爱卿第一次出征，乃长途奔袭，出其不意；第二次出征，乃甩开后援，大军急追，围而歼之；第三次乃驱赶，应该叫什么呢？"

卫青说："陛下，可以叫为丛驱雀、为渊驱鱼，将匈奴人赶回老家去了。"

"好是好。"刘彻说，"要是俘获楼烦、白羊二王就更好了。"

卫青见刘彻觉得有些遗憾，便说："陛下，来日方长，末将一定努力，取得更好战果。"

刘彻笑道："朕只是随意一说，卫爱卿已经取得前所未有之大捷矣，满朝文武，全国吏民，何人不兴奋异常？"

卫青道："陛下谬赞。末将已深感皇恩浩荡！"

刘彻突然说："朕偶尔想起一事，欲当面问问卫爱卿。"

"请陛下明示。"卫青道。

刘彻和颜悦色地问道:"卫爱卿,你以为河内大侠郭解应否迁徙茂陵?"

卫青不知皇帝为何突然问起此事,他从未想过对皇帝说假话,不假思索便答道:"末将以为,郭解家贫,不应列为迁徙户。"

刘彻说:"朕以为郭解非贫,一位布衣,能使你卫将军为他说话,此家不贫。"

卫青听了,心头一震。皇帝话说得似乎云淡风轻,内容却重。前段时间,部将张次公说少时行走江湖,认识郭解,郭解不想迁至茂陵,想请卫将军帮助说句话。卫青当然不会在皇帝面前说出是张次公所托,立即跪叩于地:"陛下恕罪,末将干扰了陛下所决,末将有罪!"

刘彻立即扶起卫青:"卫爱卿言重了,朕只是随口一问,朕已让太常去办了。将军专心击胡,江湖上的事,何须费神?"

当夜,卫青失眠了。陛下为何突然问起为郭解打招呼之事,是借此告诉自己,不能因功倨傲?说没能抓住二王不也是这个意思吗?还是从内心深处痛恨朝中将领与江湖人士尤其是著名豪侠有勾连?皆言江湖中险恶,却不知朝廷中险恶百倍。刚刚打了大胜仗,就招来忌妒,不知是谁于陛下面前进了谗言?卫青是个极聪明之人,他觉得,要清醒再清醒,谨慎再谨慎,心无旁骛,专心击胡,之外的事少管为好。

第六章

卫大将军

1.公孙弘敲山震虎

卫青于长安短暂休假期间，抽空专门去看望了平阳公主，而且是带着来京的河东郡致仕归家的原郡丞咸丹。

平阳公主已嫁汝阴侯夏侯颇，住在汝阴侯府。汝阴侯府是长安城中仅次于酂侯府的大豪宅。第一代汝阴侯即夏侯颇的曾祖父夏侯婴，早年追随刘邦起事，一直为刘邦驾车，一次刘邦为项羽所败而逃跑，为加快速度，刘邦竟将车上的一对儿女踹下车，夏侯婴却停车将他俩拉上车，如此再三，刘邦气得甚至十余次要杀夏侯婴。但是后来刘邦打败项羽，登上帝位，封夏侯婴为汝阴侯，食邑六千九百户，吕后又赐夏侯婴豪宅，且为紧邻长乐宫的第一家，以感谢夏侯婴救其儿女。

卫青、咸丹进汝阴侯府见到平阳公主和夏侯颇，平阳公主笑容满面，连说："卫青有出息了，封侯了，好啊！好啊！"

卫青赶紧向平阳公主和夏侯颇施礼，说："无公主，哪有我卫青今日？"

平阳公主看到咸丹，说道："你个咸丹，说好了要来看我，为何到今日才来？"

咸丹也向二位施礼，然后笑道："皆言侯门深似海，今日见识了，若不是卫将军带着在下，我哪里敢入门？"

平阳公主关心地问卫青："卫将军奉皇帝旨令出征匈奴已三次，次次大捷，何等了不起！不过，卫青你可要保护好自己，不可受伤。你有受伤吗？"

卫青不敢告诉公主自己曾受过一次伤，敷衍道："回公主话，卫青不曾受伤。卫青会记着公主嘱咐，保护好自己，不让公主担心。"

平阳公主笑了："好，好，不许受伤啊！"

夏侯颇一开始插不上话，看公主问话稍有停顿，正欲说话，不想公主又问咸丹："你身体好吗？今年有七十岁了吧？"

咸丹答："公主，在下身体尚好，快七十岁了。"

"我觉得你身体、精神均好。"平阳公主说，"待在家里没事，可以帮帮卫青啊。"

"帮卫将军？"咸丹不解，"在下一个老朽，如何帮得了卫将军？"

平阳公主说："卫青已被陛下封为长平侯，他那个家也是侯府了，可我听人说，卫青的家极简，根本不像个车骑将军的府邸，更不像个侯府。他那个堂叔郑宽，人很好，但没什么文化，以前管家凑合，可如今是侯府了，就力不从心了。你来帮卫青管，你当侯府家令，让郑宽当家丞，将侯府整饬一下，搞得像个侯府，另外免不了有些迎来送往，这些你都在行。你不是说侯门要深似海吗？你也要将卫青的那个侯府弄得深似海。"平阳公主说得像连珠炮似的。

卫青大笑。咸丹也大笑，看看卫青，问："我行吗？"

卫青说："公主说你行，当然行。你能来，我求之不得。不过不能把我那个家弄得如同汝阴侯府一样的深似海，一般般即可，太那个我也不习惯。"

平阳公主笑道："我听雨荷说，你卫青成天琢磨打匈奴，对生活没过多要求，难得回趟家也没有多少话说。这可不行，你不能冷落了雨荷。"

卫青作揖："遵公主嘱，不冷落雨荷。"

咸丹无比高兴，说："能于长平侯府侍奉卫将军，是老朽的荣幸！这样有空还能来看望公主和侯爷。另外，小儿咸宣亏得卫将军荐举，进京为吏，如今在御史府任御史，见他也方便了。真是多谢公主！"

平阳公主说："不要谢我，我也是帮卫青管好他那个家。另外，你来长安了，可以常来我这里，我喜欢听你说话，一套一套的，喋喋不休的，甚好！"

咸丹两眼竟泛着泪花，感动地说："老朽这些年说话的机会少了，嘴笨了，但一定努力，不让公主失望。"

平阳公主似乎也被感动了，停顿了一下。夏侯颇趁机对卫青说："卫将军，你听说了吗？御史大夫张欧年纪太大，已自请致仕归家。听说蓼侯、太常孔臧将任御史大夫，如此太常的位子空出来了。卫将军常常被陛下召见，有可能的话帮我说说，我可以任太常。"

平阳公主立即说道："君侯莫要为难卫青，他成天想的是出征、打匈奴，哪有工夫管这事？"

夏侯颇不满地说："我让你去跟陛下说，你说从不干政、从不推荐人，卫将军不是你推荐给陛下的吗？我找卫将军帮忙，你又阻挠，说卫将军不管此类事，刚才听咸丹说，他不是荐举过咸宣吗？"

卫青想起前几日皇帝说过的话，要他专心击胡，觉得当然不能答应夏侯颇，但碍着公主面子又不能直接拒绝，于是说："孔臧真要接任御史大夫？我怎么没听说？这事得搞准，搞不准的话可不能在陛下面前妄言啊！"

夏侯颇听了颇为失望，说道："那再看看，再看看。"

张欧致仕退下后，刘彻确实要孔臧接任御史大夫，但孔臧是个地道的儒生，知道担任御史大夫虽然地位高了，跻身三公，权力也大了，可职责是监察、劾纠、办案，麻烦多，得罪人也多，便对刘彻说："陛下，臣世以经学为业，与堂弟孔安国相约坚持家训，还是做太常比较好。"

刘彻问："那你认为谁人适合做御史大夫呢？"

孔臧说："陛下，左内史公孙弘可。"

刘彻之后竟听从孔臧建议，任公孙弘为御史大夫；孔臧仍任太常，但赐其享受三公之礼遇。

公孙弘就任御史大夫不久，即先后设法杀了郭解、主父偃，且皆灭族。

郭解年轻时横行江湖，所杀甚众，后皇帝下令捕治，然所犯之事皆在大赦前，故未得惩罚，后有儒生背后议论郭解以私奸犯公法，郭解的一位门生在座，竟杀了此儒生，且断其舌。此事郭解并不知情，但案情报至新任御史大夫公孙弘处，公孙弘禀报刘彻说："郭解往年任侠行权，以睚眦杀人，如今门客竟为维护郭解声誉而杀人，郭虽不知情，胜过知情，属大逆不道。只有杀了郭解，今后才不会再出现为讨好郭解而杀人之事件。"刘彻准奏，公孙弘将郭解灭族。

主父偃为刘彻所信任，多次采纳其建议，致朝廷内外一些人争相通过贿赂主父偃以陈情上达。燕王刘定国与其父姬妾通奸，生一男；夺弟妻为妾；又与自己的三个女儿有奸。刘定国因故欲杀燕国肥如县令郢人，郢人上告刘定国兽行，刘定国竟遣人杀死郢人全家。郢人兄弟通过主父偃上告，称"定国禽兽行，乱人伦，逆天道，当诛"。刘彻允准。刘定国闻讯自杀，国除。此事之后，大臣们皆畏主父偃之口，或对其云："太横矣！"主父偃竟答："大丈夫生不五鼎食，死即五鼎烹耳。"

刘彻母亲王太后未嫁入宫中之前，曾嫁金王孙为妻，生有一女名金俗。刘彻即帝位后，听身边的韩说说起，便亲自至长陵将同母异父的姐姐金俗迎回宫中，谒见母后，并封其为修成君，赐以甲第、钱财、奴婢、田亩。金俗有女，王太后怜之，欲嫁诸侯王，宦者徐甲为讨好王太后，自请出使齐国，说服齐王刘次昌娶金俗女为后。主父偃听说后，要徐甲同时将自己的女儿推荐入齐王宫为妃。哪知徐甲出使齐国，齐王母纪太后不允，声称齐王有后，王后即纪太后弟之女，亦不许主父偃之女入宫。

主父偃随即禀报刘彻，称齐王与其姐有奸情，乱伦。刘彻即遣主父偃为齐相，往正其事。主父偃入齐后，急治齐王后宫，齐王刘次昌确与其姐有奸，闻主父偃曾使燕王刘定国自杀，因害怕而饮药自尽。

赵王刘彭祖为人卑鄙刻薄，多次驱逐朝廷所遣二千石官员，恐主父偃下一个打击的对象是自己，于是上书皇帝，称主父偃四处收受贿赂，许愿封诸侯王子弟为侯，如今又连续逼死燕王、齐王，令刘姓宗室寒心，应予惩治。刘彻接报后问公孙弘意见，公孙弘说："天下皆议陛下纵容主父偃，自残刘氏骨肉，唯有诛主父偃，方可谢天下。"刘彻知道主父偃收了一些贿赂，但燕王之死乃咎由自取，齐王自尽亦非主父偃所致，故不忍杀掉主父偃。公孙弘称不杀主父偃，难道陛下要为其背锅？刘彻思考再三，才同意将主父偃杀了，且灭族。

公孙弘推波助澜，让皇帝杀了郭解、主父偃，意在报复主父偃，同时敲山震虎，使卫青只能一门心思击胡，不要参与朝政。

卫青于高阙军营中听到消息，颇为震惊，尤其为主父偃深感痛惜。但他吸取为郭解辩护而遭皇帝猜忌的教训，只放在心里，未对任何人说起。

2. 爬冰卧雪痛击右贤王

元朔三年（前126年）一月，匈奴军臣单于病死，其弟左谷蠡王伊稚斜率军占领单于庭，自立为单于。太子於单当然不能容忍，偷偷逃出单于庭后，回到自己驻地，率军攻伊稚斜，不利。伊稚斜乘势击败於单。於单受伤，逃至右贤王处，右贤王畏惧伊稚斜，仅为於单草草疗伤，不敢收留。於单不得已，带领少数亲信，投了大汉。刘彻大喜，封於单为涉安侯。於单不久去世。

伊稚斜单于获悉大汉收留了於单并封其为列侯，大怒，于稳定内部之后多次遣骑兵侵犯汉朝边郡，入侵代郡、定襄、上郡的匈奴骑兵分别达三万人，掳杀大汉军民数千人。他又责备右贤王之前丢失了河南地，逼右贤王连连侵扰新立的朔方郡。

新任的匈奴单于咄咄逼人，刘彻下令卫青率六将军及十余万大军，大规模出征痛击匈奴。元朔五年（前124年）二月，卫青令岸头侯、将军张次公和大行令、将军李息各率军俱出右北平，以为牵制；自己则亲率三万名骑兵出高阙为先锋，卫尉苏建为游击将军，左内史李沮为高弩将军，太仆公孙贺为骑将军，代相李蔡为轻车将军，四将自朔方开拔，至高阙出塞，率骑兵共八万余人，紧随卫青之后，一同主攻匈奴右贤王。其后尚有上谷、雁门两郡郡兵及大批民夫随征。此乃卫青第四次出击匈奴。

其年冬春，大汉域内大旱少雨雪，而北方匈奴地面上却是极少有的大雪。大军出塞约百里后，突遇漫天的雪花飞舞，遍地的银装素裹，天上地上白茫茫一片。大雪给大军行进带来极大困难，卫青下令宿营，待雪小一些再出发。中军都尉韩说对卫青说："将军，如此厚厚一层雪覆盖了大漠，致使凭借地图亦难以辨别方向与地形，如何是好？"

卫青说："右贤王驻地正对咱高阙，我们一直朝着正北方向行进，一定能到达。"

公孙敖于五年前曾以骑将军率万名骑兵，与卫青同时分别出击匈奴，因打了败仗、损失七千人而当斩，后赎为庶人。卫青念其对己有救命之恩，特地向刘彻求情，重新起用其为护军都尉，已多次随自己出征。公孙敖也说："如此大雪，能否到达右贤王驻地很难说，且如此极寒恶劣天气，不仅打不了仗，还可能因寒冷损失许多将士。卫将军，不是在下悲观，还是停止前进，派快马入塞，急驰长安，禀报陛下，准许大军撤回，待后重新出征。这样虽无功而返，却也无甚损失。"

卫青正色道："公孙兄怎能如此说话？你是否一朝被蛇咬，十年怕井绳？是否因为五年前的一次失败丢掉了仁兄果敢之性？陛下诏令吾等出征，岂是儿戏？碰到一点坏天气，即止步不前，甚至掉头回返，如此对得起陛下吗？又如何向边郡遭到蹂躏的大汉吏民交代？"

"将军言重了。"公孙敖苦笑道，"在下只是一说，将军何必连连斥责有加？您是统帅，前进抑或后退，当然是您决定，我们能不听您的吗？"

"亏你还知道我是十余万大军的统帅，你这样是干扰、动摇统帅的决心啊！公孙兄你想，遇到恶劣天气，有弊亦有利，有利的是这样的天气里，匈奴人会龟缩于驻地帐篷里不出来，没人阻挡我们进军，右贤王也不会想到我们会在如此恶劣的天气里去打他。还有就是，遍地皆是雪，大军就不必费尽心思去寻水源，这是否亦是好事？坚持不断前进，远方即不再遥远；后退半步，离目标即相隔十万八千里。"卫青信心满满地说。

公孙敖、韩说都被说服了，且从内心佩服卫青的巨大勇气。

斥候急急来报，称前方的积雪有一尺多厚，必须铲雪，马才能行走。斥候小队边铲雪边走，花了一天时间，才走了十多里地，累得不行，只好就地宿营，但夜晚太冷，难以入睡。卫青听了，让韩说派快马传令，要后面随征的民夫明天调一万余名上来铲雪，为骑兵开路。又自然想起第二次出征匈奴时差不多全体战死的斥候小队，让公孙敖调三辆辎车给斥候，这种辎车有顶篷，周围也是封闭的，可载物资，亦可供人夜晚歇息，比一般的帐篷暖和许多。卫青怕斥候小队不够用，吩咐将自己专用的辎车也让斥候带走。斥候不敢，韩说、公孙敖也劝，卫青大光其火，说再不带走，我即宰了你，斥候这才千恩万谢，带走了辎车。

卫青不放心中军各部的宿营安排，带着韩说、公孙敖逐一检查，要求各营帐务必将积雪和冰块清理干净，铺上随身携带的毡子，合在一起背靠背坐着睡，抱团取暖，每睡一个时辰左右，就起来活动活动，避免受冻。卫青吩咐将辎车分置于营垒四周，让夜晚值守的士卒住在里面，轮流瞭望和睡觉，防止敌人偷袭。回到中军大帐，因没了辎车，卫青即与公孙敖、韩说还有亲兵张强等靠在一起睡觉。

次日，上来的一万余名民夫开始在前面铲雪，骑兵、战车兵、步兵则在后面跟随前进。卫青又传令公孙贺、李沮、苏建、李蔡各部均边铲雪边前进。民夫不够用，步兵也参与铲雪。后来雪渐渐小了甚至停了，大军用了差不多十五天的时间，方通过了长约三百里的雪域。

通过雪域之后，卫青下令休整两日，让大家好好地睡了两晚觉，美美地吃了几顿饭，然后，按照以往的做法，骑兵在前，战车兵、步兵后援并与民夫一起构造营垒，日行夜宿，稳步推进。

大军推进至离右贤王庭不及百里处，斥候来报，前方发现有一股匈奴骑兵正在巡弋，有一千余人。卫青估计此为右贤王麾下的巡逻兵，必须迅速全歼，否则大军即有暴露的危险，他令公孙敖、韩说各率中军一部，以迅雷不及掩耳之势，在斥候引导下，从两边合围上去，务求全歼。

公孙敖、韩说各率一万骑兵，从东、西两边迅速向北出击，约一个时辰，发现了这股匈奴人，公孙敖、韩说领头，如疾风闪电般地冲上去，将匈奴人死死围住，全部杀死，未漏一人，其中有匈奴右贤王手下的两位裨王。大汉军仅有少量伤亡。卫青得报大喜，下令大军靠近公孙敖、韩说后再行四十里宿营。他对公孙敖、韩说说："尔等一直随我出征，但均处中军大帐，少有出战机会，这次你俩出击即获大捷，我一定禀报陛下，为你们请功。"

卫青遣快马分别传令其余四位将军，令各部迅速赶上宿营，今夜将围歼右贤王。又令后援的战车兵、步兵跟上。傍晚时分，公孙贺、李蔡、李沮、苏建各率其部到达。卫青于中军大帐召开进攻前的军事会议，四位将军及各军校尉出席。卫青首先申明军纪，他说："公孙贺将军和李沮将军皆景帝时从军，李蔡将军更是于文帝时从军，苏建将军虽于本朝从军，亦比本将军要早，诸校尉中亦不乏在本将军之前者，然本将军既受陛下旨令，奉命节制诸将诸校，责任在肩，必须申明军纪。大军十万，无军纪则一盘散沙，严军纪则势不可当。全军将士，任何人不得违抗本将军军令。本将军言出法随，决无儿戏！"

众将校皆曰："唯车骑将军令！"

"甚好。"卫青发出命令，"李沮将军与苏建将军各率本部绕行到右贤王庭北面，公孙贺将军负责东面，李蔡将军负责西面，本将军率中军堵住南面。于今夜子时前到达各自位置，子时一到，本将军发出火箭，各部一起点燃火把，合围上去，痛击右贤王。"

"得令！"诸将校同声应道。

卫青又慷慨激昂地说道："匈奴人凶悍非常，要战胜他们必须比他们凶悍百倍。诸位见过河水的壶口瀑布吗？源源不断的汹涌澎湃的巨大水流，从壶口周围的每一处，义无反顾地争先恐后地冲击而下，直至壶底，撞击声震耳欲聋，完完全全地不可阻挡！云淡风轻驱不走强虏，惊涛骇浪方能摧枯拉朽。我们大汉铁血男儿，搏命大漠，痛击匈奴，就是要有如同壶口瀑布的气势、速度、力量！让我们在今夜围歼右贤王的战斗中，酣畅淋漓地展现出来！"

卫青一番话激发了在场的每一个人，众将校均起立，拔剑高呼："凶悍百倍!"个个热血沸腾。

卫青安排了斥候于距离右贤王庭四五里的地方候着,各军举着火把到此处后即暂时熄灭火把,再由斥候领着摸黑行进,到达指定位置。

子时一到,卫青令亲兵张强射出火箭,一下子,四周燃起千万支火把,照亮了黑暗的夜空。大汉十万骑兵发出震天呐喊,全部扑向各个帐篷中的匈奴人。

当夜天气极为寒冷。匈奴右贤王晚上与麾下众将饮酒作乐,大块吃肉,大碗喝酒,好不痛快!有一裨王提醒道:"大王,派出去巡逻的队伍仍旧未回,也无消息传回,是否遇到了汉朝的军队?"

右贤王哈哈大笑:"多虑了,多虑了!前些天下了那么大的雪,有三四百里的雪域横亘在那里,汉人如何能过来?巡逻队未回,也无消息传回,就是没事嘛,如果遇见汉军,怎么能一个人都未跑回来送信?痛痛快快地喝酒,喝酒,然后美美地睡觉,搂着女人睡觉。"

众人皆曰:"喝酒,然后睡觉,搂着女人睡觉。"都醉了,右贤王尤其醉得厉害。

半夜,右贤王正搂着宠妾睡觉,四周的巨大呼喊声惊醒了他,亲兵亦进帐报告,称汉朝大军已完全包围了此处。右贤王问有多少人,亲兵说有无数的火把,无数的骑兵,还有震天响的呐喊声,人数多得说不清。右贤王拉起宠妾,招呼卫队三四百人,立即骑马从北面突围。

卫青听说右贤王突围而去,急令校尉郭成率两千余骑兵追击。因道路不熟,加之夜晚,郭成追了三百多里也未追上,只好返回。

除右贤王带领少数卫队逃走外,匈奴人看到汉军如同天兵天将突然出现在面前,手足无措,不知作何反应,大部未及抵抗即被俘获;看到汉军将士个个凶神恶煞、不容挑战的样子,也不敢反抗,极少数反抗者被杀死。此战共俘获匈奴男女一万五千余人,其中包括裨王十余人,牲畜上百万头,大获全胜。

卫青率领十万大军,押着大批俘虏,赶着大量牲畜凯旋。途中即派快马向朝廷报捷。刘彻闻报大悦，专派使节携带大将军印，到达塞上军中，拜卫青为大将军，诏令征伐匈奴诸将士全归大将军统率；又加封卫青封邑八千七百户；甚至封卫青三个幼子卫伉、卫不疑、卫登分别为宜春侯、阴安侯、发干侯，各赐食邑一千三百户。

卫青接皇帝加封诏书，惶恐不安，即拟就谢恩奏疏，由使节带回。奏疏称："臣有幸为陛下统兵征讨匈奴，依赖陛下神灵，取得大捷，此非臣一人之功，乃诸将校之功也。陛下已益封臣，然臣三子尚在襁褓中，无功无劳，何敢受封？臣何以激励部下力战也？"卫青同时将诸将校立功事迹一并报上。

刘彻阅览卫青奏疏和报上的诸将校事迹，即下诏：护军校尉公孙敖三从大将军击匈奴，常护军，此次俘获裨王，以一千五百户封为合骑侯；都尉韩说四从大将军击匈奴，此次搏战获裨王，以一千三百户封为龙额侯；骑将军公孙贺此次从大将军俘获裨王，以一千三百户封为南窌（jiào）侯；轻车将军李蔡两从大将军，亦俘获裨王，以一千六百户封为乐安侯。另有校尉李朔、赵不虞、公孙戎奴均三从大将军出征，均俘获裨王，各以一千三百户分别封为涉轵侯、随成侯、从平侯。

此番诸将校请功获封后，卫青又想起将军李息两次出征牵制匈奴，为卫青大军掩护；将军李沮及校尉豆如意此次随征虽无斩获，但常破阻克难，甚有建树，故又上书皇帝，为三人请功。刘彻下诏封三人均为关内侯，食邑各三百户。

3. 大将军尊宠于朝

卫青回到长安，首先进未央宫向皇帝谢恩。进了承明殿，见刘彻正与公孙弘议事，欲避之等候，说："末将待会再觐见陛下。"

刘彻笑道："大将军到了。朝中尚有何事比见大将军重要？可不能再自称末将了，卫爱卿已是天下第一将军，何能称末将？"

卫青跪叩道："臣谨拜见陛下，谢陛下隆恩！臣于陛下面前，永为末将！"

刘彻道："卫爱卿快快请起，赐座。"

卫青起来后又向公孙弘揖拜："在下见过丞相！"

公孙弘已任丞相，且封为平津侯。以前均是列侯任丞相，而自公孙弘起，任丞相即可封列侯。公孙弘自以为丞相乃一人之下、万人之上，卫青虽贵为大将军，也在丞相之下，故此时公孙弘志得意满，忌妒心收起，满脸的笑容，年近八旬的老脸上，一脸的皱褶。他向卫青回拜："老夫拜贺大将军！大将军四伐匈奴，均获大捷，虽古之名将，亦不过如此。"

卫青客气地说："丞相谬赞。全赖陛下神威，三军将士用命，满朝文武援手也！"

刘彻哈哈大笑："两爱卿真乃朕之周公、姜子牙，蔺相如、廉颇也。"

公孙弘告退后，卫青提出："陛下，臣之三子尚幼，何能封侯？臣心始终不安！"

刘彻并未回答，停顿了一会儿，语重心长地说："朕起初不忍诛主父偃，然而竟诛了，且灭其族。朕后来很后悔。主父偃的推恩建议，何其精妙，却被人攻击为收取贿赂才让诸侯王的子弟得到列侯爵位。他的本意是让诸侯王的子弟们均取得爵位，长此以往，诸侯王的领地即被分割殆尽，就无力抗拒朝廷了。朕很赞成，颁布了《推恩令》。主父偃大约是穷怕了，收了诸侯国一些人的钱，这才被人说成是卖爵。朕不能将《推恩令》的本意公开说出来，不能公开地开罪刘姓宗室，只能错杀了主父偃，并连累了他的全族。"

卫青听了，不知道刘彻为何跟他说这些，似乎此事与卫青三个儿子获封并无关系，故无以表达意见，只能选择沉默。

刘彻见卫青不说话，继续说道："朕知道卫爱卿痛惜主父偃，朕亦痛惜！朕想，既然惩治可以株连，那么，封赏为何不可以扩大？卫爱卿为国家建了旷世奇功，朕即连你的三个儿子也一并封赏了。不知卫爱卿心里是否好受些？"

卫青心中大惊，感到皇帝真是智慧超群，能看透人内心的一切，于是赶紧说道："陛下，臣确是为主父偃痛惜，但陛下决定之事，臣决无异议。臣唯有拼死疆场，痛击匈奴，实现陛下树立大汉之威、解除边境威胁、天下安居乐业的宏愿。臣别无他思、别无他求。"

刘彻专门赐宴卫青，让卫子夫、平阳公主、霍去病作陪。卫子夫见了卫青，自是祝贺荣任大将军，为卫氏争得无上荣光；同时告诫卫青，万万不可忘了一切皆为陛下所赐，须继续为陛下为国家效命疆场、再建功勋。霍去病则一见卫青，就嚷着要随舅舅去打匈奴，说自己早就练成了一身武艺，就等着舅舅召唤了。卫青说："早就说好，陛下亦允准，让你十八岁，即是明年随我去打匈奴。"

平阳公主来了后，为卫青荣任大将军，满心的欢喜，满脸的笑容，她对刘彻说："皇帝，我的眼光如何？我说卫青是帅才，不错吧？"

"大姐好眼力。"刘彻赞道，"大姐所荐子夫，真乃好皇后；所荐卫青，真乃好将帅；去病这小子，不也是于你府中出生吗？朕深谢大姐！大姐对朕、对国家，操了许多心，功不可没啊！"

席间，刘彻非常高兴，与卫青喝了许多酒，他对卫青说："卫爱卿报上的立功人员，朕皆允准，朕亦诏大农令将赏赐立功者的黄金如数发下，将士们该收到了吧？还有抚恤金，随后即到。"

卫青离席跪叩道："臣替众立功和阵亡将士谢陛下赏赐！"

"平身。喝酒。"刘彻摆摆手，然后仍然大发感慨，"赏赐立功者，抚恤阵亡者，理所应当。但如今连年战争，国库渐渐空虚，朕不得已，颁布诏令，允许吏民可买爵、可赎罪、可赎禁锢，又置武功爵十一级，吏民可用钱购买，仅此凡值三十余万金。大军所需粮食、物资乃至马匹，靠近边郡的郡国已不足以支撑，得从更远的山东、吴越、湖广等地调运。朕深知，老百姓的负担渐渐加重，然匈奴屡屡侵凌大汉，不出师征伐，天下何安？朕为国家计，为天下吏民之长远计，不得不劳民啊！"

平阳公主是个操心的命，她担心卫青当上大将军后会骄傲，会为皇帝所忌。她太了解自己的弟弟了，刘彻雄才大略，容不得臣子恃才傲物、居功自傲。而没了卫青，弟弟用谁去征伐匈奴？见刘彻说了一番感慨之言，立即接上提醒道："卫大将军，刚刚皇帝所言，我想你听了定会感动，皇帝为了打赢对匈奴的战争，殚精竭虑，想尽一切办法，太不易了！"

卫青是个聪明人，当然听得出平阳公主出于对自己爱护说的话意，立即说道："陛下，臣仅是个在大漠冲锋陷阵的武夫，要说征伐匈奴的真正统帅，那是陛下！陛下统揽全局，运筹帷幄，指挥若定，臣四战四捷，全赖陛下神威及英明。听了陛下一番话，臣会更加珍惜，不负陛下苦心，不负陛下重托！《孝经》曾引《诗》云：战战兢兢，如临深渊，如履薄冰。又引《诗》云：夙夜匪懈，以事一人。即臣此时之心境也。"

平阳公主笑了，她知道担心是多余的，卫青是个谨慎谦逊之人，不会失去皇帝的信任，而皇帝也不会失去这样一位难得的帅才。她发自内心地说道："卫青没有让我失望。"

刘彻大约是酒喝多了，抑或装糊涂，问道："大姐，你说卫青有失望？说来听听。"

"没有，没有。"平阳公主大笑，"皇帝喝多了，喝多会伤身。母后不在了，我作为大姐，应该提醒。"

"母后？母后不在了，已有好几个月，朕好想母后！"刘彻竟流下了眼泪。

平阳公主也流下了眼泪。赐宴这才结束。

卫青回到自家府邸后，先去马厩看大枣，他想这次回军营，一定要将大枣带走。亲兵张强于前举着马灯，卫青跟在后面，走到大枣身边，卫青让张强拿马灯靠近照着，看大枣更加膘肥体壮，心里十分高兴，不禁用手摸摸马鬃，大枣温驯地低着头，任由卫青抚摸。

正在此时，黑暗里突然蹿出一人，举着匕首就向卫青刺来，卫青反应极快，一下紧紧抓住那握着匕首的手腕，使劲一拧，匕首掉落地上。卫青让张强用马灯一照，认出此人即马厩中马夫成吉，问道："你究竟何人，为何刺我？"

成吉被卫青擒住，低着头，半晌不说话，只是哭。卫青又问，成吉并不回答，只是说："我真没用，偷袭不成反被捉。"

"为何要偷袭？"卫青追问。

成吉竟哇地大哭起来，说："小人是方让，与将军儿时住在一个院里，和你打过架的方让。"

卫青仔细瞧瞧："确是方让，为何成了满脸的麻子？难怪我上次见你，觉得面熟却又认不出来。"

方让说："父母与我被赶出侯府去了庄园，不久全家染上天花，父母均病死，仅留下我一人，我那时觉得都是因为与你打了一架，才被赶到庄园里，才会染上天花的。也就从那时起，就想着有朝一日找你报仇。我离开庄园后跟别人贩马，遇见郑大叔才来到这里。"

卫青不恼，反而笑了："就你，从小即是一孬种，不是我对手，后来更不行了，还要寻我报仇？"

方让一听，不再哭泣，说道："看来此生也报不了仇了。将军你杀了小人吧。"

"我不杀你，你太可怜。孟子曰：恻隐之心，仁之端也。我看你将大枣侍候得很好，我要带大枣去军营了，你就仍留在马厩里干活吧，仍叫成吉。今日之事，就当没有发生过。"卫青两眼直盯着方让，淡淡地说。

方让扑通跪地："将军大人大量，小人叩谢将军。"说完连连叩首。

卫青又吩咐张强："此事不必向别人说起，这位方让是我儿时的伙伴，只是跟我开了个玩笑。"

张强答："诺。"

方让行刺勾起了卫青对儿时受尽屈辱的回忆，一晚上都闷闷的，不想说话。他自然又想起自始至今平阳公主的关心、爱护，心中充满了感激之情，却又不知如何报答。

雨荷见卫青不想说话，认为他是累了，也就没有问什么，只是侍候他睡下。

次日一早，卫青醒来，一睁开眼，发现五岁的长子卫伉、三岁的次子卫不疑和抱着一岁的三子卫登的雨荷全都跪于榻前，便问雨荷："此乃何意?"

雨荷脸上如夏日盛开的粉红色荷花，喜气洋洋，说道："贺大将军!谢大将军!"

她又对长子、次子说："你俩也说。"

卫伉、卫不疑说："贺大将军父亲! 谢大将军父亲!"

襁褓中的卫登尚不会说话，见两位哥哥说了，也牙牙学语，啊啊啊地发出声音。

卫青笑了，赶紧下榻，搂住了雨荷和三个儿子，嘴里说道："一家人，何须致贺? 更不必称谢!"

吃过早餐，家令咸丹、家丞郑宽来报，称府外来了众多朝廷大员，都是来拜贺大将军的。卫青听了，心中酸甜苦辣咸五味杂陈，当年的小骑奴如今成了大将军，往日的寄人篱下到如今的门庭若市，真是君子豹变，贵贱何常。卫青说道："既然来了，不能不见，不见便多有得罪。不过礼万不可收，实在推不掉，你们过后设法奉还回去，当然也还不能让人难堪，那就又得罪人了。咸家令有办法，不是吗?"

咸丹答:"诺。在下尽力去办。"

卫青又说:"还有就是，咱府邸不纳士，不收宾客，一个都不行。遇有困难的，可适当接济，但也只是救济于一时，不能长此以往，如若那样，即等于养士了。这点非常重要，我只是个将军，职责是打仗，纳贤用能那是陛下的事。"

咸丹、郑宽均答:"诺。记住了。"

卫青之后即移步正厅，接待络绎不绝的拜贺官员，说些官话、套话、客气话，中午亦不及用膳，直到傍晚才结束。卫青觉得无趣，没意思，但又不能不做。拜贺的人陆续走了，卫青正准备用膳，岸头侯张次公将军来了。

卫青喜出望外，请张次公一同用膳，张次公无半点推辞，高声说道:"在下就是来大将军这里吃饭、喝酒的，估计这时拜贺的人都走了，我即可好好地与大将军说说话。大将军，别人来贺，可能带有厚礼，在下送您的礼即是陪您用膳。"

卫青笑道:"张将军的礼最好。别人有送礼的，我都退回去了，只有你这礼，却之不恭，却之不恭啊!"

张次公这才一本正经地向卫青作揖行礼:"在下这里有礼，恭贺大将军!"

卫青握着张次公的手，诚恳地说:"你我兄弟，何须多礼! 陛下恩赐我大将军，既是陛下恩典，亦是你们这些兄弟帮衬的结果啊! 就拿这次长途突袭右贤王来说，若不是你与李息将军出右北平以为牵制，我这边也不能那么顺利取得大胜啊!"

张次公说:"您说到李息将军，他对您为他请功感激不尽，说自己两次出击匈奴，为大将军掩护，并无斩获，可大将军还是记得他的功劳，为他向陛下请赐了关内侯，他很高兴，说虽然没有封为列侯，只是个食邑三百户的关内侯，但大将军心里有他，陛下心里有他，他也知足了。"

卫青说："李息将军今后还会有机会。这次我未为兄弟你请功，因为你已于上次收复河南地时封为列侯了。你不怪我吧？"

"大将军如何说出这种见外的话？"张次公举起酒爵，恭恭敬敬地敬卫青，"大将军，在下敬您，没有您当年让我在河东训练骑兵，没有您带着我出征匈奴，我张次公一个少时行走江湖之人，何能拜将封侯？"说完一饮而尽。

卫青也一饮而尽，然后说："现在你离开了我，独当一面，我感到少了一臂膀，缺了征伐匈奴的先锋大将，此次突袭右贤王，我只好自为大军先锋，为各军之先。"

"那就请大将军上奏陛下，仍将我调至您的麾下。"张次公爽快地说。

"那不行，陛下正重用于你，你是先太后荐举之人，和义纵一同入朝为郎。你封侯后调任北军将军，拱卫京师，后陛下遣你自率一军出击匈奴，我不能误了你的前程。不过明年吾外甥霍去病已十八岁，可随我出征，这小子勇悍无比，可为先锋。"

张次公说："有亲外甥为大将军充先锋当然好。刚刚大将军提起吾之过命兄弟义纵，我倒想起一事，大将军现如今是否驻军定襄？"

"是驻军定襄。大军征伐右贤王回到塞内后，分别驻于云中、定襄、雁门一线，中军即驻于定襄。怎么了？"卫青不明白张次公为何这样问。

"在下听多人说过，定襄郡是边郡中最混乱的一个郡，如果大将军驻军于彼，要好好整治一下，否则会影响大军驻防及出征。当然大将军不能亲自整治，得选择一位得力的人任郡太守来整治。义纵历任长陵县令、长安县令、河内郡都尉，现任南阳郡太守，所到之处，铁腕严治，治内安定。如定襄郡确实很乱，可调义纵任郡太守。"张次公向卫青建议道。

卫青说："多谢张将军提醒，我刚去定襄不久，尚不了解情况，如若属实，我定上书陛下，调义纵前来整治一番。"

为躲避更多官员上门拜贺，卫青于次日一早即离家北上定襄军营，当然让张强将大枣牵上带走。

4. 义纵铁腕治定襄

卫青回到定襄郡郡治成乐县（今内蒙古和林格尔县西北）后，即召大将军长史任安，要他了解定襄郡社会秩序及治安状况。任安说："大将军，您回京这段时间，在下走访了部分官吏、儒生、大族，还到街市上与人攀谈，对定襄的情况有了一定了解。"

卫青赞许道："长史真是有心，快说来听听。"

任安说："定襄自古即为中原与匈奴争战之地，汉初高帝下诏从云中郡分置定襄郡，亦是考虑到边郡复杂难治，划小郡域范围。郡中既有称雄乱局的旧豪强，亦有近些年与匈奴互市中兴起的新豪强，还有从各地来边市淘金的三教九流。逞强炫富是这里的大风气。近两任太守均软弱无力，致好勇斗狠之风愈演愈烈，郡治成乐县尤甚。"

"看来此地确实乱。"卫青说。

任安道："大将军，不是一般的乱，是甚乱，乱败！"

卫青问："何谓乱败？"

"乱败者，因乱而生败也。秩序败，风气败，豪强暴发户生活腐败，一般庶民生计破败。"任安答。

"看来得有酷吏来狠治。"卫青想到张次公所言果然不虚。

任安说："大将军英明。非如此，大军驻此难安，出征亦不利。大将军您想，因为与匈奴互市，即生出如此多的乱败，大军驻屯、出征在此，将有各地的粮食、物资、马匹等汇集于此，那还不更添乱子？"

卫青点头："长史所言甚有道理。"

次日下午，亲兵张强来报，称上午牵着大枣至城外河边遛遛，遇见一帮恶少，有十几个人，将张强团团围住，说这匹马一看就是匹骏马，送给我们老爷，我们老爷会赏你的。我怒斥他们，说你们吃了豹子胆，这可是大将军的心爱坐骑，你们也敢要？这帮人竟哈哈大笑，说定襄何时来了大将军，没听说过。其中一人抽出刀来，说你要是不肯，我们现在就杀了这匹马。我见他们人多势众，不敢强来，怕他们伤了大枣，就将大枣让他们牵走了。我问旁边的人，告诉我这帮人乃定襄数一数二的大豪强孙朋门下宾客，一贯逞强好斗，欺凌弱小。我回来遇见公孙将军，公孙将军得知大怒，带着一帮兄弟去将孙朋宅邸团团围住，喝令孙朋交出大枣。孙朋得知真是大将军麾下将士，赶快出来连连作揖告饶，并将大枣完好奉还。

卫青一听怒火升腾，说："这定襄真的是没王法了！"

旁边的任安说："大将军，定襄有五大家族，势力最大，号称'五魁首'，即金、孙、丁、马、黄。孙朋就是其中之一。欲定襄安定，必制服五大姓。"

卫青这才下定决心，立即拟好奏疏上报皇帝。刘彻允准。不久，南阳郡太守义纵即调任定襄郡太守。义纵到任后进大将军府拜见卫青，一见卫青就说："大将军定是听了我那位喜欢为我操心的兄弟的话，奏报陛下将下官调来边郡的。"

卫青笑道："正是。次公兄弟说定襄乱局，只有义太守能整治好。"

"是吗？"义纵也笑了，"张次公从小与我一起混江湖，遇事总是将我推在前面，说这事就你能搞定。"

卫青大笑："我看次公不是这样的，他在我麾下作战，勇为先锋，处处为士卒先，有危险总是自己上。如何与你一起即让你先上？"

义纵说："因为他年纪比我小。难怪他遇见我总说大将军好，大将军您如此赏识他，让他拜将封侯，真是他的幸运。他跟随您收复河南地后封了侯，又擢升北军将军，受到陛下和太后信任。有次他去看望家姐，正遇家姐为太后诊治，旁边有人说起南阳郡治安有些问题，几任太守都解决不了。张次公插言，说那派义纵去啊。太后对家姐说，义纵不是你弟弟吗，还是我让皇帝征其为郎的，现官居何处？家姐说，于河内郡任都尉。后来太后真的向陛下提起，将我由河内郡都尉擢升为南阳郡太守。我到南阳郡两年，刚将南阳郡整治好，他张次公又向您大将军推荐，将我调到这里来了。"

"看来你俩自小情同手足，且相知颇深，他太了解你了。"卫青说，"我信张次公，亦信你义太守，定襄治安就拜托你了。"

义纵揖拜道："大将军有令，下官敢不遵从？定襄这帮人搅动江湖，殊不知我义纵是老江湖。给我两个月的时间，定让定襄成为清平世界、朗朗乾坤！"

义纵一贯雷厉风行，说了即做。他花了差不多一个月的时间，摸清了五大姓主要恶行及联系紧密的郡吏，然后选准时机，抓捕了五大姓门下最为嚣张的恶棍二百多人。五大家族纷纷通过被收买的郡吏向义纵说情，义纵虚与委蛇，称因民间反映太烈，故欲将这批人关上一段时间，待反映缓解后即释放。过了一段时间，五大姓又催，义纵说还得过段时间，因朝廷最近将派来大员巡察，巡察后即放人，不过节日到了可以安排他们与家属见面。到了节日那天，义纵让与五大姓有勾连的一些郡吏出面，安排二百多名罪犯与二百多名家属在狱中空地上集中见面。其时，突然冲进大批郡兵，将手无寸铁的罪犯、家属和有勾连的郡吏四百多人全部当场杀死。对外则声称罪犯在部分郡吏帮助下，与探视的家属里应外合举行暴动，被及时镇压下去，这也是为这些犯了死罪的人寻求解脱。

义纵大开杀戒、一下处死四百多人的消息传出，全郡震动，郡中人不寒而栗，再无人敢生事，瞬间大治。

卫青见义纵果然厉害，上任不到两月便从根本上扭转定襄混乱局面，即上书皇帝，禀报义纵为少有能吏，应予表彰；又称定襄如今社会安定，大军于此驻屯、出征皆有保障，可将定襄与朔方等郡定为征伐匈奴的长久基地。刘彻接报后传来诏令，称义纵之能朕知矣，今后有机会将予重用；定襄作为大军驻屯地甚好，朕允大将军一切便宜行事。卫青接诏后十分高兴，与部将及义纵商议，完善定襄的基地建设，以确保大军随时能奉旨出征。

到了秋季，匈奴人举行一年一次的会祭检校大会。伊稚斜单于见到右贤王，责备道："老弟如何那么不小心，竟让卫青偷袭成功，差点将你掳去。"

右贤王乃伊稚斜幼弟，兄弟俩感情甚好，伊稚斜于军臣单于死后夺位，他也是支持的，且没有收留侄儿太子於单。见兄长责备，右贤王说："兄长大单于责备得甚是，为弟的哪里知道，那样的极寒大雪天气里，卫青竟带领大军长途奔袭，打了我一个措手不及？为弟的太轻敌了。兄弟也悔，肠子都悔青了！"

伊稚斜拍拍右贤王的肩膀，语重心长地说："小弟，你丢了河南地，又被卫青破了王庭，不挽回一些颜面，你今后如何在匈奴中立足，如何继续当你的右贤王？"

"兄长大单于所言甚是。"右贤王打仗不行，但很乖巧，对伊稚斜单于说，"咱匈奴自爷爷冒顿单于大兴后，父亲老上单于、大哥军臣单于皆缺乏爷爷的雄才大略，唯有您伊稚斜大单于最类爷爷，故大伙都服您、拥护您。小弟哪有您的能耐？您说怎么办吧。"

伊稚斜听了心里很舒服，叹道："真拿你没办法。这样，这次来参加大会你未带手下骑兵，我派一名大力大将带领万余骑借你使用，你去打一下汉朝的边郡，取得一些战果，挽回一些影响和脸面。"

右贤王大喜，揖拜道："唯大单于令！"

伊稚斜又交代："你可不能去打朔方、定襄等郡，那里驻有卫青的大军，你去了是送死。你也要学学卫青，攻其无备，出其不意，拣一防备比较松懈的地方去打，确保取得胜利。"

"诺。"右贤王问道，"打哪里为好呢？"

伊稚斜有点不耐烦："这也要教你？你就不能动动脑筋？以汉军目前

布防，东弱西强，东面的代郡尤弱。我刚任单于那年，数万骑攻入代郡，杀死其郡守共友，掳掠了千余人；第二年仍攻代郡，还是获胜。你率军再去攻代郡。"

"得令。"右贤王高兴地告辞。

右贤王率万余匈奴骑兵侵入代郡，代郡都尉朱英率郡兵与战，因寡不敌众，大败，朱英战死，有千余军民被掳走。

刘彻获报，龙颜大怒，欲令卫青立即出征痛击匈奴，丞相公孙弘劝说道："陛下，大将军于春天刚刚率十万骑兵远征右贤王，历时两月有余，不仅非常疲惫，耗费亦十分巨大，须好好休整及补充大批给养，方可再出征伐胡。"大农令也说："陛下，大将军连连传来文书，要我们迅速大量补充粮食、物资、马匹，我们正在抓紧调运，目前尚未完全到位，此时出征，恐怕给养跟不上。"

刘彻听罢，这才打消了要卫青立即出征的念头，但诏令卫青抓紧休整和补充给养，明年开春后即率大军征伐匈奴，定要更多地消灭其有生力量，使其无力犯边。

5. 两出定襄

次年即元朔六年（前123年）春二月下旬，卫青奉旨率五万余骑兵从定襄出征匈奴。随征的战车兵、步兵和民夫有十几万。随卫青出征的有六位将军：合骑侯公孙敖为中将军，南奇侯、太仆公孙贺为左将军，翕侯赵信为前将军，平陵侯、卫尉苏建为右将军，郎中令李广为后将军，左内史李沮为强弩将军。六将中有公孙敖、公孙贺、苏建三将曾随卫青出征、因功封侯，赵信则原为匈奴相国，投降大汉后被封为翕侯，唯李沮、李广两位老将未封侯，而李沮于上次随卫青击右贤王时被封为仅次于列侯的关内侯，只有李广连关内侯都不是。

李广一心要在征伐匈奴大战中建功封侯，故请求刘彻允准，随卫青出征。来到军中后，李广自请为前将军，希望多遇作战机会好立功，而卫青看到李广已年近六旬，不忍让其为大军前锋，就让熟悉匈奴情况的赵信任前将军。李广不善言辞，见卫青不准也不作申辩，然甚是不满，默默埋于心中。

出征前又有两人奉诏而来。一位是卫青的外甥侍中霍去病，刚到十八岁，即来参战。霍去病深为皇帝宠信，年少气盛，一见卫青就说："舅舅，你已打了四场大战，辛苦了，累了，今后要让我多参战，多杀匈奴。"

卫青则说："去病，你虽然练得一身好武艺，骑射功夫超群，但毕竟未经实战，还得跟着我多适应。"

"那不行！"霍去病嘴巴一噘，"我不能跟在舅舅您屁股后面，我要跑到最前面去，冲进匈奴人堆里厮杀，那才痛快。"

卫青正色道："你既入军中，必得听我调遣，不可造次！"

霍去病笑了："请问舅舅大将军，那您听谁人调遣呢？"

"那当然是听陛下的。"卫青不假思索便答道。

霍去病从怀中取出刘彻书于帛上的诏书，递给卫青，卫青展开一看，上面写着："朕令霍去病为骠姚校尉，赴大将军麾下效力。朕允其于军中挑选勇敢士八百人，以为大军前驱。"

卫青说："既然陛下有旨，挑选八百名勇敢士好办，但我已任赵信为前将军，如何再任你为先锋？"

霍去病说："这还不好办，赵信为前将军，我率八百勇敢士在前军之前进军不就行了吗？"

"这孩子。"卫青嗔怪道，"我真怕你有闪失，如何向尔之母亲、吾之二姐交代？"

"大丈夫既上战场，生死便已置之度外，只求多杀敌。无论母亲、舅舅，任谁不想。"霍去病说得掷地有声。

卫青也不禁为之动容。

另一位是太中大夫张骞。早在建元年间，刘彻就决意击匈奴，为争取西域大月氏（zhi）国支持、两面夹击匈奴，招募张骞为郎出使大月氏。张骞途中为匈奴所掳，坚贞不屈，持汉节不降十多年，后逃出，经大宛、康居两国抵大月氏，而大月氏不愿与汉朝合作夹击匈奴，张骞只好经大夏返回，不想返回途中又被匈奴扣留。直至元朔三年匈奴军臣单于去世，伊稚斜攻击太子於单，夺单于位，彼时匈奴内乱，张骞才趁机逃回大汉。张骞出使西域十三年，历尽千难万险，去时一百多人，返回时仅与堂邑父两人。张骞回国后，刘彻任其为太中大夫，后考虑其有胆识、有勇力，且熟悉匈奴情况，即派他到卫青军中效力。卫青见到张骞，惺惺相惜，非常高兴，立即任其为中军校尉，留在身边赞画，替代封侯后已调任京师的韩说。

张骞对卫青说："大将军，从定襄出塞后朝西北方向，前行不及四百里，有一大漠中的绿洲，水丰草肥，驻有万余匈奴人，那里集中有大量墓地，匈奴人称坟冢为逗落，匈奴人习惯上叫那里为逗落城，按我们汉人说法，即是一座鬼城。当然，匈奴人的城大多无城墙，只是一个聚集地而已。"

"你为何如此熟悉？"卫青问。

张骞答道："大将军，末将出使大月氏，须穿越匈奴，我就是在逗落城附近被匈奴人抓住的。匈奴人抓住我和众随行人员后，传书军臣单于，军臣单于传回话云：'大月氏在吾匈奴之北，汉朝何能遣使以往？吾欲遣使经汉朝往南越，可否？'又传话不要杀我。匈奴人便令我等看护墓地，夜晚则锁于墓地石室。我在那里住了近三年，故而熟悉。"

卫青听后大喜，说："好，即由你为向导，大军围攻逗落城。赵信原为匈奴相国，应该也熟悉那里吧？"

张骞说："赵信乃左贤王麾下相国，驻于东方，可能并未到过逗落城。"

卫青率大军出塞后在张骞引导下，日行夜宿，靠近了逗落城。卫青令霍去病率八百勇敢士先行突袭居于中心的相国、当户大帐，然后六军从各个方向围上攻击。

霍去病早已急不可耐，这几日行军要不是卫青怕他单独行动迷路，硬压着不让他离开大军，他早就带领手下八百人跑得没影了。现在卫青令下，霍去病带领八百勇敢士，如离弦之箭，一会儿就从卫青眼前消失了。霍去病骑着皇帝赐予的名为"绝尘"的火红色骏马，挥舞着长戟，冲在最前面。进了城，他一眼就看中城中心有几座比一般营帐大约两倍的巨大帐篷，策马飞奔至帐篷前，挥动长戟割开帐篷，冲到里面，一阵砍、割、刺，全部杀死，一个不剩，然后又冲入第二座帐篷。勇敢士们亦纷纷大砍大杀。一会儿工夫，匈奴相国、当户及其手下全部被杀死。

霍去病等在城中心大开杀戒，四周的汉军又围上来，匈奴人大多不及抵抗即被俘获。此役斩获四千多人，汉军大获全胜。

卫青原想就地驻屯，稍作休整后再北上，但与张骞去看了水源地后，改变了主意。他原先听了张骞介绍，逗落城水源十分丰富，哪知十来年过后，情况有了变化。水源逐年在收缩，致使原来住有万余名匈奴人，如今也只剩下四千多人，因饮用水不够用，许多人迁到别处去了。卫青原想到达逗落城后可就地补充大量饮用水，故让负责后援保障的上谷郡太守郝贤少带了一些水。如今看到这里的水不多，问张骞附近可有大的水源，张骞说没有，卫青觉得十几万人的饮用水成了大问题。他让郝贤安排民夫尽可能地多补充饮用水，加上原先所带的，郝贤禀报说只能用四五天。卫青想，绝不能让十几万人渴死在大漠中，故下令立即返回定襄。

卫青第五次出征匈奴，成了时间最短的一次。

大军返回定襄后，卫青派快马禀报朝廷，刘彻接报后虽然对卫青出征取得大捷表示赞许，但认为此役并未大量歼灭匈奴人，没有打痛他们，尚未达到预期目标，故诏令卫青稍作休整后，四月上旬再次以原班人马征伐匈奴，务必寻找到匈奴主力，予以沉重打击。

过了一个多月的四月上旬，卫青再次率领公孙敖、公孙贺、赵信、苏建、李广、李沮六将和大军从定襄出征。为寻找到匈奴主力，卫青令大军出塞后向着正北单于庭方向进军，但一连几日，均未遇到匈奴人。张骞因上次逗落城水源不足一事感到很愧疚，几次向卫青检讨，称差点出了大事，幸亏大将军果断撤军。卫青安慰他，说大自然中的变化难以捉摸，沧海变桑田也未可知，不必老是放在心上。张骞称为了补救上次的过错，他尚有一建议，逗落城向北有一去处，叫头曼城，以伊稚斜曾祖父头曼单于之名命名，乃匈奴祖居地，那里居住着匈奴王族长老及三大贵姓呼衍氏、兰氏、须卜氏的老贵族。我曾经被押解到那里待了几年，为这帮老贵族服务。可派一支精悍队伍偷袭之，必获显著战果。

卫青听了，想到此次奉旨出征，定要取得比上次更大的战果，否则难以向陛下交代，但几天来皆未遇匈奴人，正苦恼着呢，认为张骞的建议不失为一个好办法。卫青问："你熟悉路径？"

张骞答："末将甚为熟悉。我在匈奴生活了四五年之后，匈奴人见我宽厚有信，即放松了对我的管制，还让我娶妻生子，我也可以在匈奴地界上四处走走，当然得由匈奴人陪着。"

"如果我派遣一支精悍队伍奔袭，你可以引导吗？"卫青问。

"那是当然，否则他们也找不着啊！"张骞爽快地应道。

卫青让人喊来霍去病，令他率手下八百勇敢士，由张骞领着，去偷袭头曼城。霍去病一听雀跃欢呼，说舅舅就是了解外甥，几天打不到匈奴人，他都急疯了。

卫青反复交代霍去病，孤军深入且没有后援保障，务必带足干粮和水，每人骑一匹马带一匹马，遇事多与张骞商量。霍去病一一应承。卫青又交代张骞，所带的水有限，行军路线尽可能地走有水源之处，可及时补充。张骞亦诺诺连声。

卫青碰不上匈奴人干着急，但就在霍去病、张骞离开大军去奔袭头曼城的次日，匈奴人却找上门来了。

次日一早，卫青与六位将军各率骑兵离开营垒后，郝贤率战车兵和步兵守营。上午巳时，前哨急急赶来禀报，有大批匈奴骑兵正围上来。郝贤下令立即吹响号角，让士卒们即刻进入战斗岗位，准备迎敌。匈奴骑兵一拨一拨地往汉军营垒冲锋，郝贤令隐蔽于营垒四周辎车、轻车后面的弓弩手、弓箭手先行射杀敌人，一大批匈奴骑兵倒下，但后续的仍旧向前冲。郝贤令战车兵在前、步兵在后冲出营垒，一阵勇猛厮杀，将这批匈奴骑兵消灭殆尽，仅少数逃走。

傍晚时分，卫青返回营垒，看到营垒前有许多匈奴人尸体，大喜。郝贤前来禀报战况，称杀死和受伤俘获匈奴骑兵有两千多人。卫青说，你郝太守四次从我出征，今日取得如此战果，我一定为你请功。

匈奴骑兵主动上门踹营，卫青估计附近不远可能还有更多的匈奴人。次日一早，卫青将六将分成三组，两两一组，成左、中、右三队并头向北进发。卫青与公孙敖、公孙贺在中路，中午时分即遭遇大批匈奴骑兵。卫青令公孙敖、公孙贺从左、右两翼包抄，自己率军从中间攻击。卫青冲入敌阵后，挥动一杆长戈，左刺右割，杀死许多敌人。匈奴骑兵认定他是最高将领，纷纷围了上来，要捉他请赏，卫青则越杀越勇，匈奴人不敢靠近，便围成一圈，张弓搭箭射他，卫青不幸左臂中箭，坐骑追风也中箭受伤倒下，幸亏张强及时让卫青换上大枣。其时箭如雨下，张强等亲兵围在卫青四周，护着卫青，有两位亲兵中箭牺牲，好几位包括张强都受了伤，卫青见状，大吼一声，迎着匈奴人，拍马挥戈而上，杀入敌群之中，避免成为箭靶。正在危急时刻，公孙敖、公孙贺已率军包抄上来，并力击溃了匈奴骑兵。此战历时大半天，直至傍晚，共歼灭匈奴骑兵一万二千余人，汉军也损失了四千多人。

右路的苏建和赵信率领三千骑兵出发不久，即遭遇伊稚斜单于亲自率领的三万多骑兵，起初苏建、赵信只是遇到其前锋，仅有一两千人，觉得可以应付，故未及时向卫青报信。后来匈奴骑兵越来越多，铁桶一般将汉军团团围住，苏建、赵信几次派人突围报信，均未成功。鏖战一日余，伊稚斜单于令人呼喊赵信，望其回归匈奴，单于答应必授其高位。赵信心动，带领剩下的八百名部下投降。苏建则战至最后一人，拼死突围逃回。赵信投降后告诉伊稚斜，卫青所率骑兵有五万余人，伊稚斜一听，赶紧撤退，避免与卫青决战。

李广、李沮两将率军行左路，竟未遇一个匈奴人，无功返回营垒。三日后，霍去病率勇敢士回营，向卫青禀报，偷袭头曼城取得大胜，杀死伊稚斜单于的叔祖藉若侯产，生俘单于叔父罗姑比，还杀死了匈奴一千多人。霍去病告诉卫青，幸亏有张骞领路，否则于茫茫大漠上根本找不着头曼城，回来路上得张骞指引，寻得几处水源，才保证了将士们有水喝。

苏建丧失全军，仅一人逃回，论律当斩，卫青念苏建曾随自己收复河南地，又建成朔方城，功莫大矣，不忍心。有部属劝他斩了苏建可以立威，卫青说："我以皇帝肺腑之臣的身份执掌大将军，不患无威，何须斩杀部将立威？人臣不可专擅诛杀权于境外，而应将苏建囚押回国，交由天子定夺。"于是下令将苏建押回。

卫青率大军回到定襄后，派快马向朝廷奏报战绩，共斩获匈奴人一万五千余。刘彻接报后下诏：骠姚校尉霍去病两次出战皆大有斩获，斩单于叔祖，俘其叔父，尚有斩杀相国、当户等二千二十八级，两战均功冠全军，以一千六百户封为冠军侯。上谷郡太守郝贤四从大将军出征，此役斩杀、俘虏二千余人，以一千一百户封为众利侯。中军校尉张骞为大军引导有功，加之以往出使之功，以一千一百户封为博望侯。大将军虽斩获甚众，然麾下损失两将所统士卒，且赵信投降匈奴，功过相抵，不益封，赐黄金千金以为犒赏。

右将军苏建被押至长安后，刘彻赦免其罪不诛，赎为庶人。后重新起用为边郡太守。

6. 贤人立朝，胜于无形

卫青左臂中箭负伤后，可能是当时军医处理不彻底，回到定襄后久久不能痊愈，又发炎流脓，致人痛苦不堪。

刘彻获悉后，下旨要卫青回长安治疗。

卫青回到长安后，即进未央宫谢恩，感谢皇帝关心。刘彻自是多有安慰，并令太医仔细诊治，定要让卫青早日康复。

卫青跪叩道："陛下，臣有罪，请陛下治罪。"

刘彻不解："大将军快请起，朕不明，大将军何罪之有？"

"臣丢失了陛下所赐之追风宝驹。当时追风被匈奴人箭射中，重伤倒下，其时不及救出，后即死去。"卫青说，"且战后臣让民夫将战死的将士均一一收殓入棺带回，唯追风无法收殓，就地掩埋了。"

"那有什么。"刘彻淡淡地说，"大将军做得甚妥，人当然比马要紧。朕可以再赐大将军骏马一匹。"

卫青拜谢："臣谢陛下！"

卫青回府次日，平阳公主闻讯前来看望，并专门带来多年珍藏的万金良药。她说道："怎么如此不小心？伤着骨头没？这是平阳侯府相传几代的药，很有效，曹家历代均武将，常常上阵，故有此药。"

卫青拜谢道："卫青大谢公主，劳驾公主亲自前来敝宅看望，还带来极贵重的良药。我还好，并未伤到骨头。敢问公主，您又不上阵，如何竟将此药带在身边？其实昨日在宫中，太医已经给我上了药，据说药很有效。"

平阳公主笑道："没伤着骨头就好。宫中的药当然好，不过还不及平阳侯府的药好。我嫁入夏侯家后，为何要带着万金良药，不为别人，不就是怕你负伤要用吗？"

"不就是，不就是……"卫青被感动得语无伦次起来，"公主不就是始终在关心卫青，教卫青如何担待得起？下次换药我一定将公主带来的药换上。我信公主，一定会好得快些。"

平阳公主突然说："我有机密之事要告诉你。"

卫青一听，示意一旁侍候的夫人雨荷、亲兵张强及仆人离开，然后问道："公主有何机密事要告诉？"

平阳公主一脸严肃，几乎一字一顿地说："卫青，朝廷可能要出事！"

卫青一惊，问道："公主为何如此说？"

"是吾儿曹襄告诉我的。"平阳公主说。

卫青问："平阳侯告诉你的？平阳侯不是一直赋闲在家，他如何得知的？"

平阳公主说："我早有心让襄儿跟随你出征，为朝廷、为国家建立功勋，这也是他们曹家的传统。你第一次出征时他有父孝在身，后来两次出征我曾向皇帝请求允许襄儿随征，皇帝不准。今年你两次出征，我原想再请求皇帝允准，但之前皇帝即已给襄儿派了差事，他也不可能出征了。"

"陛下给平阳侯派了差事，什么差事？"卫青问。

平阳公主答道："卫青，这些年你一直都在前方征战，朝廷的事你又不过问，所以去年发生了一桩大案你并不知悉。"

卫青又问："什么案子？"

"淮南王刘安手下郎中雷被告发淮南王太子刘迁案。这是去年的事。"平阳公主说，"淮南王刘安的父亲刘长与我们的祖父文帝乃亲兄弟，故刘安即是皇帝与我等的堂叔。皇帝认为淮南王好读书，有才学，又是父辈，甚尊重之。早年淮南王来朝，皇帝宴请，与之谈话甚欢，至半夜方罢。几年前皇帝视淮南王年岁大了，赐其几杖，允其不必来朝。皇帝一直是信任淮南王的，不想突然有人跑到京师来，告发淮南王太子刘迁。而此告发者竟是淮南王最信任的人之一雷被。卫青你听说过雷被这人吗？"

卫青略一思索，答道："好像听说过，是淮南王手下的什么'八公'之一。"

平阳公主继续说："正是。淮南王好养士，门客有数千，其中才高者八人，号称'八公'，雷被即八公之一。刘迁好击剑，自以为别人不及，要雷被与他比试，雷被一再推辞，不得已与刘迁比画中误伤了刘迁。雷被畏惧，欲上长安报名自愿击匈奴。刘迁至其父前告状，淮南王令淮南国郎中令斥免雷被，并欲禁闭之。雷被逃至长安后上书自明，皇帝即诏令廷尉与河南郡太守查治。因事涉淮南王，皇帝为慎重计，令襄儿以列侯身份监督。"

卫青恍然大悟："平阳侯介入了案子，故知道案情。那后来查得如何呢？"

平阳公主说："河南郡太守传书淮南国，要其太子刘迁到河南郡治洛阳接受问讯，然刘迁滞留十余日不至，不仅如此，淮南王竟使人上书告发淮南国相。大汉制度，各诸侯国均由朝廷派驻诸侯国相、中尉、内史三位二千石官员，相治吏，中尉治军，内史治民。淮南王不仅不让其太子刘迁到洛阳接受问讯，反而告发朝廷派去的二千石官员，所以朝中公卿议论认为，应逮捕淮南王。"

卫青问："陛下同意吗？"

平阳公主说："皇帝不同意公卿大臣们的意见，下诏刘迁不必去洛阳，而由朝廷派遣中尉殷宏赴淮南国了解情况。殷宏返京后，朝臣们仍然认为淮南王阻挡雷被自愿击匈奴，依律当弃市，皇帝不许；朝臣们又提出应废去淮南王的王位，皇帝仍然不许；朝臣们最后提出削掉淮南国的五个县，皇帝仅准许削两县。这才算结案。"

"看来陛下对淮南王确是情真意切，仁至义尽。淮南王应该深谢皇恩浩荡。这不就结了吗，公主为何前面说可能要出事呢？"卫青不解。

平阳公主一脸的忧虑，边思边说："从今年案发后刘迁不去洛阳接受问讯看，是不愿去还是不敢去？告发者雷被乃深得淮南王信任的八公之一，刘安刘迁父子是否担心雷被向朝廷说了什么而害怕？以此我又想起前几年的事，母后入宫前曾嫁金王孙，生有一女金俗，也即我们的同母异父姐姐，皇帝知道后将她接来长安，封她为修成君。修成君的女儿后即嫁予淮南王太子刘迁为妃。我见过这位外甥女，模样好，又聪明贤惠，但刘迁就是不待见她，有几个月还不近她身，使她委屈至极，不得不要求回娘家。我当时就很纳闷，这么好的一个人，又是皇帝的亲外甥女，为何就不见容于淮南王太子？是否他们有何秘密怕我那外甥女传出来？"

卫青笑道："公主是否多虑了？"

"不是我多虑，我想起很多年前，那时还住在平阳县的侯府中，有一次曲城侯虫捷来府中做客，他与老君侯曹奇都曾参加平息吴楚七国之乱，说起当年他奉先帝之命出兵到淮南国，帮助淮南国免遭叛逆之吴军侵犯，得知淮南王刘安起先也响应吴王刘濞邀约一同叛乱的，只是因为朝廷派驻的淮南国相以诳语取得统兵权，坚持守城而不应吴军，才保住了淮南国，后来曲城侯率军抵达，刘安就更不能应吴军了。当时我夫君问他，那你事后为何不向先帝禀报呢？曲城侯说当然禀报了，这么大的事何能隐瞒？但先帝说事情已过，罢了，淮南国不还是服从朝廷吗？以此可见，淮南王刘安早有异心。"平阳公主说。

卫青听了，很吃惊："有这样的事？那对淮南王这个人，确实要防备。"

平阳公主又说："还有一事，也值得怀疑。淮南王与王后有一女叫刘陵，此女美艳妖娆，能说会道，常年住在长安，广结宗室贵族、朝廷大员，尤其喜欢结交皇帝左右亲信，有不少人拜在其石榴裙下。如今宗室约有二十位诸侯王，没有哪一位诸侯王的公主像她那样常年待在京城，游走于豪门之间。你说她会否有什么目的？"

卫青说："想为淮南王内应？不过没证据啊！"

平阳公主突然问："卫青，她找过你吗？"

"找我？为何找我？"卫青一脸迷茫。

平阳公主说："为何找你？你是大将军啊，大汉军队的统帅啊！"

卫青笑道："公主说笑了，统帅乃陛下。我常年在军营，再说对这样的女人也没兴趣。"

"真的？"平阳公主追问。

卫青说："当然是真的。不过有一次张次公带她来我宅中，说要至军营中看我，我一口回绝了，称军营中何能出现女人？后来张次公还找过我，说刘陵推荐一人至我门下为宾客，我说从不收门下客，拒绝了。"

"好样的！"平阳公主赞道，"不过卫青，我今天来还是要提醒你，这样的女人会毁了你。她与安平侯鄂但有奸情，鄂但夫人是赵王公主，家中闹得不可开交，一直闹到皇帝那里，皇帝一怒之下将鄂但的侯爵削掉了。张次公与刘陵的关系也有些不正常，他是你的部下和好兄弟，你要提醒他，悬崖勒马，不要被刘陵毁了。"

"我一定提醒张次公。"卫青说。

平阳公主诡异地笑了笑，说："我怀疑刘陵接触张次公，可能是为了能接近你。"

"公主拿卫青说笑了。"卫青说，"我非常佩服公主您多年来一直在操心，为陛下操心，为朝廷操心，当然也包括为我操心，您对淮南王的怀疑，为何不能直接对陛下说呢？"

平阳公主答道："我并无真凭实据，何能向皇帝禀报？皇帝会说我无端干政。"

卫青又问："您跟汝阴侯说了吗？"

平阳公主似乎有点无奈，说道："他对朝政不感兴趣，自从上次他要你推荐他任太常不成后，他便对朝政很冷漠，我跟他说，他就讲我乱操心、瞎操心。故我不能跟他说。但我就是天生的操心的命，有想法憋在心里十分难受，这不就找你说了吗？现在说出来了，心里好受多了，我与你说，还是怕你在淮南王的问题上出差错，上了刘陵那女人的当！"

"谢谢公主一直以来的爱护!"卫青一本正经地说,"我认为公主的操心还是有些道理的,适当时候如果陛下提起,我也会提醒陛下的。"

说着说着天竟黑了,卫青留平阳公主用完膳,才与夫人雨荷一起,将公主送回汝阴侯府。

过了两日,刘彻让御马厩的人给卫青送来了名为"麟驹"的御马。卫青见了,觉得此马从外表看,比追风更棒,因此满心欢喜。他让马夫成吉(方让)仔细为马梳洗,自己则在一旁看着,亲兵张强当然也陪着。成吉梳洗完了马,突然跑到卫青面前跪下,连连叩首,说道:"大将军饶命!小人死罪!"

卫青不明就里,对成吉说:"起来说话,什么死罪、饶命的,说清楚。"

成吉站起来后仍旧战战兢兢的,对卫青说:"小人禀报大将军,前几日我向家丞郑大叔告了假,去城外的马市上看望一位当年一同贩马的朋友,当时朋友正与几个陌生人说话,见我来了,将我拉到一边,悄悄对我说,有一桩大买卖,问我敢不敢做?我说是要贩一些马吗?朋友说那算什么,那只是小买卖。我问他究竟是何生意,他说,你不是在大将军家做马夫吗?我说那又怎么了?他说,我以前听你说起与大将军有仇。我说那都是小时候的事,不提了。他说有个报仇的机会,还能挣大钱,你干不干?我问如何报仇?他说你伺机刺杀了大将军,有人会出大价钱。我一听双腿软了,差点倒下。他见我犹豫,问道,你是不敢吗?我说是不敢,我干不了,我根本不是大将军的对手,如何能成?他说,如果你自己干不了,做个内应也行,届时有刺客到来,你配合行吗?我看那几个陌生人凶神恶煞的,如果再不应,他们可能杀我灭口,便假装答应了。今天见到大将军,即向您禀报了。请大将军恕罪!"

卫青和气地说道:"成吉你做得甚好,你没罪。我不但不怪罪于你,还会赏赐你。今后如果他们再找你,你仍然假装答应做内应,一旦有真的刺客出现,你立即告诉我或郑大叔,好吗?"

"诺。小人敢不从命?谢大将军!"成吉答道。

卫青问："你那个朋友说起是谁要刺杀我吗？"

成吉答："他没说，我也没敢问。"

"哦。"卫青自然想起平阳公主说的话，想到张次公要将刘陵的人推荐入府为宾客，难道是淮南王要刺杀我？

卫青随后单独召见郑宽，将成吉说的事完完全全地告诉他，嘱咐他一定不要让陌生人进入府邸，还要时刻注意成吉的行动。郑宽说："大将军放心，我一定加强府中戒备，绝不能让大将军受到丝毫伤害。"

卫青的臂伤，经过太医的精心治疗，尤其是敷上了平阳公主带来的万金良药，很快即痊愈了。卫青想早点去定襄军营，为下次出征做些必要的准备，尤其是上次战役，不仅损失了数千名将士，马匹损失亦很大，急需补充一大批军马。朝廷设在边郡的一些马场，这几年源源不断地向大军供应马匹，如今已近枯竭，卫青得知河东郡的军马场尚有不少军马，便向刘彻禀报，欲亲自去河东郡调马。刘彻知道供应马匹有专门的机构和人员，卫青提出自己去调马，实际上是卫青想念河东郡那个地方了。他想到这几年卫青连年征战，千难万险，甚至还负了伤，应该让卫青去放松一下，调剂一下，于是即允准了。

赵信投降匈奴后，伊稚斜单于十分信任他，封他为自次王，地位仅次于单于。赵信建议，如今汉军正盛，可避其锋芒，收缩于漠北，以逸待劳。单于听从赵信建议，故匈奴侵边大为减少。卫青在定襄军营忙了几个月，见边郡无甚军情，至次年五月，带着少数随从，去河东郡调马。卫青先回到长安，然后请咸丹同行，经过河南郡时专门去拜访了河南郡太守，于河南郡歇了几日方去河东郡。

正在此时，淮南王庶孙刘建使人上书朝廷，告发淮南王太子刘迁，称刘不害乃王之庶长子，常受王后及太子欺侮；刘不害子刘建才能高，亦遭太子囚禁与榜笞；刘建知太子阴事，可征问之。刘彻阅后交廷尉张汤和河南郡太守审理。河南郡太守传讯刘建至洛阳，刘建揭发上回朝廷派中尉殷宏先后两次赴淮南国时，刘迁皆安排杀手假扮执戟卫士，欲刺杀殷宏。第一次因殷宏态度和蔼，且仅仅了解了一下情况，故淮南王不许，未发；第二次殷宏宣示了陛下处分决定，仅削二县，而赦免了淮南王罪，故亦未发。

河南郡太守即报廷尉张汤，张汤即报刘彻。刘彻诏令张汤派手下的廷尉监赴淮南国，向淮南国中尉宣诏，令其逮捕刘迁。

刘建被传讯至洛阳后，淮南王刘安十分紧张。自前年雷被赴京告发刘迁后，刘安、刘迁父子即准备起事，武力抗拒朝廷，推翻刘彻，自己做皇帝，甚至已制作了皇帝玺、三公及二千石官吏印等。之所以犹豫未发，一是畏惧当今皇帝的威权，二是害怕大将军卫青率军平叛而自身没有胜算。刘安曾要手下八公之一的伍被为他策划谋逆，伍被多次苦口婆心地劝其不可，声称如今天下大治，四海宾服，圣上有威，大将军才干绝人，胜过古之名将，若反抗朝廷必然覆灭。刘安囚禁了伍被之母，方迫其就范。他们甚至策划了要派刺客接近卫青而于起事前刺杀之。通过张次公派人进入卫青府邸成为宾客和联系马夫成吉做内应均为刘陵主谋。刘安、刘迁不清楚刘建究竟知道多少内情，也不清楚他究竟向朝廷告发了些什么，所以刘安、刘迁父子抓紧准备叛乱，与手下八公中的伍被、左吴等人日夜密谋，打算先伪造失火现场，引朝廷派驻的相、中尉、内史三位二千石官员救火时杀害之，然后让人扮成边境士卒报信，称南越人入侵，以此为由起兵。

朝廷派遣的廷尉监到达淮南国后，刘安、刘迁来不及制造失火现场，即召相、中尉、内史三人前来议事，伺机杀害三人，然而仅有相至，内史因事未至，中尉称他要迎廷尉监、接诏不能来，刘安觉得即使杀了相而中尉、内史不来也不成，故犹豫再三。又有人传来消息，说大将军已到了河南、河东郡，刘安惊慌不已。刘迁见状，对刘安说，让他们将我逮走吧，现在起事并不成熟，刘安应允。刘迁过后自杀，但未死。伍被觉得淮南王已经失败，便求见朝廷派来的廷尉监，告发了淮南王刘安父子。

廷尉监宣示了皇帝诏令，淮南国中尉奉旨率军包围王宫，逮捕了王后、太子及参与谋反的宾客，软禁淮南王，并搜查出大量谋反的证据。廷尉监回京后，又奉旨逮捕了在京的刘陵及其同党。

案件经数月审理，刘彻令诸侯王、列侯及朝中大臣议论淮南王谋逆案，均表示应以谋反罪诛杀。十一月，刘彻令宗正持朝廷符节至淮南国惩治刘安，未至，刘安即自杀身亡。其王后、刘迁、刘陵及众多宾客皆族诛。刘彻原想宽赦美言朝廷和自首告发的伍被，但廷尉张汤认为，伍被为刘安出谋划策，罪大恶极，不可原宥，亦被族诛。刘安之弟、衡山王刘赐被查出参与密谋叛逆，自杀死，其王后、太子及宾客均被族诛。淮南、衡山一案，受牵连的列侯、官吏、豪族等有数万人被诛杀。

刘彻下诏，撤销淮南国，改为九江郡；撤销衡山国，改为衡山郡。

经审理查明，刘安早于刘彻登基之初，即有非分之想。他厚结太尉田蚡，田蚡称陛下无子，如果一日不幸驾崩，作为高帝亲孙的淮南王最应即位，其他诸侯王皆不够资格。刘安大喜，送给田蚡大量金钱财物。后来皇帝有了儿子刘据，但并未立为太子，刘安仍存非分之想。如今刘彻获悉，十分后悔当初囿于母后而重用了舅舅田蚡，说是如果田蚡没有病死，今日亦应被族诛。

刘彻即下诏：立七岁的嫡长子刘据为皇太子。

卫青调马回到京城，刘彻专门召见他，对他说："大将军外征强胡，内慑叛逆，真乃国家柱石也！"

卫青禀报刘彻，称平阳公主早有怀疑，且曾提醒自己警惕刘陵阴谋，万勿上当而辜负了皇帝。刘彻听了，非常感动，说："朕之大姐，真心护朕，真心护朝廷，亦真心护大将军，真乃朕之好大姐也！朕之姑窦太主远不及焉！"

卫青心中很高兴，姐姐卫子夫的儿子被策立为皇太子，自己又被皇帝盛赞。但有一憾事，即张次公被查出与淮南王公主刘陵有奸情，且受其财物，幸好并未牵涉谋逆事，仅被皇帝削去了侯爵。卫青为张次公感到可惜，并觉得当初虽然应承了平阳公主的嘱咐，却并未得空好好规劝张次公及时远离刘陵，故而感到有些对不住张次公。

对于府中马夫成吉即方让，卫青赏给他十斤黄金，令他离开卫府，自谋生计。卫青嘱咐他务必远离那些阴险恶人，老老实实地做个好人，尽早成个家，生上一儿半女，也算对得起逝去的父母。方让千恩万谢地叩别卫青，高高兴兴地走了。

营，可在京师再歇息一阵子。"

"谢陛下关心！"卫青说道。

李蔡说："陛下欲将大将军留在京师，既是因大将军六伐匈奴，每战必捷，辛苦备尝，应休养调剂，又是让大将军留在京师，支持我等奉陛下旨梳理诸侯国，作为坚强后盾。"

"支持梳理诸侯国？愿闻其详。"卫青不解。

李蔡不同于公孙弘，对卫青只有感谢而没有忌妒，故说话不会藏着掖着或声东击西，见卫青问，和盘托出："淮南、衡山一案，给予陛下极大震动。淮南王刘安、衡山王刘赐兄弟，论宗室辈分，那是陛下的诸父辈，陛下对他们十分敬重，施恩甚多，尤其对刘安。不想二人恩将仇报，竟欲篡逆谋反。陛下不得已采取雷霆手段诛灭之。陛下痛定思痛，知对于宗室骨肉，亦不能仅施恩而不约束，必须恩威并施，故要求我与御史大夫张汤及宗正等，将所有诸侯王梳理一遍，发现有作奸犯科甚至大逆不道者，须予惩治。"

"陛下深谋远虑，何等英明。然尔等奉旨梳理，何须我留在京师？"卫青问。

李蔡笑道："大将军难道未曾听言：贤人立朝，胜于无形？"

卫青再问："何意？"

李蔡说："淮南、衡山案中，已查明他们之所以早有预谋而不敢爆发的重要原因之一，即是惧怕大将军率军镇压。"

卫青淡然道："哦，乃此意也。陛下倒是也说起过。"

"不仅是陛下，朝中许多大臣皆有议论。平阳公主近日专门入宫启禀陛下，称发现大将军多年征战已现疲惫，且不仅此次受伤，听雨荷说，上次收复河南地时腰部亦有受伤，希望陛下能让大将军留在京师多休息一个时期，如今北边匈奴犯境已大为减少，真有事可遣冠军侯（霍去病）去解决。平阳公主还说让大将军留在京师，可以使淮南、衡山一案的彻底处理有个稳固的保证。"

"平阳公主也去禀告陛下了？"卫青吃惊地问。

"确如此，此乃陛下告诉我的，我岂能妄加揣测？"李蔡答道。

平阳公主又在为自己操心，为朝廷操心。卫青听了，心中不免又是一阵感动。

两个月后，宗正向皇帝禀报现有诸侯王情况，刘彻让李蔡、卫青、张汤参加。

宗正禀报云："陛下登大位之际，天下有诸侯王二十四位。建元以来，先后有济川王刘明因射杀其中尉被废为庶人、徙房陵，清河王刘乘、山阳王刘定皆薨后无子而国除，燕王刘定国禽兽行自杀而国除，淮南王刘安、衡山王刘赐皆谋反自杀而国除，如今诸侯王为十八位。臣丞相蔡、臣御史大夫汤与臣等奉旨召十八诸侯国之相、中尉、内史赴京师述职，且分别秘密听取报告，又向有司核对，梳理出有不同程度问题之诸侯王四位，或涉及谋逆，或不轨于法，兹禀报于陛下。"

刘彻听了，眉头紧锁，心里很不快。诸侯王皆刘姓宗室，与己皆有骨肉之亲，起初高帝铲除异姓诸侯王后，分封了一批同姓诸侯王，本意是以同姓骨肉镇抚四海、藩捍京师、承卫天子，其后文帝、景帝都分封了自己的儿子为诸侯王。然七八十年来，诸侯王骄奢淫乱比比皆是，大者叛逆，小者不法，问题层出不穷，罪行屡禁不止，此番处置淮南、衡山谋逆案后，未想到梳理其他诸侯王仍存在不少问题，这让人情何以堪？心何以安？刘彻说："那就先重后轻，先拣严重的说。"

宗正继续说道："陛下，涉及谋逆的有两位，一是江都王刘建，一是胶东王刘寄，均是淮南、衡山案牵扯出来的。先前淮南国中郎伍被自首告发淮南王谋逆，朝廷派去的廷尉监与淮南国相、中尉、内史合计，派中尉手下吏卒包围王宫，逮捕王后、太子，软禁淮南王刘安，其时，还捕得刘安周围一些宾客，捕获闽越派来的一名使节钱宏。钱宏被单独关押时，对看押的小吏郑山说，如果郑山放了他，他会告诉一重要消息，让其发财。郑山果真放了他，他说江都王刘建如同淮南王一样伺机谋逆，其王后胡成光身边的大婢辛代乃越人女巫，常为下神诅咒陛下，且为江都王联络闽越国，相约遇有紧急时相助。郑山放了钱宏后自己亦逃亡，至江都国找到辛代，诈获刘建重金，致其谋逆事暂未暴露。"

刘彻一听雷霆震怒，不等宗正说完，便打断道："刘建这小子简直是胆大包天，竟欲步刘安后尘谋逆，张爱卿赶紧派御史前往查治，一经核实，务必诛灭。"

张汤说："陛下息怒。臣冒昧地请陛下先听宗正说完是如何获悉内情的。搞清了情况，再作打算不迟。"

"好。"刘彻说，"宗正继续说，你是如何获知的？"

宗正继续说道："臣奉旨单独约见江都国相，相称正要向朝廷禀报，最近因一起凶杀案抓获了一男一女，男的即郑山，女的即辛代，两人常来往而成为情人，因杀了入室盗窃的窃贼被抓。辛代称自己乃王后大婢，核实后放了她。郑山开始死活不交代自己的真实身份，后动了大刑，他才说出实情，并交代江都王有谋逆打算。"

刘彻问张汤："这下清楚了，你说咋办？"

张汤答道："陛下，臣以为，派御史去会引起江都王警觉，可让丞相派人去找国相公干，秘密查核。"

刘彻说："好，李爱卿可遣丞相长史带几个人去找江都国相，秘密地查，但须抓紧。"

李蔡即应道："诺。臣谨遵陛下旨意。"

刘彻又问："胶东王刘寄是何情况？刘寄不是已薨了吗？"

宗正说："陛下，胶东王乃因惊吓而薨。"

"吓死的？说详细些。"刘彻不解。

宗正说："胶东王曾与衡山王有联系，听衡山王讲，淮南王可能要起事，为防备淮南王刘安谋逆后吞并胶东国，故私制了大批兵器，以备届时防卫。但私制兵器亦犯了谋逆大罪，所以淮南、衡山案发后，胶东王觉得非常愧对陛下，又惧怕被惩，即因悲伤恐惧而发病薨矣。"

刘彻兄弟十四人，皆同父异母，刘寄是他姨母的儿子，最亲。听了宗正所言，沉吟了好一会儿，说道："胶东王一时糊涂，竟撒手而去，甚是可怜！不必再作追究。可立其长子刘贤继嗣胶东王，少子刘庆为六安王，以衡山国故地为六安国。"

宗正怀疑自己的耳朵出了问题，没想到皇帝不仅不惩治胶东国，不仅让刘贤继嗣胶东王，还增立六安国，封刘庆为六安王。李蔡、张汤亦甚是不解，但看到刘彻为刘寄怜惜的样子，均不敢说出个"不"字。刘彻问卫青，卫青听平阳公主和卫子夫说过，皇帝对姨母所生四子，亲如同母兄弟，故答道："陛下所定，皆无不可。"

刘彻见宗正不说话，追问："没有听清？立刘贤为胶东王，刘庆为六安王。"

宗正见三公们都无异议，赶紧答道："诺。臣遵旨。"

刘彻再问："尚有二人不轨于法，继续说出。"

宗正已从疑惑中回过神来，说道："梁王刘襄，其王后为任后，恃王之宠而与王之祖母李太后争宝尊，梁国相上奏，朝中公卿皆以为梁王及后不孝，均应诛。请陛下定夺。"

刘彻即云："争宝尊者，任后也，为首恶，应枭首于市。至于梁王，削五县。说下一个。"

"陛下英明。"宗正继续说，"常山王刘舜，骄淫不法，数犯禁。"

刘舜乃刘寄之弟，同样最亲，故刘彻听了很不耐烦："一般的骄奢即不必奏报。如今最要紧的，是彻查江都王刘建。"

"诺。"宗正只好不再具体禀报刘舜的事。

丞相长史到达江都国后，与国相一同查出刘建收藏的兵器、皇帝玺绶、汉节、将军都尉之印等反具，即秘奏朝廷获准，控制住刘建、王后及有关同伙。后又查清了刘建多年来的诸多罪行：为太子时私夺他人献给其父的美女，且杀女之父；其父薨而未葬时于服舍中与父姬十人奸；常年与亲妹奸；虐杀宫中无辜者三十五人，甚至逼令宫女与公羊、公狗相交；与王后胡成光指使越之巫女将刻有陛下与大将军名讳的木偶埋于地下，诅咒之；制作大量兵器及皇帝玺绶、官印、信节等反具；私任王后父胡应为将军，中大夫疾为灵武君，多次密谋反叛；数通闽越，征得相助。

刘彻接报后诏令朝臣议论，皆曰刘建罪恶甚过夏桀、商纣，应以谋反罪诛。刘彻即令宗正、廷尉讯问刘建，刘建自杀，王后胡成光等皆弃市。江都国被撤销，改为广陵郡。

卫青获悉江都王刘建竟然使人将刻有自己名字的木偶与刻有皇帝名讳的木偶同样埋入地下诅咒，知道刘建既惧皇帝也惧自己，感到甚为惶恐，觉得自己是被人置于火炉上烤炙。朝中传言刘安之所以不敢起事是因为有大将军在，李蔡说什么"贤人立朝，胜于无形"，福兮祸兮？

一日，已任代郡太守的苏建来府上拜望，感谢卫青当初于军中不杀之恩，并劝道："大将军如今至为尊重，然天下之贤士大夫并未全称颂，或曰大将军为人仁善退让，以和柔自媚于上。下官奉劝大将军，何不效法古之名将，招揽宾客，为大将军称道扬名？"

卫青答道："太守此言差矣。自魏其侯窦婴、武安侯田蚡广招宾客后，天子常切齿为恨。亲待士大夫、招贤黜不肖，乃天子之权柄也。吾等臣子奉法遵职而已，何必招士？"

苏建听了，赞叹、钦佩不已，称："大将军之谨小慎微，古今唯一也！"

卫青听别人说自己"以和柔自媚于上"，不仅不恼，反而心中窃喜，觉得有人对己有如此评价，未必是坏事。功高震主，自己歇一阵，让外甥霍去病去建立功勋也是好事。

2. 霍去病一征河西匈奴

元狩二年（前121年），卫青暂时休养，霍去病则忙得不亦乐乎。

前年霍去病随舅舅、大将军卫青出征匈奴归来封侯后，其母卫少儿数次催促，要霍去病早日成家，不料霍去病竟说："母亲大人好糊涂，孩儿刚刚随舅舅杀匈奴正在兴头上，哪有工夫成家？"

卫少儿责备道："去病，陛下遣你随舅舅征战匈奴，为娘的知道是为朝廷、为国家，但匈奴人一下子是杀不完的。你已成年，成家理所当然。"

霍去病仍然不同意："母亲大人知道匈奴人尚未杀完，匈奴未灭，何以家为？"

卫少儿后来多次劝说，霍去病还是那句话：匈奴未灭，无以家为也。

卫少儿不得已，去求妹妹卫子夫，让她有机会禀告皇帝，皇帝说句话，霍去病断不敢违。

刘彻听卫子夫说起，赞叹道："去病之'匈奴未灭，无以家为也'何其铿锵有力！谁说霍去病不会说话，他说的话就是他的心声，如同他的为人，浑身是胆，豪气干云！"

刘彻专门单独召见霍去病，说道："去病，你已成年，故朕准你征战匈奴。既成年，亦应成家。"

"陛下，匈奴未灭，无以家为也！"霍去病很自然地又说道。

刘彻笑了："去病，你这话让朕佩服、动容，然你想过吗，如果你与大将军诸将士十分努力地去讨伐匈奴，在你这辈子都灭不了匈奴呢？"

霍去病说："我灭不了匈奴，让我的子子孙孙接着干，总有一日灭了匈奴。"

霍去病刚说完这句话，突然顿悟，自己笑了："陛下，您说我要是不成家，哪来的子子孙孙呢？"

刘彻正色道："霍去病领旨。"

霍去病跪叩："臣领旨。"

刘彻说："朕令你一月之内成婚。"

霍去病道："陛下，臣领旨谢恩，一月之内成家，确保有子子孙孙继续征战匈奴！"

刘彻满面笑容："去病平身吧。朕将赐你以大宅，你说，要什么样的？"

霍去病站起来后又跪下了："陛下，臣遵旨成婚，然简单有个住处即可，无须大宅豪宅，还是那句话：匈奴未灭，无以家为也。"

"好吧，好吧。你快起来吧。"刘彻叹道，"吾大汉有你和大将军这样念念不忘征战匈奴的将士，何愁匈奴不灭！"

刘彻问："去病，你想将家安在哪里呢？"

"陛下，臣想与舅舅做邻居，舅舅住宅隔壁有座旧院落空着，稍稍整理一下即可。臣遵陛下旨成家，母亲一定非常高兴，一切均由母亲去办，不敢再劳陛下操心了。"

卫少儿早就为霍去病物色了一位列侯家的小姐，霍去病也任由母亲做主，很快即办完了婚事。

霍去病成婚不久，刘彻再次召见对他说："朕知道你并不满足于随大将军出征，而是想自己单独率军出击匈奴，建立更大功勋。"

"知臣者，陛下也。陛下明示，臣即开拔。"霍去病瞬间来了情绪。

刘彻说："朕思虑，如今北面边郡尚安宁，尤其大将军率军收复河南地后，匈奴对长安的威胁解除了。匈奴经我大汉多次打击，收缩于大漠以北。唯西北面威胁仍存。朕听张骞禀报，河西走廊一带，原为大月氏的家园，至匈奴冒顿单于时，匈奴攻破之，至老上单于时，更杀戮大月氏王，以其头为饮器，迫使大月氏西迁远去。如今那里有八个匈奴部落，由八个禅王分别统领，号称八个王国。此乃对我大汉西北的大威胁。朕不得已，屡屡增加陇西、北地、上郡等西北边郡的戍卒，加强防卫，自然就加重了百姓负担。朕思之再三，决心彻底解决这一问题。朕寄希望于去病，欲去病西征。如今大将军六征匈奴，甚为辛劳，且负过两次伤，需要休养，同时朕正在整治诸侯国，需大将军坐镇长安。当然，去病西征，虽则以你为主，朕还会遣将配合。"

霍去病早已血脉偾张，跪叩于地，高声应道："陛下，臣早就等待有此一日矣！陛下予臣万骑，臣定荡尽匈奴八王，将河西走廊收入吾大汉版图。臣愿立军令状！"

刘彻大悦，说道："去病快平身。朕允你于京城北军八校尉属下及定襄、朔方军中挑选精锐之士。"

"臣谢陛下！"霍去病站起来后说。

"欲选将，朕亦允准。"刘彻又说。

霍去病则说："陛下，臣年方二十，年轻资浅，不必统将，仅须统领一些年轻敢死的校尉即可。"

"甚好，甚好。"刘彻被霍去病的虎虎生气打动了，"朕信去病，大获全胜，不负朕之重托也。后援保障，朕会亲自过问，你尽管于前冲锋陷阵。"

三月，刘彻下诏，任霍去病为骠骑将军，统率万余名骑兵从陇西郡（今甘肃临洮县）出征。大军出陇西郡后经皋兰向西北方向行进，日行夜宿，尚觉轻松。其时连年征战，国库空虚，大农令供给捉襟见肘，故刘彻此番专门诏令供养皇家的少府负责骑兵的后勤保障，这既是减轻大农令的压力，也是因为霍去病自小即生活于皇宫天子身边，习惯于享受少府特别供给。军中有专供霍去病用膳的特别灶，由少府属下的太官献食丞跟随负责，携带的食物有数十乘车。而跟随骑兵的步兵和民夫，自然是另外安排。前几日，霍去病十分轻松，大军行进到乌鞘岭（今甘肃天祝县境内）

下，霍去病下令宿营，还与手下年轻将士们玩了一场蹴鞠游戏。之后霍去病对将士们说："明日即翻越乌鞘岭，然后进入河西走廊，我等将贯通河西走廊，打一个来回，务必让匈奴人闻风丧胆、不寒而栗。"

河西走廊的南面是祁连山脉，北面自西而东是马鬃山、合黎山、龙首山，合称北山山脉。南北山脉之间即是平原，土地肥沃，得益于祁连山雪水的灌溉，是宜耕宜牧的好地方。走廊长二千多里，因地处河水（今黄河）以西，故称河西走廊。乌鞘岭扼河西走廊东部入口，是中原进入河西走廊的门户和咽喉。

次日一早，霍去病率大军开始向岭上攀登。虽然已是阳春三月，但由于山高，岭上多处仍存有残雪，天气也是奇冷。霍去病下令快速行进，务必于天黑前到达西边岭下。途中捕获了几名匈奴人，一审，知是岭下匈奴逨（sù）濮部落的，逨濮王派他们到岭上巡察，如发现汉军即快速回去禀报。霍去病学习卫青做法，让人多予匈奴人盐巴，匈奴人即如实说出，他们这个部落不及万人，能骑马作战的仅有两千人。

傍晚时分，霍去病率军到了岭下，望见不远处有一大片聚集地，似乎有土屋，亦有帐篷。被俘的匈奴人说，那就是他们的部落。霍去病于马上举起长戟，大声说道："吾等今晚即于匈奴人部落里宿营，先跟我冲上去，杀了他们，或赶走他们。"

众将士高喊："得令。冲啊！"跟着霍去病便冲进了部落，但部落里空无一人。原来，巡山的匈奴人并未被汉军全部捕获，有三人未被发现，迅速跑回报信。逨濮王听言来了许许多多大汉骑兵，恐惧不已，不敢抵抗，下令全族迅速转移到山里去了。

翌日，霍去病令司马赵破奴率一千余骑兵和三千余步兵保护民夫和辎重。赵破奴乃九原人，少时被匈奴人掳走，在匈奴待了两年多，后伺机逃回，从军，改名破奴，发誓破灭匈奴。霍去病让他负责营地安全，是因他比较熟悉匈奴人的情况。霍去病将剩下的骑兵分作两队，自率五千骑兵于前冲击，校尉李敢率四千骑兵于后接应。十九岁的李敢乃李广少子，少时于宫中为郎，霍去病其时为侍中，当然熟悉他，认为他有李广之风，好勇敢任，故任其为后队统领。霍去病令每位骑兵多带一匹马，备足干粮，饮用水则不用带，因整个河西走廊水源充足。

霍去病率骑兵从遨濮国出发，向西进军不及三百里便到了匈奴折兰国，霍去病一见匈奴人即兴致大发，率先拍马挥戟，带领部下就杀了上去，一下子斩杀了折兰王及其下属一千余人，剩余者拼命向西逃窜。霍去病紧追不舍，一直追到与折兰国紧邻的卢胡国。其时天色已暗，霍去病看到折兰国人逃进去，但不明卢胡国里面究竟，便下令在外面暂时歇息。第二日天刚放明，霍去病就率军冲了进去，如同风卷残云，一阵砍瓜切菜，消灭了三千多名匈奴人，包括斩杀卢胡王。

霍去病连破三国，信心大增，一路向西打到了休屠国城下。河西走廊匈奴人八个王国，数浑邪（yé）、休屠两国最强，分别有五万多人和万余骑兵，且不同于其他各国，修建了简单的城池。这种城池当然不能与中原的城邑相比，只是相当于中原北方的坞堡、土围子，城墙不高，护城河亦较浅。霍去病待李敢率领的后队骑兵赶上来后，将所有骑兵分成数拨，一拨接一拨地连续地向城上射箭，射杀了许多匈奴人，然后由众多勇敢士从多处缒城而上，杀死匈奴人，打开城门，之后大批骑兵一拥而入，一直杀进王宫及祭祠，缴获了祭天用的金人。大批匈奴人在休屠王的指挥下逃出城去。霍去病下令于城中歇息一夜。

次日霍去病率军离开休屠城后，继续向西，进至焉支山（今甘肃山丹县、永昌县境内）。焉支山乃祁连山支脉。在匈奴语中，祁连山即天山，焉支山即天后山，均为匈奴人的神山。焉支山盛产药材大黄，又名大黄山；还出产可做胭脂的红蓝花，还称胭脂山。焉支山横亘于河西走廊中部，是又一咽喉所在。霍去病率军从焉支山南面穿过，即到达浑邪国境内。到了浑邪国城下，霍去病如法炮制，攻破城池，斩杀了许多匈奴人，还俘获了浑邪王子及相国、都尉等。浑邪王带领匈奴人逃出城去。

霍去病又向西进军三百余里，然后折返，率军纵横河西走廊二千余里，经历五王国，斩杀及俘获匈奴八千余人，大获全胜。六日后回到邀濮国，稍作休整后，又翻越乌鞘岭回到大汉。

霍去病遵旨回长安，当面向刘彻禀报河西之役的战况。卫青在座。平常讷口少言的霍去病竟说得绘声绘色、神采飞扬，刘彻也听得津津有味、兴奋不已。

霍去病激动地说："陛下，您倘若看了祁连山，您一定会惊叹老天爷的伟大神力，臣起初于河西走廊向西进军时无暇多瞅，返回时因匈奴人惧战回避而甚有空闲，则一路上好好地欣赏。祁连山高耸入云且白雪皑皑，流淌不尽的雪水形成了众多水流，养育了河西走廊广袤土地和辽阔牧场。骑在马上，满眼看到的都是，天上白云缠裹着雪峰，地上青青庄稼和草场衬托着成群牛羊。臣之内心只有一个声音在呼唤：这本是上天赐予大汉的礼物啊，多么贵重有价值的礼物啊！"

刘彻笑道："不期去病去打了一场河西战役，竟有了诗意。"

卫青也说："真乃士别三日，刮目相见也。"

霍去病说："陛下，非臣有了诗意，而是祁连山、河西走廊本身就充满了诗意。虽然臣并不懂诗，但臣以为那就是人们所说的诗意。陛下倘若不信，待臣将之完全拿下，请陛下亲自去看看便信了。"

"去病有志气！朕等着。"刘彻大加赞赏，"那就明年再征。"

"陛下，臣记得古人或云，应一鼓作气，不可再而衰、三而竭。臣今年即拿下河西以奉陛下！"霍去病信心满满。

卫青赞成："陛下，去病所言甚是，他已让河西走廊的匈奴人畏惧，不待匈奴人缓过劲来，再次猛击，必获更大胜利，完全夺取河西或有可能。"

刘彻击掌："既然二位爱卿皆言年内可再征，朕允准。朕赐去病益封两千两百户。所获休屠国金人，送存甘泉宫，作泰畤祭天之用。诏令去病夏季再征河西走廊。"

霍去病跪叩："臣谢陛下隆恩！臣领旨再征河西走廊，务求多杀匈奴人，早日夺取整个河西。"

卫青说："臣以为，去病再征河西不可仍逾乌鞘岭，估计匈奴人已经在那里加强了防守，可从北面绕道，另选进入河西之通道。水无常形，兵无常势。"

刘彻道："大将军言之有理。行军路线如何选择呢？"

卫青展开地图，稍稍思索后答道："陛下，去病可从北地郡出塞进入阿拉善沙漠，然后沿着北山山脉的北坡向西进至居延泽（今内蒙古额济纳旗境内），再沿弱水南下，从合黎山垭口进入河西走廊中部浑邪王驻地，出其不意予以攻击。"

"甚好，甚好。"刘彻赞成，"去病以为如何？"

"舅舅运筹有理，去病照办即是。"霍去病对卫青一向是敬佩的，当然无异议。

卫青又说："陛下，为确保去病进军顺利，可再遣一将为其侧翼，行进于其北，至居延泽会合。"

"甚好。"刘彻问，"遣谁呢？"

卫青答道："可遣合骑侯公孙敖，此将勇猛，与去病风格相近。"

刘彻说："朕准了。朕还想从东面再遣将出征，牵制匈奴兵力，为去病减轻压力。"

卫青、霍去病皆曰："陛下英明！"

3.霍去病再征河西匈奴

元狩二年（前121年）夏，刘彻诏令郎中令李广为将军，率四千骑兵出右北平击匈奴，博望侯张骞亦为将军率万骑随后。李广击匈奴几十年竟未封侯，自己觉得年纪大了，机会不多，期望能出征，刘彻也希望李广有封侯机会，且将其子李敢从霍去病麾下调来随征。张骞自元朔六年（前123年）随大将军卫青出定襄击匈奴，因功获封博望侯，情绪高昂，屡屡请求出征，原本卫青考虑其熟悉匈奴情况，欲推荐其随霍去病出征，为霍去病引路，但霍去病称帐下司马赵破奴亦很熟悉情况，故未纳张骞。张骞再求，刘彻便让其率大军策应李广。

李广、张骞出塞向北进击，以吸引匈奴人的注意，然后霍去病、公孙敖分别率二万余骑兵从北地郡出发，出塞后进入阿拉善沙漠。霍去病军沿北山山坡西进，公孙敖军则于其北面掩护。

李广率四千骑兵北进五百余里后遭遇匈奴太子、左贤王乌维，乌维见汉兵不多，下令所率的四万名骑兵将汉军团团围住。其时，情势十分危急，李广麾下军士皆恐，李广即令李敢率数十骑敢死士直冲匈奴前队骑兵，匈奴骑兵竟惧而后退，李敢出其左右而还，说道："胡虏不可惧也！"军士乃安。李广令军士围成一圈，面朝匈奴人，匈奴人则围击之，箭矢如雨，汉军死伤过半。李广令军士们持弓待匈奴人靠近再射箭，自己则持强弓大黄，连续射杀匈奴裨将，迫使匈奴人进攻放缓。夜晚，军士们因恐惧及疲劳而面无人色，唯李广意气自如，激励众人坚守待援。至第二日再力战，汉军又损失巨大，几乎全军覆没，幸亏张骞率万骑赶到，奋力向匈奴骑兵冲杀，匈奴人以为卫青率大军赶到，赶紧撤出战斗，这才救了李广、李敢父子及所剩无几的汉军。

此役，李广虽杀敌四千，自身亦损兵四千，功过相抵，无罚亦无赏。张骞迟滞失期，当斩，赎为庶人，爵位及官职皆夺。

霍去病率军在赵破奴的引导下，出塞进入阿拉善沙漠后，沿着北山之北坡，艰难跋涉数日，到达居延泽。居延泽在匈奴语中是天池的意思，是个很大的湖，湖水清澈广阔，大军人马皆好好地补充了水分。霍去病下令宿营，等待公孙敖军前来会合。等了三日，不见公孙敖军，当时也无法联络，霍去病下令开拔，沿着弱水向南进军，从合黎山垭口顺利进入河西走廊。

霍去病率大军向南直接进至祁连山下，发现一集中居住地，与上次遇到的诸匈奴王国有所不同，仅有茅草尖顶的土屋，未见帐篷。霍去病令赵破奴率部分骑兵上前一打听，果然不是匈奴人，而是小月氏。月氏人受匈奴人侵夺，大部分迁往远方，称大月氏；仅余小部分留在祁连山，屈从于匈奴人，称小月氏。霍去病断定这是河西走廊的原住民，下令不必打扰，绕过他们向西攻打另一匈奴部落酋涂国。

哪知酋涂国很不经打，看到黑压压一片大汉骑兵冲上来，早已吓得屁滚尿流，交战不到一个时辰，即被杀死一千多人。酋涂王眼看毫无胜算，率属下二千五百骑兵投降，表示愿意臣服于大汉。

霍去病率军再向西，到达呼于屠国，霍去病下令大军扎营，仅令校尉高不识率手下骑兵去攻。高不识知道这是霍将军赐予他立功封侯的好机会，立即率手下三千多骑兵冲上去，攻入呼于屠国，生擒呼于屠王及王子等十一人，捕获骑兵一千七百六十八人。呼于屠王亦愿臣服于大汉。

大军在呼于屠国宿营一夜后，霍去病率军折返向东，再次进至浑邪国城下。一看，城门大开，完全无防守，霍去病不知是何情况，令赵破奴率一小队骑兵进城探个究竟，因为只有他通匈奴语言。赵破奴进城后，到军营里俘获了一都尉回来，向霍去病禀报，浑邪王率领大部分骑兵已逃到焉支山，城中仅有少量骑兵护着王宫。霍去病决定不进城，令匈奴校尉带路，直奔焉支山。

焉支山横亘于浑邪城东面，南北宽四五十里，东西长六七十里，扼河西走廊中部咽喉，其南、北坡均有大片草原、牧场。浑邪王吸取上次与霍去病在城中作战的教训，不欲因战而毁了城中家当，故将所有万余名骑兵几乎全部带出浑邪城，于焉支山南坡草原上扎下营盘，欲与霍去病在自家熟悉的草原上决一死战。

派出去的斥候探得匈奴人候在焉支山南坡等待决战，霍去病下令于离焉支山二三十里的地方宿营。当晚，他召集手下各校尉作了布置。子夜，步兵校尉仆多率领一千五百名步兵弓箭手，由匈奴都尉领着，在夜色掩护下，悄悄先行出发，进入焉支山区，天亮之前快速运行到匈奴人大营的北面，埋伏于树丛中。到霍去病率领的大汉两万余骑兵与匈奴浑邪王的万余骑兵在焉支山下大草原上对峙之际，浑邪王信心十足，一阵哈哈大笑之后，对霍去病大声说道："霍将军别来无恙，咱浑邪国热情好客，此次尔等就不必返回了！"

霍去病并不搭话，于马上举起长戟，大吼一声："杀！"即率先拍马冲了上去，两万余大汉骑兵如惊涛巨浪，一下子向匈奴人涌去。浑邪骑兵也不示弱，立即迎上交战，短兵相接，人仰马翻。两军刚刚交战，汉军弓箭手即冲出树丛，从背后向匈奴人射出无数箭矢，射倒了许多匈奴人。匈奴骑兵腹背受敌，一下子就乱了，后面有一部分匈奴骑兵掉转马头，杀向山坡上的大汉步兵，然大汉步兵极为有序地轮番射出箭矢，匈奴骑兵纷纷倒下。

浑邪王一见，立即命令更多骑兵掉转马头去攻汉军步兵。霍去病一看不好，步兵就要遭殃，他双腿一夹马肚，大喊："跟我支援弓箭手！"手中长戟挑、刺、砍、割，使得出神入化，后面许多骑兵跟着他，硬是在匈奴骑兵队伍中间划出了一条通道，冲出去后杀向攻击弓箭手的匈奴骑兵。汉军步兵见霍去病率领一队人马前来救援，士气更振，立即停止射箭，拿着长矛，从两翼包抄，配合骑兵基本消灭了冲上来的匈奴人。然后霍去病又率领这队骑兵冲入敌阵，杀向匈奴人中心的浑邪王。浑邪王见状，顿生畏惧，下令鸣金，退出战场，撤向山地。霍去病见匈奴人撤退，因不熟悉此地地形，亦下令撤出战斗。

此役，共消灭匈奴骑兵五千余人，汉军亦有近两千骑、步兵阵亡。

霍去病率大军继续向东，不久进入休屠国地界。休屠王不敢与霍去病正面交锋，而是将万余名骑兵分成数队，于沿途不断袭扰，往往是从南面的祁连山或北面的合黎山山坡树林中突然冲出，偷袭一下即退回山上树林中。开始汉军很不适应，损失了不少士兵、民夫还有辎重。霍去病于是将大军分成三路，一路应对北面，一路应对南面，中间一路接应。又增调四千骑兵与步兵一起保护辎重。一旦发现偷袭的匈奴人，立即包抄合围，给予狠命一击。如此一来，汉军连续消灭了两拨偷袭的匈奴骑兵四千多人，迫使休屠王下令停止袭扰。

卢胡国上次基本被灭，剩余的人并入了折兰国。霍去病率大军抵达折兰国，新立的折兰王虽然明知寡不敌众，不是霍去病的对手，仍然拼死抵抗，全部落的青壮年男女全都拿起武器上阵，直至全部战死为止，死亡达七千多人。霍去病见了，亦唏嘘良久，心中充满敬意。原来，折兰氏即兰氏，乃匈奴三大贵姓之一，当今伊稚斜单于的阏（yān）氏（zhī）即正妻就是折兰国人，上次折兰王被霍去病斩杀，其女阏氏即赴家乡为父亲治丧，恰遇汉军再来攻打，新任的折兰王乃阏氏之弟，为保护姐姐，不惜带领全部落青壮年拼死一搏。霍去病此战有一意外收获，即俘获了回乡奔丧的匈奴单于阏氏。

灭了折兰国，又掳了阏氏，霍去病大军继续向东进军，一日后包围了遫濮国，然国中骑兵及青壮年皆上了乌鞘岭，防备汉军去了。霍去病心想舅舅卫青真是料事如神，匈奴人果然在乌鞘岭上设障阻击。司马赵破奴请战，称两次征战河西走廊，尚未建功，此乃最后机会，望将军赐予。霍去病也正欲将这机会给予赵破奴，便一口答应，派出六千多骑兵和二千步兵，交赵破奴带领，去岭上寻遨濮匈奴人，予以歼灭，不让其挡住大军返回之路。

赵破奴率八千士卒上了乌鞘岭，原想一鼓作气即可打败匈奴人，不料在岭上布防的不仅有遨濮国人，还有居住于乌鞘岭西坡的稽沮国人，共有上万人，不过经常作战的骑兵不足四千人。好在匈奴人设防虽在要害险阻之处，但那是防备从东边过来的汉军，没想到汉军却从西边即背后杀了过来。一时惊慌失措，不少人看到气势汹汹的汉军冲上来，一下子就逃跑了。赵破奴率军勇猛冲击，不到两个时辰即打败了匈奴人，斩杀了遨濮王，俘虏了稽沮王，斩获四千余人，汉军阵亡亦有二千多人。

第二次河西之役，霍去病大军共斩获匈奴人三万二百人，斩获五王及五王母，王子五十九人，相国、将军、当户、都尉等六十三人，更俘获单于阏氏。可惜阏氏在翻越乌鞘岭途中，借口小解，跳崖自尽。

霍去病再征河西走廊，取得更大战果，刘彻大悦，诏令益封霍去病五千户，并封其下属：以一千五百户封司马赵破奴为从骠侯，以一千一百户封校尉高不识为宜冠侯，以一千一百户封校尉仆多为辉渠侯。

河西匈奴人于祁连山、焉支山一带大败，痛心疾首，其歌曰：

> 亡我祁连山，
> 使我六畜不蕃息；
> 失我焉支山，
> 使我嫁妇无颜色。

4. 霍去病三征河西匈奴

河西走廊匈奴人大败的消息传至匈奴单于庭，伊稚斜震怒，他传书痛责浑邪、休屠二王，未能团结各部坚决抵抗汉军，致损兵折将，损失数万之众，尤其使单于阏氏被俘殒命，严令浑邪王、休屠王赴单于庭请罪，等候处理。两王接书后商议，此去单于庭必遭诛灭，不如投降汉朝尚可获得生路。

当年秋季，浑邪王派人逾乌鞘岭而至汉朝边境，密会大汉官员，告知欲投降内附。边境官员飞报朝廷，刘彻派遣负责民族和对外事务的大行令李息专门到河水（黄河）边一小城与浑邪王使节正式会面，商讨内附相关一应事宜。李息之后派快马飞报朝廷，称一切谈妥。刘彻仍不放心，恐匈奴人诈降而借机侵袭边地，便派遣霍去病率三万余骑兵往迎，以防万一。

过了不长时间，霍去病率大军到达河水东岸，远远望去，匈奴人已于西岸宿营，一眼望不到边的帐篷，估计有好几万人。霍去病问当地官员，匈奴人到达有多少日子？为何还不渡河？官员答，匈奴人已来七八日，不知为何不渡河。霍去病一想，这里面肯定有什么变故，于是下令，三万余骑兵中两万立即渡河，一万余留在东岸以为接应。当地征集的民夫立即在一二十里的河水上搭建起十几处浮桥，大军用了一天又大半夜的时间方渡到西岸。霍去病下令沿河宿营，自己则带着赵破奴、高不识等属下，在五十余名勇敢士的护卫下，直接策马赶往浑邪王大营。

霍去病到达浑邪王营帐入口，刚下马，正逢几人从里面抬出一具血肉模糊的尸体，霍去病大惊，立即抽出佩剑，赵破奴、高不识等随行人员均握刀在手，五十多位勇敢士迅速将营帐包围起来。

霍去病进帐后，看见浑邪王坐在地上，胳膊受了伤，有人正为他包扎。他看见霍去病进来，立即推开身边人，勉强着站起来，揖拜道："小王拜见霍将军！请霍将军上坐。"

"浑邪王免礼。"霍去病当然不客气，坐到帐内正中的座位上，并不关心浑邪王伤势，问道，"刚才是何人被杀抬了出去？"

浑邪王答道："休屠王。"

霍去病很吃惊，再问："为何？"

浑邪王似乎站不住，面部表情很痛苦。霍去病见了，让他坐下，吩咐边包扎治疗边答话。浑邪王不知是因为疼痛还是愧疚，竟流出了眼泪，说："启禀霍将军，我也是迫不得已才杀了休屠王，是他先动手，刺伤了我的胳膊，我才回击的。"

霍去病有些不耐烦，说道："究竟是怎么回事，能说得清楚吗？事至此，甚紧急，赶紧说清楚，才好应对。"

浑邪王这才缓缓说出原委："我与休屠王早就商量好，带着两国的全体人员和牲畜一同投奔大汉，但自进入大汉境内后，休屠王屡屡提出想回去，称这里不比咱河西好。昨日望见霍将军率数万骑兵来迎，更说此乃大汉欺骗我等上当，要将我们一举歼灭，于是鼓动自己手下还有我的手下，掉头返回。他进我营帐告知，我不允，他竟抽刀刺伤我。"

霍去病一听，顿觉大事不好，即问："真的有人返回了吗？"

"好像有。"浑邪王答。

"动身否？"霍去病急了。

正在此时，浑邪王属下大当户铜离进帐禀报："大王，不好了，有许多人已经动身往回走了。"

霍去病问："是些什么人？有多少人？走了多远？"

铜离答："有休屠国的，也有我们浑邪国的，有八千多人，已走出十多里地了。"

霍去病当机立断："浑邪王你立即管束住你的人，且将休屠国的人合并于一起，不可再生是非。赵破奴，你速去召集万骑，我与你们一起去追。"

浑邪王看见霍去病两眼满是凶光，怕了，他尝过这位二十岁将军的厉害，赶紧答道："诺。"

霍去病率万名骑兵，风驰电掣般地追赶，不到一个时辰就赶上了往回逃的八千余匈奴人，这里面既有匈奴骑兵，亦有他们的家人。霍去病下令，无论青红皂白，全部杀戮。不一会儿工夫，八千多匈奴人就全部被斩杀，血流成河，血腥气久久弥漫于空中。

霍去病斩杀了八千多往回逃的匈奴人，余下的四万多匈奴人受到极大震慑，无一人再有逃跑之念。

浑邪王安排手下四位亲信，裨王呼毒尼、鹰庇、禽犁及大当户铜离，分头管理全体匈奴人后，霍去病让浑邪王先行渡河，由大行令李息陪着，乘坐朝廷派来的专门乘传赴京师长安，朝见大汉皇帝。霍去病则率大军，监督匈奴人分批渡过河水。匈奴人食物早已耗尽，霍去病下令以军粮接济，包括肉食。

朝廷派出大批官员，携带二万乘马车和大批衣食、物资于河西等候，将四万多匈奴人分成五个属国，分别带往北方的陇西、北地、上郡、朔方、云中五郡的塞外安置。五郡均在河南地，虽则分而治之，但耕牧皆可，条件较好。迁徙进行了十几日，路途遥远的达几十日。途中由各郡县依次传接，提供大量食物接待，不得有误。其实当时因连年战争，费用及马匹均消耗巨大，朝廷官府既不能提供马匹，也无钱购马，迫不得已只能向民间赊借，民间有马藏匿不出的，往往受到惩罚。

浑邪王到了长安后，刘彻于未央宫前殿正式接见，封其为漯阴侯，食邑万户；又封其四位主要下属呼毒尼、鹰庇、禽犁、铜离为列侯，各赐食邑一千一百户；赏赐达数十万之巨，为大汉朝建立以来之于外族所仅有。

起初，长安有民户匿马不出，刘彻得报，欲斩长安令，右内史汲黯闻讯当面谏诤，称："长安令无罪，独斩臣黯，民乃肯出马。如今匈奴来降，徐以县次传接厚待，令天下骚动，疲惫中国，如何这等甘心为夷狄乎？"刘彻念汲黯乃耿直之臣，默然未应，但也未斩长安令。

后浑邪王及其部属、随从至长安，到市场购物，商家即售予。其时朝廷有律令规定，京师向匈奴人出售货物等同于边关市场出售货物，必须有朝廷颁给的符传以为许可凭证，无凭证擅自售卖，当斩。长安商家从未向匈奴人售卖过货物，也不知朝廷有禁令，犯禁的竟达五百余人。有关官员禀报刘彻，刘彻下令将五百多名商人全部斩杀。汲黯闻讯，又立即进未央宫，到高门殿向皇帝谏阻。

汲黯直截了当地对刘彻说："陛下，匈奴人侵扰边塞，断绝和亲，吾大汉兴兵讨伐，死伤已不计其数，耗费亦已以数百万计。臣以为此次浑邪王率众匈奴人来降，陛下肯定会将匈奴人作为奴婢赏赐给死难将士之家，有缴获亦予之，以谢天下之苦、慰百姓之心。如今纵然做不到，却掏空朝廷府库以赏赐之，发动沿途良民以侍奉之，厚待匈奴人犹如骄子。甚至要斩杀违禁售卖货物给匈奴人的长安市中商人，这些商人皆愚民也，岂能知悉于长安市中售货与边关市中售货是同样的禁令呢？陛下以微小禁令斩杀五百余商贾，是庇护树叶而伤害枝干，臣窃为陛下不取也。"

刘彻听了，半晌没作声，只是摇头。

汲黯见皇帝摇头，知道这是不同意，又说："陛下，臣请陛下三思！"

刘彻见汲黯不依不饶的，怒了，正色道："朕有些日子未听到汲黯之言，如今又听到了你妄发的胡言乱语！你去过边郡、见过匈奴铁骑蹂躏后的惨状吗？你家有戍卒曾于极艰苦的环境里戍守着边境吗？朕遣卫青、霍去病诸将士横绝大漠、征讨匈奴，是要从根本上改变吾大汉自高帝以来受到匈奴人侵扰、欺侮的局面，让边郡安宁、朝廷安宁、国家安宁。连年大规模战争确实造成了府库空虚、子民重负，但对匈奴的战争不可避免，亦不能不胜，否则朝廷和百姓会遭到更大灾难。朕咬紧牙关，将士们浴血奋战，已连续取胜，尔汲黯，为何就不能与朕一起咬紧牙关坚持，为何就不能为将士们的功绩欢呼，而只是于此吹毛求疵、横加指责？朕亲耳听霍去病讲过，河西走廊有绵延不断的巍巍雪山，有奔流不息的众多河流，有望不到边的青青草场，有广袤无垠的千里沃土，那里原为月氏、乌孙人的故乡，后来匈奴人侵占了它，如今浑邪王将它献给大汉，此乃天赐大汉也！河西之地入了大汉版图，浑邪王之于大汉的功德，难道不值得重重赏赐和厚待？朕将于河西设郡置县，迁徙内地贫民往居；朕将减少有关边郡戍卒，因为西边的匈奴人威胁已大大削弱。这难道不是减轻了吾大汉子民的负担？"

刘彻一席话给了汲黯很大震动，皇帝的严词斥责使他意识到此番谏净或许真的错了，真的不合时宜。他说道："陛下，臣有病，不仅身体有病，脑子亦有病，臣请陛下原谅一个病人的妄言呓语。臣还是请求辞去右内史之职，退隐田园以养疴为宜。"

汲黯一贯倨傲，不能容人之过，无论是谁，以至于数次冒犯皇帝，今日却有认错之意。刘彻说："也好，朕准了。养好了病，朕将来还要请你帮朕。朕久不见你想你，想听你直言谏净，然见多了听多了又有些烦。"

"臣叩谢陛下！"汲黯竟笑了，跪叩后告退。

霍去病将各路匈奴人送上安置途中后回到长安，即进未央宫禀报。刘彻听说霍去病来了，竟出承明殿到阶下迎接，一把握住霍去病的手，一同登阶入殿，连说："甚好，甚好！河西走廊进了吾大汉版图，甚好！去病厥功至伟矣！"

霍去病热泪盈眶，跪叩道："去病为陛下驱驰，为国家征战，理所应当。陛下谬赞，去病愧不敢当！"

刘彻扶起霍去病，说道："去病坐下，仔细与朕说说此番往迎匈奴人的情况。朕听李息与浑邪王说了，但朕想听你讲。"

霍去病待皇帝落座后方自己坐下，禀报道："陛下，您诏令臣率重兵往迎浑邪王来降，何其英明！浑邪王与休屠王来降之众，号称十万，实际也有五万之多，除去臣两次征伐中斩杀及俘获四万余，乃为河西走廊居住的匈奴人全部。不想进入吾大汉境内之后陡生变故，休屠王反悔，其属下甚至还有浑邪王属下皆有反悔。如若不是陛下遣臣率三万余骑兵及时赶到，休屠王被浑邪王杀戮后必然发生内乱，而逃亡的八千多匈奴人如若未被及时镇压，也会造成更多人回逃的严重局面，甚至会出现匈奴人借机攻掠吾大汉边郡。"

刘彻听了高兴地说："朕的预见还是对的，因为朕知道匈奴人一贯反复无常。不过，去病的处置甚为果断有力，一下子就将匈奴人震慑住了。对匈奴人，仍然要以征讨为主，而对于真心内附的，当然也应尽力抚慰、妥为安置。"

"陛下英明！"霍去病说，"我听说休屠王虽反复无常，但其阏氏甚明事理，多次劝说休屠王诚心归汉，其二位儿子，一位叫日（mì）磾（dī），一位叫伦，皆甚贤，请陛下宽宥。"

刘彻说："朕听李息禀报，依律，休屠王阏氏及二子均没为官奴。朕交代过，尽可能给予优待，长子日磾年已十四岁，朕让安排于宫中御马厩养马。"后日磾得刘彻赏识，赐姓金，渐擢为重臣，与霍去病弟霍光同时执政。此乃后话。

刘彻认为此次往迎匈奴人来降，等于第三次征讨河西匈奴人，为表彰霍去病功勋，又益封其一千七百户。

不久，刘彻诏令新置酒泉郡、武威郡，正式管治河西走廊。西为酒泉郡，其地下有泉，泉水美如酒，故名；东为武威郡，取"武功军威"之意。依据文帝以来的充实边郡政策，陆续迁徙内地贫民，给予室屋、衣食、用具、田器，逐步自给，并加训练，以为屯戍。又诏令减少陇西、北地、上郡三郡戍卒之半，减轻百姓徭役负担。

霍去病以二十岁的年纪就任骠骑将军，一年之内三次征讨河西走廊匈奴人，斩获近五万，逼降四万余，夺取河西之地，解除了大汉西北部威胁，贯通了去往西域的大通道，朝野皆以为其功直逼大将军卫青，而其得皇帝宠信胜过大将军，附势趋炎者甚至离大将军而侍奉骠骑。卫青自然从内心为外甥霍去病建立的巨大功勋高兴，对于一些人的做派仅一笑置之，并不在意。

一日，二姐卫少儿专门进府看望卫青，对他说："去病能有今日，首先是陛下信任，其次亦是你作为舅舅带出来的。他的功劳应有你的一半。"

卫青笑道："二姐说笑了！去病一年三征河西，功莫大矣，舅舅我高兴！我已上门祝贺他。他的功劳是他拼死疆场得来的，怎么能有我的份？我欲建功，自是往大漠中去挣，何能与外甥争？我能忌妒去病？"

"二姐从小即未看错青弟，看来我的担心是多余的。"卫少儿高兴地说，"哪日我请你与去病一起来我府上痛饮一番。"

卫青摆手："二姐，痛饮不必了。有机会我倒想听几位姐姐唱歌，唱卫风，唱《淇水有梁》。"

卫少儿说："你说听唱歌，我倒想起几日前我与大姐去宫中看子夫，她亦为去病高兴。跟我说，咱卫家一下出了两位了不起的将军，她甚为兴奋，心里想着编个歌《舅甥俩将军》呢。"

"哦，皇后姐姐真有兴致。"卫青想着，有好些日子未去看望卫子夫了，得抽空去宫中拜望一下。

第

八 章

匈奴远遁

1. 决意漠北决战

匈奴浑邪王尽率河西匈奴人降汉，并献出富庶的河西之地，伊稚斜单于痛心疾首。他召太子左贤王乌维、自次王赵信以及相国、当户、大将等商议，右贤王因连续丢失其管辖范围内的河南地、河西走廊，完全失去伊稚斜单于的信任，故未召右贤王而是召右谷蠡王前来议事。

伊稚斜单于对赵信说："自次王，本单于听了你的话，收缩兵力，于漠北以逸待劳，等着汉军长途跋涉而至，痛击其疲惫之师，然汉军却连征河西，竟夺取之，你的策划并未见效，反而亏大了。"

赵信辩解道："大单于，非臣策划有误，以逸待劳之策没错，是咱匈奴右部太不争气了。右贤王援救楼烦、白羊两部不力，致使我们占了多年的河南地被汉朝夺回，后来右贤王松懈轻敌，自己差点被卫青掳了去，致其对汉军产生了恐惧症。霍去病一攻河西，右贤王不理，再攻河西，依然不管，浑邪王率大批人众投靠汉朝，仍然不加阻拦。大单于您说，这是臣之错，还是右贤王之错？"

伊稚斜深深叹了一口气，说道："自次王说得没错，是右贤王之错。可他是我唯一的亲弟弟，我能如何？如今不是已经让他靠边，让右谷蠡王管治右部了吗？不过汉朝君臣一年之内连续出招，致我们措手不及，完全出乎我的预料，我也大意了。如今想起来，不能完全怪右贤王，我也有责任。"

右谷蠡王乃伊稚斜次子，立即说道："父亲大单于，儿臣考虑要积聚力量，有朝一日夺回河南、河西之地。"

伊稚斜笑道："你有如此大志向，我喜欢，但目前不可能。如今的汉军已不比以往，卫青、霍去病亦非寻常之辈，必须重挫汉军主力，让其遭受大的损失，然后我们才有可能收回河南、河西。"

"父亲大单于英明！"乌维说，"我们虽然于右部遭受了不小损失，但大单于直管的中部和我等的左部，军力尚在，仍然可以与汉军进行一次决战。儿臣觉得自次王的策略还是有价值的。"

其余相国、当户、大将等均附和乌维之言。

伊稚斜说："既然尔等皆以为自次王之策划有用，那我们就在漠北等着与汉军进行一次决战，但汉军主力不来怎么办？"

赵信胸有成竹："大单于，他们不来可以设法引他们来啊。"

"如何引？"伊稚斜问。

赵信说："汉朝刚刚占了河西走廊，气正盛，容不得挑逗，咱们去打它一下，它定会反击，然后咱们以小股骑兵半途袭扰，牵着汉军的鼻子，至漠北与咱们决战。汉军一路疲惫，而咱们的主力以逸待劳，一定会打败他们、重创他们，甚至可以消灭他们诸多有生力量，到了那时，收复河南、河西岂非容易得多？"

"甚好，甚好！"伊稚斜觉得有把握取得大胜，对乌维说，"你去带上数万骑冲击一下汉朝边郡，当然必须有些战果，掳些人和财物，让他们痛了才会出征。"

赵信插话："大单于所言甚是。但最好分兵两处，这样汉军亦可能分兵出征，免得汉军合兵一处。咱们也由大单于和左贤王在两处等他们。"

"有道理。"伊稚斜令手下的大当户率二万余骑、乌维率三万余骑分击汉军边郡。

不久，匈奴大当户领兵侵掠定襄郡，乌维领兵侵掠右北平郡，掳走一千余人和大量财物，还放火焚毁了许多民房。

刘彻获报大怒，急召众将商议，想着定要给予匈奴更沉重的打击，使之无力犯边。刘彻说："自元光六年朕遣军征胡，已逾十载，大将军六战六捷，收复河南全部土地；骠骑将军连征祁连，致匈奴浑邪数万之众内附，且献出河西之地。至此，匈奴右部在吾大汉连连重击下已溃不成军，然匈奴中部及左部力量并未受到太大打击，仍旧时常侵掠吾大汉边郡，此次即掳掠定襄、右北平二郡。朕早有考虑，务要全力攻灭匈奴中、左部，至少使其无力犯边。"

霍去病听说又要出征，情绪高涨，大声说道："陛下英明！臣初随大将军两征匈奴，后又奉陛下旨令率师三打河西匈奴人，臣深有体会，对匈奴人，务必猛打、狠击，打到他们服软、投降方可罢手。陛下尽管下令，臣等即寻单于、左贤王父子决战，一举将他们打趴下。"

刘彻为更多了解匈奴人情况，专门让人通知内附的浑邪王与会，霍去病一番话说得浑邪王脸上红一阵白一阵的。刘彻见了笑道："骠骑将军的话，是否让漯阴侯尴尬了？如今已是一家人，不必计较。漯阴侯甚是了解匈奴情况，朕想听听你的意见。"

已被封为漯阴侯的浑邪王赶紧离座跪叩道："陛下，罪臣蒙陛下隆恩，岂敢与骠骑将军计较？无骠骑将军征讨河西，罪臣何能至长安、进未央宫？何能过上富贵无比的好日子？罪臣感激骠骑将军还来不及呢！"

刘彻与众将都被浑邪王说笑了。

"漯阴侯平身。不必称罪臣。"刘彻问，"依你所见，吾大汉可与匈奴决战否？"

浑邪王回到座位后说道："回陛下问话，臣以为，单于和左贤王此次犯边，是引诱大汉骑兵至漠北与其决战，以逸待劳，企图聚而歼之。"

"哦？"刘彻不解，"何有此说？"

浑邪王答道："陛下，赵信重回匈奴后，甚得伊稚斜单于信任，单于封他为自次王，成为仅次于单于的人，又将自己的姐姐嫁予他，还专门为他筑一城，名赵信城（今蒙古国杭爱山以南）。单于对赵信，言听计从。赵信为单于筹划一策，即少遣骑兵犯塞，漠南亦尽量少驻骑兵，而是将兵力收缩、集中于漠北，等着汉军往攻，汉军长途跋涉，疲惫至极，匈奴骑兵则可一击制胜。"

刘彻气愤地说:"赵信甚毒也!朕待他不薄,封他为翕侯,不想他回到匈奴后竟想出如此狠毒的招数。"

卫青见刘彻动怒,劝道:"陛下息怒!臣以为,赵信为单于策划,于漠北以逸待劳,伺机击败我军,而我军可将计就计,假装上当,伪作疲惫,麻痹对方,寻求与其决战,打败他们。陛下遣我等征讨,真要想寻找匈奴主力决战还真不易,如今匈奴单于等着与我们决战,臣以为,此乃绝好机会,机不可失!"

卫青一番话,让刘彻豁然开朗,脸色立刻平和下来,说道:"大将军果然棋高一着,竟能从敌方阴谋中捕得难得的战机。众将以为如何?"

霍去病击掌道:"好极!好极!匈奴人企图打我们一个疲乏无力,我们则可以打他一个麻痹轻敌。"

郎中令李广则说:"陛下,臣还是有些担心,匈奴人做了充分准备,而我军要长途征战两千余里,势必疲倦,果真能击败等候多日的匈奴大军?真要与匈奴决战,是否还要再作打算,等待更好的时机?"

刘彻知道李广擅长防守拒敌和近塞作战,长途征战非其所长,说出这样的话不奇怪,但他对这位历任三朝的抗匈名将还是信任的,让李广做郎中令,不用再于边郡经历磨难和危险。刘彻说:"李爱卿担心是正常的,朕起初也担心。但朕思考再三,觉得连年征战匈奴,致国库空虚,子民负担加重,不可能长期拖下去。久拖不决,朝廷难以承受,全国百姓也难以承受。故朕下定决心,及早与匈奴决战,及早解决这一不得不解决的问题。众位爱卿,匈奴乃吾大汉外部最具威胁的祸患,不解决行吗?"

太仆公孙贺说:"陛下决断英明!如今连年征战,不仅耗费了大量物资,马匹亦十分匮乏,太仆管辖的各地几十所马苑,军马供应显得捉襟见肘,难以为继。况且,臣以为,多年征战,将士们牺牲巨大,疲惫不堪,亦须抓紧决战后调整休养。"

其余各将亦纷纷赞成大军远征漠北,与匈奴决战。

刘彻见众将支持，甚悦，朗声说道："伊稚斜在漠北等着吾大汉将士决战，他以为大汉将士不敢去，那他完全错了！吾大汉将士不仅要去，而且去了必定打败他！朕诏令大将军一路，骠骑将军一路，各率五万骑兵，各自多带步兵、民夫等，于三月出征与匈奴单于、左贤王决战。现在是一月初，尚有两个月时间，尔等抓紧准备。"

"诺，谨遵陛下军令！"众将异口同声。

浑邪王提出要随军出征，刘彻称其年纪大了，不必征战，但其原属下年轻勇猛之将士可选一些，至骠骑将军麾下效力。

李广表示此次大战对自己可能是最后一次机会，请求皇帝准许他出征，称定要与单于拼个你死我活。刘彻知道李广多年来郁积于心的心结，投军以来与匈奴大小七十余战，竟未得封侯，心里想着给他这最后一次机会，但看到李广须发皆白，满脸沟壑，又不忍让这位年逾六旬的老将去历难犯险，故未允。

散朝后卫青单独留下，对刘彻说："陛下，臣将率师自定襄出征，数十万大军及民夫聚集于彼，然定襄郡太守义纵被陛下擢升为右内史，接替汲黯，已离开定襄，臣恐定襄生乱。臣恳请陛下，尽早确定新太守人选，并令其立即上任。"

刘彻听了说道："不是你以前说过义纵能干，要朕有机会重用他吗？你有推荐任定襄郡太守的人选吗？"

卫青赶紧说："谢陛下记得臣的话，亦谢陛下要臣荐人。"

刘彻笑道："看来卫爱卿早有考虑，是谁？"

卫青答："张次公。"

刘彻道："朕赞成。他不是义纵而胜过义纵也，严苛不输义纵，且能统兵作战，乃边郡太守的合适人选。其先前坐法被免，还是应该用起来，人才难得啊！朕即下旨，令张次公从速上任，助你一臂之力。"

"臣替张次公叩谢陛下！"卫青跪叩道。

"卫爱卿快平身。"刘彻说，"刚才李广请战，朕不忍让年过六旬的老将出征，估计他还会求朕。真要是去了，你要照顾他，不能让他直接蹈险，朕不能让单于看到如此高龄的将军与他作战，让他笑话吾大汉没人而让一位老汉上阵。"

"诺，臣记住了。"卫青说。

刘彻又说："昨日大姐平阳公主来见朕，说是又要与匈奴打仗了，记得让她的儿子平阳侯曹襄跟你出征，她称曹家以勇武传家，平阳侯不上战场建立功勋就不配做平阳侯。以往几次朕都未准，此次看来不准不行了。你带上曹襄吧。不过大姐仅此一子，你可要多予关心啊！"

"诺。只要臣在，即保证平阳侯在。平阳侯出了问题，臣这辈子都无面目去见平阳公主。况且平阳侯乃陛下与皇后之贤婿，臣岂敢不保全？"卫青说得很干脆。平阳侯曹襄的夫人即刘彻和卫子夫所生的长公主。

刘彻说："襄儿也是你的外甥女婿，有你这做舅舅的在，朕当然放心。"

第八章　匈奴远遁

2. 单于溃围逃遁

霍去病所部，原来即有相当部分是奉旨从各军挑选的勇敢士和精锐，此次皇帝又令其从河西的匈奴人中挑选了一批勇猛敢战之人和多位悍将，甚至元朔年间投降的匈奴禆王、已封为昌武侯的赵安稽亦自愿前来参战，致霍部战力大增，胜过卫青所部。故刘彻令霍去病率师从定襄出征，直对单于庭，寻单于决战，而卫青率师从东面的代郡出征，去打力量稍弱的左贤王。后来代郡边塞捕获一名匈奴斥候，称今年春季单于要离开中部的单于庭，到东面的左贤王庭居住一段时间，刘彻复改令卫青出中部的定襄，霍去病出东面的代郡。其实，匈奴那名斥候是单于派来有意让汉军捕获、传递假消息的，意在搞乱汉军部署，让单于避开最强的汉军。

卫青到达定襄后，新任郡太守张次公到大将军府拜见，先是感谢大将军的荐举，称当年糊涂，竟与淮南王的公主搞在一起，丢掉爵位和官职，如若不是听了大将军的劝诫，没有陷入谋逆阴谋，那可能遭到族灭，想想都后怕，真是追悔莫及。

卫青说："圣人有云，人非圣贤，孰能无过？过而能改，善莫大矣。此乃至理名言。次公老弟，往者不可谏，来者犹可追。此亦圣人之言。贤弟尚年轻，今后努力便是。"

张次公揖拜道："大将军，愚弟记下了。"

卫青问："大军出征的准备事项进行得如何？困难否？"

张次公答："禀报大将军，此次从定襄出征的骑兵五万，步兵八万，随征民夫十五六万，所需粮食、辎重数量巨大，而朝廷调运的尚在转输途中，出征前有一些不能抵达本郡。"

卫青一听急了，说："兵马未动，粮草先行，粮食辎重跟不上，大军如何出征？是否要禀报朝廷催促？"

张次公见卫青着急，赶紧说："大将军莫急，如今急报朝廷催促也是来不及，在下已经想了办法，先用本郡储备的粮食、物资垫上，又向邻近的各郡借调了一些，待朝廷调运的到来后再补还。不过这样仅够大军去程所用，返程所用尚欠缺。"

"就没有办法了吗？"卫青问。

张次公说："大将军，即使返程所用的粮食、辎重准备足了，也无力转输啊。"

卫青不解："此话怎讲？"

"因为马匹大量欠缺，骑兵的马是朝廷保证的，那也是一人一马，备用的马不多，实在征不到啊！这次战车兵不能出动，不也是马匹不足的原因吗？我设法招募民夫自带衣、粮和马匹参加转输，征得朝廷允准，无罪的予以爵位，有罪的免罪，如此方征到私马二万匹左右。这样，还有许多民夫转输只能是以人拉车，转输物资的量当然大大减少。"张次公显得也很无奈。

卫青知道张次公已经尽了最大努力，稍稍思索后说："贤弟已经极费心了。帐篷、兵器等辎重必须保证，粮食不足部分我可以向敌方去取，饮用水亦可少带，途中去寻。好在多次征战大漠，去往单于庭途中有水草之处和匈奴人聚集地已大概了解。"

出发前三天，郎中令李广到了。老将军一身戎装，精神矍铄，一进大堂就将皇帝诏令递给卫青，上面写得清楚："诏令郎中令李广为前将军，随大将军出征匈奴。"

卫青一看，心想陛下前些日子还嘱咐即使李广多次请求而不得已让他出征，也要照顾于他，如今任他为前将军，那岂不是让他打先锋、冲在最前面？那如何保证他的安全呢？卫青转念一想，这大概是陛下被李广缠得没法而不得已才任他为前将军的，我可要按陛下的本意调整一下部署。

卫青已任公孙敖为前将军，因公孙敖数次跟随自己征战，先是于元朔五年（前124年）收复河南地时因功封侯，后又于元狩二年（前121年）配合霍去病二攻河西时失道而被夺去侯爵，卫青希望他此次充任前锋建有功勋而重新封侯。皇帝任了李广为前将军，当然不可更改，卫青就将公孙敖改任中将军，与自己一道为大军打前锋；太仆公孙贺为左将军，护左翼，出西道；前将军李广和主爵都尉、右将军赵食（yì）其（jī）护右翼，出东道；平阳侯曹襄为后将军，后援策应。卫青令左、右两翼与中、后军并头向北行进，目标是单于庭。

卫青属下五万骑兵，左翼公孙贺五千余人，右翼李广、赵食其八千余人，自率主力中军、后军三万多人。元狩四年（前119年）三月，大军从定襄出发，出塞后进入大漠。至阴山坡下宿营当夜，有一股匈奴骑兵前来袭扰，被守营的步兵击退并抓获一名受伤的匈奴人。卫青亲自审问俘虏，令军医仔细为其疗伤，又多予盐巴、布帛等，那匈奴骑兵即如实告知，称头领令他们袭扰汉军，是唯恐汉军不去漠北，单于等着要与汉军决战。卫青一听暗喜，心想有不断袭扰的匈奴小股骑兵引路，大军不会失道。

有匈奴俘虏做向导，大军日行夜宿，多走有水草处及匈奴人聚集地，尽可能地随时补充水及粮食。卫青不想让将士们太辛苦太疲惫，那样最后遭遇以逸待劳的单于大军会很吃亏，故行军速度并不很快，即便如此，行军至半途时，后将军曹襄还是病了。曹襄自幼生活于侯府，锦衣玉食，没受过苦，突然一连数日置身于大漠，水土不服，腹泻疼痛不止。

卫青一听说，立即赶到后军大营看视，嘱咐军医好生医治。看着曹襄那咬牙皱眉的痛苦状，卫青心中也痛。他唯恐平阳公主这唯一的儿子随自己出征遭遇意外。卫青守到半夜，见曹襄有好转，才在众将的劝说下回到自己的中军营帐休息。

卫青率师一路不断击退袭扰的匈奴骑兵，至第十一日，派出侦察的斥候小队回来报告，称七八十里外发现匈奴人大营，连成一大片，至少有三四万人。捕获一"舌头"，方知是单于亲自率领骑兵主力在那里扎营多日，等候汉军前来，企图一举歼灭疲惫之师。斥候们怕那位匈奴俘虏逃脱回去报信，就把他杀了。

卫青听了大吃一惊，出塞仅一千余里，离单于庭至少还有五六百里，单于竟南下等候，心想幸亏派出斥候远途侦察，获此情况，否则大军贸然行进，遇到单于主力，很可能会吃亏。卫青下令再前行二三十里后于一水草处宿营，按常规，以辎车环营而置，因战车兵未来，故辎车后面多加派步兵弓箭手和长矛手，骑兵和将要配合作战的步兵歇于内里。卫青吩咐将士们好好歇息两夜，加餐吃饱吃好，恢复体力，准备第三日清晨出发，与单于接战。卫青又加派骑兵，与斥候小队一起于外围巡弋，发现匈奴人立即杀死，不使走漏消息。

翌日，公孙贺率左翼骑兵赶到，卫青大喜。

原来，伊稚斜单于在单于庭等着与汉军决战，不断有派出袭扰的匈奴骑兵回来禀报，称中间一路乃汉朝大将军卫青所率，行军速度较慢，单于听了，急不可耐，便不顾赵信等人的劝阻，亲自率三万余精锐骑兵离开单于庭南下，至赵信城南面二百多里的地方扎营列阵，希冀早日与汉军决战。伊稚斜信心十足，吩咐不必携带辎重，轻装前进，速战速决，大胜回庭。赵信劝他可在赵信城等候，称城中储备很足，可确保供应。伊稚斜说不必守城，还是在野外大漠中厮杀痛快，这是咱匈奴人的强处，长途跋涉而来的汉军筋疲力尽，哪里是咱们的对手？

汉军宿营后的第三日清晨，卫青自率五千骑为先锋，公孙贺的五千骑兵仍为左翼，公孙敖率万名骑兵为右翼，曹襄率万名骑兵为后援，其余骑兵和不守营的步兵为最外围，出发北进，与匈奴人决战。至下午申时，卫青率五千骑至伊稚斜阵前，伊稚斜以万骑列阵，自在中阵，左、右两翼如敞开之两扇大门斜列。

卫青胯下骑着皇帝赐予的宝马麟驹，头戴金盔，身着锁子甲，肩背大黄强弓和羽翎箭，腰挂吴越剑，手执三四十斤的铁戈，精神抖擞，威风凛凛。看见对面马上的伊稚斜，卫青举起铁戈，高声喊道："大汉战将卫青，奉吾皇之命，前来漠北，与单于会猎，但愿能使单于尽兴！"

伊稚斜瞅见卫青仅带五千骑前来接战，心想多数汉军肯定疲惫不堪不能上阵，故哈哈大笑："卫大将军，本大单于欣赏尔之胆气，仅率区区几千骑即敢来陷阵。来吧！"

卫青不再答话，挥舞铁戈，拍马上前，直接冲向伊稚斜，伊稚斜大惊，掉转马头后退，身边的部将上来挡住卫青厮杀。卫青挥戈连杀面前挡道的几个匈奴裨王，而大汉骑兵亦都冲了上来，与匈奴骑兵杀在一起。

此时，两翼匈奴人按照事先安排，如同关门，从两边包抄上来，企图围住大汉骑兵，但由于匈奴骑兵仅一万人，要想包围住五千大汉骑兵原属不易，加之汉军在卫青带领下，直将生死置之度外，拼死血战，匈奴骑兵无以得逞。伊稚斜见状，即令阵后后备的二万多骑兵全部围了上来，想一下子将汉军吃掉。伊稚斜看到三万多匈奴骑兵将五千大汉骑兵围在中间，正在逐步缩小包围圈，觉得胜利在望，高兴得手舞足蹈，令鼓手拼力击鼓，旗手不断挥旗。

就在伊稚斜得意忘形之际，在匈奴骑兵的背后，从东、西、南三个方向，一下子杀出源源不断的大汉骑兵，将匈奴人反包围了，不仅有骑兵，还有步兵弓箭手和长矛手，足足有五六万人之多。此乃公孙贺、公孙敖、曹襄率军按照事先的安排冲了上来。汉军内外夹攻，匈奴人眼看就撑不住了，正在此时，太阳突然钻入云层，大风突然猛烈刮起，扬起无数沙砾，遮天蔽日，昏暗如夜，两军不辨敌我，无以交战，各自抱团守阵。

狂风肆虐了一个多时辰方停下，虽无沙砾扑面，却已至黄昏，天色逐渐暗黑下来，双方逐步脱离接触。卫青属下的左校捕获一受伤的匈奴小头目，告诉说汉军大量围上来的时候，伊稚斜见汉军越来越多，觉得已无取胜可能，遂乘六马专车，在数百名壮骑护卫下，从西北角突围而逃。卫青急令左校率一千多名骑兵去追，大军随后而至。而匈奴骑兵得知单于逃走后，不再恋战，退散而去。此役双方杀伤大致相当，汉军斩捕匈奴人一万九千余人。

因时间相隔近两个时辰，加之夜幕降临，道路不明，汉军追击二百余里，直至赵信城，并未追到伊稚斜。赵信城已空无一人，卫青令大军于城中歇息一日，搜寻到大量粮食、饲料，能运走的尽量运走，实在运不走的则全部烧掉，然后返程。

卫青率大军返回，走到漠南时，方遇到李广、赵食其带领的两支军队。卫青责问二将为何迟迟不与大军会合，二将辩称因无向导，道路不明迷了路，故未赶上。卫青说你们就不能抓个俘虏做向导？二将说出征后竟从未遇见匈奴人。卫青只好摇头叹息。

宿营后，卫青令大将军长史正式行文责让二将，要他们详细说明情况，欲汇总后派使节禀报朝廷。

李广接文书后竟极为悲愤、抗拒，他对属下说："我从军后与匈奴大小七十余战，今幸从大将军出征接战单于，而大将军令我改行东道，又迷路，此乃天意哉！我已六十余岁，元光六年因损兵过多而被劾讯过一次，何能返回朝廷再次面对刀笔之吏？"遂引刀自刭，属下吏卒阻止不及，李广当场身亡。其属下将士皆痛哭不已。

禀报卫青，卫青倍感意外和惋惜，唏嘘良久。他对公孙敖说："我秉承陛下本意，欲多保护李将军，却不知李将军欲拼死战单于之心竟如此之坚。我身为大将军，乃主将，竟不知麾下将士所思，甚失策。兵法云，上下同欲者胜。如何忘哉？吾亦愧对其亲属也！"

卫青吩咐将李广遗体仔细收殓入棺，与阵亡将士槽棺一同运回大汉。

右将军赵食其返回长安后，下狱，论罪当斩，交够赎金后免为庶人。

因两将失道未能与主力会合，单于溃逃加之李广自杀，刘彻没有给卫青益封，其麾下军吏卒皆无封侯者。公孙敖虽为中将军，实际与卫青同为先锋，杀虏甚众，卫青原想为公孙敖求封，但因刘彻任李广为前将军，后又自杀，若申报公孙敖为前军杀敌有功，恐刘彻不仅不允，还会责斥，故思虑再三，未报。唯报上负责给养的西河郡太守常惠、云中郡太守遂成得以受赏。遂成秩禄升为诸侯国相等级，赐食邑二百户、黄金百金；常惠赐爵关内侯。

3. 骠骑封狼居胥

霍去病出征前，先向皇帝辞行，又去与母亲卫少儿告别。霍去病对卫少儿说："母亲，此次孩儿奉陛下旨令，自代郡出兵征战匈奴，孩儿欲路过河东郡平阳县至代郡，母亲和孩儿均出自平阳，不知母亲在平阳是否有事要孩儿去办？"

卫少儿沉思许久才说道："去病，尔难得路过平阳，应该去看看你的生父。"

"生父？在平阳？"霍去病自幼便被母亲带到长陵县的平阳侯府中，后又进了长安的继父陈掌府中，从来不知生父为谁，又不敢问，今日母亲说起，故觉惊讶。

"是的。当初我们三姐妹还有你的大舅、卫青舅舅均生活于平阳县的平阳侯府中，为奴为婢。尔生父霍仲孺乃平阳县吏，为侯府办事，与我生了你。此乃吾之罪过也。"卫少儿说起，竟还有些羞赧。

"母亲，事已过多年，何必称罪？孩儿应该感谢您生育了我。"霍去病问，"生父仍在平阳否？"

卫少儿说："你生父回到县衙成了家，又有了孩子。你该去看看，毕竟是你的生父。"

"诺。"霍去病说，"母亲放心，孩儿一定去看望生父。"

霍去病乘着皇帝赐予的六乘传，到达河东郡平阳县，郡太守郊迎，并负弓箭先驱，引至平阳馆舍歇息。霍去病提出要见霍仲孺，太守即遣吏迎来霍仲孺。

霍去病跪拜道："去病以前不知为大人所生也。"

霍仲孺则激动异常，匍匐于地，连连叩首道："老臣能够将此生托付于将军，真乃天命也！"

霍去病随即购置了大量田宅、奴婢送给霍仲孺，并答应征战结束返程时再来看他。霍仲孺涕泗交流，不能自已。

霍去病到达代郡后，营中众将及代郡太守苏建前来拜见，禀报准备情况，不久右北平郡太守路博德亦赶来报告。这边遇到的困难与卫青那边大致相同，均是马匹严重不足，转输粮食、物资有限。两位太守也都想方设法征用了一些私马，亦仅两万匹左右。霍去病吩咐，可再少带些粮食，部属中有不少匈奴人，十分熟悉匈奴那边情况，自然可以因粮于敌，往敌方去取。霍去病与路博德约定，三月下旬分别从代郡、右北平郡出发，至与城会合。

与卫青部出征时间大体相当，元狩四年（前119年）三月下旬，霍去病率五万骑兵和部分步兵、民夫从代郡出发，路博德率另外部分步兵、民夫和大部分辎重从右北平郡出发，按期至阴山东坡的与城会合。

霍去病于中军大帐召集众将分派任务：从骠侯赵破奴和昌武侯赵安稽于中军参划。赵破奴较熟悉匈奴情况，又几次随霍去病征战，霍去病甚信任之；赵安稽乃当初随匈奴军臣单于的太子、左贤王於单一同降汉，对匈奴左部十分熟悉，霍去病在途中要随时咨询于他。霍去病令原浑邪王属下的两位小王复陆支、伊即轩率五千勇敢士及原匈奴降兵为前锋；右北平郡太守路博德率四千骑兵和二万步兵为右翼；北地郡都尉卫山率六千骑兵和一万步兵为左翼；霍去病自率三万余骑兵为中军；渔阳郡太守陈解率其余步兵为后军，兼理民夫、给养诸事。

大军出塞一千五百余里抵达梼（táo）余山。此地为匈奴左部一重要隘口，为左贤王庭的南部屏障，山高谷深，地形险要，易守难攻。复陆支、伊即轩率前部骑兵先攻，中原马匹之力不及匈奴之马，加之匈奴人居高临下，以弓箭、檑木、礌石还击，汉军屡攻不利。霍去病原想匈奴人将于左贤王庭等待决战，未曾想到竟于梼余山阻击，以消耗汉军，便询问赵安稽如何突破。赵安稽略一思索，献计称梼余山东侧有一小道，可迂回至隘口山上，但不能行马，唯有以步兵攀登。霍去病急召右翼路博德，令其率三千步兵，由赵安稽指引，从小道悄悄上山。

路博德率三千步兵，中午时分开始艰难攀登穿行，约两个时辰后突然出现在匈奴人背后，先是一阵如雨箭矢射出，匈奴人猝不及防，一下被杀死杀伤许多人，然后汉军将士握着长兵器冲上去，与手握短兵器的匈奴骑兵格斗，又消灭了一大批。不一会儿，二千七百余名匈奴骑兵全部被歼。路博德率军下山，霍去病大喜，称路太守如此英勇善战，杀虏甚众，我一定为你向陛下请功。同时又赞许赵安稽奇计，功不可没。

左贤王乌维并未采纳赵信的沿途袭扰汉军以诱导其最后决战的办法，而是在沿途的几个要害处设防，企图以阻击战消耗汉军战力，然后于左贤王庭决战中一举打败汉军。汉军突破梼余山隘口后继续北上，行进二百多里抵达裨王比车耆的部落，比车耆带领其部八千多骑兵于水草丰盛的沼泽地北面设防。霍去病到达后看见一眼望不到边的沼泽地，心里直犯嘀咕，便问赵安稽如何得渡？赵安稽说由南岸到北岸，中间最窄处人、马皆可涉水而过，但只能同时过三四匹马，北面有大批匈奴骑兵严阵以待，一次仅过三四匹马，无异于送羊入虎口，而其他地方要么水深，要么淤泥厚，根本不能过去。霍去病问那怎么办，赵安稽说只能采取最笨而也是唯一的办法，即在中间最窄处搭建较宽栈道，保证大批骑兵能冲锋过去。

霍去病下令大军宿营，令管理民夫的渔阳郡太守陈解组织几万名民夫，一部分人从不远处的山上砍伐树木，一部分人将树木运至沼泽边，一部分人则于沼泽中打桩修建栈道。霍去病部署了大批步兵弓箭手守在岸边，对岸只要有匈奴人射箭，便以密集箭矢完全压制住他们，掩护施工者。如此夜以继日，轮番作业，仅四五天时间，便于沼泽地中间搭建了几十条栈道。

匈奴人看到汉人在沼泽地上搭建栈道，起初嘲笑，继而惊讶，最后畏惧。

栈道建好后，霍去病令复陆支、伊即轩率勇敢士和匈奴归义者先行经栈道骑马冲向北岸，一下子将比车耆的骑兵冲得稀里哗啦，然后大军掩杀过去，全歼了这部分匈奴骑兵，斩杀了比车耆，还俘获了前来监军的单于身边大臣章渠。霍去病下令，从匈奴人部落里充分地补充粮食、饲料和水，然后挥师北上。

大军行进到近两千里的时候，在途中遭遇了左贤王派来增援的左大将双的一万余骑兵。此时汉军有些疲惫，霍去病为确保胜利，决定大量投入兵力，以多击少，前锋、中军冲击正面，左、右翼骑步兵包抄，以数万之众包围住匈奴人厮杀，经近两个时辰激战，方全歼匈奴人，唯左大将双只身逃走。其身边旗鼓为渔阳郡太守陈解和校尉李敢所获。而汉军亦阵亡四千余人。

霍去病见大军连续长途跋涉和作战，疲态日显，赵破奴、赵安稽等将领均主张放慢行军速度，增加宿营歇息时间，以恢复体力、精力。霍去病于是在抵达离侯山下时下令宿营，歇息两日两夜后再行开拔。

翻过了并不高大的离侯山，接着涉过弓卢水（今蒙古国克鲁伦河），大军出境已过两千里，离左贤王庭仅有百余里。派出的斥候回来报告，称直至前方四五十里均未发现匈奴骑兵。霍去病下令宿营。为防止匈奴人夜间偷袭，仿照卫青做法，将辎车环置于外围，车后安排大量弓箭手轮流值守，还派出小股骑兵于营外巡弋。霍去病仍不放心，下令人不卸甲，马不卸鞍，随时准备迎击匈奴人。

果不其然，翌日天刚放明，左贤王乌维率领五万多骑兵即扑了上来。其前锋一万五千多骑兵首先攻到汉军大营前面，被弓箭手射杀了一批又一批，但匈奴骑兵仍旧往上冲，步兵当然挡不住，好在已为大汉骑兵赢得了时间，霍去病亲自率领前锋冲出大营，杀入敌营中，其后赵破奴、赵安稽和复陆支、伊即轩以及众勇敢士紧紧跟上。霍去病挥舞长戟，连连将匈奴人挑落马下，勇不可当，其余各将亦奋勇厮杀，一下子将匈奴前锋冲乱了。汉军的三万余骑兵后续赶上，消灭了匈奴前锋的大部。正在此时，乌维又率三万五千余名骑兵杀了上来，而汉军左翼卫山和右翼路博德亦率部上来厮杀。

广袤大漠之上，战马嘶鸣，喊杀声震天，刀矛戈戟碰击声不息，血流成河，尸横遍野。双方厮杀至黄昏，汉军已占据明显优势，匈奴骑兵已半数被歼，但有二万左右匈奴骑兵又增援上来，此时汉军有五六万步兵冲上来，以长矛、长戈、长戟、长柄大刀砍杀匈奴人战马和骑兵，直至将匈奴人完全歼灭，俘虏了三名裨王及将军、相国、当户、都尉八十三人，斩获七万余人。唯左贤王乌维在少数扈从护卫下逃走。而汉军亦有三万余人阵亡。

霍去病让大部分骑兵和步兵、民夫选择适当地方扎营，由赵破奴负责。自己则带着赵安稽、复陆支、伊即轩和前锋骑兵一路向北，去追击左贤王乌维。追至单于庭东面的狼居胥山（今蒙古国乌兰巴托以东之肯特山），霍去病下令于此封禅，宣示大汉国威军威。封者，祭天也；禅者，祭地也。因循天圆地方之说，先于狼居胥山上堆土成圆坛，上面置放众多木柴，点火燔烧，以祭天。继而又于旁边的姑衍山下堆土成方坛，同样燔烧木柴以祭地。

霍去病等于狼居胥山下宿营歇息一夜后，继续向北追击，直至瀚海（时又称北海，今俄罗斯贝加尔湖）。霍去病攀登至瀚海边悬崖之上，俯瞰海面，但见水天一色，浩瀚无边，云蒸霞蔚，众鸟翱翔，风起浪涌，惊涛拍岸，甚为壮观，不由得兴奋至极，心潮澎湃，于是举起双手，仰天喊道："吾奉大汉皇帝旨令，将五万骑，直绝大漠二千余里，痛歼强虏，封狼居胥，禅姑衍山，登临瀚海，快哉快哉！"

因瀚海阻隔，无以追到左贤王，霍去病返回。

大军回到塞内，霍去病派快马飞报朝廷。刘彻接报大悦，即下诏令曰：骠骑将军霍去病率师斩获敌虏计七万零四百四十三级，所率之师仅失十分之三，厥功甚伟，益封五千八百户；右北平郡太守路博德与骠骑将军会师与城不失期，且于梼余山斩获二千七百级，以一千六百户封为符离侯；北地郡都尉卫山获匈奴裨王，以一千二百户封为义阳侯；故归义匈奴裨王复陆支、伊即轩为前锋有功，以一千三百户封复陆支为壮侯，以一千八百户封伊即轩为众利侯；从骠侯赵破奴、昌武侯赵安稽有功，各益封三百户；渔阳郡太守陈解、校尉李敢夺旗鼓有功，均赐爵关内侯，分别赐予食邑三百户、二百户；校尉徐自为有功，赐爵大庶长（次于列侯、关内侯之爵）。其余军吏卒赏赐甚多。一时间，骠骑将军之贵幸，有日益胜过大将军之势。

霍去病自代郡返回长安途中，不忘再次经过平阳县，看望其生父霍仲孺，并将其同父异母的弟弟、十二岁的霍光带到长安。

4. 大司马射杀郎中令

漠北决战，伊稚斜单于被卫青打得落荒而逃，不知所往，左贤王、太子乌维亦被霍去病打得不见踪影，右谷蠡王乃单于次子，见单于和太子均有十几日毫无音讯，判定他们已不幸遇难，于是自立为单于。然不久，伊稚斜竟又回到单于庭，右谷蠡王乃去其单于称号，复为右谷蠡王。接着，太子、左贤王乌维亦返回。

经此战，匈奴损失九万骑兵，加上十多年汉匈战争所失，匈奴共有十六万余骑兵被大汉军队所歼，其中卫青七战七捷，歼敌五万余，霍去病六战六胜，歼敌十一万余。至此，匈奴骑兵半数以上折损，无力再成规模地侵掠汉朝边郡，只能远遁于漠北，漠南再无王庭，且遣使向大汉求和。而大汉亦损失七八万将士，随征民夫死难不计其数，尤其马匹损失巨大，仅最后漠北之战，去时十四万匹马，返回时剩余不及三万匹。大汉因马匹严重不足，短期内也无力再大规模征伐匈奴。朝廷于朔方以西直至河西走廊之今居县（今甘肃永登县），逐步安排六十万吏卒屯田戍守。

为彰显卫青、霍去病征讨匈奴和收复河南地、夺取河西走廊的丰功伟绩，刘彻诏令大将军卫青、骠骑将军霍去病均置大司马之位，位列三公。大司马者，古时之最高军职，等同太尉。自此，西汉设大司马而不设太尉。

对于李广自杀身亡，刘彻甚感惋惜，为慰其亲属，拔擢其少子、关内侯李敢接替李广任郎中令。然李敢仍然对大将军卫青心存怨恨，认定是卫青逼得其父李广自杀。李敢随霍去病远征返回，听到李广自杀的消息，即欲找卫青理论，被周围人劝止后，竟扬言：终有教训之时。

翌年三月，乐安侯、丞相李蔡因家人多占了景帝阳陵之神道外壖（ruán）地（余地）一亩，被人告发，有罪当下狱，李蔡不愿面对狱吏讯问，自杀。卫青念李蔡曾在其麾下征战，虽则不便于其治丧时探视罪臣家属，但仍在三个月后的一个晚上，悄悄至李府看望病重的李蔡夫人。结束后出府门外，正遇李蔡堂侄李敢。

李敢见了卫青，并不施礼，亦无敬称，直言道："尔来此何干？吾陇西李氏，终不能面对刀笔之吏，再次自绝，尔来看笑话否？"

卫青见李敢气势汹汹，不想纠缠，只淡淡地答道："此言差矣。"扭头要走。

不料李敢竟上来扯住卫青，两眼满是凶光地直盯着卫青说道："此时正是极好机会，你倒要说说，为何逼得吾父自尽？"

卫青有些生气，用手拨开李敢扯住自己的手，正色道："吾乃出于关心尔父，不料其失道后竟选择走了绝路，其实回朝后仍能求赎，如何为我所逼？你莫妄言！"

李敢突然痛哭，边哭边说："求赎？其早先已求赎一次，曾数年为庶人，自觉脸面丢尽，霸陵尉那样的小吏都能欺侮他，如何能再次赎为庶人？何况其平生数十年抗击匈奴，建功封侯乃其大愿，出生入死无数次竟不能实现，其至悲至痛之心你能理解吗？"

卫青见状，动了恻隐之心，说道："吾不曾充分理解尔父之本心，其将名誉看得胜过生命。请原谅！"

李敢猛地拔剑，趁卫青不备，刺中卫青手臂，然后丢掉佩剑，跪于地上说："属下不刺大将军一剑，终生不能面对吾父灵位。请大将军惩治！"

随卫的亲兵张强欲持刀砍李敢，被卫青制止。以卫青之身手，制服李敢容易，但并未还手，只是说道："罢了，李敢你好自为之！"之后乘车离去。在车上让张强为他敷上金创药，草草地包扎了一下。卫青嘱咐张强及车夫，不必对外人说起。

李敢跪于地上好长一段时间，方起来走进李蔡府中。

李敢击伤卫青一事，因卫青匿讳，李敢不说，外人并不知晓。

此事过去了四个多月，一次符离侯、右北平郡太守路博德和相邻的渔阳郡太守陈解一同至长安公干，二人相约专门到霍去病府上拜望。霍去病见了大喜，专门设晚宴招待路博德和陈解，并告知在长安的一些老部属前来作陪。漯阴侯即原浑邪王和新晋的壮侯复陆支、众利侯伊即轩三位匈奴归义者最先赶到，其后为从骠侯赵破奴、昌武侯赵安稽等，唯郎中令李敢姗姗后至。太官献食丞曾奉皇帝旨令，多次随霍去病出征，携带少府提供的宫中食物达数十辆大车，精心侍奉。霍去病此次宴请，仍由太官献食丞安排宫中一应上等佳肴和醴酒。

宴会开始后，众人首先共同祝贺霍去病益封五千八百户食邑并荣升大司马，霍去病亦感谢众人于征战中一同奋力杀敌，取得前所未有之大胜利。酒过三巡，众将一一单独礼敬霍去病，霍去病则一一回敬。大家一起经历过艰险甚至生死，加之中间有四位极好酒的匈奴人，喝着喝着就控制不住，众将不敢勉强霍去病多喝，相互之间却斗起酒来。

渔阳郡太守陈解是从斗食小吏靠着勤勉、谨慎一步一步升上来的，从未有三公一级的达官贵人请他吃饭，此次蒙霍去病宴请，十分感动，异常兴奋，敬了霍去病多次；又敬路博德，谢他领着进了霍府；之后又敬李敢，称郎中令大人乃陛下身边幸臣、大内总管，位高权重，往后多多关照。

不料李敢心中有疙瘩，竟提起征战途中不悦之事，说道："陈太守说笑了。要说权力大，那是你陈太守，骠骑将军让你管着给养，你想拨给谁就拨给谁，想给多少就给多少。"

"并非郎中令大人说的那样。"陈解辩解道，"上次出征，因马匹不足，粮食、饲料等带得少，途中于匈奴人部落里补充有时也不如意，故而常常供应难以跟上。有一两次您的部属未能及时、充足地补充给养确实有的，但其他各部亦有同样的情况，并非我有意克扣您部的给养。"

"谁知道呢？"李敢阴阳怪气地说。

路博德自出征前即参与筹集给养，征途中亦多次帮助陈解确保大军供应，对情况很清楚，故对李敢解释道："确如陈解大人所言，十几二十几万人每天吃喝，真乃艰难异常，陈解大人已经是呕心沥血、精疲力竭了，郎中令大人应该理解。"

"理解？"李敢仍旧不屑，"我们的士卒常常吃不饱，而在大军返回的路上，竟有人将吃不了的肉食倒了。"

赵破奴一听吃了一惊，李敢这是在埋怨霍去病，便对侍奉于侧的太官献食丞说："你给诸位解释一下呗。"

太官献食丞即刻说："下官奉陛下旨令，携少府给养以奉骠骑将军，将军实际上是与中军大帐的将校共享的。下官何能将陛下所赐将军的食物分发各部？返程途中因冰块缺失致部分肉食腐败，只能弃之。这与陈解大人无关，更与将军无关，将军根本不知。"

李敢心中原有不快，此时酒喝多了，竟不能控制，对赵破奴斥道："你赵破奴是什么人，为何要将陈解的事引到将军身上，真是居心叵测！"当年李敢与赵破奴同时随霍去病征讨河西匈奴人，赵破奴封了侯，李敢却连关内侯也未得到，心中不服。

赵破奴一笑置之，未作回答。众人见了，都上来向李敢敬酒，想缓和气氛，不料李敢说："你们想灌醉我？将我放倒？我怕谁？"

霍去病原不想让这些部将难得相聚却搞得不愉快，故一直对大家席间闹腾并不在意，此时见李敢不依不饶的，这才厉声喝道："李敢你究竟意欲何为？你对本将军有意见直说，何苦去责难陈解太守？"

"在下就是对您霍将军有意见。"李敢不加避讳，"陈解与我同时夺取敌方旗鼓，为何同时封为关内侯，他食邑三百户，而我食邑仅二百户？这公平吗？这不是您向陛下申报的吗？"

"确为本将军禀报。"霍去病说，"陈解与你同时夺得敌方旗鼓，论功均应报赏，然陈解肩负着大军的给养供应和管理众多民夫，其辛劳备尝，多一百户食邑难道不应该吗？真的不公平吗？"

男人们喜欢以酒来浇去心中块垒，但不仅浇不去，还会使块垒膨胀甚至燃烧。众人劝李敢不必计较，李敢却不吃这一套，竟说："你们都怕骠骑将军，如今又是大司马，我不怕！咱们陇西李氏怕过谁？大将军我都不怕，不仅不怕，我还教训过他，他也没有把我咋地！不信你们可以问大将军。"

霍去病与众人皆大惊。

霍去病见李敢完全醉了，宣布散席，并着人将李敢送了回去。

翌日，霍去病进隔壁的卫府问舅舅，李敢所言是否确有其事？卫青问霍去病是如何得知的，霍去病便将头天晚上宴请众将的情况说出，然后以极为关心的口吻问道："舅舅，快告诉去病，李敢是如何冒犯您的？"

卫青叹了口气，说道："去病，事情已过去数月，我原想一直隐瞒下去，怎奈尔等酒席上李敢自己醉酒胡言说出来了。"

"究竟是怎样的，您急死外甥了！"霍去病追问。

卫青这才将那日傍晚于李蔡宅邸门前被李敢刺伤一事说给霍去病听。

"快让我看看。"霍去病急了。

卫青撸起左边小手臂，说："仅仅刺了一下这里，未伤筋骨，无甚大碍。"

霍去病捧着卫青的小手臂，仔细端详，口中大叫："李敢竟敢如此犯上，天下没有王法、朝廷没有律令了吗？舅舅您为何不还手？为何不禀报陛下？"

卫青淡淡一笑："去病你好糊涂，我若还手，势必会伤了他，甚至杀了他，那事情不就闹大了，闹得不可收拾？公与卿私斗，成何体统？再说，李敢刺了我一剑后，即刻扔了剑，跪地求惩，我还能再伤他？"

霍去病说："那您可以禀报陛下啊。"

"我私下里悄悄于李蔡殁后三月余才去李府看望其夫人，原本即不想让别人知晓，如果禀报陛下，陛下对于我探视罪臣家属会有何种想法？再者，李广之自杀，我确有一定责任，不该将公孙敖换下李广去打前锋。公孙敖救过我的命，我想报答他，让他能重新建功封侯。况且陛下在我出征前亦交代过，要照顾好年老的李广。哪知道李广欲直挑单于以建功封侯之心竟是那样的强烈呢？"卫青将当时复杂而难以理清的想法全部说了出来。

霍去病听了，半晌未出声，心想陛下事前要卫青照顾李广，尽量不让其蹈险，后来又任李广为前将军，陛下有否责任呢？当然，主要责任还是在于李广自己。不能想着陛下有责任，卫青大概也是不能想着陛下有责任，只能自己担上一部分责任吧。于是说道："舅舅一贯谨小慎微，瞻前顾后，百密也有一疏。"

卫青默然。

霍去病突然想起李敢于席间说的一句话，不明何意，便问卫青道："舅舅，李敢说其父李广在免为庶人之后，曾被霸陵尉欺侮，到底怎么回事？"

卫青答道："我听韩说说过，李广于元光六年（前139年）与我同时出征，兵败被俘，后逃脱，论罪当斩，赎为庶人。家居无事，曾与颍阴侯灌强一同至蓝田县蓝山下射猎，夜晚与人在田间饮酒，至霸陵亭歇息时被醉酒的霸陵尉呵斥，李广骑从介绍说此乃故李将军。霸陵尉说，现将军尚不得夜行，况且是故将军！后李广被重新起用为右北平郡太守，率军抗击匈奴，临行时设法请霸陵尉同去右北平郡，至军营中即将其斩杀。李广上书陛下自陈请罪，陛下正在用人之际，便宽宥了他。"

"啊，有这事？"霍去病说，"看来这陇西李氏之人，真的甚为自尊、刚烈。李广可以因一言之愤杀人，后又不愿面对刀笔吏而自刭；李蔡同样不愿面对刀笔吏而自杀；而李敢，竟胆敢击伤大将军您。李敢昨晚于席间狂言陇西李氏怕谁，还说教训了大将军，也不能把他咋的。我定要好好教训他。"

卫青听了，赶紧劝说道："去病，李敢席间醉言，他自己可能都不知道说过什么，不必计较。他击伤我一事，已经过去，万不可再生事端。切记！切记！"

霍去病不作声。卫青再说："你要记住啊，不可生事！"

霍去病这才勉强点了点头。

卫青不放心，霍去病告辞时，卫青送到府门口，又叮嘱道："去病，听舅舅的，大度些，不要再与李敢计较。你要是为了舅舅而毁了自己的前程，舅舅会愧疚终生的！"

"是哪，是哪，我听舅舅的，放心就是。"霍去病嘴上在应付，其实心里早已拿定了主意。

三天之后，刘彻令霍去病随他去甘泉宫。宫中如同京城的未央宫、长乐宫，一应俱全，既有办公、朝会场所，设有兵卫、司马门和卫尉、公车司马令等官职，也有休息、娱乐所在及设施。宫外自甘泉山一直往西，建有方圆五百多里的甘泉上林苑，苑中山水相间，崖壑连连，树木繁茂，鸟兽无数。刘彻此次来甘泉宫，主要是游春与射猎，入宫歇息了一日，第二日即由大司马、骠骑将军霍去病，南奅侯、太仆公孙贺，龙额侯、侍中韩说和郎中令李敢等侍奉着，进入甘泉上林苑射猎。

头一天进苑，沿途观赏春三月的大美景色，将近傍晚时分，刘彻忍不住，带着大家猎获了一些狐兔。晚上歇息于苑内棠梨宫，宫中庖厨挑选了部分猎物，用炭火烤炙为美味，刘彻与众臣大快朵颐，自然又饮了许多最上等的酎酒。然刘彻又觉不够，称明日定要去鹿场猎获梅花鹿，有些日子未曾尝到新鲜鹿肉了。刘彻吩咐众将，说尔等皆为多次征战匈奴的战将，箭术高超，定要多多射取成年肥硕之鹿，但春季切不可射杀幼鹿及有孕之母鹿，《尔雅》称春猎为蒐（sōu），意为搜索、选择，定要认真搜索、仔细选择。众将自是齐呼："陛下英明！"

第二日一早，刘彻与众将便进了鹿场。刘彻全身戎装，手持弓箭，坐于皇帝专用的猎车之上，公孙贺驾车，韩说参乘，霍去病、李敢等和大批侍从的中郎、郎中各自骑马，跟随而行，众人当然亦是着戎装，持弓箭。到了一沟壑开阔地，发现有两头高大壮硕的公鹿正在角斗，打得不可开交，难分胜负。刘彻见了大悦，令公孙贺快速驾车靠近，然后张弓搭箭，一箭射去，其中一头公鹿倒地而毙，众人欢呼："陛下神射！"刘彻招呼霍去病、李敢，赶快去追另一头公鹿。

李敢一马当先，紧追不舍，霍去病在后面则保持一段距离，并不急于赶上。追到一小山坡上小树林前，李敢已靠近公鹿，于是张弓搭箭，欲射杀之。说时迟那时快，霍去病在其后面百步之外，扬手一箭，射中李敢咽喉，再一箭，射倒了公鹿。霍去病拍马上前，发现李敢已经毙命，即拔去其咽喉上的箭，擦拭后收入箭囊，然后策马缓缓往回走。遇见刘彻后，霍去病十分冷静地禀报道："陛下，郎中令不幸被公鹿触杀，臣则射杀了那头公鹿。"

刘彻令几位郎中将李敢遗体抬回，看见李敢的咽喉部血糊糊的，知道那是箭伤，是霍去病杀了他。且刘彻已经知道李敢曾击伤过卫青，霍去病这是为卫青报仇。刘彻极为喜爱霍去病，于是顺着霍去病的话说道："李敢确为公鹿触杀，此公鹿之角竟刺中了李敢的要害部位，否则何能毙命？甚可惜也！"

公孙贺和韩说当然也看出李敢是死于中箭。公孙贺乃霍去病大姨父，自然跟着皇帝匿讳。韩说韩嫣兄弟曾与李敢三兄弟同为郎、侍中，李敢长兄李当户曾击打韩嫣，加之韩说与卫青的交情，韩说当然也是为霍去病匿讳，还不忘吩咐众位侍从的中郎、郎中："陛下已有定论，尔等勿要妄言！"

5. 天妒英才

回到长安后，公孙贺即进卫府将霍去病射杀李敢之事告知，卫青一听，大惊失色，连说："奈何去病！奈何去病！"后听说皇帝为其匿讳，确认李敢为鹿触杀，这才放下心来。

卫青说："如若我去，必阻止去病。已过去的事，为何仍是计较？"

"大将军，不过李敢确实过分，竟敢击伤你大司马大将军，真是目无朝纲！"公孙贺虽是卫青大姐夫，但因是卫青下属，仍旧尊称卫青职务。

"幸亏得遇陛下如此明君，否则去病就惨了。若去病因此获罪，我将如何面对二姐？去病毕竟是为我啊！"卫青叹道。

公孙贺稍稍沉思后说道："这次往甘泉上林苑行猎，随行人员皆为陛下确定，让去病去了，却没让你去，此其一。我驾车，韩说参乘，肯定都是护着去病的，此其二。陛下射杀了一头公鹿后，即招呼去病与李敢两人去追逃走的另一头公鹿，这分明是在为去病创造机会，此其三。而更为有意思的是，去病禀报说李敢为鹿触杀，当李敢尸体抬过来后，明显是箭伤，而陛下根本都没认真看，就认定为鹿触杀，此其四。"

"如此则说明什么呢？"卫青问。

"说明陛下亦十分反感李敢击伤了大将军你。"公孙贺说，"我听陛下说过，漠北之战，大将军你率领吾等直接与伊稚斜单于激战，杀敌近两万，单于溃围而逃得无踪无影，确为一场了不起的大胜仗，但因为李广、赵食其失道，尤其是李广自杀，陛下对于你和我、公孙敖、曹襄等人没有犒赏，随军将士无一封侯，觉得有点对不住你和吾等将士；后又让李敢接替其父，担任了郎中令这一十分重要的职位，而李敢竟抱着狭隘之私心，刺伤了你，陛下也是不满意的。我观陛下心意，朝中可以没有李氏父子，但决不能没有大将军、骠骑将军。"

"陛下如何得知李敢刺伤了我？"卫青问。

公孙贺答："那日去病宴请诸将，太官献食丞在场，回去后报告了其上司少府，是少府禀报陛下，说李敢曾经冒犯过你。陛下问李敢，李敢不敢隐瞒，说了经过。陛下当时即大怒，说你李敢真是吃了豹子胆，大将军如果当时不忍让，杀你还不是易如反掌？"

卫青说："陛下甚为英明，我等做臣子的，万不可有欺瞒陛下之行为。"

"那是自然。"公孙贺说，"陛下采纳御史大夫张汤建议，为弥补国库空虚，下令造白金及五铢钱，大农令颜异作为主管有司之首长，有些微词，执行不力。张汤与颜异原本有郤，故最近上书称：颜异作为九卿，见诏令推行不便，口中不说，心里却不以为然，即腹中诽谤，论律应诛。陛下允准，诛杀了颜异。张汤前所未有地提出以腹诽之罪杀人，令朝中公卿大臣畏惧，我等当然要小心谨慎。大将军一贯谨慎有加，甚好，值得我等效法。"

卫青听了，半晌未说话。

公孙贺见状说道："大将军为何不说话，是在想张汤其人其事吗？李蔡死后，武强侯庄青翟任丞相，碌碌无为，唯张汤专朝政，排异己，众臣畏之，然心亦甚恨之。吾窃以为，其败不远。大将军已任大司马，如今难以击匈奴，必多与朝政，还是要防着张汤这类人。"

"公孙兄所言甚是。我最近去送汲黯赴任淮阳郡太守，他也提醒我，说张汤好兴事，舞文法，我与他同朝为三公，须小心才是。"卫青道。

公孙贺听卫青之言甚觉惊讶，说："汲黯对大将军所言，临行时对大行令李息亦说过。汲黯与李息私交甚笃，恐李息于朝中吃张汤的亏，故临行时专门走访李息，对他说：张汤其智足以拒谏，其诈足以饰非，善于作巧佞之语、辩解之词，好兴事，舞文法云云，要李息在朝堂之上适时反对张汤，否则将来张汤倒台，会遭连累。李息曾私下告知我，但他胆小，从不敢公开对张汤稍有微词。"

"汲夫子真乃耿直大臣也！"卫青赞道。

公孙贺用手一拍脑袋，说道："你看我净顾着说朝中之事，差点将夫人交代的大事忘了。"

卫青笑了："吾大姐有何吩咐？"

公孙贺说："尚有五日，是你大姐的四十五岁寿辰，她意，请你们兄弟姐妹和去病等，家里人在一起聚聚，做寿只是个由头，主要是想家里人见见面。这些年你、我和去病往往在外征战，难得有机会碰在一起。"

"好哇！好哇！"卫青极高兴，"三姐来吗？"

公孙贺说："她身份特殊，乃当今皇后，须陛下允准方可。"

卫青说："那是当然。不过我以为陛下会允准的。大姐做寿，须我做些什么准备吗？"

"何须你大将军准备？"公孙贺一本正经地说，"不过你大姐吩咐，要你一定请到一位特别特别的贵人。"

"平阳公主？"卫青脱口而出。

"大将军一猜即中。"公孙贺说，"你大姐说，你们兄弟姐妹包括去病，能有今日，皆拜陛下和平阳公主所赐。平阳公主是贵人、恩人，亦是你们的家长。家长不至，怎么可以呢？"

"好，我一定登门去请公主赏脸。"卫青高兴地说。

公孙贺笑道："你大姐说过，只有你去请，公主才会赏脸。"

公孙贺一走，卫青即至隔壁的霍府见霍去病，嘴上连连责备，心中却满是感激："去病，你怎么就不听舅舅劝，竟然射杀了李敢？若陛下责罚，舅舅内心何安？"

霍去病淡淡一笑："不是过去了吗？舅舅不必再提起。他李敢何人，敢冒犯吾舅，他瞎眼了！"

霍去病执意让卫青留下饮酒，两人推杯换盏，推心置腹，至夜阑方散。

次日，卫青即到汝阴侯府拜见平阳公主。平阳公主看卫青来了，满面笑容，连说："好久不见，好久不见。为何不来看我？当了大司马，操心朝中之事，无暇来看我？"

卫青笑道："公主说笑了。陛下赏我大司马，那是陛下给予的恩典。我只是个赳赳武夫，为陛下驱驰、征讨匈奴是本分，朝中事我亦不甚了了，故很少能操上心。"

平阳公主说："将军征伐，文官理政，自古而然，少操心好。我现在也不过问了。你来看我，肯定有事，无事不登吾门。"

"来看望公主少了，是卫青的不是。"卫青说，"今日来确是受人所托，请公主和汝阴侯赏光。"

"何人所托？何事？"平阳公主问。

卫青答："大姐卫君孺四十五岁寿辰，想借此机会让兄弟姐妹一起聚聚……"

卫青未说完，平阳公主立即打断了："尔等兄弟姐妹聚会，与我何干？"

"大姐说，吾等兄弟姐妹包括去病能有今日，全赖陛下和公主所赐，且我等皆出自平阳侯府，谁个不是公主关照、提携起来的？公主乃我等的家长！家长不至，聚会岂可举行？"卫青诚恳地说道。

平阳公主听了，大受感动："好，好！尔等奉我为家长，我岂有不至之理？"

卫青提醒："公主，定要请汝阴侯一同赏光啊！"

平阳公主沉思片刻，然后说道："罢了，请他他也不会去的。这些年一直为我的称号，与我龃龉，要按惯例称我为汝阴公主，我不同意，觉得平阳公主之称号甚好，他不高兴。后来我也退让了一下，说他是第一代汝阴侯的曾孙，就称孙公主罢了。夏侯颇这才接受，且为表示对我的感谢，将其子孙由夏侯皆改为姓孙。然外面一应人等仍然习惯称我为平阳公主。尔等皆出自平阳侯府，你们聚会，他是不会去的，他计较、纠结。"

卫青听了，觉得平阳公主与汝阴侯之间似乎发生了点什么，不再像以前那样恩爱了，于是担心地问道："公主，您有委屈？"

平阳公主笑道："没有，何人能委屈于我？卫青，你想多了。只是如今汝阴侯不再整天于家中陪着我，他无所事事，又外出玩耍去了。这不，可能又去城外平乐馆斗鸡走狗、击筑、蹴鞠矣。待他回来我告诉他，他实在不愿去也罢。"

五日后的下午，卫少儿及其夫君陈掌最早到达公孙府。然后卫子夫也来了，并带来了皇帝对卫君孺的祝福，卫君孺自是感激涕零。接着卫青、霍去病相约一同来到，霍去病还让太官献食丞送来宫中专门制作的烤全羊。

众人到齐后便于府门外候着平阳公主，望见公主驷马车缓缓驶来，一齐跪于地上行大礼。平阳公主见了，好不感动，赶紧下车，说道："快快请起，快快请起！使不得，使不得！尤其皇后子夫，何能如此折煞本公主焉？"她首先将卫子夫扶起，又对其他人说道："都起来，我可不会去一一扶起。"众人齐呼："谢公主！"皆起。

卫子夫眼含热泪，说道："公主，没有您，我一个家奴、讴者，何能成为皇后？公主之于我子夫及卫氏诸人的恩德，重于三山五岳，深于五湖四海！您是我等家长，我是在向家长行礼。"

平阳公主心疼地抹去卫子夫脸上的泪水，嗔怪道："今日乃君孺寿辰，大喜之日，如何搞得这般样子？那日卫青在我府上称我是你们的家长，我就已经感动得不行，这几日一直生活在感动中，甚悦甚悦！"

平阳公主又拉着卫君孺的手，说道："君孺，祝你寿辰愉快！汝阴侯身体稍有不适，不能来，让我转告他的祝福。真是岁月如梭，一转眼，你都四十五岁了。"

卫君孺跪叩："谢公主！谢汝阴侯！"

众人簇拥着平阳公主进府，至大厅一起说了好一会话，到掌灯时分，生日宴方开始。

酒过三巡，平阳公主说："家中聚会，我对饮酒无甚兴趣，最期望的，是听尔等三姐妹唱歌，今日能否让我一饱耳福?"

卫君孺立即答道:"公主有吩咐，敢不从命?"她招呼卫少儿、卫子夫，站成一排，问:"公主，您欲听何歌?"

"君孺明知故问，当然是卫风《淇水有梁》。"平阳公主不假思索。

公孙贺吹箫，陈掌击筑，府中乐手自是鼓瑟吹笙，三姐妹一齐唱道:

淇水有梁，

梁在水中央。

渡人兮行行，

过水兮汤汤。

妹于水梁旁候郎，

郎却径上山梁。

水梁，山梁，

妹皆称"梁上"，

谬导吾之郎。

平阳公主面带微笑，眯着双眼，陶醉其中，一会儿说道:"可惜你们的母亲不在了，她如加入，更加美妙矣。"

霍去病受到感染，说:"公主，去病曾随陛下于甘泉宫外的泰畤祭天，陛下命我随他一起高唱高帝的《大风歌》，后来我在匈奴的狼居胥山上效仿祭天，也唱了《大风歌》。我唱给您听好吗?"

平阳公主笑道:"那当然好。我从未听去病唱歌，也未听卫青唱歌。卫青，你与去病一起唱好吗?"

卫青迟疑道:"启禀公主，卫青多次听过，可从未唱过。"

卫子夫接上说:"那有什么? 就那么三句，听过多次必然会唱。你和去病大胆地唱，我们三姐妹小声附和。公主要你唱，你岂能推托?"

卫青只得答应:"诺。"

于是公孙贺、陈掌及乐手们伴奏，霍去病和卫青唱起了高帝刘邦的《大风歌》：

> 大风起兮云飞扬，
> 威加海内兮归故乡，
> 安得猛士兮守四方！

霍去病不是唱，是吼，声震屋瓦，卫青的嗓音竟然浑厚而有磁性，加上三姐妹柔美之音的附和，别有一番韵味。平阳公主击掌道："皇帝的两员猛将，唱起歌来亦是铿锵有力。甚好！甚好！"

卫子夫说："公主，我前段时间，为他们舅甥俩写了一首歌，叫《舅甥俩将军》，我唱给您和大家听好吗？"

"好啊！"平阳公主高兴地说，"能听子夫皇后唱歌，乃平生至乐之事也。"

众人自然称好。

卫子夫清清嗓子，以卫风曲调唱道：

> 大漠风狂，黄沙飞扬。
> 强虏凶凶，宿敌嚣张。
> 征伐万里，舅甥二将。
> 且驰且射，如闪电兮。
> 挥戈舞戟，有神助兮。
> 长驱奔袭，予取求兮。
> 布阵鏖战，扫千军兮。
> 汉家铁骑，洪流巨浪。
> 排山倒海，谁人能挡？
> 真猛士哉，唱大风兮。

赳赳威武，靖安北方！

卫子夫唱得极投入、极兴奋，满面红光，神采奕奕，如同自己刚刚打了一场胜仗凯旋。卫青、霍去病则是一脸的自豪，心中激情燃烧。平阳公主赞道："写得好！唱得好！贴切，更主要的是深情，且情绪高昂。"

卫子夫说："我听过卫青、去病他们叙述征战经历，亦常常听陛下称赞他俩，自酝酿到成歌我花了几个月的时间。倒数第二行'真猛士哉，唱大风兮'原先没有，是刚刚听卫青、去病唱《大风歌》后临时加进去的。"

"加得好，锦上添花，增添了气势。"平阳公主又是称赞。

众人也纷纷称赞。

霍去病起来，走过去，缠着卫子夫："小姨皇后，您教我唱好吗？我好想唱，唱我自己。"

"当然可以。"卫子夫笑道，"但称小姨即可，不必称皇后，这是在家里，而不是在宫中、在朝堂之上。"

"好，好，不称皇后，称小姨。"霍去病兴高采烈，手舞足蹈。之后，突然向后一倒，昏厥过去。

众人一见，大惊失色。卫少儿一下子扑过去，抱起霍去病的头，喊道："去病！去病！你醒醒，醒醒，为何这般吓唬母亲？"

见霍去病躺在那里，毫无反应，卫少儿号啕大哭。霍去病夫人更是捶胸顿足地哭。

平阳公主见了，喝道："不许哭！哭有何益？赶快救人。公孙贺即驾车去宫中禀报皇帝，请皇帝允准派太医来诊治。"

公孙贺答道："诺。"立即去了。

不一会儿，太医到了，吩咐将霍去病抬至榻上，仔细诊治，认为昏厥乃中风所致，主因是多次征战大漠，外感风寒风邪，而过量饮酒和极度兴奋则引发之。太医立即施以针灸，又开了祛寒散风通络的方子，让尽快煎服。至翌日清晨，霍去病醒了，但已经偏瘫，半身不遂，不能下榻，说

大汉卫青·从骑奴到将军

话也很困难。他拉着卫青的手不放，嘴里嘟嘟囔囔地发出谁也听不懂的声音。卫青心痛得五内俱焚。

霍去病刚醒不久，刘彻到了。皇帝看到最喜爱的心腹大将病得如此严重，热泪盈眶，拉着霍去病的手，说道："霍爱卿，好生养病，朕让整个太医院为你诊治。"霍去病似乎认识，又似乎不认识，只是眨了眨眼睛。

经过太医们的精心治疗，霍去病的病稍有好转后，移至自己府中。卫青只要朝中无事，就来陪霍去病，与他说话。

慢慢地，霍去病也能说些简单的话语，他甚至对卫青说："等我说话利索了，我还要小姨教我唱《舅甥俩将军》呢。"

卫青也鼓励道："你一定能学会，一定能唱得好，我们等着。"

五个月后霍去病勉强能下榻，拄着拐杖可以走几步。霍去病急于要早日恢复，一次他坚持多走几步，不慎摔倒，竟突然去世了。此为元狩六年（前117年）九月，霍去病享年仅二十四岁。

刘彻闻讯大恸，诏令霍去病入葬自己的寝陵茂陵，于茂陵中东北起大冢，冢之外形如祁连山，以纪念霍去病征战祁连山下、夺取河西走廊之巨大功勋。送葬之日，安置有匈奴内附民众的陇西、北地、上郡、朔方、云中五郡，调动驻屯监防的黑甲精骑万名，多为霍去病之老部属，到长安至茂陵沿途近百里驰道两侧列队，致敬送行。卫青、卫君孺等陪着卫少儿，一同将霍去病灵柩送至茂陵安葬。

霍去病去世后，刘彻诏令其五岁的儿子霍嬗继嗣冠军侯；其十四岁的弟弟霍光由侍中、中郎擢升为奉车都尉、光禄大夫。

6. 平阳公主之痛

霍去病不幸英年早逝，卫青有好几个月内心不能平复。总是以为当年霍去病年仅十八岁、以骠姚校尉一年两次随自己出征匈奴时，皆率精锐数百，先于大军数百里奔袭，辎重给养跟不上，风餐露宿，甚至爬冰卧雪，身体遭严重侵害，落下了病根。每思及此，常常自责不已，觉得自己作为舅舅，没有尽到照顾刚刚成年的外甥的责任。而外甥却在得知自己被李敢击伤后，冒着极大风险，借机射杀李敢，为自己报仇。卫青心中甚为愧疚！

他几次单独到茂陵霍去病墓前探视，说："去病，将来请求陛下恩准，我与你为邻。咱舅甥俩，生为邻，死亦为邻！"

一休沐日，卫青于霍去病墓前遇见义纵，问道："你怎么也来看望去病？"

义纵深深揖拜后答道："大司马大将军，下官曾蒙您向陛下推荐，得任定襄郡太守，那时就有幸认识了大司马骠骑将军，当然，彼时尚是骠姚校尉，随您大将军两次从定襄出征。如今霍将军累了，在这里歇息，下官当然要来拜见。再者，这茂陵地界原属槐里县，如今建成了茂陵邑归太常管辖，但原先的槐里茂乡这一带却归我这右内史管，霍将军长眠于此，我能不尽地主之谊来祭奠他吗？"

卫青感慨言之："义太守重情义，本将军钦佩！"

"说起我能擢升右内史，还是大将军向陛下建议的，下官一直没有机会向大将军感谢呢。"义纵又拜。

"义太守太客气了。"卫青说。

义纵却深深叹了一口气，说道："由郡太守升任右内史，成了京辅主官，看起来风光，实则成天被置于火炉上炙烤。"

卫青问："此话怎讲？"

义纵答道："大将军，右内史管辖区域内，宗室、重臣、贵戚、豪强比比皆是，一向难治，不下严厉手段不行，但严了有时会得罪人，有人会告状至朝廷甚至陛下那里。如果遇到心怀叵测的同僚，那就更麻烦了。"

"你是说中尉王温舒？"卫青问。

"正是。大将军一猜即中。"义纵说，"王温舒是张汤的人，张汤任廷尉时，他是廷尉史，张汤升御史大夫，又调他任御史。他现在任中尉，负责京辅治安，秩禄中二千石，位高权重，又仗着有张汤撑腰，骄横跋扈，处理起右内史界中之事，从不与我通气。更有甚者，去年陛下于鼎湖宫患了重病，调了宫中所有太医及许多巫者，极尽医巫之手段，仍不见效，后来上郡有名巫者建议于甘泉宫祭祀病巫之神——神君，竟致陛下病愈。陛下愈后即动身往甘泉宫，其中一段经过右内史地界，道路不平，将陛下的六乘传颠簸了一下，陛下生了较长一个时期的病，心情烦躁，下令停车后问随行的王温舒，此地界属谁，王温舒说属右内史，并称早已向义纵建议过要修好，可义纵不听。陛下大怒，说义纵是否以为朕的病治不好，不会再走此道呢？有人将陛下之语悄悄转告我，我惊得一身冷汗，惶惶不可终日。"

卫青听了，很吃惊，不禁为义纵担心起来："陛下这话说得甚重，义太守你可要小心再小心啊！"

"谢大将军告诫，下官当然是如履薄冰，如临深渊。"义纵说道。

两人说着说着，已近黄昏。义纵说，我陪大将军往槐里县住一晚，明日再回长安，而卫青坚持要赶回长安。义纵说，那我当然陪着。

卫青回到长安，已是深夜，在府门前与义纵告别后进入府中，竟是灯火通明，听到哭声一片，大惊，不知发生了何种变故。家令咸丹、家丞郑宽上前禀报，说夫人殁了。卫青惊愕不已，称早上我走时还是好好的，如何就殁了呢？侍女篷子说，夫人入夜后见大将军仍然未回，说大将军近来心绪甚为不宁，迟迟未回是否有事，不放心，即到府门外等候。等了一个多时辰不见大将军，我劝她进府，她说再等一会儿，此时有一辆马车疾驰而来，她以为是大将军，赶快迎上去，被那辆并未减速的马车撞倒，头砸在拴马桩上，当场就咽了气。

卫青急问："那马车呢，停了吗？谁人的？"

篷子答："马车未停，疾驰过去了。我手里虽提着灯笼，但深夜太黑，加之忙于去扶夫人，故未看清是什么样子的车，更没有看清车上是何人。"

咸丹插言："听门口卫士说，是辆驷马车，车上有灯，好像坐着一名军官，起码是校尉以上的。从大将军府邸门前经过如此疾驰，真是不懂规矩，不知深浅！"

卫青顾不上深究，急急赶往卧室去看雨荷。雨荷静静地躺在榻上，已经小殓过了，清洗并换了服装。三个儿子卫伉、卫不疑、卫登跪于榻前满脸泪痕，看见卫青进来，不禁又号啕大哭起来。卫青搂着三个儿子，也是热泪纵横，嘴里说："皆是吾之罪过，为何深夜方回，让雨荷于府门外等候，遭了意外？"

次日，卫氏姐妹听说雨荷突遭意外，都来探视，安慰卫青，卫子夫还专门转达了刘彻的慰问。卫青自是一一表示感谢。傍晚时分，平阳公主也来了，看到卫青悲痛、愁苦的样子，知道卫青尚未从霍去病突然离世的悲痛中走出，竟又遭丧妻之痛，于是说道："天有不测风云，人有旦夕祸福，真是不假。去病刚走不久，雨荷竟又遭意外。发生的已然发生，卫青你还是要节哀顺变。"

卫青说："卫青多谢公主！去病是因我照顾不周落下病根，我对不起他。雨荷是因我在外耽搁太久至深夜方回，致其府门外等候遭了意外，我也对不起雨荷。雨荷乃公主赐予我为妻的，贤惠善良，为我生了三个儿子，我却没有给予她更多关照，我亦对不起公主。故我心痛心悲，难以平复矣!"

平阳公主嗔怪道:"卫青你怎么陷于自责而不能自拔? 去病为朝廷、为国家征战沙场,经历艰险困苦那是再自然不过的,何能怨你? 雨荷自嫁入卫府,成了大将军、列侯夫人,何等风光,何等福气,这次纯属意外,是那驷马车主人的罪过,何能怨你? 更谈不上对不起我。卫青你能不能改掉凡事钻牛角尖、跟自己过不去的怪毛病?!"

卫青苦笑:"我这是怪毛病?"

平阳公主一本正经地说道:"当然是怪毛病! 过犹不及,你太自省、太谦逊、太宽容,会搞得自己很苦,别人也难以接受。你不再是那个受人歧视、欺凌的小可怜奴生子,你已是仪表堂堂、威风八面的大将军,要立德立功,亦要立威,悲悲戚戚像什么样子? 也正是你未能树立起大将军之威,才有人胆敢在你府邸门前放肆地疾驰马车,撞死了雨荷。"

卫青满含热泪,望着平阳公主,频频点头,说:"公主责让之言,鞭辟入里,如醍醐灌顶,让卫青清醒,卫青心里会永远记下。多谢公主!"

平阳公主是从心里担心卫青被悲伤压垮,故而一通斥责。不料就是这斥责,让卫青从自责、悲伤中走了出来。

卫青陪着公主吃了点心,见天色已暗,亲自将平阳公主送回汝阴侯府。

平阳公主过后见到刘彻时,建议皇帝令人彻查雨荷在自家府邸门前被撞死一案,刘彻允准,诏令中尉王温舒彻查。但皇帝根本不知,撞死雨荷的正是王温舒的车,王温舒亦在车上。一般军官岂有那样的张狂? 故此案查了多年,还是不了了之。后来还是多年后王温舒自己坦白的。此乃后话。

办完了雨荷的丧事,卫青一上朝就遇到了让他难受的事。

原来,多年大规模对匈奴战争,致国库空虚,刘彻多次想着向民间借钱,最好是富户们主动捐钱。河南人卜式以大规模养羊致富后,曾上书朝廷,愿捐出家中财产之半以帮助抗击匈奴,称贤者应死节,有财者宜输之。当时丞相公孙弘认为卜式虚情假意,图不轨,乱公法,刘彻亦未接受。后来匈奴浑邪王率众来降,官府用于转徙、安置费用太大,难以为继,卜式捐钱二十万予河南郡府，用于徙民。

刘彻得报大悦，诏令任卜式为中郎，赐爵左庶长，赐田十顷，并布告天下，以风化吏民。然民间富户不为所动，无人自动捐助官府。刘彻便令张汤制定《缗（mín）钱令》，强制征取富人的财产税，规定商贾、手工业者、高利贷者等，皆须向官府自报资产价值，按每二千钱纳税一算（一百二十钱）；经营盐、铁、铸钱已纳租者，其财产每四千钱再纳一算；轺（yáo）车一辆纳二算；船五丈以上纳一算。匿财不报或虽报不实的，一经查出，判戍边一年，没收全部财产。

然《缗钱令》下达后，豪富大家普遍隐藏财产，不报或少报。张汤又制定《告缗令》，规定告发者可获没收财产的一半。获刘彻允准后，让手下御史杨可主持告缗一事。《告缗令》制定后尚未正式公开颁行，杨可迫不及待，派人至各郡试行。有人到右内史界中推行告缗，义纵以为此举乱民，派手下吏卒抓捕了杨可的人。

张汤获悉后于朝会上奏报，称右内史义纵阻挠皇帝诏令执行，属大逆不道，应予弃市。刘彻原本即记恨义纵，听了张汤奏报，即令御史杜式经办此案。满朝文武均知皇帝不满义纵，心里虽觉张汤提议过于严苛，但无人敢于提出异议。

卫青觉得朝廷《告缗令》尚未正式颁行，义纵属于不知不罪，正欲为义纵说话，不料张汤紧接着又奏报，称卫青长子宜春侯、奉车都尉卫伉于朝会前在人殿外辱骂中尉王温舒，责问为何其母被撞死一案至今未破案，属于对朝廷大臣不敬，应予惩治。刘彻正在火头上，一听便说道，确须惩治，不过念其尚是十二三岁的孩子，夺去宜春侯爵位罢了。又问卫青觉得如何，卫青只能立即称："陛下英明！"经此打岔，卫青就无法再为义纵辩护。

卜式完全遵从皇帝和张汤意图办案，不久，义纵被斩杀于市。卫青心中好一阵难过。

才过了两个多月，张汤又杀了另一位河东人李文。李文于张汤手下任御史中丞多年，作为副手，他并不赞成张汤的一些作为，与张汤有了嫌隙。

张汤宠爱的手下一小吏鲁谒居，为讨好张汤，唆使别人密奏告发李文。刘彻批交张汤查办，且问密奏者何人，张汤明知是谁，却谎称可能为李文故人。后张汤竟诛杀了李文。

李文与卫青虽然同为河东人，有些认识，但很少交往。张汤于不长时间内连杀俩河东人义纵、李文，令卫青疑惑不解。后汲黯来长安公干，卫青遇见就说道："请教汲太守，为何张汤竟连杀俩河东人？"

汲黯说："大将军，这是张汤在敲山震虎，包括对您长公子的惩戒，警告您这位大司马不要过多参与朝政。如今丞相庄青翟已被他逼得靠边，如果您再不管事，三公中只有他张汤管事，岂非可以继续独揽朝政？"

卫青恍然大悟："蒙汲太守指点迷津，我清楚了。"

汲黯冷笑道："不过他张汤自以为聪明过人，不要高兴得过头才好。朝中恨他的人太多了，有不少人正在搜集他的罪证，伺机扳倒他。"

果如汲黯所料，义纵、李文被诛一年之后，张汤首先被赵王刘彭祖所告，称张汤手下小吏鲁谒居病卧，张汤亲自往视，并为鲁谒居摩足。一个位居三公的朝廷重臣竟为手下一小吏摩足，其中疑有大奸之事。赵王乃皇帝之兄，刘彻当然得重视，交廷尉查办。鲁谒居病死，廷尉捕了其弟。张汤视察廷尉狱，见到鲁谒居之弟，佯装不予理睬，然心里已想好帮他。鲁谒居弟不解张汤之意，认为张汤不想帮忙，顿生怨恨，便上书告发张汤曾与鲁谒居密谋陷害李文，致其被诛。刘彻让御史咸宣去查清。咸宣亦恨张汤，穷究其事，查实确有此事。

咸宣未及上报，张汤又与丞相庄青翟发生了冲突。有吏禀报文帝墓园中埋入地下的阴币被盗，庄青翟与张汤相约至皇帝面前谢罪，但到了刘彻面前，庄青翟谢罪后，张汤认为四季巡察墓园乃丞相职责，非御史大夫职责，便不与庄青翟一起谢罪。刘彻令御史查办，张汤又致文庄青翟，称此事还是应由丞相负责。庄青翟大恨张汤出尔反尔，陷害于己。庄青翟手下三位代理长史朱买臣、王朝、边通皆为老资格的二千石官员，皆曾官居张汤之上，张汤任御史大夫后常常折辱他们，三人早欲报仇，此时见状，即合谋告发张汤，称其事前泄露朝廷决策，助商贾采取对策，然后与商贾分得利益。咸宣亦上报鲁谒居案情。

刘彻大怒，认为张汤怀诈面欺，遣使八次责备张汤。张汤不服，刘彻又派大臣赵禹再至责汤，张汤自杀。临死前上书皇帝，称陷害自己的是丞相三长史。此为元鼎二年（前 115 年）。

张汤自杀后，刘彻想到多年来张汤于朝中按照自己的意图，铸造白金及五铢钱，实行盐铁官营，出台《缗钱令》《告缗令》，压制豪强及大富之家，聚集了许多财富，相当程度上缓解了国库空虚的窘境，又觉得对不起张汤。张汤死后，家中财产不过五百金。其母称："张汤乃天子大臣，被陷害而死，何以厚葬乎！"大殓有棺无椁，用牛车载灵柩至墓地安葬。刘彻听闻之后，竟下令诛杀了三长史。庄青翟也被迫自杀。

河东人咸宣，乃卫青所荐入朝，在查办张汤案中十分卖力，三长史被诛后，害怕皇帝亦迁怒于自己，于是登门拜访卫青，与自己的父亲、卫府家令咸丹一起，求卫青在皇帝面前说些好话。

卫青认为咸宣奉旨办案没错，所查案情亦是事实，故而愿意寻机帮咸宣说话，不要让他受牵连而遭惩，但苦于没有机会。正在此时，发生了一件与平阳公主有关的大事。

汝阴侯夏侯颇于元朔元年（前 128 年）娶了丧夫两年的皇帝之姐平阳公主，感到无比风光、无比幸福，觉得多年的不懈追求终于有了圆满的结果。他对平阳公主既爱又敬还惧，公主说什么就是什么，公主要他做甚立即就去做甚，过了几年恩爱的日子。后来他想借公主的关系入朝为官，公主觉得他不是那块料，没有答应；他想随卫青征战大漠以建功，公主更觉得他差远了，未向皇帝请求。夏侯颇看平阳公主一门心思、自始至终地关心、帮助卫青和原先平阳侯府中做奴做婢的卫家人，心中好大的不平。于是他找出由头，要平阳公主按惯例改称汝阴公主，起初平阳公主并未理睬他，后来见他老是纠缠，便答应改称孙公主，因夏侯颇乃第一代汝阴侯夏侯婴之曾孙。夏侯颇觉得平阳公主总算听了他一回，高兴地表示，从此夏侯家人均改姓孙。平阳公主虽改称孙公主，但外面的人仍然称其平阳公主，平阳公主亦乐于接受。夏侯颇很失望。他成天无所事事，便去找一些奢靡贵族、纨绔子弟玩，后来玩腻了斗鸡走狗，便在外面玩女人。他常说，饮酒不醉乃痴人，御女不中是废人。更有甚者，其父夏侯赐死后，留下两位婢妾，均为三十多岁的年纪，如花似玉的。平阳公主多次提出将这俩女人改嫁出去，夏侯颇就是不肯，原来，他已和她们勾搭成奸，在府外悄悄地置了一处宅子供其偷情。府中有人知道此事，但不敢与公主讲。

前两天，平阳公主要去妹妹南宫公主家一趟，出门不久后发现给妹妹的礼物未带，便驱车回来取，竟看到夏侯颇与其父的俩婢妾共于一张榻上厮混，其情景不堪入目。平阳公主大怒，立即入宫禀报刘彻。

刘彻即令韩说带人前来捕夏侯颇，不想夏侯颇与那俩女人均已悬梁自尽。

平阳公主一刻也不想待在汝阴侯府，便在韩说护送下往南宫公主府上歇息。韩说回宫后向刘彻禀报，刘彻即由韩说陪着，移驾其二姐南宫公主府上，看望、安慰平阳公主。

刘彻下达诏令，夏侯颇因与其父婢妾相奸之乱伦罪，剥夺汝阴侯爵位，撤销汝阴侯国。

次日，韩说告诉了卫青。卫青听了，如五雷轰顶，惊愕非常，心里别提有多么为平阳公主难过，多么担心公主经受不住如此沉重打击。他急急赶到南宫公主府邸，进去后看到平阳公主正与南宫公主说话，两人谈笑风生，似乎什么也没有发生。

卫青与两位公主相互施礼后，南宫公主知道卫青是来看望平阳公主的，便借故离开了。

此时，平阳公主一把抓住卫青的双臂，两眼滚出了泪水，说道："卫青，我要回平阳县，你送我去平阳县！"

卫青不知所措，以极为关心的口吻说："公主，您受惊了，卫青刚知悉，心急火燎地赶过来看您，我真怕您受不住啊！公主您为何要去平阳县？我当然愿意送您，但须陛下允准啊！"

"不去平阳县，我能去哪？"平阳公主放开了卫青，自己坐下，示意卫青也坐下，说："母后早已不在了，我不能住在宫中，不能住在妹妹家，只有平阳侯府才是我的家。襄儿随你出征回来后身体一直不好，回到平阳县的侯府休养去了，孙子宗儿也在那里，我不去平阳县能去哪？"说着说着，平阳公主竟哭出声来。

卫青赶紧安慰："公主，刚才我进来时您还是像没事人似的，为何一会儿就难过起来了呢？您千万不要过于悲伤，保重您的身体要紧！"

平阳公主停止了哭泣，说："我不是受到惊吓，而是受到侮辱和欺负，吾乃当朝皇帝的大姐，竟被夏侯颇这畜生给蒙骗了！我不想让别人看我的笑话，所以要装得像没事人似的。不知为何，一看见你，我就不想装了。"

卫青听了很感动，说道："我去向陛下禀报，送您回平阳县。"

平阳公主说："不用你禀报，我明日进宫给皇帝说。卫青，你还要让你府中家令咸丹陪我，我喜欢听他说话。你再找一个家令吧。"

卫青突然想起帮咸宣的事，于是说："咸丹跟您回去，我当然赞成，他能让您开心，还能帮您办些事，不过他毕竟年纪大了，最好跟陛下说一下，让他儿子咸宣陪他一同回去，安顿好了再回来。"

"行，行。"平阳公主说。

翌日，平阳公主进宫见刘彻，提出要回平阳县的侯府，刘彻稍稍思索后很赞成。平阳公主提出让卫青去送，送至平阳县后即返回，刘彻亦允准。但平阳公主提出要咸宣陪其父咸丹随行后，刘彻起初并不同意，说："咸宣前段时间查办过张汤一案，朕还要问他一些事呢。"

平阳公主憎恶张汤，听人说过张汤一些事，便问刘彻："皇帝要问咸宣何事呢？不是已结案了吗？张汤连杀俩河东人义纵、李文，难道如今对咸宣这位河东人也不能放过？我也是河东人，皇帝是否对我也有疑虑呢？"

"大姐万勿误会！"刘彻知平阳公主正处于极度悲伤之中，当然不能刺激，于是说，"让咸宣去一趟便是。咸宣所查张汤事还是属实的，朕不会为难他。"

生死相依

1. 山梁上草地

卫青和咸丹、咸宣父子陪着平阳公主，自长安出发，前往平阳县。郑宽见咸丹要走，也向卫青提出要告老还乡。卫青说："您反正只身一人，我养您老，您是吾叔，就一直跟着我生活，就像小时候我跟着您生活一样，您安心地待在这里，这里始终是您的家。如今咸丹走了，您得照顾好府里，哪天不想干了就在府里养着。"郑宽听了，感动了好久。

卫青等陪着平阳公主，乘驷马车，沿着驰道，一直向东，日行夜宿，走得较慢，每天也就五六十里。加上侍卫、仆从等，有百余人，沿途各县得到朝廷告知，自然热情接待，对于当今皇帝的姐姐和当朝的大司马大将军，无人敢怠慢。这天来到离长安近三百里的华阴县，县令乃咸宣曾经的下属，又有幸见到平阳公主和卫青，刚在县界迎到贵宾，就激动得满面通红，手足无措，深深揖拜道："平阳公主，大将军，下官平日里哪能见到如此高贵的贵人，下官真是八辈子修来的福分啊！"

平阳公主一路走来，途中卫青和咸丹、咸宣父子陪着说话，渐渐地心情好多了，听县令一说，竟笑了，说道："你这县令真会说话，与这位咸丹老先生有一比。本公主问你，你祖上八辈子在何地？"

县令见平阳公主并非他想象中的板着个面孔、端着大架子、哼着大腔调，而是和蔼得很，胆子便大了起来，答道："回公主话，下官八辈子祖宗即在此地，下官乃本地人氏。能在本地做一小官，为桑梓百姓尽一点微薄之力，亦是下官八辈子的福分！"

"八辈子，八辈子。"平阳公主问，"你为何总说八辈子，这里有何讲究？"

县令答道："公主，下官之所以有这口头禅，确是因为：其一，此地乃吾祖居地，多少辈都居住于此；其二，再往前推算无数辈，这里还是我的根，不仅是我的根，亦是我们大家的根。八辈子者，无数辈也。吾言必称八辈子，是一种骄傲和自豪啊！"

"此话怎讲？为何说我们大家的根都在这里？"平阳公主不解。

县令正要回答，卫青插言道："你这县令着实糊涂，好不晓事，如何能在野外与公主说个没完？赶快带路，请公主至县里馆舍安顿下来，再禀报不迟。"

县令一拍脑袋，说："大将军所言甚是，下官确实糊涂，主要是见到公主和大将军，太激动、太兴奋了，光想着禀报，就没想着带路，甚无礼，请公主和大将军治罪！"

平阳公主倒是心情蛮好，说："县令你要听大将军的，军令如山啊，大将军令你带路，赶快带路吧，到馆舍再继续讲给本公主听。"

县令答："诺。"

约有一个时辰，到了华阴县城，进了馆舍，县令说让公主歇息一会儿，再继续禀报，哪知平阳公主兴趣正浓，说不必歇息，到厅堂中坐下，听县令继续说。

众人坐下后，县令继续说："禀报公主，咱华阴县正南面有一座名山，即华山，又称太华山。华山与隔壁河东郡的夏邑、夏都合称华夏；此华山位居咱中国之中心，故称中华。华夏、中华即是咱们民族之根，所以这里就是我们大家的根。水之南为阴，山之北亦为阴，咱县位于华山之北，故称华阴。华阴县就是守护华山之县，就是守护咱民族之根的县。公主您说，下官能于此当个小县令，是多么大多么大的福气啊！"

"确是八辈子的福气！"平阳公主也被县令感染到，说着自己也笑了。县令看公主笑，开心极了，大笑。卫青和咸丹、咸宣父子也笑，为公主心情放松而高兴。

县令趁机禀报:"公主,大将军,明日下官领着,请你们去看华山,可否?"

"当然好,当然好!"平阳公主立刻赞成,"今晚早点休息,明晨早点出发,还要登山呢。"

县令说:"禀公主,华山乃天下第一险山,无路可登,但可以选择极好位置观看。陛下于前几年下旨在山下建有一集灵宫,用于祭祀华山之神,值得一看,明日可以去瞻仰。"

平阳公主说:"甚好,甚好。"

第二天一早,卫青起来后盥洗完毕即去向平阳公主请早安,问公主昨夜可歇息好。平阳公主说,多少天以来都没有昨晚睡得安稳。卫青听了,心里的大石头方才落下,知道公主已从悲愤中走了出来。

县令领着平阳公主和卫青等人出县城向东,车行三里多地,便来到集灵宫。但见宫内外保留有众多参天古木,柏树、松树、槐树、银杏等,遮天蔽日,庄严肃穆。整个集灵宫更是布局严谨,气势恢宏,一条主轴遥对华山主峰,贯穿南北,殿、堂、坊、楼、亭错落其间,尽显皇家祭祀场所的庄重与气派。

众人拾级而上,平阳公主问:"此宫建于何年?祭祀何方神圣?"

县令赶紧答道:"回公主话,集灵宫乃当今圣上下旨建于元光元年,供奉着华山之神少昊。"

"少昊,黄帝之子?"平阳公主问。

县令答:"回公主,正是黄帝及嫘(léi)祖之长子。"

县令引大家来到正殿。正殿坐落于一凸字形浑天巨石月台之上,回廊环绕,飞檐高耸,斗拱密布,高大宏伟,金碧辉煌。殿中供奉着"华山之神"牌位。这里是朝廷正式祭祀少昊的场所。正殿后面是楼阁,登楼远眺,相距十五六里的华山近在咫尺,华山如刀削斧砍,悬崖峭壁,直插入云,高险异常,不愧为天下第一奇险。当日正天晴,万里无云,县令指着华山,一一介绍东、南、西、北、中五峰,称远望五峰,如同是无比巨大的石花，花同华，故名华山。平阳公主与卫青等均看得入迷，惊叹大自然无比神奇的造化，真乃鬼斧神工。

下楼出殿后，县令引平阳公主和卫青等至一配殿休息。县令自然早做了准备，已经令人奉上茶水、鲜果。平阳公主兴趣盎然，问县令道："这里供奉着华山之神少昊，少昊有些什么故事，说予本公主听听。"

县令正欲介绍，公主一问，正中下怀，立即答道："公主，大将军，下官正要禀报。黄帝娶了嫘祖为正妃后，生有二子，长子少昊，次子昌意。少昊在少年时即被黄帝送至东夷部落联盟中最大的凤鸿部落历练，少昊热爱凤鸿部落，后来娶了部落首领之女凤鸿氏为妻，自己也成了该部落乃至整个东夷部落联盟的首领。当然之后东夷和华夏逐渐融为了一体。"

平阳公主听了，对卫青说："卫青，我怎么觉得，你与少昊有相似之处。你是上天派来降生于平阳侯府，在平阳侯府经历磨难，成了侯府的一员，后来亦娶了侯府中的女人为妻。"

平阳公主突然说出的这话，卫青接不住，不知如何回答，只是望着公主微笑了一下。

平阳公主笑了，说："卫青，你就不能说点什么，仅仅微笑一下应付我？"

卫青这才说道："公主，卫青能生于平阳侯府，是卫青的福分……"

平阳公主心情愈好，打断卫青："是一辈子的福分，还是八辈子的福分？"

县令与咸丹、咸宣均大笑。

卫青也笑得很开心，说："当然是八辈子的福分！"

"将来尔欲续弦，仍旧是非平阳侯府出身者不可。切记，切记！"平阳公主说。

卫青赶快摆手："卫青不续弦矣。"

平阳公主竟偷偷地会心一笑。

离开华阴县，平阳公主越发地愉快起来，她提出不再走驰道，不出潼关向西，而是从潼关北面的渭水渡过去，沿着河水北行，再去看一眼壶口瀑布。卫青见公主高兴，当然极为赞成，派出吏员提前出发做沿途安排，又派快马通知原先计划路途中的各县取消安排。

到了壶口，四十八岁的平阳公主看到万千水流一往无前地汹涌澎湃地一刻不停地冲击着壶底，发出震耳欲聋的巨响，腾起弥漫朦胧的雾气，心里仍然按捺不住无比的激动、冲动。她再来壶口，就是要证实，自己这个年近半百的女人还有否激情。看来仍然有。既有激情，便应追求。如若死灰，则罢了。她瞪大眼睛，看着面前高大英俊且仁义勇悍的卫青，从内心深处升起一种希望，幸福的希望。

平阳公主问卫青："卫青，你也是再次来看壶口瀑布，如今你看到了什么？"

卫青答："公主，当年第一次看壶口瀑布，看到的是不可阻挡、勇往直前的气势和力量。现在再来看，仍然能看到这种气势和力量，而且经过十多年战争的磨砺，体会尤深：云淡风轻驱不走强虏，惊涛骇浪方能摧枯拉朽。同时，我又看到了新的东西。"

"何者？"平阳公主问。

卫青则满怀深情地说："我看到了成千上万的勇士义无反顾地冲向不可预测的深渊，粉身碎骨，只是溅起水花，腾起水雾。"

平阳公主听了，不禁感慨道："卫青你真是个有情有义的汉子！"

"上次三姐唱的歌中说，我与去病率军进攻匈奴有排山倒海的气势和力量，其实相伴随的往往有、肯定有诸多的前仆后继的牺牲。"卫青转而问平阳公主："公主，您再次看到了什么？"

平阳公主稍有停顿，然后说："我看到了新的激动和冲动。"

"激动？冲动？"卫青不解，"公主您有什么样的激动和冲动？"

平阳公主笑道："如有机会，将来再告诉你。"

卫青见平阳公主不说，也即罢了，不好再追问，心想公主的激动和冲动为何要等到有机会方能说出？

看罢壶口瀑布，向南走了一小段路，从一处水流平缓的渡口渡过人和车马，登上了吕梁山脉。从官道一直慢慢地登上山梁，沿着山梁走了一段，到了二十七年前卫青打猎时遇见平阳公主、平阳侯的那片草地。卫青令队伍停下，平阳公主与卫青几乎同时说："就是那片草地，没变。"两人都对这草地印象深刻。

卫青对平阳公主说："公主，当年我在此遇见公主和侯爷，公主决定让我回到侯府，做您的骑从，从此改变了我的一生。"

这里也让平阳公主印象深刻，当她于此山梁之上突然遇见分别多年的卫青时，发现卫青已经长成了一个魁梧挺拔的英俊少年，且身手不凡，射杀了野猪，保护了自己和侯府一帮人。平阳公主当时心里就有一种对卫青更加喜爱的感觉，那感觉不同以往。

卫青说："公主，天色已暗，不能再往前走了，在此宿营如何？"

"大将军下令宿营，岂有不服从之理？"平阳公主高兴地调侃道。

卫青专门带了几辆辎车跟行，其中专门为公主准备了由辎车改装的卧车。晚餐后，卫青让平阳公主住进卧车，还让上了年纪的咸丹也住进辎车，自己与咸宣等人则住进临时搭建的帐篷。卫青又安排侍卫们轮流值守，燃起火堆，防止山中的野兽对人攻击。

夜间，卫青不放心，几次起来走出帐篷察看，后来干脆坐于平阳公主卧车不远处亲自值守。翌日清晨，平阳公主起床后走出卧车，看到卫青坐在车前不远处草地上，问："卫青，你一夜没睡，就坐在这里？"

卫青说："公主，我一开始睡了一小会，爬起来后不放心，睡不着，才坐在这里的。"

"你还是个大将军呢，这么傻，如何带兵打仗？"公主嗔怪道。

卫青嘻嘻一笑："公主，不是担心野猪吗？那年此地即有野猪出没，更有可能还有其他野兽。"

平阳公主内心涌出一股热流。

吃完早餐后队伍下山，近午时分抵达山下，平阳县令早已带领县衙一帮人在山下迎候，在搭好的遮阳棚中奉上美味佳肴、饮料和果品。众人品尝后歇息了一阵子才继续向县城行进。

到了平阳县城，平阳公主一进侯府，赶紧去看病重卧榻的儿子曹襄。平阳侯曹襄自元狩四年（前119年）以将军身份跟随大将军卫青远征漠北与伊稚斜单于决战，途中染上痢疾，经军中医匠诊治，有所缓解，并未得到根治，仍然带病参战，留下病根，成为慢性痢疾。时间已过了四年，虽经宫中太医精心诊治，又寻了几位民间名医，但总是时好时坏，去年曹襄决定回平阳休养。

平阳公主与曹襄分别才一年多，这次看到才三十岁出头的曹襄，瘦弱得没了人形，完全的皮包骨，心痛如同刀绞，眼泪流个不停。卫青见了，也是为曹襄、为平阳公主感到十分伤心。曹襄的妻子是刘彻与卫子夫的大女儿，依例应称平阳公主，但老的平阳公主尚在，故称卫长公主，意即卫皇后所生之长公主。卫长公主这些年一直细心照料着曹襄。看见姑母又是婆母的平阳公主和舅舅卫青前来，忍不住放声痛哭起来。十来岁的曹宗见母亲与奶奶哭，也号啕大哭。

卫青在侯府住了两日，就要告别返回长安。他看着病入膏肓、几乎奄奄一息的曹襄，想着平阳公主刚刚遭遇夏侯颇背叛的巨大打击，在返回平阳的途中情绪刚有好转，又一下子跌入谷底，真是不忍离开侯府。但自己位居大司马大将军，不能不回京。

卫青离开时，平阳公主送至府门外，泪眼蒙眬，直视卫青，说："卫青，要来看我，看我们，否则我会撑不住的！"

卫青频频点头，坚定地说："诺。公主放心，卫青一定会一直记挂您，有机会一定来看您，您务必保重！"

卫青让咸丹留在侯府中帮助安慰平阳公主和照料一些事务，就和咸宣匆匆赶回长安了。

2. 复活草

卫青回到长安，进未央宫向刘彻禀报，称平阳公主于返回平阳的途中情绪已有很大的好转，但回到侯府看见曹襄被重病折磨得不成人样，又一下子陷入极度悲伤。刘彻听了自是唏嘘一番，即令太医监速派两位太医赴平阳为曹襄诊治。

此时朝中丞相为商陵侯赵周，御史大夫为石庆，俩人皆是忠厚、谨慎、廉平之人，朝政不似张汤执政时屡起波澜，卫青与赵周、石庆相处亦甚为融洽，一般政事尽可能不参与，仅涉及军事方面为皇帝提供建议。

一日，刘彻单独召见卫青，议论大汉周边形势。刘彻说："元狩四年（前119年）你与去病远征漠北，与匈奴单于和左贤王分别决战，予匈奴以重创，此后匈奴再也无力侵扰吾大汉北方诸郡。西北边自去病夺取河西走廊后，赋闲居家的张骞屡次上书或进言，称愿再次出使西域，主要是说服大月氏之前的原住民乌孙国回到河西走廊，与大汉结盟，助大汉戍守这一带。然张骞到了之后，乌孙国却与大月氏一样，不愿返回河西走廊。朕这才下旨设置酒泉、武威二郡，迁徙内地吏民往那里戍守。河西走廊才算安定下来。"

"陛下英明。"卫青说，"张骞说服乌孙不成，陛下及时下旨设酒泉、武威二郡管辖河西走廊，不使其地空置而无人居住，确保了大汉对这一带的实际管辖。但臣以为，河西走廊东西长二千多里，仅设两郡管辖有些鞭长莫及，可从两郡再分出两郡，以四郡管辖为宜。另外，臣以为张骞第二次出使西域，虽则说服乌孙未果，但派出多位副使出使至西域多国，打通了大汉与西域各国的联系和交往，还是很有价值的。"

"正是。"刘彻赞成，"故朕在张骞返回长安后，即下旨将张骞由中郎将升任大行令，算是对他的褒奖。不过张骞两次出使西域，经历千难万险，累垮了身体，近来病情加重了，甚是可惜。"

卫青亦叹道："陛下，如张骞这样的忠勇之士，敢于涉足从未去过的地域，属于凿空，确应大力彰扬。"

刘彻说："北边、西北边算是安定了，然南边并不安定，南越、东越始终是朕的心病，朕久有收复两越之想法。卫爱卿你说如何为好？"

卫青似乎也早有考虑，立即说道："陛下雄才大略，高瞻远瞩，欲大汉强盛，必开疆拓土。两越与中原原为一体，乃秦末天下大乱时趁机割据一方，的确到了该解决的时候。臣以为，可选准时机，将两越一举拿下。臣愿率大军荡平两越。"

刘彻一听，高兴地说："卫爱卿所言甚是。不过杀鸡焉用牛刀，两越军力不及匈奴五分之一，何须卫爱卿亲率大军往征？有韩说、路博德一类的将领足矣。你与朕一同运筹帷幄即可。"

到了次年，即元鼎三年（前114年）三月，从匈奴那边传来消息，伊稚斜单于病死，其子乌维继立为单于。卫青闻讯大喜。伊稚斜单于是继冒顿单于之后最为嗜血凶残者，自元朔三年（前126年）即位后，年年遣骑侵犯大汉北方诸郡，杀掳不可胜数。其在位的十二年间，亦是汉匈之间大规模战争最为集中的时期。卫青七征匈奴，有四次是在此期间；霍去病六征匈奴，则全部是在此期间。

伊稚斜单于病死的消息是定襄郡太守张次公亲自骑快马进京禀报的。自汉景帝时期于汉匈边境开关市、通贸易以来，至汉武帝时期关市更盛，匈奴人往来关市络绎不绝，后虽爆发战争，关市中交易仍未停止。张次公听到前来关市交易的匈奴商人所言，得知伊稚斜确实已死，即亲自赶到长安，先入未央宫禀报皇帝，然后到卫青府上报告。

当天乃休沐日，卫青留张次公于府中用膳，而张次公竟嚷嚷，说仅属下与大将军两人用膳是何等单调，我去找一班大将军、骠骑将军的老下属，大家一起庆贺伊稚斜这老敌虏一命呜呼岂不更好？卫青当然允准，笑道："就你张次公热闹！"

张次公驾着卫府的驷马车，在长安城中绕了一圈，请来了南奇侯、太仆公孙贺，龙额侯、侍中韩说，符离侯、已由右北平郡太守擢升卫尉的路博德，从骠侯、将军赵破奴，将军李沮、李息、公孙敖、荀彘等。

席间众将大碗喝酒，大块吃肉，觥筹交错，大呼小叫，气氛极为热烈。宴会进行了两个时辰，众将个个醉眼蒙眬，却仍旧没有罢休之意。正在此时，家令郑宽进来，附于卫青耳边说了什么，卫青立即起身出去。过了一会儿，卫青回到座席，脸色凝重，一言不发。

公孙贺见了，关心地问道："大将军，发生了何事？"

卫青带着悲伤语调说道："刚才平阳公主派快马传来消息，称平阳侯曹襄已经多日连连拉血，且常常昏厥，危在旦夕，恐随时撒手人寰，致公主自身精神濒临崩溃。她急欲见我，以为依靠，要我速速赶至平阳县。"

"平阳公主如此高贵仁义之人，竟命途多舛。先是三十三岁死了丈夫平阳侯曹寿；之后为汝阴侯夏侯颇所尚，竟遭那厮背叛而受辱；如今三十岁刚出头的儿子又将不治。谁人能受得了啊！"公孙贺感同身受，对卫青说，"大将军确须速往平阳县，予平阳公主以宽慰，否则公主真的会崩溃。"

众将无一人不敬重平阳公主，均唏嘘不已，劝卫青速去平阳县，说宴席就赶紧散了，让大将军早点休息，明日还要赶路。

公孙敖站起来，走到卫青身边，说："大将军，从长计议，您应尚公主，那才是让公主有了最牢靠的依赖。"

"尚公主，何意？"卫青明知故问。

"娶了公主呗。娶公主不能说娶，要说尚，大将军不懂？"公孙敖提高了声调，"公主单身，您亦单身，多好！"

众将都围了上来，纷纷赞成公孙敖提议，竟让卫青红了脸，嗔怪道：

"尔等妄言些甚？公主何等高贵，岂是吾辈可作非分之想哉？"

众将告辞后，卫青一夜无眠。

次日上午，卫青进未央宫禀报刘彻，刘彻不仅允准卫青速往平阳，还特别嘱咐办完丧事后，务必劝说平阳公主与卫长公主、曹宗一起回到长陵的侯府居住，如此也好看望、照应。卫青当然连称皇恩浩荡而叩谢不已。

出了未央宫，回到自家府邸后卫青吩咐稍作收拾，便带着亲兵张强和几名随从，不坐驷马车，每人骑一匹马带一匹马，日夜兼程，沿驰道向平阳县进发。

抵达平阳县，卫青急匆匆进入侯府，见到平阳公主正在榻前守着，曹襄似乎拼力留着最后一口气等待卫青。看见卫青到来，曹襄瞪大眼睛，盯着卫青看，卫青靠近曹襄，拉着他的手。曹襄用极衰弱的口气，断断续续地说："大将军，天下唯您可以照顾吾高贵仁德而又命途多舛的母亲，属下请您务必答应！"

卫青握紧曹襄的手，点头说："平阳侯放心，我一定尽我所能，全心全意地照顾公主！"

曹襄嘴角挤出一丝微笑。

卫青说："我告诉你一个好消息，匈奴单于伊稚斜病死矣，大汉之大患终于消除了！"

曹襄口中发出"哈"的一声，殁了，眼角滚出一滴泪珠。

众人痛哭，而平阳公主没哭，也未流眼泪。她的眼泪已经流尽，只是呆呆地、木木地、无限留恋地望着已然闭上双眼的儿子，内心深处在滴血！

卫青也只能是默默地望着平阳公主，任由眼泪从脸颊滚落，却不知如何安慰她。整个治丧期间，卫青始终陪伴于平阳公主左右，他认为这可能是最好的安慰。而平阳公主的确也因此未崩溃、未倒下。

卫青在曹襄丧事办完后，向平阳公主转达了皇帝的嘱咐，平阳公主与儿媳卫长公主商量后，即带着曹宗，在卫青护送下，回到京郊长陵县的侯府。

卫青单独向平阳公主告辞："公主，我得回长安，我尚在朝，得为陛下视事。每个休沐日，我都会来看您。"

"休沐日方来看我？"平阳公主老大不高兴，"五日一休沐，除去休沐日，那四天我将如何度过？"

卫青嗫嚅着，答不出。

平阳公主不依不饶，两眼直视卫青："卫青你不能不说话，你说，那四天我孤独一人，如何度过？"

卫青突然想起，众部将所言的干脆就尚公主，岂非完全解决矣？但他不敢说。

平阳公主见卫青不说话，于是换了一种方式，改用温柔的口吻问道："卫青，你愿意来看我、陪我吗？"

"当然愿意，这还用问。"卫青这一下答得很干脆。

"那你为何愿意来看我、陪伴我？"平阳公主又问。

卫青停顿了好一会儿，才说："公主对我有再造之恩，无公主决无卫青今日。卫青愿为公主做一切事情。"

平阳公主苦笑道："就只是为报恩？就没有别的？"

"没有，没有。有，有。"卫青语无伦次起来。

"到底是有还是没有？"平阳公主说，"威风八面的大司马大将军，堂堂的男子汉，说话如何这般拖泥带水，真不知你是如何号令三军的！"

"有就是有。"卫青被激，终于说出，"有对公主的敬爱，还有埋藏于心底至深处许多年的喜爱！"

平阳公主两眼流出了热泪。她一把抱住卫青，将头靠在卫青宽厚的胸膛上，柔声问道："卫青，你何时开始喜欢本公主的？"

卫青被公主依偎，心中突突乱跳，幸福的暖流灌满全身，答道："就是那年在吕梁山脊的草地上遇见公主时。"

"你那时还只是一个十二岁的孩子，只是个青小子啊！"平阳公主吃惊地说道，"如何埋藏了这许多年才说出？"

卫青抱紧了平阳公主，说："我是一棵复活草。公主，您听说过复活草吗？我在征战匈奴时看见沙漠中生长有一种草，张骞告诉我那叫复活草，此草极耐风沙，极耐干旱，缺水时收缩为球状，在几乎完全失去水分的情形之下，哪怕仅存百分之一二的水分，一滴水，亦可让其种子顽强生存数十年，看起来是枯死了，而一旦遇到难得的雨季，便又死而复生，生机盎然起来。我对公主的爱隐藏了数十年，如今公主需要我，这爱便复活了！"

平阳公主深情地望着卫青："你挺会讲话，挺会哄人的嘛。真看不出！"

卫青几乎一字一顿地说："吾欲尚公主，余生皆陪您、侍奉您，可否？"

平阳公主在失去唯一的儿子之后，觉得人悬于半空之中，无依无靠，这下听了卫青的话，一下子落地，踏实了。她去除了烦躁，用非常平静的语气对卫青说："你要娶我？终于等到你说这句话了。甚好！甚好！"

"我回长安即禀报陛下，请陛下允准。"卫青似乎有些迫不及待。

平阳公主说："不用你去讲，皇帝和皇后听说我返回长陵，必来看我，我与他们讲。"

卫青走后，平阳公主按捺不住兴奋，又想试探人们对自己嫁予卫青的看法，对左右侍者说："本公主孤身，可再嫁夫乎？"

侍者或曰："公主金枝玉叶，当然可。"

或云："依大汉惯例，当以列侯尚公主。"

平阳公主问："如今列侯中，谁可尚本公主？"

众侍者皆曰："唯长平侯可。"

平阳公主笑道："卫青曾为本公主骑从，奈何今日以其为夫？"

众侍者云："长平侯今非昔比，乃当今皇后之弟，位居大司马大将军，其子亦为侯，富贵何人可比？公主当不必犹豫。"

次日，刘彻偕卫子夫来长陵侯府中看望平阳公主，自是慰问有加。平阳公主瞅空，单独对卫子夫说："吾左右皆劝吾嫁予尔弟，皇后以为如何？"

卫子夫大喜过望："甚好！好极！卫青能尚公主，是其天大的福气。"

卫子夫之后禀报刘彻，刘彻大悦，说道："朕之苦命大姐，终于不再苦命矣！”

刘彻返回长安未央宫后，即下达两道诏令：曹宗继嗣平阳侯；卫青尚平阳公主。

不久，卫青即正式迎平阳公主住进卫府，从此朝夕相处。其时，卫青四十岁，平阳公主四十九岁。

平阳公主住进卫府，卫青感觉到了前所未有的幸福和快乐。每日从大司马府办完事或上朝回来，他一步不离地伴着公主，黏着她，久久地看着她。有时平阳公主都被看得不好意思。

一次，平阳公主问：“卫青，你为何老是呆呆地看着我？”

卫青答：“公主，因为以往看得太少了。儿时住于侯府中，不敢看您，一遇见您即低下头。”

“我是那样地可怕？”平阳公主笑道。

卫青说：“您不可怕，但您太高贵了，您先是太子后来是皇帝的大姐，侯爷的夫人，尊贵无比，我是奴婢之子，岂敢抬眼看您？”

“何时抬眼看了我？”平阳公主问。

卫青闭目回忆起当时情景，脸上满是兴奋，说道：“就是那次在吕梁山脊的草地上，我第一次真真地抬眼看了公主，看清楚了公主，也就喜欢上了公主。”

“你这青小子，小小年纪便有了复杂想法。”平阳公主问，“卫青，我美吗？”

“当然，甚美。”卫青答。

“与子夫相比，如何？”平阳公主又问。

卫青略一思索，笑道：“您与三姐皆甚美，然风格不同。三姐乃自然纯真之美，公主乃高贵典雅之美，共同之处是皆风情万种，摄人魂魄。”

“你说的是我年轻时候，只可惜如今我老了。”平阳公主叹道。

卫青说：“公主不老，仁德、慈爱、智慧、乐观诸美好品格滋润着您，故您不老。在卫青的心中，您永远光彩照人。”

平阳公主笑了，笑得很开心，说："好，好，有你卫青陪伴，看来我会放慢走向衰老的步伐。老天真是有眼，让我与你相伴到老。"

平阳公主突然想起一事，问卫青道："卫青，我想起当年要把雨荷嫁给你，问你是否愿意，你似乎犹豫了一下，你当时在想什么，能告诉我吗？"

卫青不好意思地笑了，说道："公主真是明察秋毫，我那时仅有一刹那的犹豫，竟被公主发现。其实当时脑子里突然冒出一个很奇怪的想法，但这想法一冒出来，就被自己立即否定了。"

"什么想法？"平阳公主急于知道。

卫青只是笑，不肯说。

平阳公主说："你我已是一家，有什么不好说的？"

卫青挠挠头，笑道："实在不好意思说。"

"你个卫青，怎么这样？"平阳公主有点不高兴了。

卫青见状才说："好，我说，但公主万勿笑我。我当时有一闪念，突然想到公主当时已失去平阳侯，是单身，我要是能尚公主就好了。但很快头脑清醒过来，知道那是根本不可能的事。"

平阳公主听了大笑，说道："卫青，我说了你不要不高兴，当时你要娶我的确办不到，你刚刚当上将军，尚未封侯，再说皇帝也不会准许。"

卫青听了点点头，说："是的。故我很快就答应娶雨荷了。"

平阳公主依偎到卫青怀里，说："但我听你说出了当年的想法，我还是挺感动的。如果那时我们就成了一家，该多好！不过现在亡羊补牢，未为晚也。"

卫青与平阳公主相亲相爱地在一起过了不到一年，又不得不暂时分开。原来，汉代迷信鬼神成风，刘彻自登基以来，始终重祭祀、信神仙。先是长陵县有一女子，因其子早逝而悲哀致死，家人称其死后显灵，民间均称其为神君而供奉之。刘彻外祖母平原君、母亲王太后皆信神君，久祭不辍。刘彻即位后亦厚祭神君于宫中祠内。之后刘彻又信齐地自称长生不老已数百岁的主持方药者李少翁，他说可通鬼神，起初刘彻信他，封他为文成将军，后发现其有诈，便诛杀之。文成将军死后，元鼎四年（前113年）春天，乐成侯丁义向刘彻推荐另一齐人栾大，乃胶东王宫中方士，与文成将军同师，而本领远胜之。

刘彻召见栾大，见其长得高大英俊，说话周到而有策略，讲起大话来神色自若，称曾至海上见过神仙，又称其师父讲：黄金可以炼成，河堤溃决可以堵上，不死之药可以得到，仙人可以招至。刘彻大悦，令其试验小方术，栾大玩了一通暗以磁石使铁棋子自动相撞的小把戏，刘彻深信不疑。其后封栾大为五利将军，一个多月中又加封为天士将军、地士将军、大通将军、天道将军，甚至以二千户封栾大为乐通侯，栾大一时挂了五将军一列侯六枚金印，尊贵无比。刘彻还赐其列侯甲第、僮仆千人及宫中御物无数。更有甚者，刘彻竟敕令孀居在家的大女儿卫长公主嫁予栾大，送黄金一万斤及新的封邑东莱郡当利县。其县产盐，甚富，以至于卫长公主一度称当利公主。

卫子夫与平阳公主不及劝阻，刘彻已将卫长公主嫁到栾大府中，长陵县的平阳侯府中剩下不到十岁的平阳侯曹宗。父命不可违，皇命更不可违，但卫长公主不能带着小侯爷曹宗出嫁，只能将府中侍奉、照顾曹宗的一应事项安排好。平阳公主知悉后，寝食不安。

卫青见状，对平阳公主说："公主，我觉得，您还是回到长陵的侯府中，去照顾您未成年的孙子，否则您的心始终安静不下来。"

平阳公主说："我确有此想法，但觉得如此则亏待于你，故未下决心。"

卫青笑道："我一个成年的大男人，不用担心。每个休沐日，我定去看您。"

"卫青，你真是善解人意。"平阳公主赞道。

"只是不能日日看到您、陪伴您。"卫青说，"但我会日日想着您。"

平阳公主听了很感动，说："我也会日日想着你。时间不会太长，少则一年，多则两年，我去求皇帝，让宗儿到他身边侍中，谁让他嫁了宗儿的母亲？你、去病还有霍光，不都是十几岁即至皇帝身边历练的吗？"

"公主想得周到。"卫青说。

平阳公主走了，卫青每天回到府中，觉得好孤单，心里空落落的。以往雨荷去世，卫青虽然有段时间不适应，但并无现在这样的感觉。如今卫青深有体会，与公主一旦结合，即再也不能分离了。他每天除了公事，都是在想平阳公主，想公主对自己的一贯关心、照顾和造就，想公主的不凡风度和唯美外表，焦虑地等待每个休沐日的到来，且总是于休沐日的前一个晚上赶去长陵见公主，休沐日则待到晚上才离开，返回长安。

卫长公主有时亦回长陵看儿子。

平阳公主问她："栾大何许人，皇帝那样信他？他待你好吗？"

卫长公主说："他就是一能说会道的方士，懂点小方术，无甚大本事。成天要么在府中装神弄鬼，要么与来府中的达官贵人海吹胡侃，说如何如何通达神仙。对我还算好。"

"他吹嘘的那些通神仙之事有应验的吗？"平阳公主问。

"无一应验。"卫长公主甚为不屑。

"有机会你要告知你父皇，不要让他害了朝廷，害了你父皇。"平阳公主笑道，"我这好操心的老毛病又犯了。"

卫长公主点头："姑母操心得有道理。有机会我会禀报父皇。"

次年即元鼎五年（前 112 年）三月，刘彻至上林苑南山下行猎，绕行至长陵看望平阳公主。一见面，刘彻便对平阳公主说："大姐，真是对不住，让你从长安回到侯府照顾宗儿，将你与卫爱卿暂时分开了。"

"你是皇帝，我不便说你，但你对栾大的赏赐确是令人不解。其何德何能，对朝廷对国家有何贡献，竟挂五将军一列侯六枚金印，位居上将军，仅次于大司马大将军，你还将自己最宠爱的长女嫁予他为妻，将年幼的外孙置于长陵的侯府中而不顾。"平阳公主忍不住数落了几句。

刘彻倒也未生气，笑道："大姐这话朕是第二次听说了。"

"还有人敢如此说你皇帝？"平阳公主不太相信。

"有，朕身边的东方朔。"刘彻说，"上个月，朕单独召见栾大后，东方朔对朕说，臣与栾大同为齐人，同样的高大英俊，同样的能说会道，然栾大数月即挂六金印，臣侍奉陛下数十年不得为公卿，何也？臣真实而栾大狡诈也。陛下不可不防。"

平阳公主说："东方朔敢言直谏，名不虚传。栾大吹嘘能通鬼神，有应验吗？"

"尚无。"刘彻说，"那日大女儿也提醒朕注意，朕如今真的开始怀疑栾大的作为了。朕会考察他的。"

"那就好。"平阳公主放心了。

刘彻说："大姐，宗儿再过三个月即是十一岁，可以送入宫中为郎，侍中，朕亲自关照他。如此大姐便可回到长安卫爱卿身边。"

平阳公主高兴地说："如此甚好。你这外公是应该关照一下自己的亲外孙。我等候你的消息。我想皇帝也不能为了一个不着调的栾大，将我与卫青分开。"

哪知到了四月，南越国丞相吕嘉反叛，刘彻忙于应对，竟将接曹宗入宫侍中的事忘了。

吕嘉历任南越国三朝丞相，执掌国政；其弟为将军，掌兵。南越王赵兴与其母王太后欲内附大汉朝廷，吕嘉反对，阴谋作乱。汉廷派二千军队入越，吕嘉即正式反叛，全歼汉军，杀王赵兴及王太后，另立赵兴长兄赵建德为南越王。

刘彻获报，与卫青等商议调兵遣将，讨伐南越。正在此时，齐国相卜式上书，如同当年支持朝廷抗击匈奴一样，称其父子和齐国习船者皆可往征南越，赴死以尽臣节。刘彻大悦，下诏褒扬卜式，赐爵关内侯，黄金六十斤，田十顷，布告天下。然天下响应者寥寥，包括二百余名列侯，均不愿自身或遣子弟从军击南越。

刘彻大怒，召见治粟都尉领大农令桑弘羊、廷尉王温舒、左内史儿宽等商议，欲惩治诸列侯。桑弘羊、王温舒献计，每年九月的以酎酒祭宗庙将近，所有诸侯王及列侯均须按封地人口数献上数量不等的黄金助祭，称酎金。汉文帝时专门制定有《酎金律》，凡所献酎金斤两不够或成色不足者，诸侯王削去一县，列侯则夺去爵位。如今可借机从严施行《酎金律》，既惩治了一批列侯，也收回大量封地，增加了朝廷收入。

刘彻下诏，令少府立即征收酎金，廷尉王温舒从严审核，最后以皇帝诏令颁布惩处决定。一番运作下来，以所献酎金斤两不够或成色不足、对祖宗大不敬的罪名，夺去了一百零六位列侯的爵位，占到现有全部列侯的半数。王温舒向刘彻禀报，称丞相赵周曾有微词，且明知酎金不合规而不作为。刘彻诏令赵周下狱，致其自杀。

被夺爵的一百零六位列侯中，竟有卫青的次子阴安侯卫不疑和三子发干侯卫登，南窌侯、太仆公孙贺，龙额侯、侍中韩说，从骠侯、将军赵破奴。

卫青府中家令先为咸丹，继之为郑宽，前年郑宽因年老多病换成跟随卫青多年的亲兵张强。上献酎金皆家令操办。一直以来每年献酎金的封地人口数均为定数，卫不疑、卫登的封户各为一千三百户，按户均四人计算，各为五千二百人。《酎金律》规定，每一千人献黄金四两，余数满五百人再加四两，不足五百人即不再增加。余数二百人当然不加，那两人都按惯例各上献了二十两黄金。但廷尉府审核过后称，经与封地所在的郡府核实，两封地如今的人口均超过了五千五百人，故两人均少献了四两黄金，须夺去爵位。其实廷尉府根本没有与各所在郡府核实人口数。

卫青听张强禀报后，一笑置之，说道："当年陛下在我击匈奴右贤王后封我为大将军，同时封吾三子均为列侯，我那时就认为不妥，欲还予陛下，陛下不准。如今好了，卫伉前几年已失爵位，现卫不疑、卫登爵位亦失，总算是都还给陛下了，吾终于心安矣。"

平阳公主听说，却愤愤然，认定是王温舒、桑弘羊之辈蒙蔽皇帝，因嫉恨功臣及其子弟而使出卑劣手段，故不顾卫青劝阻，进宫去见刘彻，问刘彻是否过问，问何以至此。

刘彻见平阳公主有点兴师问罪的架势，也有些不高兴，说道："当初众列侯皆不愿自身及子弟从军击越之际，大姐你在何处，为何不去质问他们；朝廷有事，尔等养尊处优，却不想尽责，愧否？朕是痛恨他们的做派，才下决心予以惩处的。"

"卫青的次子及三子尚年幼，也须从军？"平阳公主问。

"当然无须从军。不过确实核查出卫府所报其封地人口数不实，少献了酎金，依律应夺爵。"刘彻说。

平阳公主仍旧辩解道："皇帝，你大约是听了王温舒胡言，此人至恶，远胜张汤，为天下人切齿……"

刘彻不想再听平阳公主说下去，打断道："大姐为何如此为卫青上心，卫青自己是何态度？"

"他那人赤诚忠心，对你皇帝无半点怨言，称将三个儿子的爵位还予你，心安了。还一再劝阻我来找你。"平阳公主说。

刘彻笑了，说："卫爱卿果然不负朕。朕一时气愤，故王温舒禀报称夺爵之列侯中有卫青两子及公孙贺、韩说、赵破奴，可以充分展现朕之公正无私、便于施行时，朕也就同意了。现在看来，似乎有点过了。朕以后会补偿他们的。"

刘彻下诏，由御史大夫石庆擢升丞相，封牧丘侯；卜式升任御史大夫。王温舒原想扳倒赵周，石庆升丞相，自己可由廷尉升任御史大夫，不料落了空，且皇帝还让他改任中尉，退出九卿之列。

刘彻为考察栾大，令栾大到海上寻其老师，求得方术，助大军击败南越。栾大不敢入海，悄悄去泰山祭祀，回来后妄称已至海上见到其师，寻得方术。哪知刘彻派人暗中跟着栾大，拆穿其谎言，所提方术亦无一应验。东方朔再次直言极谏，称栾大诬罔误国，刘彻亦怒，诏令将栾大腰斩。推荐栾大的丁义也被斩首弃市。

栾大被诛，卫长公主回到长陵的侯府，平阳公主方回长安与卫青团聚。

进击南越的大军尚未出发，西北传来紧急军情，西羌族有十万众造反，并通使匈奴。刘彻问卫青遣何将进讨为宜，卫青提出李息曾随己出征匈奴多次，常任大行令，熟悉民族事务，可任主帅，然李息年纪较大，可让曾多次征战匈奴的现郎中令徐自为佐之。刘彻首肯，即派李息、徐自为往平西羌。

之后刘彻又与卫青商议，派邳离侯、卫尉路博德为伏波将军，军出桂阳（今湖南郴州市）；主爵都尉杨仆为楼船将军，军出豫章（今江西南昌市）；另有归义投诚的三位越族将领分率三军，共五路进伐南越。至冬季，路博德、杨仆两路军队会师南越首府番禺（今广东广州市），灭了南越国。后朝廷于此地设置南海、珠崖等九郡直接管辖。灭南越的同时，还顺带平了西南夷中诸叛逆小国，新置武都、牂牁等五郡。路博德因功益封，杨仆则因功封为将梁侯。

朝廷派大军讨伐南越国时，东越国王余善明里助朝廷攻南越，暗中却通南越。刘彻于是诏令再伐东越，以侍中韩说为横海将军，与王温舒、杨仆共三路攻东越，灭了东越，杀死余善，将其民众迁至江淮之间。

韩说因功重新封侯，为按道侯；其下属横海校尉刘福封为缭婴（yīng）侯。王温舒不服，因争功，不仅未得封侯，还被免官为庶人。

刘彻还令公孙贺率一万五千骑出九原两千里，赵破奴将万余骑出令居数千里，寻匈奴人作战，意在让二人建功以重新封侯，遗憾的是二人均未遇匈奴一人。

刘彻又根据卫青的建议，正式下诏，从酒泉郡分置敦煌郡，从武威郡分置张掖郡，徙吏民充实，自此形成四郡管治河西走廊的格局。

一日，韩说前来拜见卫青，说起此番征讨东越："大将军，灭了东越后，末将与杨仆、王温舒及众将欢宴庆祝，席间王温舒大言不惭，称此次灭了东越国之后，自己厥功至伟，陛下定会为他加官晋爵，跻身三公，与大将军并列亦有可能。我与众将包括王温舒下属部将皆认为其厚颜无耻，私下里商量设法灌醉他。"

卫青打断韩说的话，问："征东越一役，王温舒究竟有无功劳？"

"王温舒并无寸功。杨仆一路与东越军接战，有胜有负。末将一路最先到达东越首府，围城，促使东越诸将杀了余善后投降我军。而王温舒一路自始至终未与东越军接战，何来功劳？"韩说答道。

卫青笑道："王温舒虚报功绩似乎是一贯的。"

韩说接着说："王温舒不是一般的吹嘘，竟胆敢与大将军您相比，太可笑也太可恶了！还有更可恶的，他被我们灌醉后，说出当年就是他的驷马车夜晚在大将军的府邸门前疾驰，撞死了您的夫人。"

"哦？有这事！这王温舒太可恶了！"卫青既吃惊又愤怒，"当年吾儿卫伉追问他，还丢了爵位。他是如何说的？"

韩说答道："他说，卫青算什么，不就是侥幸打了几次胜仗，仗着是皇后之弟才上升的吗？多年前的一个夜晚，我的驷马车撞死了他的夫人，不也不了了之吗？他那儿子卫伉竟敢质问我，我让陛下夺了卫伉的爵位呢。"

卫青听了更加气愤，说："总有一天，让王温舒旧债新债一起偿还！"

韩说说："大将军，王温舒车撞死尊夫人一事，尚无证据，他只是醉酒中所言，过后问他，他必定不认。但王温舒作恶太多，下地狱不会太远。这次我等班师回朝，我专门向陛下禀报了战况，陛下特别褒奖我这一路大军，封我为按道侯，封我属下横海校尉刘福为缭嫈侯。王温舒不服，当朝争辩，直指为何封刘福为侯？哪知这刘福乃宗室子弟，是城阳王之后，当年陛下为胶东王时，与城阳王交往甚密，故陛下当时即震怒，撤了王温舒的职，免为庶人。"

"甚好，甚好。"卫青说，"我也信王温舒终无好下场。"

不久，西北传来捷报，李息、徐自为率军已完全平息羌族叛乱，即将凯旋归京。刘彻大悦，想到元鼎五年、六年这两年，连续进行多起战役，在卫青协助下，运筹帷幄之中，决胜千里之外，开拓了新疆土，稳定了周边，于是下诏：巡视边陲，彰扬武功。他令十二位将军率十八万骑兵，会师朔方。自云阳至朔方沿途置旌旗达千余里，造成巨大声势。刘彻由卫青等陪同，到达朔方后，一身戎装，跃马扬剑，检阅十八万骑兵大军，正告匈奴单于，不要再妄想侵犯大汉边郡。

汉武帝刘彻之武功，至此达到巅峰。

3. 无一日不思念

卫青随皇帝至朔方大检阅大造势后返回长安。一回到府中即找平阳公主要告知喜讯，不料公主不在府中，家令张强禀报，称公主刚刚去了隔壁霍府，是大将军二姐卫少儿夫人亲自来邀去的。卫青问何事，张强称不知。卫青心想，二姐来请公主去霍府必定有事，放心不下，未歇息片刻即出门去了霍府。

平阳公主、卫少儿及霍夫人都在霍嬗卧室中，正在劝说坐于榻上的霍嬗，见卫青进来，卫少儿高兴地说："嬗儿，你的舅爷来了，你问问他，该不该去？"

卫青问道："二姐，什么该不该去？"

卫少儿说："嬗儿此次原本亦要随陛下去朔方的，临行前因头痛得厉害，没有去。陛下让太医诊治，吃了几服药，如今好些。宫中遣人来府中告知，称陛下将要外出巡幸，祭太室，封泰山，有几个月的时间，我和他的母亲十分担心他的身体会吃不消，劝嬗儿告假，嬗儿不听，我请来公主劝说，他仍旧要去。正好你来了，你再劝劝他呗。"

卫青听了后，问霍嬗："嬗儿，你怎么样，能行吗？"

不料霍嬗从榻上一跃而下，站直了对卫青说："禀报舅爷大将军，侍中、奉车都尉霍嬗能行！侍奉陛下巡幸四方，乃卑职职责所在，亦何等荣耀，卑职务必去！"

卫青望着虽则只有十二岁但长得人高马大、虎虎生气的霍嬗，满心欢喜，想想当年自己不也是十二岁就做了公主的骑从吗，于是说："嬗儿说行，我觉得就行，将门虎子，可不能弱不禁风。当年甘罗十二岁便为国出使，自古英雄出少年嘛。"

卫少儿嗔怪道："让你劝，你却支持他，你这舅爷是如何当的？"

平阳公主也说："我也是有些担心，去病即因头痛而去，嬗儿头痛，不得不让人担心。"

卫青笑道："公主，二姐，你们不能将嬗儿当作孩童，始终捧在手心里呵护，他已是陛下身边的侍从武官了，有病治病，病愈即须履职。如今吾儿卫伉已于边郡驻屯戍守，我也鼓励他恪尽职守。"

回到卫府，平阳公主仍然对卫青说："我还是担心，霍嬗年少，尚未成家，如若出了意外，去病岂非断后？"

"我亲爱的公主，您如此为卫氏操心，真乃我等的福分！"卫青感动地说。

平阳公主笑道："你为何不像华阳县令那样说，是八辈子的福分？"

卫青控制不住地一把抱住平阳公主，说："何止八辈子，何止？"

卫青将刘彻在朔方时说的要将曹宗接至宫中任郎、侍中的消息告诉平阳公主，平阳公主非常高兴，说这次皇帝终于没有忘记。卫青告诉平阳公主，陛下此次唯恐又忘了，特别要郎中令徐自为帮他记着，回到长安即告知您。

翌日，平阳公主进未央宫向刘彻谢恩。刘彻笑道："何须谢恩？大姐不因迟迟不兑现诺言而埋怨朕，朕即心安了。"

平阳公主说："我来谢恩是真心的。不过，尚有一事请皇帝关注。"

"何事，但说无妨。"刘彻刚从朔方誓师返京，如同打了大胜仗而凯旋，心情大好。

"霍嬗这孩子老是头痛，我甚是担心，当年去病即是头痛而去世的。"平阳公主一脸的忧虑。

刘彻说："大姐因曹宗而谢恩，顺带又提霍嬗，既操心曹家，又操心卫家，你要操心到何时？"

平阳公主两手一摊："那有何法？我就是个操心的命。曹家是我先夫家，我又称平阳公主，曹家的人皆是我家人，哪能不操心？卫氏皆出自平阳侯府，如今卫青是吾夫君，他们当然也是家人。朝中事我无权过问，吾家里的事，还不允吾操心？"

刘彻故意调侃："大姐，你都赶上咱姑窦太主了。"

平阳公主辩解道："咱姑骄横无理，我可是时时处处事事讲理啊！"

"好了，朕听你的，对嬗儿留心些。"刘彻认真地说。

平阳公主这才放心地离开未央宫。

4. 皇帝之抚慰

元鼎七年（前110年）正月，志得意满的刘彻率朝廷百官开始巡幸天下，自有千乘万骑护卫侍奉，太子刘据留守长安，卫青佐之。刘彻到达河南郡缑（gōu）氏县（今河南偃师市南）后，祭祀中岳太室山。然后向东巡视海边，祭祀八方之神，搜求海上神仙未果。刘彻并不甘心，诏令先去泰山封禅，获天神、地神佑助后再来寻求神仙。

四月，刘彻率百官抵达泰山。先是在靠近泰山的东方，以土堆建一大型圆坛，坛高九尺，直径一丈二尺，坛上堆放大量木柴，燔柴祭天。刘彻面向苍穹之上的天神，禀告旷世文治武功，证实统驭天下之无比正当合理，祈求风调雨顺无灾害，渴求长生不老成神仙。拳拳之心，诚诚之意。祭天大礼结束，刘彻竟单独领着霍嬗，登泰山至半途，在事先令人准备好的圆坛前再次祭天，祈求天神保佑自己长生不老，保佑霍嬗健康壮实。霍嬗见皇帝如此宠爱自己，涕泗横流，不能自已。第二日清晨，两人方由泰山北坡下来。

过了几日，刘彻又率领百官，至泰山东北的小山肃然山，设方坛祭地神。祭天曰封，祭地曰禅。大汉建立以来，无一皇帝于泰山举行封禅大礼，唯汉武帝刘彻为之。封禅之后，果然无风雨灾害，刘彻大悦，诏令将本年改为元封元年，又称已获天神佑助，急欲至海上蓬莱求仙。群臣皆谏，刘彻不听。东方朔极言直谏，说神仙得之自然，不可躁求，有道者自然可得。刘彻方止。

正在此时，霍嬗得暴病，头痛异常，一日内即不幸去世，年仅十三岁。刘彻痛心疾首，这才打消了去海上求仙的念头。巡幸至五月，行程一万八千里，回到甘泉宫歇息。

霍嬗暴病身亡，按刘彻诏令，遗体运回长安安葬。当卫青和平阳公主前往吊唁时，卫少儿如同疯了一样，哭着喊着扑到卫青身上，用双拳击打卫青，用双手撕扯卫青，吼叫道："就是你让嬗儿去的，你赔我的嬗儿！"卫青满脸泪水，任其击打、撕扯。

见卫少儿不罢手，平阳公主喝道："卫少儿，你要干什么？赶快住手！"

卫少儿听到平阳公主呵斥，这才停手，号啕大哭。平阳公主上去，搂住卫少儿，说："少儿，我知道你心痛至极，先是去病，如今又是嬗儿，但你不能怪罪卫青啊。"

卫少儿干脆一头扎进平阳公主怀里，边哭边说："公主，我哪是怪罪卫青，我是要发泄，谁叫他是我可亲的弟弟呢？"

卫青上来，将卫少儿从公主怀里拉出来，扶着其双肩，说："二姐，你心里苦，我懂，可公主曾经也苦，你尽管对弟弟我发泄，可不能惊着公主啊！"

卫君孺、卫子夫都来扶住卫少儿，劝其节哀。卫君孺对平阳公主说："对于卫青弟弟，我们三姐妹从他出生后都一直呵护他、照应他，尽可能地让他少受委屈。他当了大将军，封了侯，我们都为他高兴，也从来不麻烦、为难他。少儿此次实在是心中痛疼至极，才在卫青身上发泄的。上次我家公孙贺因酎金被削去侯爵，我也没有找卫青，让他去陛下那里说情。"

"卫青自己俩儿子皆被夺爵，他都没去找皇帝。"平阳公主说，"朝中是王温舒一类邪恶之人鼓捣，才削去了他们的爵位，我去问过皇帝，他答应补救。前些日子皇帝不是让你们家公孙贺与赵破奴去寻匈奴人作战吗？就是给予建功以重新封侯的机会，可惜竟未遇匈奴一人。韩说平东越有功不是重新封侯了吗？以后还会有机会的。"

卫君孺向平阳公主揖拜："多谢公主一直关照着我们姐妹及卫青！"

似乎被卫君孺提醒，卫子夫靠近平阳公主，扯扯公主的衣袖，表示有话要说。

平阳公主见状悄悄说："皇后，过一会儿这里结束了，你随我去卫府再说好吗？"卫子夫心领神会，点点头。

众人直到近午时分方劝得卫少儿安静下来，卫君孺留下继续陪着卫少儿。平阳公主、卫青和卫子夫便告辞来到卫府。

三人坐下后，平阳公主问卫子夫："皇后，你究竟有什么话要告诉我和卫青？"

"公主，叫我子夫就好，万勿称皇后，我不习惯。"卫子夫以平缓的语调说道，"陛下和公主，对我子夫有再造之恩，子夫一辈子也报答不尽。子夫所生据儿，陛下甚爱之，据儿七岁即被立为皇太子，选贤良饱学之士为其师；成人行冠礼后，又为其建博望苑，使通宾客；陛下每次巡幸四方，即以朝中事托付据儿，后宫事托付子夫。子夫及据儿均感激不尽。然据儿自小即仁恕温谨，不似陛下雄才大略，常常劝谏陛下勿征伐四夷、勿用法峻深、勿加重百姓负担，引起朝中深酷用法者诋毁。子夫担心，长此以往，朝中邪臣结党构陷据儿，据儿岂非太子地位不稳甚至遭遇危险？"

卫青笑道："三姐是否多虑了？陛下还是甚为信任皇后和太子的。"

"不是我多虑，乃是朝中宽厚之臣多誉太子，峻法之臣多毁太子，而太子又不听我劝，对陛下决策常有劝谏，我何能安心？"卫子夫显得忧心忡忡。

平阳公主见卫子夫心思甚重，也有担心。她欣赏卫子夫，信任卫子夫，认为如今虽然刘彻不再像以前那样宠爱卫子夫了，但由于卫子夫自我要求甚严，善于避嫌，其贤德之品格仍然为朝野所赞誉。卫子夫如同卫青一样，是她一手培养、造就的，她对俩人一如既往地有信心。于是对卫子夫说："子夫，我始终信你，你也要自信。如今你与皇帝见得少了，相互之间可能缺乏沟通，有点误会罢了。有机会我帮你沟通一下，好吗？"

卫子夫听了很感动，说："子夫从小让公主操心，如今都有孙子了，仍然让您操心，太过意不去了！"

"公主自始至终都是咱们姐弟的家长，只有她能操此心。"卫青亦甚为感慨。

平阳公主倒是淡淡地说道："皆为一家人，何须客套？"

待刘彻从甘泉宫回到长安后，平阳公主单独进未央宫见刘彻。刘彻问及霍嬗丧事办得如何，卫少儿心情是否好些，平阳公主称丧事倒是顺利而隆重，体现了皇帝对霍嬗的恩典，但卫少儿因儿子霍去病英年早逝不及八年，唯一的孙子又暴病而亡，几近崩溃。经家中众人劝慰，目前尚好。刘彻说那就好，朕见霍嬗暴亡，当时亦是痛彻心扉。之前朕还带霍嬗单独登泰山祭天，祈望天神保佑霍嬗身体康健起来，朕是答应大姐的啊。

平阳公主叹道："皇帝对于去病及嬗儿的真诚宠爱，天地可鉴，然生死有命，这父子俩甚是可惜，但也是没有办法。"

正说着，郎中令徐自为进来禀报，说奉陛下旨令，讨伐西域大宛（yuān）之征兵不力，应征的豪吏多有不就，将军赵破奴因此耽搁而不能按期出征。刘彻问为何。徐自为说，据赵破奴禀报，有二千石官员从中阻挠，致有些豪吏未从军。刘彻问哪些官员阻挠。徐自为说最明显的就是恢复官职的京师右辅行中尉事的王温舒，受其下属豪吏华成金钱，隐匿不让其出征。

刘彻一听大怒，问道："王温舒之事查实否？"

"已查实无误。"徐自为答道，"王温舒案发后，陛下正在外地巡幸，御史府请示太子允准后彻查，其作奸犯科之事甚多，且其俩弟、俩婚家皆有大罪。"说完将御史府的公文呈上。

平阳公主突然插话："皇帝，这王温舒确实罪不容诛，那年在卫青府邸门前撞死卫青夫人雨荷的，就是他的驷马车。"

刘彻一听更加愤怒，对徐自为说："传朕旨令，着御史府将王温舒案移交廷尉，讯问其是否撞死了卫青夫人，如属实，严惩不贷！当年朕还让他去查雨荷被撞一案，真是笑话。"

"诺。"徐自为退了出去。

徐自为走后，刘彻问平阳公主："卫青获悉是王温舒的车撞死了雨荷，为何不禀报朕？"

平阳公主说："卫青是听韩说说的，韩说称那是他们喝酒时王温舒醉酒后说的，没有证据，过后要问王温舒他肯定不认，故而未禀报。"

"卫青之谨慎，朕甚为赞赏。此乃大姐多年造就之果。"刘彻说。

平阳公主接上话茬说道："我还造就了另一人，亦送予皇帝矣。"

刘彻笑道："大姐所指是卫子夫吧？当然亦甚谨慎，朕也赞赏。"

"可皇后近来似乎不甚自安。"平阳公主说，"皇帝有感觉吗？"

刘彻听了，不解，问道："皇后与你说什么了吗？"

于是平阳公主将卫子夫所说的全部告诉了刘彻。刘彻想起，自宠幸赵地美人王夫人后，与卫子夫的接触便开始减少，后来更宠有倾国倾城美貌的中山李夫人，而李夫人不幸早逝后，又宠尹婕妤，与卫子夫见面仍然很少。与太子刘据倒是经常在一起，但总觉得刘据过于宽厚甚至迂腐，完全不类自己，常常做出不合自己意图的事，而其他几个儿子刘闳、刘旦、刘胥、刘髆（bó），也不能使自己满意。故刘彻并无更换太子的想法，当然更无改立皇后的意图。平阳公主所言皇后、太子不自安，还是需要安抚的。更何况皇后之弟卫青位居大司马大将军，为朝廷柱石，是朝中举足轻重的极重要角色。于是刘彻对平阳公主说："大姐，你认为朕应如何做？"

平阳公主以十分肯定的口吻说："皇帝当然要安抚，安抚皇后、太子，包括大将军！后宫中唯卫子夫可母仪天下，谁能取代？皇帝后嗣中唯刘据居长且贤德，谁能取代？朝臣中唯卫青仁德勇悍超群，谁能取代？皇帝应该比我更清楚。"

刘彻笑道："知朕者，大姐也。大姐若为男子，朕定请你出山任丞相。"

"我才不要操你朝廷的心呢，我只是操家人的心。皇后、太子、卫青均是我的家人，我笃定要为他们操心，实际上也是为你皇帝操心，为你这最亲的弟弟操心。"

几日后，廷尉报来王温舒罪状，称王温舒罪行甚多甚重，包括他自己承认的撞死雨荷之罪；其俩弟及俩婚家犯罪同样甚多甚重。刘彻阅后下令，五家均灭族。然不及执行，王温舒已于狱中自杀。一时间，王温舒犯重罪被五族的消息令朝野众多人士拍手称快。

刘彻之后单独召见卫青，说灭了王温舒，总算为雨荷报了仇，卫青自是叩首称谢。

刘彻让卫青平身坐下后，和颜悦色地说道："前些日子大姐进宫见朕，提起皇后、太子常有不安，朕听了甚为吃惊。朕对皇后、太子的信任始终未变，只是与皇后接触少了，与太子在政见上有点分歧。朕觉得正常。就朕与太子对有些问题出现不同看法来说，朕是想，大汉建立以来，前几朝囿于条件不够成熟，有些事想解决而未能解决，现在到了解决之时。如律令不完备，朕当然要完备，否则后世无以遵循；如四夷尤其是匈奴侵掠中原，不出师征伐，天下不安。如此则不得不劳民伤财。然这些事朕今天不解决，留待后世再去解决，不仅难度加大，甚至可能出现天下大乱，走上亡秦之路。太子敦重好静，将来必能以仁德安天下，不会使朕忧虑大汉今后之日。朕今日行必为之事，之后将安定、强盛之大汉交到太子手中，太子亦能守成，难道不好吗？大将军定要向尔姐皇后转达朕意，打消不安的想法。"

卫青听了，极为感动，叩首谢道："陛下英明！臣一定劝说吾姐皇后，再不必多虑。"

刘彻扶起卫青，取笑道："朕娶了尔姐，而爱卿娶了朕姐，真正的一家人啊！"

卫青告辞后即去了皇后宫中，将刘彻的话转告卫子夫。卫子夫当晚即赴刘彻寝宫脱簪请罪，刘彻亦留下卫子夫侍寝。

5. 相守至永远

卫青觉得，自从平阳公主与自己生活在一起，幸福、愉悦自不待说，还似乎又回到小时候在平阳侯府的时光，公主常常照顾着自己，而自己总是依赖于公主，遇到事情尤其是难事，总是巴望着公主拿主意，而公主也总有办法。同时，卫青觉得，公主待己恩重如山、情深似海，有幸与公主生活在一起，就是给了自己报答公主大恩的最好机会，故卫青对公主敬重有加，关心、呵护无微不至，唯恐公主有半点委屈和不如意。而平阳公主在数次遭遇不幸、身心无以平复之后，终于享受到了自己一手造就的常人看来不可能的真爱情，心中亦是满满的喜悦与满足。她心中常常在想：真是苍天有眼，让卫青这小子降生在平阳侯府！

卫青与平阳公主一起幸福地生活了八年，到元封五年（前106年），伤病却突然降临到两人身上。

这年的春三月初三，刘彻已巡狩南方数月，后又至泰山封禅，并未回京。留守的太子刘据依惯例代表父皇到长安郊外霸水边求福祓灾，卫青作为助太子留守的大司马大将军，当然得跟随同去。仪式进行完毕，刘据告诉卫青，称母后要他去长陵的侯府看望大姐卫长公主，问卫青是否一起去。

卫青思考了好一会儿，没有回答。

刘据笑了："舅舅拿不定主意，是事先未曾告诉姑姑平阳公主，怕姑姑责备？"

卫青揖拜道："太子，臣当然要陪着去，我好久未曾见到卫长公主，她也是苦命，二十几岁失去了丈夫，后来不得已嫁予栾大那浑球，心中一直不好受，如今宗儿又入宫为郎，侍奉陛下去了，她一人孤单居于侯府，确应去看她。只是……"

刘据见卫青为难，便说道："舅舅自便，不必陪我。我去看望一下即返回宫中。父皇临行时有交代，白天外出则夜晚必回未央宫，不可于宫外过夜。我当然不能违忤父皇之命。"

"臣理应陪着。"卫青听说当日返回，这才爽快地说，"臣陪太子去，也该看看卫长公主。"

这边刘据和卫青去长陵看望卫长公主，那边平阳公主在府中等着卫青回来一起用膳，左等右等不见卫青回来。

平阳公主令身边婢女传来家令张强，问他是否知道大将军随太子去霸水祈福后还去哪，张强答不知。张强劝公主先用膳，不必等大将军。不料公主竟斥其胡言乱语。张强吓得连连作揖，称小人确是胡说，公主息怒，并说我去府门口候着大将军，一见大将军即速来向公主报信。

大约过了半个时辰，张强来向公主禀报，人未进屋，在厅外即喊道："公主，大将军回来了！"

平阳公主在正厅内一侧里屋中歇息，听言赶快从里屋出来，就在跨过门槛时，因走得急被门槛绊了一下，摔倒在厅内的地上。侍奉的俩婢女立即过来扶公主，不想公主竟大叫："痛煞我也！"然后摆手，不让婢女去拉。

正在此时，卫青大步走进厅里，见公主跌倒在地，大惊，立刻到公主身边蹲下，十分关切地问道："公主，伤了没有？伤在哪里？"

平阳公主痛得额头上出汗，双眼流泪，说："卫青，你怎么才回来？我这腿怕是摔断了。"

卫青一听，惊骇非常，用手轻轻地抚摸公主的腿，问道："公主，哪里痛？"

平阳公主说："左边的小腿，怕是断了。"

卫青令张强找来两块小木板和绑带，将公主受伤的左小腿用木板夹住绑好，然后抱起公主，穿过正厅后门和走廊，进入卧室，将公主轻轻放于榻上睡下。本来想着要张强速去不远处的公孙贺府上，让公孙贺至宫中请来太医，但转而一想，公孙贺随皇帝外出巡幸尚未归来，卫青只好自己去请太医。

张强瞅空对卫青说："大将军，公主尚未用膳，一直坚持着等您回来一起用膳，我们劝她先用膳便遭到斥责。"

卫青听了十分感动，对平阳公主说："公主，你为何这个时候还在等我用膳？饿坏了公主我卫青罪过大了。这不，我随太子去霸水边祈福后又去了长陵的侯府，看望卫长公主，卫长公主说了许多话，不愿让我们走，这才耽搁回来晚了，害得公主你摔了一跤，真是我卫青罪过！你赶快吃些东西，我去宫中请太医，速去速回。"不知从何时起，卫青不再称公主为"您"而称"你"。

平阳公主听了说道："卫青，不怪你，你陪太子去霸水边祈福，又去了长陵看卫长公主，都是应该的。但你不回来，我吃不下，故而等你。"

卫青吩咐随侍的婢女赶紧给公主喂食，称已受伤更要及时补充养分，否则伤害身体更大了。平阳公主要卫青吃了再走，卫青说我不速去将太医请来为公主诊治，能吃得下吗？立刻出了门。

不大一会儿，卫青请来宫中俩太医，仔细为平阳公主诊治，重新将公主受伤的左小腿用夹板固定好，又开了活血化瘀的中药，嘱咐煎好让公主服下。当然中药是已随身带来。太医称幸亏及时将公主受伤的小腿用木板固定住，才没有错位，否则就麻烦了。平阳公主说那是大将军的功劳，他是把我当成战场上受伤的士卒及时采取了措施。说得卫青和俩太医都笑了。太医又嘱咐，务必让公主卧榻养息，按时吃药。他们会每天前来探视，及时诊治。

送走了太医，卫青在平阳公主一再催促下才吃了一些食物。

卫青坐在榻边，握着平阳公主的手，望着公主，内心充满了愧疚，说道："公主，看你为我受了伤，我心疼极了！"

平阳公主笑道："我前面已经说过，不怪你。我是听张强在喊，说你回来了，急急忙忙地从里屋出来时自己不小心绊到门槛而摔倒的，怎么能怪你呢？"

卫青说："我陪太子去长陵，应该派个人回来告诉你，那样你就不会着急，也不会等我用膳。"

"卫青你老毛病又犯了，为何非要责怪自己呢？"平阳公主嗔怪道。

卫青不好意思地笑了，说："好，公主，我不犯老毛病，但公主你务必要听太医的话，卧于榻上静养，一定要早点好起来。"

卫子夫三姐妹和太子刘据听说平阳公主摔伤了，都来看望，卫君孺、卫少儿更是常常前来陪在平阳公主身边。卫长公主获悉后也来侍奉姑母兼婆母。一下子卫府里热闹起来，致平阳公主心情大好。一个月后，刘彻回到长安，也立即来看望平阳公主，并特别准许卫青予告，即保留官职而不视事，告假于家，专门服侍平阳公主，说是如今又无甚战事，大将军完全可以在家待一段时间。

到了五月份，平阳公主的腿伤好得差不多了。一日，她对卫青说，想到庭院中晒晒太阳，让卫青将拐杖拿给她。卫青说那怎么行，我抱你出去。公主说君孺与少儿均在，看着怪难为情的。卫青说那有什么，她俩是我姐，家里人，没什么不好意思的。于是卫青吩咐婢女将躺椅放到庭院中，然后抱起平阳公主，出卧室往庭院中去。

平阳公主幸福地搂抱依偎在卫青胸前，在卫青将她放到躺椅上的一刹那，她觉得有几滴汗珠连续地滴在脸上。当卫青将她轻轻放到躺椅上后，她抬眼看到卫青额头上全是汗，满面通红，不由得大吃一惊。

平阳公主急问："卫青，你怎么了？现在是五月天，并不炎热，为何你满面通红，额头上全是汗？"

卫青勉强挤出笑容，答道："公主，没什么，公主躺在榻上两三个月，光吃不动，身体重了，我抱着有些吃力。"

平阳公主更急了："卫青，你怎么能拿我当三岁孩童糊弄，究竟如何，不要搪塞。你要急死我吗？”

卫君孺、卫少儿亦围上来对卫青说：“卫青，你不能对家人有隐瞒，快点告诉公主和我们。”

卫青仍旧不想说，一旁的张强这才说出：“公主，两位夫人，大将军的箭伤犯了，挺厉害的。”

平阳公主一听，就要从躺椅上站起来，幸好两旁的婢女发现，赶紧将公主扶住不让起身。平阳公主喊道：“卫青，你哪里的箭伤犯了？是臂膀上的还是腰部的？”

“腰部的。”卫青说得轻描淡写，“无甚大碍，已请太医看过，过一阵子就会好。”

“快让我看看。”平阳公主令卫青撩起衣服，看到右腰部裹了厚厚的细麻布，伤口处的血与脓都浸在麻布上，关心地问：“痛吗？为何有那许多脓血？”

卫君孺、卫少儿也来看，口中发出“哎哟”惊叹之声。

卫青将衣服整理好后说：“公主，大姐、二姐，没事的，虽然有点痛，但算不了什么，比起战场上浴血奋战而身遭大创的将士们，真的算不得什么。”

“说得轻巧！你若有事，想过我将如何吗？”平阳公主埋怨道，“还瞒着不说！何时犯的？”

“将近一个月了。”卫青答。

平阳公主真的生气了：“一个月？你真能瞒，你把我当成妻子了吗？”

卫青见公主生气，说道：“公主万勿生气，你的腿伤尚未痊愈，我是想在你痊愈后再告诉你。如果之前告诉你，你就会不让我侍候你。我不就是想当一个好丈夫、大丈夫吗？”

平阳公主鼻孔中发出“哼”的一声，说：“就这样当个好丈夫、大丈夫？还需要证明吗？”

之后，平阳公主单独问太医，太医受卫青之托，不敢告诉公主真相，只是说会尽力医治。其实，卫青的情况十分糟糕，元朔二年即二十一年前夺取河南地战役中，卫青被匈奴人射中右侧腰部，当时战事紧急，又怕影响士气，卫青在战场上未及处理，宿营后治疗也不彻底，不知道有箭矢残片留在了腰腹部肌肉内侧靠近内脏部位。如今这残片竟累及腰腹部并侵蚀至内脏，太医已无法治疗，只能是尽可能地活血化瘀以减轻痛苦。

六月初一，卫青病情突然加重，到了奄奄一息的地步。刘彻、刘据父子，卫氏三姐妹，卫长公主，陈掌以及公孙贺、公孙敖、韩说、路博德、赵破奴、张次公诸将都来了。

平阳公主一直握着卫青的手，两眼不停地流泪。

卫青用微弱的声调问："公主，我是一个好丈夫、大丈夫吗？"

平阳公主边哭边说："你当然是！你为国家、为大汉吏民、为皇帝横绝大漠、征战匈奴，建立不朽功勋；你赤诚忠心，宽厚待人；你与我朝夕相处近三千个日夜，相濡以沫，时时、处处、事事对我好。你不是大丈夫、好丈夫，天下还有大丈夫、好丈夫吗？"

卫青听到，满脸的笑容，咽下了最后一口气，享年四十八岁。

平阳公主扑到卫青身上，号啕大哭，喊道："卫青，我的好丈夫、大丈夫，我很快就会来陪你，永远！"

在场的每一个人无不动容，热泪盈眶。

卫青去世后，刘彻诏令其长子卫伉继嗣长平侯。朝廷为卫青举行了盛大隆重的葬礼，将其安葬于茂陵，与霍去病为邻。所起坟冢形状如阴山，以彰扬卫青数出阴山、北伐匈奴之丰功伟绩。

卫青去世，致平阳公主时常神情恍惚，五个月后又摔跤跌折了髋骨，不久即去世，享年五十七岁。按照平阳公主生前遗愿，刘彻诏令其与卫青合葬于茂陵。